名家名译书系

WORLD CLASSIC MASTERPIECES SERIES

呼啸山庄

[英] 艾米丽·勃朗特/著　伍光建/译

时代文艺出版社

图书在版编目（CIP）数据

呼啸山庄 / (英) 艾米丽 · 勃朗特 (Bronte, E.) 著; 伍光建 译.

—长春：时代文艺出版社，2012.12（2018.1重印）

ISBN 978-7-5387-3827-8

Ⅰ. ①呼… Ⅱ. ①勃… ②伍… Ⅲ. ①长篇小说－英国－近代 Ⅳ. ①I561.44

中国版本图书馆CIP数据核字（2012）第268425号

出 品 人　陈　琛
产品总监　郭力家
选题策划　方　伟
责任编辑　樊德凤
装帧设计　孙　俪
排版制作　周艳云

呼啸山庄

[英] 艾米丽 · 勃朗特 著　伍光建 译

出版发行 / 时代文艺出版社有限责任公司
地址 / 长春市泰来街1825号　时代文艺出版社　邮编 / 130011
总编办 / 0431-86012927　发行部 / 0431-86012957　北京开发部 / 010-63108163
官方微博 / weibo.com / tlapress 天猫旗舰店 / sdwycbsgf.tmall.com
印刷 / 三河市京兰印务有限公司
开本 / 710mm × 1000mm　1 / 16　字数 / 270千字　印张 / 19.5
版次 / 2013年8月第1版　印次 / 2018年1月第2次印刷　定价 / 48.00元

图书如有印装错误　请寄回印厂调换

出版前言

如果说文艺复兴是“黑暗时代”的中世纪和近代的分水岭，是使欧洲摆脱腐朽的封建宗教束缚，建立新的社会制度体系的前奏曲；那么，五四运动和新文化运动则堪称是“中国的文艺复兴”，因为它同样使中国摆脱了腐朽的封建统治束缚，引起了思想和社会变革，是中国建立新社会制度的舆论前提。人文主义哺育的这个时代，巨人辈出。

欧洲文艺复兴时期的巨人，他们为多种学科作出杰出贡献，是当时的博学家；中国文艺复兴时期的学者，也多少存留西方文艺复兴时期巨人的遗风。本社选辑的这套“名家名译书系”，就是为纪念在这个理性的萌芽时期，在文学、历史、心理学等方面作出卓越贡献的先辈们。

书系的译者大多是清廷派遣生、庚子赔款官费生或通过其他途径在英、法、美、日等国留学深造过的，他们有的是国内外闻名的作家、教授、文学评论家、文学史家、思想家、语言学家、翻译家、教育家、出版家，有的甚至还是著名的考古学家、收藏家、社会活动家、革命家等，这既使他们的翻译充满人文色彩，又使他们的创作闪烁理性光彩，比起其他译本，他们的译本有大量的注释，涉及神话传说、政治、社会风俗、地理、典籍引用等，显示了译者渊博的知识，可以增加读者的见闻和阅读趣味，非常值得一看。

而且，本次出版选辑的书籍，多是外国文学（包括诗歌、散文、小说、戏剧、文学评论、童话故事等）、历史、心理学名著等最初引进国门时的译本，多是开先河的中文译本，所以在编选的过程中，编者不但选择不同时代、不同国别的名家名著，还注重选择体现不同学科领域的经典译著，具有非常重要的人文阅读、研究和史料价值。

因为历史、社会和文化交流的种种原因，当时的那些民国大家翻译这些世界名著时，正值中国近代文言文向白话文过渡时期，原稿中存在大量民国时期的英译、法译或其他译本转译的人名、书名和地名等，为了更加符合现代读者的阅读习惯，本书都尽最大努力予以纠正。另外，这套丛书多是民国时期翻译的作品，所以文字叙述多是半白文，标点、编排体例等也不同于现在的阅读习惯，本次出版，在尽量保证原书的原汁原味的同时，也做了大量的修订工作，以使其更契合21世纪读者的阅读口味！

源远流长的世界文化长廊堪称是一个典藏丰富、精彩纷呈的文明与智慧之海。绵延千载的沉淀，逾越百年的积累，筑就了取之不竭、美不胜收的传世名著宝库。有熠熠生辉的思想明珠，也有不朽的传世之作；有刀光剑影的世界战争史实，也有皆大欢喜的民族融合赞歌。为此，“名家名译书系”系列的编选萃取世界文化史绵延数世纪、丰富积淀之宝藏，从古代的希腊、罗马到近代的印度、意大利；从日本文学的起步，到欧美文化的滥觞……沿着时光的隧道，让读者跟随美丽的文字从远古一步步走到今天，尽阅世界各国数千年的文化风貌，勾画出人类文化发展的演进脉络，并从中获得视觉的美感以及精神的愉悦，从而开始一段愉快的读书之旅。

序

作这本小说的艾米丽·勃朗特小姐是一个志强体弱，酷好自由，胆子极大，极能克己的女子。她有一次被狗咬伤，她跑入厨房，烧红一块铁条烧伤口；有一次她的狗不服从她，她赤手空拳就把狗降伏了。她的哥哥好酒，常醉，醉了简直就是个疯子，家里人谁也不敢接近他，唯她不厌不怕。她作诗不多，最著名的就是她临死时所作的绝笔诗，（“我的灵魂并不是怯懦的，我在这个为风潮所骚动的世界上并不发抖；我看见天的光辉照耀，我的信仰也一样的照耀，我有所恃而无恐。”云云）却享大诗人之名。

她只著了一本小说，也得了大小说家之名，她借本地材料、借本地风光而创作，无一语一意依傍前人。马修·阿诺德说：“她描写魄力，激情与愁苦，自拜伦以来，并无其比。”

她这本小说描写一个残忍而阴险的男人爱恋一个美艳而热烈的女子，描写他们两个人的狂爱，后来这两个人都殉情，自甘挨饿而死。读者有时觉得纸上阴风惨惨，毛发皆竖，有时读到伤天害理之处，读者屡次想抛丢不读，却又不能不读下去，只要读过一次，是绝不能忘记的，这就是这本小说诸多特色之一。其余的重要人物，她都能写出他们的性格来，里头有几处把所谓痴情男女都骂苦了。作者偏不肯含蓄，悍然不顾地说出来，读过有点难受。我也不欲译此书，后来一想，文学家既称为不朽之作，她的用意布局都是很新鲜的，写爱情尤其写得深刻，若拿许多言情小说来同这本书相比，他们所说的爱情，都好像是犊爱（英人称孩子们的恋爱为犊爱）。凡读过许多言情小说的人，不可不读此作，我故毅然译出。

其易为言情小说所动的青年男女，尤宜读。

艾米丽·勃朗特有三个姊姊，第一第二两个早死，第三个就是有名的夏洛蒂·勃朗特。我译过她的最有名的两本小说；此外有一本是专写艾米丽的，她的妹妹也著两本小说，她们姊妹几个都是肺病死的。艾米丽生于1818年，死于1848年，死时不过三十岁。

民国十九年庚午白露后一日

伍光建序

第一章

1801年，我刚去看过我的房东回来——就是那个将要给我带来麻烦的、郁郁寡欢的邻居老头。这个乡下的风景的确是很好的！我不相信在整个英国，我能够找着一个地方，如同这里与社会的嚣扰那样完全隔离的。这是一个愤世派的天堂，而我同希斯克利夫两个人分享这儿的寂寞是很相合的，顶好的一个伴儿！当我骑马走上前，看见他很怀疑地看着我的时候，当我报我自己的名字，他带着一种猜忌的神情，把手指更缩

1801年，故事发生于呼啸山庄

入背心里的时候，他想不到我的热心肠怎样向着他。我说道："希斯克利夫先生吗？"

他点头答我。

"先生，我就是洛克伍德，是你的房客。我一到就来访你，希望我屡次要租住画眉山庄，不至于使你不便。我昨天听说你想……"

他打断我的话说道："先生，画眉山庄是我的。假使我能办到的话，我不许任何人使我不便——请进来！"

他是咬牙说"请进来"三个字的，像是要说"见鬼吧"！连他所靠着的院门，也没发现因他所说的话而挪动。这种的情形却使我决计进去。我看他比我还要不肯多说话，我觉得值得注意这个人。

他看见我的马的胸推院门，他就伸手拿开链子，很不高兴地往前走，当我们走进院子的时候他喊道："约瑟夫，牵走洛克伍德先生的马。拿酒来！"

我听见他所吩咐的两句话，我就想道："我猜他只有这么一个用人，怪不得石板缝里长许多青草，只有牲畜修篱笆。"

约瑟夫是一个老头子，也许是很老的了，却有气力。他一面替我拉住马，一面低声不高兴地自言自语道："上帝保佑我们。"当下他很不高兴地看了我，我却不怪他，猜他是求神力助他消化食物，与我的出乎意料之外地进来无干。

希斯克利夫的住宅名叫呼啸山庄。呼啸是本地人称风雨肆虐的天气，狂风怒吼的情景。无论什么时候，这里是很通风的，空气是很新洁的。屋后有几株很矮，种得很斜的松树，还有一排瘦削的有刺的树，枝子伸出很长，好像求太阳赈济似的，我们就可以猜得到刮北风时候的力量。好在建筑师有远见，把房子盖得很坚固，窗子是很窄的，很深地嵌在墙里，四角有大石保护。

我未过门槛之先，我站着观赏房子前面的许多奇形怪状的雕刻，尤其是门头上所刻的怪兽和赤裸的男孩子，我看见这许多怪状中间有"1500"四个字，还有"哈里顿 · 恩肖"名字。我本来想发两句议论，请房东把这房子的历史告诉我两句的，但是他站在门口的态度，好像要我赶快进去，不然的话，要我走开，我在未察看屋内前，却不愿意增加他的不耐烦。

一走进去，并无什么过道，就是他们家庭的起居室，他们称这里是房子。这间房子包括厨房和客厅，但是我相信在这新房子里，厨房是在后面另一处，因为我听见屋子深处有说话声，有食具的响声；在屋里的很大的火炉左右，我却看不见什么烧煮烹烤。墙上也并无钢锡器具，那一头却有许多白蜡盘子，银杯子和银壶，一层一层地摞在橡木架上，一直摞到房顶。还有一个木头架子上摆了许多大麦饼和一堆的牛腿、羊腿、火腿。炉台上挂了几支旧枪，一对马上用的小枪，边上摆了几个花哨的罐子。地面铺的是光滑白石板，有几把古老绿色的高背椅子，黑暗处还有几把黑色的。架下躺着一条肝色的大母狗，带着几只小狗，还有别的狗在其他的窝处。

一个老实北方农人的房子和家具就是这样，农人的古板脸和强壮的手脚，穿了短裤和鞋套是很相称的，这样的一个人坐在交椅上，面前的圆桌摆着一大杯的冒气泡啤酒，就是这山中五六英里内农民的派头，你只要按着饭后一定的时候走来，都可以看得见的。但是希斯克利夫与他的住宅和生活方式却成为一种奇怪的反衬。他的皮肤是黑色的，像是一个吉卜赛人的肤色，他的衣服和仪容却像是一个上等人。我说的是他像乡下里的一位小乡绅，打扮得不甚齐整，却并不难看，因为他的身躯挺直魁梧，却带点怒容。也许人家疑心他带着几分的失教的傲性，我心里却为他表同情，晓得他并不是这样的人。我自然而然晓得他的不好同人说话是发生于他不喜欢显露感情——不喜欢显露互相亲善。他无论是爱人或是恨人，都不愿意露出来，他以为再被人爱或再被人恨，是一种无礼的事。不是的，我说得太快了，我太过把我自己的诸多性情派在他身上了。他遇见人不肯伸手出来同人拉手，他可以有他的道理，与我的道理不同。让我希望我的性格几乎也是这样，我的母亲常说我永远得不到一个安乐的家庭，去年的夏天我曾证明我自己完全不配有一个安乐家庭。

当我在海边享受一个月的好天气的时候，我遇着一个顶迷人的女子，在她还没理会我时，我已经认为她是一个真的仙女。我是“绝口不说我的爱情的”，但是，神色若是会说话，一个傻子也可以猜着我是非常地爱她。最后她晓得我爱她，她回看我一眼——这一眼真可爱。我怎么样呢？我供认出来觉得很惭愧——她回看我一眼，我就缩起来如同一个蜗牛。她愈看我，我愈冷，愈退缩。后来她反疑心她自己的感觉，以为自己错了，慌乱得不得了，劝她的母亲离开此地。我因为有这种性向，就得了全无心肝的名誉，唯有我自己能晓得我并不是无心肝的。

我坐在炉前这一端，我的房东坐在那一端。有一条母狗走过来，在我的脚后绕，我尝试抚摩它，它呲牙咧嘴，它的白牙流涎，想咬我一口。我抚摸它，反令它叫。

希斯克利夫踢它一脚，同时喊道：“请你不要惹这条狗，它不习惯人家抚摸它——这条狗不是养来当玩物的。”他随即走到一个小门，又喊道：“约瑟夫！”

约瑟夫嘴里喃喃地在地窖子里不晓得说些什么，却并无走上来的表示。它的主人只好跑下去，剩下我一个人同凶恶的母狗和两条毛茸茸的狗，面面相对。这三条狗监察着我的举动。我不想被狗咬，我坐着不动，但是我想它们不会懂得不作声的羞辱，我对着这三条狗作鬼脸。大约我的脸色激怒了母狗，它忽然发怒，跳在我膝上。我这一动，把屋里所有的狗都激怒了，有六七只狗，有大的有小的，有老的有少的，都从躲藏的地方跑到这个中心点。我把它推开，赶快移动一张桌子，拦着它，不许它上前。它们最有可能咬我的脚跟和衣裾。我用通火的拨火棍抵着较大的狗，我被迫高声叫喊，求救于屋子里的人们。

希斯克利夫和他的人，很不高兴地爬上来，屋里虽然是喊成一片，他们却一步也不肯快走。幸亏厨房里有一个人来得很快，是一个很壮健的女人，穿了短衣服，光着两臂，脸上如火把样通红，拿着一把煎锅，在我们的中间乱舞。她凭着这件家伙，加上嘴里直喊，这阵风潮立刻停止，好像变戏法一样。这时候只有她一个人，如大风过后的大海一样在那里气喘

我这一动，把屋里所有的狗都激怒了，有六七只狗，有大的有小的，有老的有少的，都从躲藏的地方跑到这个中心点。

吁吁，同时她的主人走进来。

他看我一眼，令我很难受，他问道："闹什么吗？"

我说道："闹什么呀！魔鬼附体的猪[①]也没有你的狗那么凶。你还不如把一位生客放在一群老虎里。"

他说道："凡是不摸它们的人，这些狗也不惹他。"

他一面把桌子搬回原处，把瓶子放在我面前，说道："这几个狗警觉是应该的，请你吃一盅酒？"

我答道："我不吃酒，谢谢你。"

"你是不是被狗咬了呀？"

"假使我是被狗咬了，我会把狗打死了的！"

希斯克利夫的脸色放松了，变作笑脸。

他说道："洛克伍德，来，来，来！你受惊了，吃点酒吧。我这里是绝少有客来的，我同我的几条狗，我愿意承认，都不晓得怎样欢迎客人。先生，我祝你健康！"

我点头回敬他，也吃了一盅。我开始觉得不必因为几条恶狗，坐在这里愁闷，况且他借这件事同我开玩笑，我可以不必让他再取笑我！他大约因为考虑到，不该得罪一个好房客，不再惜字如金，介绍他认为我会觉得有意味的话题——他谈我现在归隐的地方的利弊。我觉得他对于这个话题是很有见解的，当我未回家之先，我受了他的鼓励，决定明天再来访他。他显然是不愿意我再来骚扰他。我却还是要来的，我拿他来比，觉得我能与人相处，胜过他许多。

---

① 魔鬼附体的猪：《圣经》故事。耶稣一行走到格拉森人的地方，遇见一个被魔鬼附体的人。那鬼央求耶稣不要送他们到无底坑去，耶稣就准他们进入猪群，于是那群猪闯下山崖投湖而死。

第二章

昨天下午有雾，又冷。我打算在书房里烤火，不想走野草地和泥地去呼啸山庄。我吃完饭走上楼（注意，我在十二点与一点之间吃饭，我的管家婆若不是不能够，就是不愿意明白我要五点钟吃），原想躲懒，走进我的屋子。我看见一个女仆跪在地下，带着刷子和煤筒，用煤块封炉火。这样的情景立刻把我逐出屋外。我戴上帽子，走了四英里的路，走到希斯克利夫的园子的院门，刚好躲过一阵大雪。

在这样的荒凉寒冷山顶，地上是冻成一片的黑硬。寒冷彻骨，令我发抖。我弄不动铁链，我就跳过去，在石板路上跑过去，敲门敲了许久，无人开门，敲到手指骨节发痛，屋里的狗乱吠。我心里说道："屋里的可怜虫们，因为你们这样的无留客的情谊，你们只该永远的孤立无群，无人同你们往来，无论怎样，都不应该白日关闭大门。我不管——我要进去！"我既打定了主意，就用很大力摇动门闩。闷闷不乐的约瑟夫从一个圆窗洞伸出头来。

他喊道："你是干什么的呀？主人在底下羊栏里。你若要同他说话，你绕过那边去找他。"

我问道："难道里面没有人开门吗？"

"里面有人，只有太太。你从白天喊到晚上，她也不来开门的。"

"约瑟夫，难道你就不能告诉她我是谁吗？"

"我不能！不关我的事。"说完了，头也缩进去了。

这时候的雪，开始下得很密。我抓住门把要再试，这时候一个不穿褂子的少年肩扛一把叉，在后面院子出来。他招呼我跟他走，我走过一个洗刷房，一个堆煤的地方，一个抽水机，一座鸽房，最后就走入一间很大的暖屋子，就是前次招待我的地方。火炉里有煤，有炭，有木头，火生得很大，我觉得很暖。有一张桌子摆了许多晚餐的食品，离桌子不远就是"太太"，我从前绝不会想到这间房子里有这样的一个人。我鞠躬，等着，心里想她会请我坐下的。她看看我，往后靠着椅背，不动，也不说话。

我说道："天气很不好，希斯克利夫太太，我恐怕大门因你的仆人们欠照应而吃苦，我费了许多力，他们才听见我敲门。"

她始终不开口。我瞪她——她也瞪我。她冷冷的，不理会地瞪我，令我极其难过。

那个少年说道："请坐，他不久就进来。"

我听他的话，清清喉咙，喊那条母狗，这是我们第二次见面。它居然摆一摆尾尖，表示它认得我。

我又开头说道："这条狗很好看。夫人，你舍得把那几条小狗送人吗？"

这位可爱的太太说道："那些小狗不是我的。"她的答话情状比希斯克利夫还要令人难受。

我掉过头来，看见一个垫子上好像是几只猫，我接着说道："原来你所爱的东西在那里，是不是？"

她很藐视地说道："这样东西，未免太怪了！"

谁知这一堆不是猫，是死兔。我又清喉咙，走近火炉，又说今晚天气很不好。

她站过来，要拿炉台上的两个罐子，说道："你不该出来。"

她刚才坐在黑暗处，现在我看见她的身材和面貌。她身子瘦弱，好像是刚刚成年的。身材是很好看的，小脸非常可爱，我向未见过这样可爱的脸。脸白，五官纤秀。卷发作黄金色，下垂在娇嫩的脖颈上。假使她的两眼的神色是和蔼的，就会不能抗拒地迷人。我的心原是易为美目所动的，好在这双眼所能表现的只有在蔑视与绝望之间的一种情感，这与她的脸极其不相衬。她的手伸不到去拿两个罐子。我要起来帮她拿。她掉起头来看我，她的态度好像一个守财奴对付要帮他数金钱的人。

她发怒说道："我不要你帮忙，我自己会拿。"

我赶快答道："对不起。"

她把围裙盖在她的黑衣上，绑好了。站着，拿一匙茶叶，正要放在茶壶里，问道："你曾被请吃茶吗？"

我答道："我想吃一盅。"

她又问道："你曾被请吗？"

我半笑说道："我并未被请。请我吃茶的人，应该是你。"

她把茶叶连小勺，都摔回茶叶瓶里，很生气地又坐下。她皱着眉头，红色的下嘴唇凸出来，好像一个快要哭的孩子。

当下那个少年披上一件很旧的外衣，在火炉前站得直直的，用眼角看我，好像我与他两个人有未报的死仇。我开始怀疑他是不是一个男仆。他的衣服和说话都是很粗的，并不及希斯克利夫夫妇那样细。他满头的棕色卷发是粗而不理的，他的胡子盖着两颊，两只手黄黑，同工人的手一样。但是他的态度是自由的，几乎是骄蹇的，他侍候家里的女主人，并不表示仆人的努力。我既不能证实他的身份，我只好不注意他的奇怪行为。过了五分钟，希斯克利夫走进来，多少减轻我所处的不安地位。

我高兴地说道："先生，我答应过来，我来了。我恐怕这样大风雪，有半点钟不好出去的，你能让我在这里躲半点钟风雪吗？"

他抖他的衣服上的雪，说道："半点钟吗？我想不到你为什么专拣大风雪的时候出来走。你晓得，你在低洼地上走，会冒迷失路途之险吗？就是熟识路径的人，天黑的时候，也会迷路的。我能够告诉你，现在的天气，是不会改变的。"

我说道："你这里有几个少年，也许我能够找一个领路的，他可以歇在山庄，等到天亮——你能派一个人领路吗？”

他答道：“我不能。”

我说道：“当真不能派吗！既是这样，我只好依赖我自己寻路的本事。”

“哼！”

那个穿旧衣服的人很凶地看看我，看看那位少年女人，说道：“你们要上茶吗？”

她看看希斯克利夫，问道：“要不要请他吃茶？”

他答道：“你预备吧。”

他这句话说得很凶的，我听了吓一跳。他说话的腔调露出真正的恶性。我觉得不能再称他是一个好人。茶弄好的时候，他说道：“先生，你把椅子挪上前。”我们都凑近桌子，那个粗鄙少年已凑近。当我们吃茶的时候，是寂然无声的。

我想，倘若是我令他们不欢的，我就应该努力打散这种的愁闷。他们不能够天天都是愁苦，一言不发的。无论他们的脾气怎样不好，不能天天都是这样愁眉苦脸的。

我吃了一盅茶，当第二盅还未倒上的时候，我开始说道：“习俗能够形成我们的品味和观念原是一件奇怪的事。希斯克利夫，你所过的生活是完全与世界分离的，自然也有这样生活的欢乐，有许多人却不能想象。我却敢说，你既有你的家人在你的左右，又有你的和气太太管理你的家庭，顺着你的心……”

他的脸上带着几乎是魔鬼的讪笑，打断我的话，说道：“我的和气太太！她在哪里？——我的和气太太在哪里？”

我说道：“我说的是希斯克利夫太太，你的夫人。”

他说道：“是呀——你的意思说，她的躯体已经死了，她的精神当了照料一切的天使，保护这所住宅的好运，是不是？”

我觉得我说错了话，我尝试改正。我可以看出来这两个人的年纪相差太远，不能是夫妇。这一个大约有四十岁了。那一个连十七岁都不像。四十岁的人是正盛年的时候，很少胡思乱想到少年女人会爱他，想娶她的，这是老年人聊以自慰的梦想。

我忽然想到——我身边的村夫，正在用盆喝茶，不洗手就拿面包吃，也许就是她的丈夫，他当然是希斯克利夫的儿子。这就是她被活埋的后果：她只因不晓得世界上还有比他好的人，所以把自己嫁给这个村夫！真可怜——我必要留神，不能使她追悔她所适非人。这个最后的念头，似乎过于自大，其实不是的。我觉得坐在我身边的少年，简直是不可近的。我由阅历晓得我自己是颇有吸引力的。

希斯克利夫证实我的猜度，说道："希斯克利夫太太是我的儿媳。"他一面说一面看她：这一看是表示怨恨。有些人是喜怒不形于色的，他却不然，他的神色是表示他内心的语言。

我掉过脸来，对着坐在我身边的村夫说道："我现在明白了，可不是，你就是这位温柔仙女的丈夫。"

我这两句话说得更糟：这个少年满脸通红，伸出拳头，很像要打我。但是他过了一会子就安静过来，对着我喃喃地说了一句粗口咒骂的话，把风潮压下去。他只管骂他的，我却不理会。

我的主人说道："先生，你两次全猜错了。她既不是他的夫人，也不是我的夫人，她的丈夫已经死了。我说她是我的儿媳，她当然是嫁给我的儿子。"

我问道："这个少年是……"

他答道："当然不是我的儿子。"

希斯克利夫又微笑，好像我说这条野熊是他的儿子，未免是大笑话。

那个少年咆哮道："我的名字是哈里顿·恩肖，我劝你尊敬这个名字！"

我心里好笑他这样庄重地报姓名，答道："我并未表示什么不敬。"

他两眼瞪着我许久，我却不去瞪他，因为我恐怕会打他一巴掌，不然，就恐怕我忍不住大笑。我开始觉得我与这一家人格格不相入。我的身体在暖和的屋子里觉得很舒服，但是他们这样的愁苦的精神空气抵不过舒服。我打定主意，我第三次来这里，应该怎样地小心。

我们吃完了茶点，没有人开口说一句话，我走近窗子看看天气。我看见的是愁惨景象，还未到时候，天已黑了，天上同山间都是一阵阵的风雪。

我不能不说道："我看没有一个领路的人，我是不能回家的了。路径都已经被大雪埋了，我几乎一步都不能前进。"

希斯克利夫说道："哈里顿，你把那十二条绵羊赶到谷仓的走道里。倘若把这群羊放在圈里一夜，它们都被雪盖住了，放一块板拦住它们。"

我愈觉得不高兴，接连说道："我怎么办呢？"

无人答我这一问。我回头一看，看见约瑟夫送一桶粥进来喂狗，希斯克利夫少奶奶倚着火炉，烧火柴玩耍。约瑟夫放下桶，看看屋里，声音很沙地说道：

"人人都出去了，你还在这里，什么事也不做，真是怪事。我晓得我说也不中用——你是不会改的。你去见魔鬼吧，同你的母亲一样！"

有一会子工夫，我以为他这几句话是对我说的，我很怒，向前走，要踢这个老恶棍一脚，踢他出去。但是希斯克利夫少奶奶的答话拦住我。

她答道："你这个不要脸的老伪君子。你说魔鬼的名字，你不怕被魔鬼捉去吗？我警告你不要惹我，且慢！约瑟夫，你不要走。"她从炉台上拿下一本长而黑的书来，接着说道："我给你看，我对于魔术得了多少进步，红色的母牛不是死于偶然的，你的风湿病不能算是飞来横祸！"

那老头子喘气地说道："恶人，恶人，我求上帝保护我，不为魔鬼所害！"

她说道："你这个下流东西！你走开，不然的话，我将重伤你！我将用蜡用泥做你们的形像。我定一条界限，哪一个先过界的，我就要——我不说把他弄成什么——但是，你将来晓得！滚，我在看着你！"

这个小女巫的美目放出恶意，约瑟夫真害怕到发抖，赶快跑出去，一面祈祷，一面喊"恶人"。我想她的行为是发生于一种无聊的游戏。现在屋里只有我们两个人，我设法要她注意于我的为难。

我很诚恳地说道："希斯克利夫少奶奶，我现在要烦你，请你莫怪，因为我敢说，你有这样的面目，不能不是一位好心的人，请你指出几处地面的记号，使我认得回家所应走的路。我之不晓得回家的路，如同你之不晓得走到伦敦的路！”

她坐在椅子上执着蜡烛看着书，答道：“你从什么路来，就从什么路去。这是顶简单的指示路径的话，却是顶靠得住的话。”

我说道：“既是这样，倘若你听见说有人看见我死在洼里，或死在雪坑里，你的良心不会告诉你，我这样死了，有一部分是你之过？”

她答道：“这是怎么讲？我不能护送你，他们不许我走到花园墙的尽头。”

我喊道：“我要你护送吗？这样风雪之夜，我不肯为我自己的便利起见，请你踏过门槛。我要你告诉我应该怎样走，不是请你带路；不然的话，请你劝希斯克利夫给我一个领路的人。”

她说道：“你要谁呀？屋里有他自己，有恩肖，有吉拉，有约瑟夫，还有我，你愿意要谁呀？”

我问道：“庄园里没有男仆吗？”

她答道：“没有，只有我所说的几个人。”

我说道：“既是这样，我不能不住在这里了。”

她说道：“你去同主人商量，与我无干。”

希斯克利夫的严厉声音从厨房门口出来，说道：“我希望这是一番的好教训，教你不要再鲁莽地在山上走。你说在这里住，我这里并无客房。你若要住，你只好同哈里顿或同约瑟夫同床。”

我答道：“我可以睡在这屋里的椅子上。”

他答道：“不能，不能，不论贫富，生人总是生人。凡是我所防护不到的地方，我不让人住！”

我听了他这两句羞辱的话，我不能再忍受了。我说一句憎厌的话，从他身边闯出院子，很匆忙，碰了恩肖。天是很黑的，我看不见出路，当我绕圈子的时候，我听见他们说出有教养的客气话。初时那个少年好像要帮我。

他说道："我愿陪他走，走到花园为止。"

他的主人喊道："你陪他赴地狱！你去了，谁照应那几匹马？"

希斯克利夫少奶奶喃喃道："一个人的性命，比一晚不照应马匹要紧得多，总要有个人陪他走。"她这两句较为和蔼的话，出乎我意料之外。

哈里顿反抗，说道："我不听你的号令，倘若你要照应他，你不如安静些。"

她很尖利地答道："既是这样，我盼望他的鬼魂来骚扰你，我又盼望希斯克利夫先生永远得不着房客，山庄都坍塌了！"

约瑟夫喃喃道："你们听呀，你们听呀，她咒骂他们！"

他坐的地方很近，用灯光挤牛奶。我不客气，把灯抢来，我一面喊明天送还灯，一面向最近的小门走。

他一面追我，一面喊道："东家，东家，他抢灯。狗呀，狼呀，捉他，捉他。"

我一打开小门，就有两只怪物向我的喉咙扑来，把我推倒在地，把灯也弄灭了，希斯克利夫和哈里顿两个人狂笑，令我更发怒，更难堪。幸而这两条狗意在伸爪，打呵，摆尾，并不要生吞我，但是他们不让我起来，我只好躺在地下，等他们的主人笑够了救我，我才得起来。我的帽子也丢了，我怒到发抖，我号令这两个恶人让我出去——他们多留我一分钟，他们要负责的——我断断续续地说了几句要报复的恐吓话，话里有无限深的恶意，带点李尔王的味道。

我愤怒得很厉害，鼻子流出许多血，希斯克利夫还在那里大笑，我还在那里骂他。假使这时候不是有一个人走出来，假使这个人不是比我更为明理，比房东更为慈善，我不晓得这件事怎样收场。这个人就是吉拉，她是这里的管家婆。她走出来问是闹什么事。她以为有几个人打我，她不敢攻击她的东家，只好骂那个年纪较轻的恶棍。

他喊道："恩肖，我不知道你下次又做什么！你要在我们的门前杀人吗？我看我不能在这里做事的了——你看那个可怜的少年，他气都喘不出来啦！你不必这样，你进来，我替你医治，你站好啦。”

她一面说这几句话，忽然倒了许多冰冷的水浇我的背，拖我入厨房。希斯克利夫跟进来，他是习惯愁闷的，他的偶然取乐不久就完了。

我很难过，头很晕，不得不在这里住下。他吩咐吉拉给我一杯白兰地，说完就走入里间屋子。她一面安慰我，我喝了酒，精神好些，她送我上床睡。

第三章

当她领我上楼的时候，她劝我把蜡烛藏起来，不要作声，因为她的东家对于我所睡的屋子有很奇怪的想法，向来不愿意有人住在这屋子里。我问她有什么理由。她回答不晓得，她住在这里不过一二年，这里有许多怪事，不能开头好奇查问。

我自己是很糊涂了，也不好奇查考，我关了门，四围地看，找床。屋里的家具只有一把椅子，一个压衣服的东西，一架大的橡木橱，近顶的地方，开四方洞像车窗。我走近这架橱，看看里面，才晓得是一种奇怪的古榻，打得很巧的，免得一家的人各人要有一间屋子。其实这架橱就是一间小屋子，窗台凸出来的一块板当桌子用。我把两边推进去，拿蜡烛进了橱，又把两边合上，我觉得很安稳，不怕希斯克利夫和无论什么人来窥探我。

我把烛放在横板上，有几本发霉的书堆在板的一角，板上画了好几个字。但是这些字都不过是写而又写的名字，有正书的，有草书的，有写得大的，有写得小的——写的是凯瑟琳·恩肖，有几处改作凯瑟琳·希斯克利夫，后来又改作凯瑟琳·林顿。我很无聊地头靠着窗子，接连地拼凯瑟琳、恩肖、希斯克利夫和林顿几个名字的字母。等到我闭了眼，我休息不到五分钟，忽然黑暗地方露出白字，如鬼影那样活现——空中都是凯瑟琳。我惊醒过来，要驱逐老在我眼前的名字，我才看见我的烛芯斜倒在一本旧书上，闻见一阵一阵烤牛皮的味。我吹灭了蜡烛。

我这时候又冷又恶心，很不舒服地坐起来，把烧焦了皮的书摊开放在膝上。原来是一本小版的《圣经》，霉味很重。卷首有一页，上头写道："凯瑟琳·恩肖，她的书。"记的日子是二十五年前。我合上这本，又取一本，取了一本又一本，我把这些都看一看。凯瑟琳的书是选择得很好的，看这几本书的残破情状，从前是很常用的，却不是正经读书，因为每章几乎都有用墨水写的附记，每一页空白是写满字的。有些附记是单独的句子，有些简直是日记，是孩子的字迹。有一页是空白的（当她初次看见这一页的时候，必定当作至宝），这一页上头有一幅漫画，画的是约瑟夫，画得很粗，却很有气魄。我觉得很好玩，我不晓得凯瑟琳是谁，我立刻很注意她，我开始辨认她所写的已经褪色的字。

在一节底下开头写道："可怕的一个星期日！但愿我的父亲再回来。欣德利是一个可厌的代理人——他对待希斯克利夫很不好——希斯克利夫同我要反叛——我们今晚走第一步。

"整天下大雨，我们不能到教堂，所以约瑟夫必定在阁楼讲经；欣德利夫妇在楼下的炉前烤火，什么事都做得出，只不读《圣经》。我同希斯克利夫，还有那个不欢的野小孩子，都奉命带着祈祷书上楼：我们一排坐在一袋的粮食上，嘴里呻吟，身上发抖，我们盼望约瑟夫也发抖，因为这样他就可以讲一章很短的经论。一场妄想！他足足讲了三点钟的经。当我的哥哥看见我们下楼的时候，居然老脸厚皮地问道：'什么，讲完经啦？'星期日晚上，向来我们若是不太吵的话，许我们游戏；现在却不许了，我们只要微笑，就罚我们站屋角！

"那个霸道人说道：'你们忘记了你们有一位头领在这里，无论哪一个首先令我生气的，我先毁了他，我要你们肃静。呀！小孩子！是你吗？弗兰西丝，小宝贝，你走过去揪他的头发，我听见他弹手指。'弗兰西丝果然很结实地揪他的头发，随即走回去，坐在她丈夫的膝上。他们两夫妇如同两个婴孩一样，两个人相吻，胡说，好几点钟——这样地傻说，我们会觉得难为情的。我们躲在厨房的柜桌底下，尽我们的法子使我们舒服。我刚把我们的两块围裙绑好，挂起来，当一个帷帐，就见约瑟夫从马厩走进来。他把帷帐扯下来，打我的耳光，喊道：

‘才埋葬了主人，安息日还未过，你们就敢闹着玩！不难为情吗！不好的孩子们，坐下吧！你们若要读书，那里很有几本好书。坐下吧，想想你们的灵魂！’

“他一面说，一面强逼我们坐得正正的，以便我们从远处的炉火可以得着一点暗光，照着他所摔给我们的书。我受不了坐在这里读书，我把书摔在狗屋里，我说我所恨的就是一本好书。希斯克利夫也把他的那本书踢入狗屋，还大声诅咒。

“我们的教士喊道：‘欣德利少爷呀！少爷呀！赶快来。凯瑟琳小姐把《救世盔》的书皮撕破啦，希斯克利夫把《通向毁灭之大路》也弄坏啦！你不该让他们这样胡闹呀。老爷若在的话，会把他们管得好好的——可惜老爷死了！’

“欣德利从壁炉那边跑到厨房来，一手抓住一个的衣领，一手抓住一个的膀子，把我们两个人摔入后厨，约瑟夫说的魔鬼撒旦会把我们带走的地方。我们既得了这种款待，各自找一个屋角，等候魔鬼光临。我从架上拿这本书，一瓶墨水，打开一点房门让光线进来，写了二十分钟的东西。希斯克利夫却不耐烦，他提议我们拿那挤奶女工的斗篷，披在身上作掩护去野地上乱跑。这个主意不错——倘若那个易怒的老头子走进来，他可以相信我们当真被魔鬼抓走了——我们出去冒雨，不见得比在这里更湿冷！”

——我猜凯瑟琳曾实行她的计划，因为接下来说的是另外一件事。她伤心了。

她写道：“我梦想不到欣德利会令我这样地流泪。我的头痛到不能靠枕，现在我还是难过的。可怜的希斯克利夫！欣德利喊他流氓，不许他同我们坐，不许他同我们吃；他还说我同他不能在一起嬉戏，倘若我们违背他的命令，他要把希斯克利夫轰出去。他怪我们的父亲——他怎敢？怪他太过优待希斯克利夫。他发誓，要把他降到他原先的地位——”

——我看书，开始觉得困倦，我的眼无定向，从手写的字看到印板的字。我看见几行红字的章目——“七十乘七，第七十一里的第一条。是贾比斯·布兰德海姆牧师在吉默登·苏教堂讲的传道经文。”当我半睡半醒地猜度贾比斯·布兰德海姆怎样论这件事的时候，我倒在床上就睡着了。我做了一场恶梦，若不是那杯坏茶和我的坏脾气的结果，事情怎么会这样呢？我自从能够受痛苦以来，我所受过的都不能比我这次所受的那样厉害。

几乎在我不晓得我在什么地方之先，我开始做梦。我以为是在早上，我出行回家，带着约瑟夫当我的领路人。路上的雪有二三尺深，当我们往前走的时候，约瑟夫不停地责怪我，怪我不带手杖。他告诉我，没有手杖，我绝不能走到家，他很得意地舞一根大头的棍子。有一会子工夫我以为必定要有一根这样的棍子，才能够被准许进入我自己的住宅，未免太过无理。随后我忽然想起，我不是回我的住宅，我们是去听那位有名的贾比斯·布兰德海姆讲“七十乘七”，不管是约瑟夫，还是我自己，只要犯了“第七十一里的第一条”，要被当众宣布罪状，逐出教外。

我们到了教堂。我散步时曾经在教堂门前走过两三次，这所教堂在两山之间的一个峡谷里，与一片洼地相离不远，有人说洼里的炭泥可以保存停放在那里的几具尸骸。房顶从前还是个整的，但是牧师的薪水不过每年二十镑，住的是两间屋子的房子，不久就要变成一间，没有教士愿当牧师，况且传说那里的人民宁愿牧师饿死，也不肯多出一文钱养活他。但是在我的梦中，贾比斯的教堂是坐满听讲的人，而且都是很留心听讲的。牧师讲经——上帝呀！他讲的是很长的经论，分作四百九十部分，每一部分等于一篇在神坛上讲的平常经论，每一部分讨论一个罪恶！我说不出来，他从什么地方找这些罪恶。他有他自己的方法解说语句，好像教徒们每时每刻都必要犯不同的罪恶。他所说的罪恶是极其奇怪的，我从未曾想象过这样许多的奇怪罪恶。

我觉得很困乏。我扭来扭去，打呵欠，打瞌睡，又苏醒来！我捏我自己，戳我自己，搓我的眼，站起来，以肘触约瑟夫，问他究竟几时讲完。他劝我听完了再走。后来牧师讲到“第七十一里的第一条”，一到这个当儿，我忽然产生一个想法，我站起来，痛斥贾比斯·布兰德海姆，我斥他是个罪人，他所犯的罪是信仰基督教的人所不必宽恕的。

我说道：“先生，我在这四面墙里，一坐就是四点钟，我忍受和饶恕你宣讲的四百九十个题目。我戴上帽子，想要走出去，已经有七十个七次啦——你不讲理地强逼我坐下，也有七七四百九十次啦，还要有四百九十一次就太过了。受罪的同胞们，攻打他！把他拖下来，把他打成粉，使这个地方从此以后不复晓得有他这个人！”贾比斯斜靠着垫子，停了一会子喊道：“你就是罪人！七十个七次你曾张口打呵，做出怪相——七十个七次我曾同我的灵魂商议——这是人的弱点，这也是可以免罪的！第七十一里的第一条到了，教友们照着写出来的戒律办他的罪。所有上帝的信徒都有这种的荣耀！”

他说完这句话，所有的人举起棍子，都冲到我身边。我手无器械，并无可以举起来自卫的东西，我只好抢约瑟夫的棍子，他离我最近，最凶。在这一群人里，有好几根棍子相交相碰，本来想打我的，却打了别人的头。不久整个教堂都是击打声，你打我，我打你。布兰德海姆不愿意袖手不动，用手乱敲讲台的板，表示他的激动，竟把我吵醒了，我觉得说不出来的宽慰，得了解放。

到底是什么东西使我联想到这样的一场大闹？在这场吵闹里，到底是什么东西演贾比斯？原来是松树的枝子碰了我的窗格，干的松果碰了玻璃！我怀疑地留心听了一会子。找着惊动我的东西，转身又睡，又做梦，这一次比上一次更难受。

这次我记得我躺在橡木橱里，我很清楚地听见一阵一阵的风声，和大风吹雪的声音。我又听见松树枝子又作那种扰人的声音，我找出了真正的原因。但是这样的声音太过吵了，我立意要使这样的声音停止。我记得我起来去开窗扉。原来钩子是嵌入钩钉的，当我醒着的时候，我曾看见是这样，我却忘记了。我想道：“虽是这样，我必要止住这样的声音！”我打破了玻璃，伸手出去抓那树枝，谁知我所抓的不是树枝，我抓的是一只

我要缩手，那只小手却抓住我的手，我听见很凄惨的声音哭泣着说道："让我进来，让我进来！"

冰冷的小手的手指！

我觉到了恶梦的极其可怕之处。我要缩手，那只小手却抓住我的手，我听见很凄惨的声音哭泣着说道："让我进来，让我进来！"当下我用力摆脱，一面问道："你是谁？"那声音抖抖地答道："我是凯瑟琳·林顿，我在洼上迷了路，我现在回家啦。"（有二十次把林顿读成恩肖，我为什么想到林顿？）当窗外人说话的时候，我隐隐约约地看见一个孩子的脸向窗里看。害怕令我变得残忍，我见无法推开这个孩子，我拖她的手腕放在破玻璃上，来回地拉，流出血来，沾染被褥。

那孩子还是哭："让我进来。"不放手，几乎令我害怕到发狂。最后我说道："我怎样能够让你进来！你要我让你进来，你得放手呀！"她的手指果然放松了，我赶快缩手，并赶快堆起几本书塞住窗洞，塞住我的两耳，不听这样可怜的恳求。

我好像止住这样的哀声有一刻钟，但是我一留心，再听，又听见还是呻吟哭泣！我喊道："你走吧！倘若你哀求二十年，我还是绝不让你进来的。"

那声音哭泣道："已经有二十年，二十年，我是一个丧家的孤儿，有二十年了！"外面开始有柔弱的刮擦声音，那一堆书好像在动，向前倒。我想跳起来，我却动不得，我害怕到发狂，大声乱喊。我晓得喊声是真的，我慌乱了。

有很急的脚步声走近我的房门，有人推开门，有光穿过床顶的四方洞。我坐起来，还是发抖，擦额上的汗。走进来的人好像迟疑，喃喃地自言自语，最后他半响地说话，显然是不望有人对答。

"这里有人吗？"我晓得是希斯克利夫的声音，我若再不响，他会做再进一步的搜查，我想不如还是承认我在这里。我既有这个意思，我转过来，开了门。我将不能忘记我的动作所发生的效果。

希斯克利夫穿了汗褂裤，站在房门边，手上拿蜡烛，蜡油滴在他的手指上，他的脸发白，如同他背后的粉墙一样白。橡木板一响，把他吓一跳，像中了电一样，他手上的蜡烛跳到几尺远，他激动得很厉害，无法拾烛。

我不愿再使他暴露更多的畏怯，我说道：“先生，我不是别人，是你的客人。不幸我做了一场恶梦，在梦中叫喊。我惊动你，我很抱歉。”

希斯克利夫因为手抖不能拿稳蜡烛，只好放在椅子上，说道：“哦，愿来是洛克伍德，我愿你在——”他握着两拳，咬着牙，想止住他的颚骨发抖，接着说道，“谁带你来这间屋子的？是谁带你来的？我立刻把他们轰出去！”

我跳下来，赶快穿衣服，答道：“是你的女仆吉拉领我上来的。希斯克利夫，你若是把她轰走了，也很好，她很应该被轰的。我猜她要借我来再证明这间屋子里有鬼。确是有鬼——这间屋子里有许多鬼！我很相信你有理由关闭这间屋子。睡在这间小屋子的人不会感谢你的！”

希斯克利夫问道：“你这几句话是怎么讲？你现在干什么？你既在这间屋子里，你还是睡下，睡过这一晚。但是我请你不要再叫喊，除非是有人来杀你，不然的话，你不应该那样叫喊！”

我答道：“假使那个小鬼从窗子跑进来，她当然会把我弄死了！我不想再受你好客的祖先们的迫害。贾比斯·布兰德海姆牧师是你母亲的娘家亲戚吗？那个小鬼凯瑟琳·林顿，或恩肖，必定是一个替身小鬼，是一个凶恶的小鬼！她告诉我她在野地上走了二十年，是个罪人，应该受罚的。”

我几乎还未说完这番话的时候，我记起书上希斯克利夫的名字同凯瑟琳的名字是有关系，我刚才完全忘记了，这时候才记起来。我这样的不体恤人，觉得难为情，令我脸红。但是我不再表示我觉得对他不起，赶快说道：先生，其实我在晚上——我又停住不说——因为我要说我看那几本旧书，这样一来就露出我看到了书里的印版字和笔写的字。我立改过来，说道：“我拼那刻在窗台的字母。这是一种无聊的事，可以引我入睡，如同数，或——”希斯克利夫发声如雷地喊道：“你同我这样说话，你是什么意思？在我的家里，你怎敢？上帝呀！他这样说话他是疯了！”他发怒地用手打他自己的额。

他说了这几句话，我不晓得应该顶撞他，还是往下说。但是他好像是受了极有力的震动，我可怜他，继续说我的恶梦。我说我向来未听见过“凯瑟琳·林顿”这个名字，但是读过多遍，就发生印象，当我不能节制我的想象的时候，就有这个人出现。当我说话的时候，希斯克利夫逐渐地往后靠着床，最后他坐下，几乎躲在床上。但是我听他的呼吸或快或慢，有时暂停，我就猜着他竭力平息他的过于剧烈的情绪。我不愿意表示我注意到了他内心的冲突，我接连故作声响地理发穿衣，看我的表，自言自语地抱怨夜长：“这时候还未到三点钟！我敢发誓已是六点钟了。这里的时光走得慢，我们昨晚歇息的时候必定是八点钟！”

希斯克利夫压下哼声，说道：“冬天我们常是九点钟歇息，四点钟起来。”我看见他手臂的影子动，我好像看见他用手挥眼泪。他说道：“洛克伍德，你可以到我的屋子里，你这样早下楼，只会影响别人。你的稚气叫喊，使我不能再睡了。”

我答道：“我也不能再睡了。我将在院子里散步，等到天亮，我就走了，你不必害怕我再来骚扰你。以后无论在市镇或在乡下，我不求同伴之乐了。一个明白人应该求乐于自身。”

希斯克利夫喃喃道：“好同伴！你拿蜡烛。你喜欢到哪里就到哪里。我不久就同你在一起。你却不要到院子，那几条狗并未上链，堂屋也不要进去，朱诺[①] 在那里守夜——你只能在台阶上和过道里散步。你去吧！我过两分钟就来！”

我听他的话，只离开这间卧室。我不晓得许多窄道引到哪里去，我站住不动，无意看见我的房东的迷信举动，他走上床，推开格子，大哭，他哭着说道：“进来呀！进来呀！凯瑟琳，来呀，你来呀！我的心肝小宝贝！凯瑟琳，这次听我的话，凯瑟琳，来呀！”那幽灵表现一种反复无常的怪脾气，它偏偏不来。只有风雪如疯如狂穿过，刮到我所站的地方，把蜡烛也刮灭了。

---

① 朱诺：前面提到的那只母狗。

这样的发狂中，竟伴随着巨大的悲伤，内心有很多苦痛，我的哀怜使我不再注意这样愚蠢的举动。我就走开，有一半怒我自己不应该听他说疯话，又因为是我使他这样痛心的，恨我自己对他说我的一场无理的恶梦。但是为什么使他伤心，我却不晓得。我很小心地下楼，走入后厨，还有一点火苗，我把蜡烛再点着了。厨房里只有一只灰色猫走动，它从灰堆里走出来，喊了几声欢迎我。

有两张长椅摆成弧形，几乎围满火炉。我躺在一张长椅上，那只猫上了另一张。当未有人进来的时候，我同猫都在那里打盹。后来约瑟夫放下来一架梯子：我猜他由此上阁楼。他带点恶意看看烛光，把猫轰走了，占了猫的地方，开始拿烟叶装他三寸长的烟筒。我在他的领地，他显然当作一件大不敬的事。他一言不发，两手交叉，在那里吸烟。我不惊动他，随他享福。他吸完了，叹一口气站起来，他走出去如同他走进来那样严肃。

第二个走进来的人，脚步较为轻巧些。我开口要同他说早安，我又闭住口不说了。因为哈里顿·恩肖开口乱骂，碰着什么骂什么，一面在屋角里找铲子要铲雪。他看看椅子的后面，撑大鼻孔，他不想同我打招呼，如同他不肯同猫打招呼一样。我由他的诸多准备，猜着可以让人出去了，我离开硬长椅，动身要跟他出去。他看见了，拿铲子推推一个内里的门，一言不发地指示给我看，倘若我要换地方，我必要从这个门口出去。

开门进去就是堂屋，里面已经有几个女人在活动。吉拉用一个大风箱吹火，希斯克利夫少奶奶跪在炉前，借火光看书。她举起一只手在眼前，挡着火炉的热气，好像是看书看得很入神。只有责骂女仆弄得她满身都是火星，或是推开一只走得太近的狗时，她才分心。我看见希斯克利夫也在这里，倒觉得奇怪。他在火炉旁边，背向着我，才同吉拉发过脾气。吉拉时时去塞好她的围裙角，叹一口气。我进去的时候，他对着儿媳发脾气说道：“你，你这不中用的……”他所用的字眼是无伤大雅的，像鸭字或羊字，但通常都是用……替代。“你又在那里耍你的把戏，是不是？

其余的人都挣口饭吃——唯有你依赖我的慈善过活。你要把你不相干的东西拿开，去找点事情做。你这个贱人，你永远在我的眼前绕，你要给我钱的，你听见吗？”

那个少年女人把书关了，抛在一张椅子上，答道：“我若是不肯把我的不相干东西拿开，你也会强迫我拿开，因此我只好拿开。但是我无论什么事都不做，无论你怎样咒骂，把舌头诅咒丢，我还是不做，是我喜欢做的，我才做！”

希斯克利夫举起手来，他的媳妇晓得他的手有力，跳到远远的地方。我不想看这样的猫狗打架，我赶快走上前，好像是急于要取暖的样子，假装不晓得他们吵闹。他们两个人都停战了。希斯克利夫把两只拳头收在衣袋里，免得挥拳。希斯克利夫少奶奶噘她的嘴唇，走到远远的一个座位，当我在屋里的时候，她果然动也不动，如同一座石人一样。我在屋里没待多久。我不肯同他们吃早饭。天一亮我就借机会走到自由的空气中，这时候清朗，安静，其冷如冰。

我还未走到园子的尽头，我的房东就喊我站住，他愿陪我走过洼地。幸亏他陪我走，因为整个山背都是雪，如同一片白色海洋。雪的起伏并不表示地面的陵谷，有许多深坑都填平了；那一座座的山丘——石矿的废弃物都看不见了。我之前在这里走过的时候曾看见路的一边，相隔每六七码远，有一排竖直的石头，一直透过整片空地。石头上都刷上石灰，夜行可以作标记，也是为了如果遇上现在的大雪，小路的两旁低洼之处被雪所铺平，亦可以作标记。但是这个时候，标记的痕迹都看不见了，只看见这里那里有不洁的点子。当我以为随着路的曲折走的时候，我的同伴常告诉我或向左走，或向右走。

我们在路上很少交谈，我们走到画眉山庄门口，他站住脚，说我到了这里就不会走错路了。我们点头分手，我只好依赖自己向前走了，因为看园人的住所尚无人住。从园子的大院门到正房，还有两英里的路，我相信我却走了四英里。我在树林里迷了路，有时陷在雪里，其深及膝，唯有经历过的人能够领略这种危险。我绕了许多路，我走入山庄的时候刚打十二点钟。从呼啸山庄走到这里，刚好是每小时走一英里。

我的家人们跑出来欢迎我，吵成一片地喊。他们以为我死了，人人都猜我昨天晚上死了，正在想法怎样找寻我的尸首。我说你们看见我回来了，不要吵了。我通身冰冷，冷到入心。我慢慢上楼，换上干衣服，走来走去，走了四十分钟，身体复暖。我进了书房，觉得软弱如同小猫一样，几乎不能享受屋里令人高兴的火和热咖啡。

第四章

人是同风信旗一样，摇摆无定的！我打定主意不与人交往，我找着一个地方，几乎完全可以实行不与人交往了。谁知我这个无坚忍性的人，与孤独无聊奋斗到天黑，最后不能不投降了。我借口要打听这所山庄的诸多用品需要，当迪安太太送晚饭上来吃的时候，我请她坐下，不要走开。我希望她是一个爱说话的人，要么给我提神解闷，要么使我睡着了。

我闲谈着："你住在这里很久了，你不是说过你住在这里有十六年了，是不是？"

她答道："先生，十八年。女主人结了婚，我就来侍候她，她死了之后，男主人留我在这里当管家婆。"

我说道："是吗？"她不说话了。我恐怕她不是一个爱说话的人，除非关于她自己的事，才肯说话，我却不要听。虽是这样，她想了一会子，两手放在两膝上，她红润的脸庞露出沉思神色，她说道：

"现在不比从前了，改变了许多！"

我说道："是呀，我猜你亲眼看见许多变迁，是不是？"

她说道："我看见许多变迁，我还看见许多苦恼的事。"

我想道："哈！我要改变话题，谈我的房东的家事！这是开端的好话题！我想要晓得那位秀美的小寡妇的历史。她是本地人呢，还是外地人？那个坏脾气的本地人不认她作至亲？"我有了这个主意就问迪安太太，希斯克利夫为什么把山庄出租，宁愿住在不及山庄那样好的地方。我问道："难道他无力量把那产业保全好吗？"

她答道："力量嘛！他很有钱，无人晓得他有多少钱，每年还增加。他是很有钱的，足够住比这所还要好的房子。但是他舍不得花钱，他只要听见有好房客，他就舍不得不再弄几百镑。他孤身一人，还要这样贪财，实在是一件怪事！"

我问道："他有一个儿子，是不是？"

她答道："是的，他原有一个儿子——儿子却死了。"

我问道："那个少年女人，希斯克利夫太太是他的遗孀吗？"

"是的！"

"她本来是哪里人？"

"她是我已故主人的女儿，她未出嫁的名字，是凯瑟琳·林顿。我是她的乳母！我曾希望希斯克利夫搬来这里，那么我们还可以在一起。"

我很诧异地喊道："什么！凯瑟琳·林顿吗？"但是我反省过一会子，我就相信这个凯瑟琳不是我所梦的做了鬼的凯瑟琳。我接着说道："原来在我之前住在这里的人姓林顿？"

"是姓林顿。"

"恩肖是谁，哈里顿·恩肖，与希斯克利夫同住的那个人是谁？他们两人是亲戚吗？"

"不是的，他是已故的林顿太太的侄儿。"

"他是那少年女人的表哥，是不是？"

"是的。她的丈夫也是她的表哥，一个是母亲这边的，一个是父亲这边的，希斯克利夫娶的是林顿的妹妹。"

"我看见在呼啸山庄的房子的前门头上刻有'恩肖'两个字。他们是老世家吗？"

"先生，他们是很古老的家族，哈里顿就是最后一个恩肖，亦如我们的凯瑟琳小姐是最后的一个林顿。你到过呼啸山庄吗？我要晓得她怎么样了？"

"希斯克利夫少奶奶吗？她神色很好，面貌很好，我看她不十分欢乐！"

“我倒不怪她不欢乐！你喜欢那位主人吗？”

“迪安太太，他是一个粗人。你看是不是？”

“那个人有锯口那么粗，有黑石那么硬！这个人，你愈少惹他愈好。”

“他生平必定有过不如意的事，使他变作这样粗恶。你晓得他的历史吗？”

“他是个杜鹃[1]，他的历史我全晓得。我只不晓得他是在什么地方生的，他的父母是谁，最初他怎样弄了些钱。哈里顿被弃，好像一只羽翼未成的鸟，在我们这个教区里的人，都晓得这个不幸的孩子是怎样被骗的，唯有他本人不晓得。”

“迪安太太，你做件好事，把我的邻居的历史多少告诉我。这时候我上床也不能睡，请你坐下，同我谈一小时。”

“先生，好呀！我找点针线活，我就能够同你久谈。但是你有点伤风，我看见你发抖，你一定要吃点热粥，驱逐寒气。”

这个女人走出去，我缩近火炉，觉得通身发冷，只有头是很热的，况且我神经受扰，觉得很烦躁，几乎到了糊涂地步。我觉得这种不安，恐怕因昨今两日所遇的事所引起的严重后果。她不久就回来，拿了一盘冒热气的东西，和一个活计篮。把盘子放在壁炉的铁条上，把椅子拖近，她看见我这样和气，很高兴。[2]

我未到这里之先，常在呼啸山庄。因为我的母亲当欣德利·恩肖的乳母，他就是哈里顿的父亲。我惯同孩子们玩耍，我还替人跑腿，帮忙弄干草，常在庄园里转来转去，预备有人差遣我。我还记得有一次是夏天的早上，天气很好——开始收获了——老主人恩肖下楼，穿好衣服预备远行。他先吩咐过约瑟夫白天做什么事，随后他掉过头来，对着欣德利、凯瑟琳与我（我坐下同他们在一起吃粥）三个人，他对儿子说道：“好孩子，我今天去利物浦，你想我带什么东西给你呀？你随便拣什么都可以，

---

① 杜鹃在此处暗喻弃婴。
② 以下述管家婆所说的话。

但是你要拣小件的东西，因为我来去都是步行：一来一回共总是一百二十英里，路程是很长的！”欣德利要一个提琴，他问凯瑟琳要什么。那时候她还不到六岁，她却会骑马，她要一根马鞭。他还不忘记我，因为他是心慈的人，虽然有时很严厉，他答应我，带满袋的苹果和梨回来给我，他随即吻他的儿女，话别，走了。

他离家三天，我们觉得很久——小凯瑟琳时常问他几时回家。恩肖太太预计他第三天吃晚饭的时候到家，因为等他，屡次把吃饭时间延迟，但是并无他到家的征象。孩子们跑到大门口去看过好几次，后来不耐烦，也不去看了。天黑了，太太要他们去睡，他们哀求等等才睡。等到十一点钟，主人很安静地打开门闩，就走进来。他倒在椅子上，一面哼哼一面笑，叫他们都走开，因为他疲乏到要死——他无论怎样，以后再也不走这些路了。

他的大衣原搭在膀子上的，这时候他打开大衣，说道：“走到后来，几乎跑死！太太，你看！我生平向未这样劳苦过。这个东西虽然是很黑，好像是从魔鬼那里来的，你却要当是上帝的一件赏赐。”

我们四面围住他，我从凯瑟琳小姐的头上看过去，看见一个脏的，穿着破衣裳的黑头发小孩子，能走路能说话了。他的脸比小姐的大。把他放在地下的时候，他只是瞪眼四面看，说了好几句没有人懂的话。我见了害怕，太太预备把这孩子抛在大门外。她生气，问丈夫，既要照应教养自己的孩子，为什么把这种吉卜赛的孩子带来家？问他打算怎样对待这个孩子，问他是不是疯了？主人尝试解说这件事，但是他已经疲倦到半死，我只晓得他在利物浦街上看见这个挨饿、无家，几乎是哑巴的孩子，他就抱起来，查问是谁的孩子。主人说问过许多人，都不晓得是谁的孩子。因为他身边带的有限的钱，又不能久留，只好立刻带回家去，不必在这里白花钱。因为他既然看见这孩子，他不能随他死在路上，结果就是太太说过许多话，也只好安静了。恩肖吩咐我把这个拾来的孩子洗干净，让他同孩子们睡。

欣德利与凯瑟琳只好看着听着，随后就搜父亲的衣袋找东西。欣德利这时候十四岁了，他掏出提琴来，一看已经压坏了，他就放声大哭。凯瑟琳听见父亲说因为招呼那个孩子把马鞭子遗失了，对着那个拾来的孩子吐唾沫。父亲打她一巴掌，教她学干净的行为。他们两个人绝对不肯与这个孩子同床睡，而且不肯与他同屋睡。我把这孩子放在楼梯口的地板上，希望他明早逃走了。这个孩子，不晓得是偶然的，还是是听见声音，爬到恩肖的门口，他一走出来就看见这个孩子。他查问，这个孩子怎样会到了他门口的，我只好照直供认。他把我轰走了，因为我怯懦和没人性而遭到报应。

希斯克利夫初次到这个家庭就是这样。过了几天，我回来（我并不以为我的被贬是永远的），才晓得他们替这个孩子起了名字，叫“希斯克利夫”。这是主人早年就死了的儿子的名字，从此后他就叫作希斯克利夫，这五个字连名带姓都有了。现在凯瑟琳小姐同这个野孩子很好，欣德利却恨极他。老实说，我也恨他，我们很糟蹋他，待他很不好。因为我无知，不觉得我自己行为不公道。太太见他受欺，也绝不替他说一句好话。

这个野孩子是一个沉闷而能忍耐的孩子，大约是受惯了虐待，变作这样的。他忍受欣德利打他，连眼睛都不动，眼泪都不滴。我拧他，也不过使他吸一口气，睁大两眼，好像是他偶然伤了自己，并不是他人之过。老主人晓得他儿子虐待这个可怜的无父之子，又看他这样忍受，非常生气。老主人很奇怪地爱惜这个孩子，相信他所说的话（他很少说话，所说的大概是实话），他宝贝这个孩子，比宝贝凯瑟琳厉害得多，因为这个小姐太过好惹事，太过任性，她父亲不甚宝贝她。

所以一开始，这个野孩子就使家庭不和。不到两年，太太死了，少爷就当父亲是一个管制者，不是一个朋友，当希斯克利夫是一个夺他父亲的宠爱和权利的人。他想到这许多伤害，就痛恨这个野孩子。有几时我对他表同情，但是当孩子们出疹子，我要看护他们的时候，我改变了我的想法。希斯克利夫的病很危险，当他病得顶重的时候，他要我不离他的左右。我猜他觉得我为他尽了许多力，他不晓得我是受强逼看护他的，但是我却要声明，他病的时候是极安静的。那两个孩子却很不安静，我不能不偏向他多些。他同一条羔羊一样，嘴里不出怨言的。但是他之所以不甚麻烦我，并不是因为他的生性柔和，其实因为他的顽强。

他病好了，医生就说是我的看护功劳居多，很恭维我。我听了医生恭维我的话，我很得意，我因为希斯克利夫得了恭维，我就偏向他，欣德利从此就丢失了他的最后一个袒护他的人。我仍然不能十分偏爱他，主人却很喜欢这个时常阴郁的孩子，我常觉得奇怪。我记得这个孩子绝未表示过他感激老爷的优待。他并不是无礼于他的恩人，他不过是毫无感激之心，他却很晓得他能得老头子的欢心，又晓得他只要说句话，全家的人都受强逼要听他的话，他说什么就是什么。我可以引一件事作证，我记得恩肖有一次买了两匹小马，每个孩子给一匹。希斯克利夫拿了最好的一匹，不久却跛了，他一看见他的马跛了，他就对欣德利说道："你必须把你的马换给我，我不喜欢我的马。倘若你不肯换，我就告诉你的父亲说，你这个礼拜打我三次，我把膀子给他看，我的膀子全黑了。"欣德利伸舌头，打他的耳光，他跑到廊下（他们在马厩里），说道："我劝你立刻同我换，你不能不同我换；倘若我说出你打我，你会挨打的，还要本上加利。"欣德利拿着铁秤砣要扔过去打他，喊道："狗，走开！"他站着不动，说道："请你扔，我就告诉你父亲，说你怎样夸口，只要他一死，你就把我轰出城外，你看他会不会立刻把你轰走。"欣德利果然扔过去，打中他的胸。他跌倒在地，立刻爬起来，脸无人色，气都喘不出来。假使不是我拦阻他，他会就是这样跑去见老主人。他只要把原因一说，老主人见他这样情景，他就能够报仇报到十足。小恩肖说道："吉卜赛无赖，你拿我的马吧。我祈祷这匹马把你摔下来，跌断你的颈骨。你这个离间我父子的人，你把我的马拿去吧，你去受天谴吧！我父亲所有的东西都被你骗到手了。让他看到你是撒旦[①]的小鬼。——拿去吧，我盼望这匹马将来踢出你的脑浆！"

希斯克利夫走去把马牵入他自己的马房里。当他在马背后走过的时

① 撒旦：即魔鬼，在基督教里为邪恶的象征。

希斯克利夫走去把马牵入他自己的马房里。当他在马背后走过的时候，欣德利停止恶骂，把他打倒在马蹄下。

候，欣德利停止恶骂，把他打倒在马蹄下，并不看他的希望是否成为事实，就赶快跑了。我很诧异地看见希斯克利夫很淡定地站起来，把鞍子等等都换了，坐在干草堆上歇息，才走入屋里。我很容易地劝他把他的伤痕都推在马身上。他只要得其所欲，他就不管说什么谎都肯。关于这种争吵，他是很少出怨言的，我真以为他不是一个要报仇雪恨的人。我却完全被他所欺了，你听我往下说，就晓得。

第五章

后来恩肖的身体开始不济了。他一向是活跃健康的，谁知他忽然身体变弱了。当他缩在炉边取暖的时候，他的脾气变得很不好。一点小事就使他发怒，他疑心人家不听他的话，几乎使他怒到发狂。若是无论什么人尝试欺负他所偏爱的野孩子，他尤其易于发怒，他非常爱猜忌，惟恐人家说他不对。他好像存了一种成见，因为他喜欢希斯克利夫，所有其他的人都厌恶他，要害他。这是很不利于这个野孩子的，因为我们之中，心地较慈的人，不肯令老主人生气，就让他偏爱，不去惹他，这却养成那个孩子的骄傲和坏脾气。虽是惯坏他，我们却不能不如此。有两三次，欣德利当父亲在身边的时候，对那个野孩子表示藐视，就激怒老人家大发脾气。他抓住他的手杖要打儿子，手却动不得，生气到发抖。

最后我们的副牧师（我们那时候有一个副牧师，他的生活就靠教林顿家和恩肖家的孩子们读书，和自己耕田）劝老主人把儿子送出去读书。主人听了他的话，心里却很难受的，因为他说："欣德利不是个材料，无论到什么地方都不会发达的。"

我诚心希望现在我们可以享太平了。我想到老主人做好事，反令他自己心里不安，我觉得很难受。我想他老年的不满意和病痛，是发生于家庭不和，他自己也是这样想的。虽是这样说，假使没有凯瑟琳小姐和仆人约瑟夫，我们还可以勉强过太平日子。这个约瑟夫，你在那边见过的。他从前是，大约现在还是一个最令人憎厌的，自以为是正人的伪君子，搜遍

《圣经》也找不出这样的人，把福气都留给自己，把晦气推给别人。他用花言巧语和貌似虔诚的说教，居然使东家得了很好的印象。主人愈衰弱，他愈能影响他。他很残忍地跟主人谈论灵魂的归宿，以及如何严厉地约束儿女，来折磨主人。他鼓励主人当欣德利是一个下流东西，每天晚上必一串一串地说希斯克利夫与凯瑟琳的坏话。他却常记得谄媚老主人的弱点，把最重的罪恶，都推在凯瑟琳身上。

凯瑟琳诚然有许多举动是我向来未见过别的孩子所会有的，她每天必有五十次或多过五十次的奇怪举动，我们都不能忍受：从她下楼时起到她晚上上床睡觉时止，她总要闯祸的，我们无时无刻不要防着她。她的精神常是很好的，她的嘴是不会停的，不是唱就是笑，人家不唱不笑，她就要折磨人，她真是个野性女孩子，是个不好的孩子——但是她的两只眼睛长得最美，笑得最可爱，脚步最轻。我却相信她并无恶意，因为她一令你哭，她很少不陪你哭的，又使你不得不安静下来安慰她。她太过喜欢希斯克利夫。我们所能想出来的最重惩罚就是使她与他分离，因为他的缘故，她挨过许多骂，比我们都挨得多。嬉戏的时候，她最喜欢扮小妇人，很任性地指手画脚，号令她的同伴们。她对待我也是这样，但是我不受她的指挥，我让她放明白点。

恩肖却不晓得他的儿女同他开玩笑，他对待儿女常是严肃的。凯瑟琳并不明白她的父亲为什么身体不好的时候不如身体好的时候那样和气有耐心。他发怒指责她，却反唤醒她激怒他的乐趣。她最欢乐的时候就是我们人人同时骂她，她用大胆和顽皮的面目和尖利的说话同我们挑战，把约瑟夫的宗教诅咒变作笑话，窘我，做她的父亲所最厌恶的事——她给她父亲看，她的假装无礼（她的父亲却以为是真的），怎样比他的仁爱，有更大的力量左右希斯克利夫：她吩咐什么，希斯克利夫就奉命做什么，至于他吩咐什么，希斯克利夫愿意做就做，不愿意做就不做。

她白天闹够了之后，有时晚上走来撒娇，敷衍老人家。老人家就说道："你比你的哥哥还坏，我不能爱你。孩子，你去祈祷，求上帝的饶恕。父母养了你，我恐怕我与你的母亲必定会后悔的！"她初时听这两句话就哭，听惯了就不觉得什么，倘若我叫她说悔过的话，叫她求恕罪，她却笑我。

十月里有一天，老主人坐在火炉边就死了。一场大风，在房子四周刮，在烟囱里吼得很响，像是闹狂风的声音，却并不冷。我们都在一起——我离壁炉不远织毛活儿，约瑟夫近着桌子读《圣经》（那时候，仆人们做完了事，常坐在屋里）。凯瑟琳小姐有病，所以很安静，她靠着她父亲的膝，希斯克利夫躺在地上，头在她的怀里。我还记得，当老主人未打盹之先，他抚摸她的美发——他很少看见她这样安静，他很喜欢——说道："凯瑟琳，你为什么不能常是一个好的小女孩子？"她掉过脸来望着她父亲的脸，大笑，答道："父亲，你为什么不能常是一个好人？"但是她一看见他又不高兴，她就吻他的手，她说她唱歌，哄他睡觉。她开始很低声地唱，唱到他的手指从她的手指上放下来，他的头垂在胸上。这时候我叫她不要响，不要动，免得惊醒他。我们都一声不响，有半点钟，我们本来往下还是不响的，只是约瑟夫读完了一章，站起来说，他必要喊醒主人让他祈祷、睡觉。他走上前，喊主人，摸他的肩膀。主人不动，他拿烛过来看，当他放下蜡烛的时候，我心里感觉有点不对。我捉住孩子们一人一只手，附耳对他们说道："你们上楼不要响——你们今晚可以独自祈祷——他还有事。"

在我们不能拦阻凯瑟琳之前，她两臂搂住她父亲的脖子，说道："我先要同父亲请晚安。"可怜的女孩子，她立刻晓得她父亲死了——喊道："希斯克利夫，他死了！他死了！"他们哭得很伤心。

我也放声大哭，哭得很悲伤。但是约瑟夫问我们为什么对着一位在天上的圣贤这样大哭，他告诉我披上大衣跑去找医生和牧师。我猜不着这时候找这两个人来，还有什么用处。虽是这样说，我冒着大风雨出去找，找了医生来，牧师说明早来。约瑟夫同医生说话，我跑到孩子们的屋里。他们的房门是半开的，这时候虽然已经过了半夜，我看见他们并未躺下。他们比我还要镇静些，不必我来安慰他们。这两个小孩子用较好的思想彼此安慰，是我所想不到的思想。在他们的谈话里，把天堂描画得很华丽，世上无论什么牧师都说不出来。当我哭泣和细听的时候，我不能不想望我们都是很安稳地在那里团聚。

第六章

欣德利回家送殡。他把他的太太也带回家，我很诧异，邻近的人们都纷纷议论他。他始终不告诉我们她是什么人，生长在哪里。大约她既无资财又无门第，不然的话，他不会隐瞒着不让他父亲晓得。

她却不会因为她自己，惊动家里人的。她一进门，无论看见什么东西，什么事情，都是高兴的，只有看见预备出殡和送殡的人们她除外。当预备出殡的时候，我看见她的行为，我以为她有一半是个傻子。我正要给孩子们穿衣服的时候，她要我同她走入她的卧室。她坐在那里绞着手发抖，屡次问我——“他们还未走吗？”她开始情绪激动地告诉我，她看见黑色东西会对她怎样发生影响。她惊跳，发抖，最后啼哭——我问她为什么事？她答我说她不晓得，但是她很怕死！我想她是不会死的，同我一样。她身子很瘦，面貌却少年新鲜，两眼射光，如同金刚钻。我却曾注意到她上楼呼吸得很快，只要一点极小的声响，她就通身发抖，有时候咳嗽得很厉害。我不晓得这种病征表示什么，我就没可怜她。洛克伍德先生，我们大概都不与外国人亲近的，除非他们先同我们亲近。

小恩肖离家三年，改变了许多。他长得瘦些，脸色也差些，说话和穿衣服与从前很不同。他回到家，当天就告诉约瑟夫和我，从此以后，我们必定住在后厨，把房子让给他。他原想把一间备用的小屋子铺地毯裱纸，作一个起居的地方。但是他的太太表示很喜欢白地板与大壁炉，点锡盘子，陶器架，狗屋，屋子又宽大，可以走来走去，他为她的舒服起见，不必用那间小屋子了。

她看见有一位妹妹，很高兴，她同凯瑟琳说话，吻她，同她在各处跑，一开头就送了她许多礼物。她的热情却不能耐久，当她发小脾气的时候，欣德利就变得很暴虐。她只要说两句话，表示不喜欢希斯克利夫，就能够激起他从前对这个孩子的憎恶。他轰他，让他同仆人们作伴，不许牧师教他读书，要他出去作工，逼他做辛苦事，与其他田工一样。

希斯克利夫起初忍受他的屈辱，还算好的，因为凯瑟琳把她所学的教他，同他在田上做工或玩耍，他们两个人希望能过上野性十足的原始生活。少爷只要他们离开他远远的，他就完全不管他们的行为与举动。他们星期日到不到教堂，他也不管，只有约瑟夫与牧师看见他们不来，就责备他这样不管他们，他就吩咐打希斯克利夫一顿，不许凯瑟琳吃中晚两顿饭。

他们最喜欢一早就跑到野地上，在那里玩一天，事后罚他们，他们不过当作是笑话。无论牧师怎样选定几章《圣经》要凯瑟琳记诵，无论约瑟夫怎样打希斯克利夫，打到他自己的膀子痛，他们两人再回到一起，立刻就把前事都忘了。不然，当他们一想出坏法子报复，也就忘了。

我有好几次看他们愈闹愈不顾，我又不敢说他们一句，因为我还有一点管得住这两个无人管的孩子的力量，我若一说，恐怕连这一点力量都丢失了。有一个星期日的晚上，他们乱吵或是犯了同样的小过失，他们被罚，不许在起居室里。等到我喊他们吃晚饭的时候，我找不着他们。我们在楼上楼下，院子马厩，都找遍了，还是找不着他们。后来欣德利大怒，吩咐我们闩了大门，今晚不许放他们进来。

全家的人都睡了。我为他们着急，不睡，那时候虽下大雨，我打开格子窗，伸出头去听。倘若他们回来，我只好不管少爷的禁令，打定主意让他们进来。过了一会子，我听见有脚步声走来，有灯光射入大门。我披了头巾走出去，阻止他们敲门惊醒恩肖。我只看见希斯克利夫，我只看见他一个人，我惊了一跳。

我急忙问道："凯瑟琳小姐在哪里，她未遇着事故吧？"他答道：

“她在画眉山庄。他们不请我住，不然的话，我也是在那里。”我说道：“好嘛，你将要受罚，你不等到人家轰你走，你的心是不满意的。你为什么要逛到画眉山庄？”他答道：“奈莉，你先让我脱下湿衣服来，我把事情都告诉你。”我吩咐他不可吵醒主人，我等他脱了衣服，我就吹灭了蜡烛。

他接着说道：“我同凯瑟琳从洗衣房逃出去，随便乱逛，看见山庄的灯光，我们就想去看看林顿一家过周末，是不是父母一面坐下吃喝，歌唱大笑，烤火烤到眼热，儿女们却站在屋角发抖。你试猜看他们是不是这样？不然的话，就是坐在哪里读经，被男仆问，他们答，倘若他们答得不对，他们就要学一行《圣经》上的人名！”

我答道：“大约不是的。他们都是好孩子，不像你那样不学好，不该受你所受的待遇。”

他说道：“奈莉，你不要说伪君子的话。我们从山庄顶上不停地跑到花园——凯瑟琳是赤脚，赶不上我。你明天要在泥洼里找她的鞋。我们从破篱笆爬过去，在黑暗里摸上小路，站在客厅窗下的一个大花盆上。灯光从厅里射出来，他们并未关百叶窗，只拉了一半窗帘。我们可以看见里面——呀！客厅是很美丽的——红地毯，椅桌都是红套盖住，天花板是纯白色的，镶着金边，中间挂一架大灯，银链子吊着玻璃泡，点的是小蜡烛。林顿先生和太太都不在那里，只有埃德加同他的妹妹。你想他们是不是应该欢乐？若是我们的话，我们自然以为是在天堂啦！你试想这两个孩子干些什吗？伊莎贝拉——我相信她是十一岁，比凯瑟琳小一岁——躺在厅的那一头，大喊，好像有妖怪正在用烧红的针刺她。埃德加站在炉前不出声地呜咽。桌子中间坐着一条小狗，抖动两只脚在那里叫。我们听他们你说我不好，我说你不好，我们就晓得他们抢狗，几乎把那只小狗扯作两半个。两个傻子！这就是他们的乐趣！他们两个人争抱这条小狗，争了一会之后，谁也不要抱狗，两个人开始在那里哭。我们很看不起他们，笑他们！你几时见过我想要凯瑟琳所要的东西？你几时见过我们一个在屋子这边，一个在屋子那边，大哭大喊，在地上乱滚，以此求欢乐吗？无论怎

后来有一个男仆拿着灯笼走出来，喊道："豹儿（狗名），咬紧了，咬紧了！"他一看见豹儿的猎物，就变了腔调。

样，我宁可在这里，不肯住在山庄，同埃德加对换——假使我可以有特别权利把约瑟夫从最高的房顶摔在地下，用欣德利的血粉刷这所房子的前面，我也不肯同他换！”

我拦住他道：“嘘，嘘！希斯克利夫，你还未告诉我你怎样把凯瑟琳丢下就走？”

他慢慢说了起来，“我已经告诉你，我们见了大笑，林顿们听见我们，两个人就一起箭一样地跑到房门。有片刻不响，后来大喊道：‘妈妈，妈妈！爸爸！妈妈，来呀，爸爸呀！’他们的确是这样叫喊。我们笑得厉害，更吓着他们，有人拉窗子，我们晓得不如逃走，就跳下来。我抓住凯瑟琳的手，拉着她往前跑，她忽然跌倒。她附耳说道：‘希斯克利夫，跑呀，跑呀！他们放了恶狗，狗咬我啦！’奈莉，那只恶狗咬住她的踝，我听见恶狗的喘气声。她并不叫喊——她不喊，她绝不肯叫喊，假使她被一条疯的母牛两角所戳透，她是不叫喊的。我却喊，我喊了许多诅咒的话，足够灭绝了基督世界里的无论什么魔鬼。我拾了一块石头，塞在狗嘴里的上下颚之间，尽我的力量，往里塞，塞进狗的喉咙。

“后来有一个男仆拿着灯笼走出来，喊道：‘豹儿（狗名），咬紧了，咬紧了！’他一看见豹儿的猎物，就变了腔调。恶狗的喉咙被石头塞住，他紫色的大舌头垂在嘴外有半尺，两唇流血涎。那个人抱起凯瑟琳，她病了——我晓得她不是因为怕，是因为痛。他抱她进去，我跟着，说几句忿怒和报复的话。

“林顿从门口问道：‘罗伯特，捉着什么东西？’他答道：‘豹儿捉着一个小女孩子！那里还有一个男孩子。’他一面要捉我，一面又说道，‘这个男孩子像是一个惯贼！很像是强盗叫他们从窗子进来，等到我们都睡着了，开大门，让强盗进来杀我们。你不要说话，你这个好骂人的贼！你要受绞刑的。林顿先生，不要把枪放下。’

“那个老傻子说道：‘罗伯特，我不放下。这群恶棍晓得昨天是收租日，他们想用巧法来劫我。进来，我欢迎他们。约翰，把链子锁好，珍妮，拿水来给狗吃。安息日，胆敢来犯地方官！胆大无礼到什么地步呀？

我的宝贝玛丽，你看呀！你不必害怕，不过是一个男孩子——脸上是很难看的，在他的行为和面目露出他的本性之先，立刻把他绞死，岂不是替国家做一件好事吗？’他把我从大灯架之下拖出来，林顿太太戴上眼镜，害怕到举起两手。那两个怯懦孩子爬近些，伊莎贝拉口齿不清地说道：‘可怕的东西！爸爸，放他在地窖里吧。他很像偷了我山鸡的算命先生的儿子。埃德加，你说像不像？’

“当他们盘察我的时候，凯瑟琳醒过来。她听见末后几句话，大笑。埃德加细看了一会儿，居然明白过来，认得她。我们虽然在别的地方不常同他们会面，他们在教堂里见过我们。他附耳对他的母亲说道：‘那是恩肖小姐呀！你看豹儿咬得她多么厉害——你看她的脚流了很多血呀！’

“他的母亲喊道：‘恩肖小姐吗？胡说！恩肖会同一个吉卜赛人的儿子在乡下乱跑吗！我的宝贝，她却穿着丧服——的确是她——难保她不永远是一个跛子！’

“林顿正看着我，这时候掉过头来看凯瑟琳，喊道：‘她的哥哥太过不小心啦。我听见谢尔德斯牧师说他让她长大，完全不晓得什么是正教。这一个又是谁呀？她在哪里得着这样一个同伴呀？哈！我晓得了，他是我的已故的邻居在赴利物浦路上拾来的一个怪东西——一个小黑鬼，或是一个美洲人，或是一个西班牙人，是个无人要的孩子。’

“那位老太婆说道：‘无论是什么，他总是一个坏孩子，不配在好人家的家里！林顿，你未曾听见他说话吗？我很不愿意我的孩子们听见他所说的话。’

“奈莉，请你不要生气，我又开始咒骂。罗伯特奉命拉我出去。我不肯丢下凯瑟琳走。他拖我到花园，把灯交给我，对我说，一定把我的行为告诉恩肖，叫我就走，把门又关了。窗幔还有一角未放下来，我仍然在侦察，因为我打定主意，如果凯瑟琳想回家，他们不让她走，我就要把大玻璃窗打得粉碎。她却很安静地坐在榻上。我们从家里出来的时候，她原借穿挤奶女工的外衣，林顿太太这时候把外衣脱下来，摇着头，我猜她是劝她。她是一位小姐，他们对待她与对待我不同。随后女仆送一盆热水进来，给她洗脚。林顿调了一杯加香料的葡萄酒，伊莎贝拉倒了一盘饼干在她怀里，埃德加站得远远地张大嘴。后来他们把她的头发弄干了，理她的美发，给她一双大拖鞋，送她到火炉边。我看见她很快乐的，把她的食物分给一条小狗与咬她的大狗吃，那条大狗一面吃，她一面捏它的鼻子。林顿家人看见了，略为提起精神——这是看见她的迷人的脸。我看见她这样快乐，我就走了。我看见他们很傻地赞美她。她比他们高贵得多，她比世界上无论什么人都高贵得多，奈莉，你说是不是？”

我答道：“你想不到这件事的后果。希斯克利夫，你是无可救的了，欣德利将要尽法惩治你，你看他会不会。”果然他办得比我所说的更厉害。这件不幸的鲁莽事情令恩肖怒到发狂。随后林顿想补救这件事，翌日亲自来访，对我们少主人说了一大番关于如何引导家庭的长篇大论，使少主人开始想他所说的话。

希斯克利夫并未挨打，但是少主人吩咐他，他若跟凯瑟琳小姐说一句话，他必定轰他走。恩肖太太要在她的小姑子回家的时候约束她，用手段，不用强逼。她晓得强逼是不能用的。

第七章

凯瑟琳住在山庄五个星期，住到圣诞。那时候她的脚全好了，她的仪表比从前好得多。我们的太太常去看她，开始试用她的革新计策，给她好衣服穿，恭维她，要她自爱，她都很愿意。所以她现在不是从前那样一个小野蛮，帽子也不戴，跳入屋里，冲过来把我们搂得喘不过气来。现在回家，却是一位很庄重的小姐，棕色卷发在一顶有鸟羽的狸皮帽子里垂下来，披上一件长呢衣，从一匹很好看的马上下来，两手拉着长衣，走入屋里。

欣德利扶她下马，很高兴地喊道："哎呀，凯瑟琳你是一个美女呀，我几乎不认得你。你现在很是一位贵妇人了。伊莎贝拉·林顿比不上你，弗兰西丝，你说是不是？"他的太太答道："伊莎贝拉不像她是天生的美人胚子，但是她切勿在这里再变作野人啦。艾林，你来同小姐脱衣服脱帽子——且慢，宝贝，你会把你的头发弄乱的，让我替你解帽结。"

我替她脱外衣，露出很好看的绸褂子、白裤子、光亮的鞋。当几条狗跳过来欢迎她的时候，她乐到两眼闪光，却不敢摸狗，恐怕弄坏了她的衣服。她很柔和地吻我。我正在做圣诞的蛋糕，浑身是白面，她不好搂我，她随即四围地看，找希斯克利夫。恩肖夫妇很着急地察看他们两个人见面，心里想，一看就能够多少断定，他们要分离这两个好朋友，有多少成功的希望。

起先很难找希斯克利夫在什么地方。当凯瑟琳未离家之前，他已经是很邋遢的，又无人理他。当这位小姐住在山庄的时候，他更邋遢，更无人理他，十倍于从前。只有我一个人表示好意，称他一声脏孩子，每星期要他洗浴一次。这样年纪的孩子们多不肯洗澡的，我姑且不必说他身上所穿的衣服沾了许多泥土，有三个月未曾洗换了，他的头发许久未理，他的脸，他的手脚，盖着一层脏。他以为她还是一个粗野女孩子同他一样，现在看见这样一位艳丽娴雅的小姐走进来，他自然要躲起来。她一面脱手套，露出雪白手指，一面问道："希斯克利夫不在这里吗？"

欣德利心里很不安，却很高兴地晓得走出来相见的必定是一个令人厌恶的流氓，说道："希斯克利夫，你可以走上前，你也可以同其他仆人一样，来欢迎凯瑟琳小姐。"

凯瑟琳瞥见她的朋友躲在那里，跑过去搂抱他。在一秒钟之内，她吻了他七八次，止住了，她往后退，大笑，喊道："为什么呀！你的脸为什么这样阴沉，这样生气呀！为什么这样凶恶，这样令人好笑呀！这是因为我见惯了埃德加和伊莎贝拉。好嘛，希斯克利夫，难道你已经忘记了我吗？"

她问这句话，是颇有理由的，因为惭愧和自尊使他的脸色加倍难看，使他动不得。

恩肖很廉卑地说道："希斯克利夫，你握手呀，偶然一次是可以的。"

希斯克利夫说道："我不握手，我不站在这里，让你们笑，我不能忍受！"

他正要走了，凯瑟琳小姐抓住他。

她说道："我无意笑你，我只是忍不住想笑。希斯克利夫，至少也得同我握手！你为什么生气？不过是你看起来奇怪，你只要洗脸，梳梳头发，就好了。这样脏！"

她抓住他的黑手指，很关切地看，又看看自己的衣服，她恐怕两相比较，她的衣服会有损光彩。

他的眼跟着她的眼，把手缩回去，答道："你不必摸我。我喜欢怎么脏，就怎么脏。我喜欢脏，我打定主意要脏。"

他说完了，跑出去，主人夫妇大笑，凯瑟琳却很难过，她不能明白她这几句话怎么会令他发脾气。

我伺候完小姐，把蛋糕放在炉里，把客厅同厨房的火拢得大了些，我预备一个人坐下唱欢乐歌解闷，不管约瑟夫怎样批评我。约瑟夫在他屋里自己祈祷。主人夫妇正在把所买的各种礼物给凯瑟琳小姐看，这是买来送给林顿家的，谢他们的一番好意。他们曾请林顿一家明天来玩一天，他们答应来，却先说明一个条件：林顿太太要求他们小心轰开那个咒骂人的坏孩子，不使他与小林顿们相见。

既是这样，我仍是独自一个人在厨房里。我闻见香料的香味，我欣赏发亮的厨房器具，擦亮的时钟用冬青装饰，还有许多银杯摆好在盘子上，预备满倒啤酒供晚饭。我尤其欣赏的是擦洗干净的地板。我还记得以前老主人在厨房都收拾好了之后走进来，说我是一个好孩子，给我一个先令，当圣诞的赏钱。由此我就想到当日老主人很喜欢希斯克利夫，他恐怕死后，这个孩子就无人照应。自然而然我就想到这个可怜的孩子现在的地位，我从唱歌就变到流泪。我不久就想到，与其流泪，不如想法补救他所受的不良待遇。我站起来，走到院子去找他。他离此不远，我看见他在马厩里顺那匹新马的毛，喂其他牲口。

我说道："希斯克利夫，你赶快来，厨房很暖和，约瑟夫上了楼，赶快，让我在小姐未出来之先，给你穿好了衣服，你们就可以坐在一起，整个火炉专供你们受用，两个人谈话，谈到睡觉的时候。"

他还是做他的事，连头也不转过来看我。

我接连说道："来，你来吗？那里有两块糕，你们每人一块，快热了，你穿衣服要半点钟。"

我等半天，他还不答话，我就走开了。凯瑟琳同她哥哥嫂子吃饭。约瑟夫同我吃饭，彼此都是格格不相入的，一边是不高兴，一边是好责备人。他的蛋糕和奶酪摆在桌上一夜，供给神仙。他做活做到九点钟，之后一言不发，阴着脸，走入他的卧房。

凯瑟琳坐到夜深，要吩咐许多事情预备欢迎她的新朋友们。她走入厨房一次，要同他的旧朋友说话。他却不在。她只站了一会儿，问他是怎么回事，问完就回去了。

早上他起得很早，因为这是休息日，把他的坏脾气带到洼地上，等到全家的人往教堂，他还未回来。挨饿和反省，好像使他明白些。他跟了我一会子，提起胆气，忽然说道：

"奈莉，把我打扮得像个样子，我要做好孩子了。"

我说道："时候到了，你该做好孩子了。你让凯瑟琳难过。我晓得她回家来，很后悔！你妒忌了，因为人家都去对她好，不甚理你。"

他不晓得什么是妒忌凯瑟琳，他却很晓得什么是使她难过。

他神色很严肃地问我道："她说她难过吗？"

我告诉她："早上我说你又出去了，她哭呢。"

他答道："唉，昨晚我也哭了，我哭的理由比她多。"

我说道："是呀！你有理由带着骄傲的心和挨饿的肚子上床睡。骄傲的人自寻烦恼。但是你若觉得你自己这样性急易怒有点难为情，你要记得，当她进来的时候，你该求她赦你的罪。你必要走上前吻她，说——你晓得最好说些什么。你要说得亲亲热热地，你不要以为她穿了阔衣服就变作生人。我现在虽然要预备饭，我偷点工夫打扮你，叫埃德加·林顿站在你身边，显出他是一个木头人。他是个木头人，你年纪小些，我却晓得你比他高，你的肩膀有他的两个宽，你只要一动手，就会把他打倒，是不是？你难道不觉得你能够打倒他吗？"

希斯克利夫的脸有一会子显出很有精神，随后又露出愁闷，叹气说道：

"奈莉，即使我打倒他二十次，我也不能够使他的面貌减少俊美呀！我很想我有淡色头发，白皮肤，穿好衣服，行动好看，有机会变作富翁，同他一样！"

我加几句道："还有动不动就哭着喊妈，乡下孩子同你挥拳，你就发抖，因为下雨就整天躲在家里不出门。希斯克利夫，你表现得无精打彩！你走来照照镜子，我让你看看你应该想些什么。你看见在你两眼之间的两条线吗，你看见你的两道浓眉吗，人家的眉是向上弯的，你的却是在中间塌下来的。你看看你的两只黑色的鬼眼，凹得很深，从不大胆地打开它们的窗户，好像两个魔鬼的侦探，你看见吗？你要学会把发怒的皱纹弄平了，很坦白地睁开眼皮，把那两个魔鬼改作自信、纯洁的天使。不要疑人心，只要不是仇敌，就常要当作朋友。有一种坏狗，认为它受脚踢，是应该受的，却因受踢反而怨恨整个世界，怨恨踢它的人，你切勿露出这样的面目。"

他答道："不管怎么说，我就是要想有埃德加·林顿的两只大蓝眼睛和他的额头。我很想——就是这样，我却得不到。"

我接着说道："我的孩子，好心肠就帮你得着好脸，心若不好会把很好看的脸变作无限的丑怪。我们现在已经洗干净了，头发又理好了，脾气也不发啦——你告诉我，你现在看你自己俊不俊？我告诉你吧，你很好看。你配当一个乔装的王子。谁人晓得你的父亲不是中国皇帝，你的母亲不是印度王后？无论这两位之中哪一位，只用一个星期的进项，就可以把呼啸山庄连着画眉山庄都买来！谁晓得不是恶水手们把你掳拐了，带来英国的？假使我是你，我会看得起我自己是生于富贵家的，我一想到我自己的身份，我就有了胆气，有了威严，抵得住一个小土财主的压制！"

我就是这样同他说。希斯克利夫逐渐舒展了他的皱眉头，开始有和悦的神色，忽然间有一阵辚辚之声把我们的谈话打断了，这阵声音从大路上走入外院。他向窗口跑，我向大门跑，刚好看见那两个小林顿从家里的大马车下来，他们裹紧大衣和皮衣。又看见恩肖们下马。他们在冬天，往往骑马到教堂的。凯瑟琳一只手拖住一个孩子，领到屋里来，请他们坐在火炉前。不见一会子工夫，两个孩子的白脸就有了血色啦。

我催我的同伴赶快进去，表现出他的好脾气。他很听话。可惜他运气不好，当他从厨房出来，开门进客厅的时候，刚好欣德利开客厅门出来，他们两个人碰头。主人看见他收拾得很干净，神气很高兴，又生起气来。不然，也许他要实行他所答应过的林顿太太的话，忽然把希斯克利夫推回去，很生气地吩咐约瑟夫，不要让这个孩子进客厅，送他到阁楼，等到吃过饭再说。倘若让他一个人在屋里，他会偷饼偷鲜果吃的。

我不能不答道："先生，不会的，他不摸东西的，他不是这样的孩子，我猜我们有我们的一份好东西吃，他也有他的一份。"

欣德利喊道："倘若未到天黑，我看见他在楼下，他要吃我一巴掌。走吧！你这个流氓！什么！你要做浮华子弟吗？你且等等，等我抓住你的这好看的头发——你看我不把你的头发扯长些！"

小林顿从门口张望，说道："他的头发已经很长了，这样长的头发不使他头痛，却是件怪事，很像马鬃盖住他的眼！"

他说这两句话，原非有意羞辱他，但是希斯克利夫的凶暴性情哪里能够忍受这样的无礼，况且出自他所厌恶的人，他视为情敌的人的口。他抓住一盘的热苹果酱，照着小林顿的脸上脖子上摔。小林顿立刻叫喊，伊莎贝拉同凯瑟琳跑出来。恩肖立刻把希斯克利夫抓住，拖入他的卧室，很重地惩戒他一番使他的怒气冷下来，因为他出来的时候，满脸通红，喘不出气来。我拿了一条擦盘子的布，很看不起地擦埃德加的鼻子和嘴，我还说他无故干预他人的事，是应该受窘的。他的妹妹开始哭着要回家，凯瑟琳站在那里糊涂了，很难为情。

她责备埃德加道："你不该同他说话！他正在那里发脾气，你来探望我们，现在被这件事糟蹋了。他也将要挨打，我不愿意他挨打！我不能吃饭啦。埃德加，你为什么同他说话？"

他撒了我的手，拿自己的竹布手巾擦脸，哭着说道："我并未同他说话，我答应过母亲，我一句话都不同他说，我未同他说。"

凯瑟琳很看不起他，说道："既是这样，你就不要哭，他并未杀你。不要再惹事了。我的哥哥来了，不要响！伊莎贝拉，不要响，有人伤害你吗?”

欣德利赶忙走进来,喊道:“孩子们,都坐下!那个畜生弄得我身上很暖。埃德加,你以后就拿拳头当法律——动拳头能使你开胃吃东西!”

他们一看见香喷喷的筵宴立刻就不生气了,他们骑马之后觉得饿,况且并未受过实在的损害,是很容易得安慰的。恩肖割鹅肉分给他们吃,都是堆满盘子的,女主人说许多话使他们快乐。我站在椅子后侍候,我看见凯瑟琳如若无事的,两眼并不滴泪,开始割鹅翼吃。我心里想道:“这个孩子太无情啦,她毫不关切同她玩耍的老朋友的烦恼。我想不到她是这样自私的一个人。”她举起一大块鹅肉送到嘴边,又放下来。她脸上通红,眼泪流在脸上。她故意把叉子丢下,低头拾叉,掩饰她的情绪。我不说她无情了,因为我觉得她一整天如在地狱,很想借机会一个人走开探望希斯克利夫。当我想私下送点东西给他吃的时候,我才晓得主人把他幽闭在一间屋子里。

晚上跳舞。因为伊莎贝拉没有人同她跳舞,凯瑟琳求哥哥把希斯克利夫放出来,哥哥不答应,只好拿我来补缺。我们一跳舞,无论什么愁闷都解散了。后来有一个十五人的乐队从某村到我们这里来,我们更高兴。这个乐队有好几样乐器,还有唱的。他们是挨着每个体面人家奏乐,每个圣诞节都收受酬劳的。我们觉得听他们奏乐是头等快事。他们唱过欢喜歌之后,我们叫他们三两人合唱。太太喜欢音乐,所以他们奏了许多。

凯瑟琳也爱听音乐,但是她说,站在楼顶最好听,她在黑暗里上楼,我跟着她。他们把楼下的大门关了,因为人多,他们觉察不到我们走开。她走到楼顶并不站住,还往上登,走到阁楼,希斯克利夫被幽闭的地方,喊他。他有一会子不肯答应,她还是喊,后来劝他隔着板同她说话。我让他们两个人说话,不惊动他们,等到我以为歌曲快要唱完,要拿东西给音乐队吃了,我跑上楼去警告她。那时她不在屋子外啦,她在屋子里说话。这个小猴子从这个阁楼的天窗爬上房顶,从那个阁楼的天窗爬进去。我费了许多事,才哄了她出来。她出来的时候,希斯克利夫也出来,她一定要我带他到厨房，因为约瑟夫说我们唱魔鬼的歌，音乐太吵，他走到隔壁人家去躲避。我对他们说，我并不想鼓励他们的把戏，但因被幽闭的人自从昨天吃过大餐之后还未吃早饭，我格外通融，让他们骗欣德利一次。他下楼，我替他放一把椅子在炉边，给他许多好东西吃，但是他觉得有病，只能吃少许东西，我试过好几次同他说话使他开心，都无效。他两肘靠住两膝，两手托住下巴，不言不语地沉思。我问他想什么，他很严肃地答道：

“我试想怎样同欣德利算账，怎样报复。我不管我要等到多久，只要我最后能够报复，我盼望他不死在我之前！”

我说道：“希斯克利夫，你不该报复。惩罚恶人原是上帝的事，我们应该赦人的。”

他答道：“不然，上帝惩罚没有我惩罚那样满意称心。我只求最好的报仇方法！你不要管，我自然会想出法子来，当我想这件事的时候，我并不觉得痛苦。”

洛克伍德先生，我忘记了，这样许多的故事，不能解你的闷。我怎样梦想到对你说了这许多话，我觉得很不对。你的热粥已经冷了，你打盹要睡了！你所要晓得的希斯克利夫的故事，我只要说十几句话，就可以说完的。

这个管家婆这样自己打断话头，就站起来，把针线放在一边，但是我觉得不能离开火炉，我并没有打盹。我说道：“迪安太太，你不必动，请你再坐半点钟！你慢慢地说故事是很对的。我喜欢这样说故事的法子，请你照这样说完这件故事。你所说的人物，我或多或少地都觉得很有意思。”

“先生，快到十一点钟了。”

“不要紧，十一二点钟我睡不惯。我早上十点钟才起来，一两点钟上床睡，还不算迟。”

“你不该睡到十点钟才起来，早上最好的时光错过了。一个人到了早上十点钟，尚未把半天的事情做了，另一半的事情，就会做不完啦。”

“虽是这样说，迪安太太，请你坐下。因为明天我想把晚上拖长到午后。我预料我要害伤风，一时不会好的。”

“我盼望你不伤风。我继续说这段故事，你要让我跳过三年，在这三年的里头，恩肖……”

“那个不能，那不能，我不让你跳过三年。假使你独坐，老猫在你面前的地毯舐小猫，你非常地小心看它舐，老猫若是舐过小猫的一只耳朵，忘记舐那一只，你会很生气，你晓不晓得这样的心境？”

“我却要说，这是极懒的心境。”

“不是的，这是非常紧张的心境。我的心境现在就是这样，所以我请你详细地说。我觉得这里乡下的人比市镇里的人强，犹如在地窖里的一个蜘蛛比在村舍的蜘蛛强。然而并不是我居于旁观者的地位，才被深深地吸引的。他们的生活较为认真，较多在乎他们自己，不甚在乎表面，不甚在乎改变，亦不甚在乎不相干的外事。我可以想象，在这里终生不渝的爱情几乎是可能的，我过去却绝不相信任何爱恋能维持一年。这一种情景好像叫一个肚饿的人坐下吃单独一样菜，他就可以使他的胃口尽情享受这一样菜，饱尝滋味；那一种情景却介绍他到一桌菜，是几个法国厨师所制的，他能够很享受这全桌的菜，但是他只注意只记得每样菜的极小部分。”

迪安太太不甚明白我这一番议论，说道：“当你熟悉我们的时候，就会知道我们这里的人是这样，别处地方的人也是这样。”

我答道：“恕我反对，我的好朋友，你就不是这样，你就是反对你所说的话的一个好凭据。你说话所用的字眼，除了几句土话不计外，你并不表现出我所见惯你们这一派人所特有的状态。我深信你用心多过普通的仆人们。为了使你的生活不被诸多无聊的小事糟蹋，你不得不培植你的反省能力。”

迪安太太大笑。

她说道：“我诚然看我自己是一个有恒心的人，讲理的人，这却并非确因我住在山里，永远只见一派人的脸，只见一套的动作，我受过很严格的训练，从此我就得了智慧。洛克伍德先生，我读过许多书，多过你会想到的。这所藏书室有许多书，无论哪一本我都看过，并且得益。希腊，拉丁，法文，我虽未读，却分辨得出。一个穷人家的女儿，也只能做到这个地步。倘是若要我用闲谈的形式接着说我的故事，我却要往下说呢。我不跳过三年了，我说下一个夏天的事——说1778年夏天，二十三年前的事。”

第八章

六月有一天顶好的早上，我所带的第一个小儿出世，这是古老的恩肖氏的最后一个孩子。我们正在很远的田里弄干草，平常送饭来的女童子，比往日提早一点钟跑来，一面跑一面喊我。

她喘气说道："很好的一个孩子！顶好的一个男孩子！但是医生说太太必要走，他说太太犯肺痨病已经有好几个月了。我听见他对欣德利先生说现在没办法保住她，她将死在冬天前。请你立刻回家，奈莉，你要带这个孩子，拿糖同牛奶喂这个孩子，日夜照管他。我很想成为你，因为没有太太，这个孩子就是你的了。"

我把耙放下，结帽带，问道："她病得很重吗？"

那女孩子答道："我猜她是病得很重，不过她的神气很好。她说了几句话，她好像想活到这个孩子长大成人。孩子生得很好看，她欢喜到发狂！假使我是她的话，我相信我是不会死的。虽然肯尼兹说过几句话，我只要一看见这个孩子，我的病就好了。我听见他说那几句话，我怒到发狂。阿切尔抱孩子下来给主人看，他的脸正现出笑容，那个老东西走上前，说道：'恩肖，你的太太居然活到替你生下一个儿子，这是你的福气，当你的太太进门的时候，我就晓得她活不久的。现在我必要告诉你，她活不到冬天。你不可太过伤心，这是无可奈何的事。况且你不应该挑选这样身体薄弱的人做太太呀！'"

我问道："主人怎样答他？"

“我想他说咒骂人的话来着，我没有注意，我只顾着看新生下来的孩子。”她又开始极其高兴地描述那个婴孩。我也是同她一样的热心，我急于跑回去欣赏那孩子。我为欣德利担忧，欣德利心中只有两个人，一个是他的太太，一个就是他自己，他爱两个，崇拜一个，我不能想象他怎样承受死了太太的痛苦。

当我们到呼啸山庄的时候，欣德利站在大门口。当我走进屋的时候，我问道：“孩子好吗？”

他高兴地微笑，说道：“奈莉，孩子几乎会跑了！”

我放胆问道：“太太怎么样？医生说她……”

他脸红了，拦住我的话，说道：“天谴的那个医生！弗兰西丝是好好的，过了一个星期，她就全好了。你上楼吗？你告诉她，倘若她答应不说话，我就来。我之所以走开，原是因为她不停地说话。她切勿说话——你告诉她，肯尼兹说她必要安静。”

我把这话告诉了恩肖太太。她的神色好像是异常兴奋，她很快活地答道：

“艾林，我几乎一句话都没说，他却哭了，走出去过两次，好吧，你就告诉他，说我答应不说话，但是这却不能阻止我笑呢！”

可怜的人呀！她快要死的那一个星期里头，她还是很快活的。她的丈夫固执地说，她的健康日有进步。肯尼兹曾警告他说病到这个程度，他的药也是无济于事的，他不必再请他来诊治，不必白花钱，他驳他道：

“我晓得你不必来——她很好——她不必你再来诊治！她始终并无肺痨病。不过是热病，热已经退了。她的脉跳得慢，同我的一样，她的脸是凉的，也同我一样。”

他把这番话告诉太太，太太好像相信他的话。有一天晚上，她正在扶着他的肩膀，说明天她可以起来，她咳嗽了一阵——咳得很轻的——他双手扶起她，她两手搂他的脖子，脸色一变就死了。

果然不出那个女孩子所料，那新生下来的婴孩哈里顿，归我一个人管。恩肖只要看孩子壮健，不听见他哭，就满意了。恩肖自己却变作绝望了，他的愁苦另是一种。他既不哭，又不祈祷，他只是咒骂，什么都不顾。他怨天怨人，专作消耗精神的事。仆人们再受不了他的暴虐和不好的行为，他们都走了，只剩我同约瑟夫两个人还在他家里。我不忍抛弃这个孩子走了。况且，你是晓得的，我原是他的乳母之女，我饶恕他的行为，比外人容易些。约瑟夫仍然在这里叱骂房客们和工人们，因为他的专门事业是要在有最多罪恶可斥责的地方。

主人的恶行径和恶同伴，成为凯瑟琳和希斯克利夫的好模范。他那样虐待希斯克利夫，就是圣人也要变作魔鬼。那个孩子这个时候好像被魔鬼迷住了。他最喜欢看见欣德利退化到不可救，我看见他日见其坏，日见其凶暴。我们这里简直成了地狱，那种难受情形，我一半也说不出来。后来牧师不到我们这里来了，凡是自爱的人都不近走我们，只有埃德加·林顿来探望凯瑟琳小姐。她长到十五岁就是乡间的王后，无人比得上她。她变作一个骄蹇、执拗的人！我承认，她长大之后我就不喜欢她；我要挫折她的骄气，常常使她难过。她却始终不讨厌我，她念旧却是很有恒性的。希斯克利夫还能够保持着她的爱情不变，小林顿虽有较高的身份，却难以使她有一样深的印象。林顿是我后来的主人，在炉台上的就是他的相片。一向是他的相片挂在这一边，他的太太的相片挂在另一边。但是她的相片已经拿走了，不然你还可以看见她的相貌。你看得出来她的相貌吗？

迪安太太举高蜡烛，我看见一个面貌柔和的脸，很像我在呼啸山庄所看见的那位少妇，不过面貌较为有深思较为和蔼。这是一张很可爱的画像，两边太阳穴上的长而色淡的头发有点卷曲，两眼大而严肃，身材是很好看的。无怪凯瑟琳·恩肖怎样就可以忘记了她的第一个朋友，同这一个要好呢。他的心既与他的身相应，怎样能够对凯瑟琳的看法与我一样，我却觉得奇怪。

我对管家婆说道："是一幅很好看的画像，像不像本人？"

她答道："像，不过他提起精神的时候更好看；这是他日常的面目，他所欠缺的是精神！"

凯瑟琳自从在林顿家里住过五星期之后，她同他们的交往就不断了。当同他们在一起的时候，她不愿露出她的粗俗方面，她看见他们都是以礼待她的，她觉得不好意思以无礼待他们。老林顿两夫妇却被她的乖巧和气质所骗了呢，她既赢得伊莎贝拉的赞美，又赢得她哥哥的心和灵魂。她这两样的胜利，首先使她得意，因为她很有奢望，使她用两副面目对付人，却不真是有意欺人。她在这个地方听见人说希斯克利夫是一个“粗俗的恶少年”，“不如一个野兽”，她在这种地方就很小心地不学他的行为。但是她在自己家里，却不想事事都尽礼，不怕人家笑她，她也不约制她的野性，因为约制也无人说她好，无人称赞她。

埃德加很少壮着胆子公然来探望凯瑟琳。恩肖的名声很不好，他很害怕，不敢同他见面，但是他来了，我们总是很尽礼地接待他。我们的主人晓得他是为什么事来的，也不肯得罪他。主人若晓得他自己心情不好，不善招待，就躲开了。我看凯瑟琳并不愿意他来。她并不狡诈，绝不使迷人的手段，显然反对她的两个朋友会面。因为希斯克利夫当面藐视林顿的时候，她不能附和他，若是当林顿不在面前的时候她却能够。当林顿表示讨厌、反感希斯克利夫的时候，她不敢把他的感情看轻，好像看不起她的嬉戏同伴与她毫不相干。我有好几次笑她左右为难，笑她的不说出来的苦，她想要遮掩也做不到。我这样笑她，好像是不应该的，但是她很骄傲，不等到她受过许多挫折之后，变得谦和，我是不能可怜她的困苦的。最后她居然相信我，对我供认，除了我之外，并无别人是她可以请教的。

有一天下午欣德利出门，希斯克利夫就自己做主放自己一天假。这时候他是十六岁，面目并不难看，知性也并不短少，他却故意表现出一种里外都令人讨厌的印象，现在他的面目却不留这种痕迹。第一层因为到了那个时候他已经丢失了早年教育的利益。接连的劳于工作，一早就开始，很迟才歇息，他从前曾一度有过求知识的好奇性，到了这个时候都消灭净尽了，既不喜欢读书，又不喜欢求学。老主人恩肖偏爱他，使他觉得自己是个上等人，现在这种优越感也消失了。他努力了很久，要在学问上同凯瑟琳并驾齐驱，后来他只好让步，他心里是惋惜的，不过不说出来罢了。他完全放弃了，当他见他自己不得不堕落在从前的水平线之下，无论怎样劝他向前踏一步，他也是不进取的。他的知识既退化，他的面貌也跟着退化。他得了一种懒惰脾气，下流的神色。他天生不好同人说话的，变得更加不能与人相处，他好像乐于激怒人家厌恶他，不甚愿意他的几个熟人看重他。

当他不做工的时候，凯瑟琳同他还是常在一起的，但是他不再用语言来表示他喜欢她。她爱抚他，他带着发怒的疑心躲她，好像他觉得对他表示这许多爱情的记号，是不能使他满意的。我上文所说的欣德利出了门，他走进来，他想不做事，那时候我正在帮凯瑟琳小姐穿衣服。她却没有想到他要躲懒不作事，她以为她可以独自一个人享受整个家，已想出法子告诉埃德加说她的哥哥不在家，她在屋里预备接待他。

希斯克利夫问道："凯瑟琳，你今天下午忙吗？你想出去吗？"

她答道："我并不，落雨啦。"

他说道："既是不出门，你为什么穿上绸褂子？我希望无人来，有人来吗？"

小姐吞吞吐吐地说道："我不晓得有什么人来，希斯克利夫，这时候你应该到田上去啦。已经是饭后一点钟了，我以为你已经走了。"

他说道："欣德利是不常走开的。今天我不再做工了，我愿意同你在一起。"

她提议道："呀，约瑟夫会告状的，你还是去作工的好！"

"约瑟夫在皮尼斯顿崖那边装石灰，他要装到天黑才能回来，他绝不会晓得的。"

他一面说，一面走到火炉边，坐下。凯瑟琳皱着眉头想了一会儿——她觉得必要先说好了，才能让埃德加闯进来。她想过了一分钟之后，说道："伊莎贝拉同埃德加·林顿说过今天下午来探望我，现在下雨，我想他们多半是不来的了。但是他们也许来的，倘若他们来，你却很无谓地会冒挨骂的险。"

他必定不肯走，说道："你吩咐艾林去说你有事，你不要因为你的那两个可怜虫的傻朋友，就把我轰出去！我有时真想说他们——但是我不愿——。"

凯瑟琳脸色很不安，两眼注视他，说道："你说他们什么？"她的头从我的两手间挣脱出来，很怒地说道："奈莉，你同我梳头，把我的卷发都弄直了！够了，不要再梳了。希斯克利夫，你想要说他们什么不满意的话？"

他指着挂在窗户边的一张历表说道："并无什么——不过请你看看挂在墙上的历表，画十字的就是你同林顿在一起玩的晚上，画点子的就是你同我在一起的晚上。你看见吗？每天我都作了记号呢。"

凯瑟琳生气，答道："我看见了——很傻的，我才不留意呢！这有什么意思？"

希斯克利夫说道："表示我很在意。"

她更生气，问道："难道我应该常同你坐吗？我同你坐，得着什么好处呀？你有什么话谈呀？你没同我说什么与我解闷，做什么事让我开心，还不是不开口说话，像小孩一样！"

希斯克利夫也很激动地说道："凯瑟琳，一向你并未对我说过，嫌我说话太少，或说过你不喜欢我做你的同伴！"

她喃喃道："一个什么都不懂、什么都不说的人，简直不是同伴。"

她的同伴站起来，但是他还未把他的意思再说出来的时候，就听见石板上的马蹄声。小林顿轻轻敲了门，就走进来，脸上高兴到发光，因为凯瑟琳出其不意地请他来。当她的两个朋友，一个走进来一个走出去的时候，她必定看见这两个人的不同地方。他们两个人的不同就如同你起先看见一片荒凉多山的地方忽然变作一片美丽丰穰的小谷一样；他的声音笑貌，全与那一个的相反。他低声说话，说得很可爱，吐字同你一样，没有我们这里说话的声音这么硬，来得柔软些。

他看我一眼，说道："我没有来得太早吧？"我开始擦盘子，收拾好那一头的橱柜。

凯瑟琳答他道："你并没有来得太早。奈莉，你在那里作什么？"

我答道："小姐，我做活。"（欣德利曾吩咐我，每逢林顿私自来访的时候，要我做一个第三者。）

她走到我的背后，生气地附耳同我说道："你拿了抹布走出去，当屋里有客的时候，仆人们是不进来打扫洗刷的！”

我大声答道：“主人出去了，正是打扫洗刷的好机会，他不喜欢我在他面前作这种的事，我相信埃德加先生是不怪我的。”

我们的小姐不让客人开口，就很严厉地说道：“我讨厌你在我的面前做这种事。”自从她同希斯克利夫小吵嘴之后，她还未恢复她的镇静。

我答道：“凯瑟琳小姐，我对不起你。”我还是很努力地做我的事。

她以为埃德加看不见，她从我的手上把抹布抢了，在我的膀子上拧了一把，拧得很久的。我已经说过我并不爱她，有时我还要挫折她，开开我的心，况且这次她拧得我很痛。我原是跪下的，我就跳起来，喊道：“小姐，这是恶把戏，你不该拧我，我受不了的。”

她发怒到两耳红了，她还想拧我，说道：“我并未碰你，你这个说谎的东西。”她向来无忍怒力量，她一怒就满面通红。

我把我膀子上的一块紫色给她看，我驳她道：“这是什么？”

她跺脚，迟疑一会子，随后她的恶性发作，控制不住自己，她打我一巴掌，打得我很痛，使我两眼流泪。

林顿看见他的意中人犯了说谎和动手打人两层罪过，心里很震惊，插进来喊着：“凯瑟琳，喂！凯瑟琳！”

她浑身发抖，说道：“艾林！你出去。”

小哈里顿向来是我走到哪里，他跟到哪里的，这时候正坐在地上离我很近我，看见我哭，他也哭，哭着说姑姑凯瑟琳不好，姑姑就在他倒霉的头上出气。她抓住这个孩子两肩膀，摇动他，摇动到他脸上变了青黑色。埃德加想都没想，抓住她的手，要救那小孩子。凯瑟琳放松了一只，反打埃德加一个耳光。他晓得这一打并不是开玩笑的，他很惊愕地往后退。我把小哈里顿抱起来，走入厨房，却不关门，还可以看见屋里做什么，因为我好奇，很要看看他们两个人怎样再言归于好。那个捱打了一巴掌耳光的客人，走到他放帽子的地方，脸色发白，嘴唇发抖。

我自言自语道：“得了警告，该走了！让你看见她的真性情，原是一件好事。”

凯瑟琳向门口走，问道："你往哪里去？"

他走向一边，想走过去。她悻悻地说道："不许你走。"

他低声答道："我必走，一定走。"

她抓住门把，说道："不，埃德加·林顿，你这时候还不能走，坐下！我不许你这样生着气走。我会整个晚上难过的，我不想为你难过！"

林顿问道："你打过我之后，我还能够在这里吗？"

凯瑟琳不响。

他接连说道："你使我怕你，你使我以你为耻，我再也不来了！"

她的两眼开始闪光，眼皮一眨一眨的。

他说道："你有意地说谎！"

她说道："我并未说谎，我凡做事，都不是有意的。你喜欢走，你就走——你走呀！我现在要哭了——我要哭到得病！"

她跪在椅子边，放声哭。埃德加原打定主意要走的，走到院子又犹疑起来，他在院子逗留。我决计要鼓励他走。

我喊道："我们的小姐是非常的任性的，她同惯坏了的孩子一样。你不如骑马回家吧，不然的话，她会发病的，反叫我们为难。"

那个软弱孩子犹疑着两眼望窗子，他舍不得走，如同一只猫不舍得离开一只半死的老鼠或一只半死的鸟。我想他这个人是没得救的了。他是命该如此，要自投罗网！果然是的，他忽然回头，匆匆地又走进屋子，关上门。过了一会子，我走进去告诉他们，恩肖吃得烂醉回来了，要吵家闹舍的（他每逢吃醉了都是这样）。我就晓得他们两个人吵过之后更亲密得多——把少年胆怯的樊笼全打破了，反使他们抛弃朋友交情的遮护，承认他们是爱人啦。

林顿一晓得欣德利回家，赶快上马走了，凯瑟琳赶快回去卧室。我去把小哈里顿藏起来，把主人鸟枪里头的弹子取出来，他吃醉了的时候最喜欢玩鸟枪，有人激怒他，或是令他太注意，是有性命之虞的。我想到取出枪子，免得他糊涂到要放枪打人。

第九章

恩肖走进来，满嘴都是咒骂的话，令人难听。我正要把他的儿子带走藏在厨房的柜橱里，刚好被他看见。哈里顿一看见他就害怕，既不要他疼他，也不要碰着他发狂怒；因为他若是疼他，会被他抱着吻到要死的，若是碰见他发狂怒，他会把他摔在火炉里，或是把他对着墙乱摔的。我无论把他藏在什么地方，他都是很安静的，动也不动。

欣德利抓住我的脖子，如同抓狗一样，拖我回来，喊道："这一次被我看见了！你们商量好了，要杀我的儿子！我现在明白了，为什么这个孩子总躲着我。

奈莉！魔鬼帮我，我要你把这把割肉刀吞下肚里。你不必笑，因为我刚把肯尼兹头向下脚向上地摔在洼里，摔两个同摔一个是一样的——我要杀你们几个。我不杀了你们，我不罢手！"

我答道："欣德利先生，那把刀是割过红鱼的，我不喜欢那把刀，请你放枪打我吧。"

他说道："你宁愿受天谴！你必定受天谴。英国并无法律阻止一个人把他的家治理好了，我的家治理得很不好！你张大嘴。"

他一手拿刀，把刀尖放在我的牙齿之间，但是我始终不甚怕他的胡为。我吐一口唾沫，我说："味道不好——我不吃刀子。"

他放了我，说道："呀！原来这个可厌的小无赖不是哈里顿。奈莉，请你不要怪我，倘若是他的话，他就该被活活地烧死，因为他不跑来

欣德利喊道："这一次被我看见了！你们商量好了，要杀我的儿子！我现在明白了，为什么这个孩子总躲着我。我不杀了你们，我不罢手！"

欢迎我，好像我是妖怪，看见我就喊，你这个忘恩负义的小狗，走过来！我来教你怎样骗一个好心的被欺骗的父亲。我看，这个孩子把头发剪短了更好看，你看是不是？狗剪短了毛，显得更凶，我喜欢凶的东西，拿剪子来——整齐些，凶些。留着两耳是太过不自然——我们没有耳朵已经很像驴子的了。孩子，不要喊！这才是我的宝贝！擦干眼泪——吻我。什么呀？不肯吻我吗？哈里顿，吻我！天谴你这个孩子，吻我呀！我养这样的怪物！我必要打断这个小东西的颈脖子。”

可怜的哈里顿在他父亲的两臂里乱哭乱踢，他把孩子抱上楼，举起他向栏杆外，他哭得更厉害。我喊说：“这样会把孩子吓出惊风病来的。”我跑过去救这个孩子。我走到他身边，恩肖的身子靠着栏杆往外倚，听楼下吵闹声，几乎忘记了他两手抱着什么东西。他听见有人走近楼梯的脚步声，问道：“这是谁？”我也身子靠着栏杆往外倚，我要招呼希斯克利夫不要再往前来，我听得出是他的脚步声。当我的眼睛不看哈里顿那一瞬间，他忽然一挣扎，跌到楼下。

我们还未觉得惊怖之先，却看见那个孩子平安无事，并未跌死。孩子坠下来的时候，刚好希斯克利夫走到，他由于一种自然的冲动，接住孩子，把他放在地下，抬头看是谁失手让孩子坠下来的。他一看见楼上是恩肖，他立刻神色惶然，如同一个守财奴今日把一张彩票五个先令卖给人，明日他却晓得丢了五万镑时的神气。他无时不想报仇，他若不救这孩子，岂非是多少报了仇，他却无意中反救了这个孩子，报不得仇，他心里很难过，脸上都露出来。我敢说假使这时候是天黑了，他也许在台阶上把哈里顿的头打裂了，补救他的错过，但是我们都眼见他救了这个孩子的命。我就走下楼抱住这个孩子。欣德利下楼下得较为从容些，一面哭泣一面惭愧。

他说道：“艾林，原是你的错，你不该让我见他，你该把他弄走！他受伤了吗？”

我生气答道：“受伤！倘若他不死，他将来也是一个傻子！唉！他的母亲为什么不从她的坟墓出来，看你怎样待这个孩子。你还不如一个无宗教的人——你这样待你自己的骨肉！”

他试着抚摸孩子。这孩子晓得是在我身边，不害怕了，但是他的父亲的手指一摸他，他又大哭，比从前哭得更厉害，乱动，好像要惊风。

我接连说道：“你不要惹他。他恨你——他们都恨你——我老实对你说了吧！你原有一个欢乐家庭，你现在弄到什么样了！”

他恢复他的残忍，笑道：“奈莉，将来的样儿，还要更糟。现在你同这个孩子先走开。希斯克利夫，你听着！你也得走开，不要让我听见你看见你。今晚我不杀你，除非我放火烧房子，这还要看我想到做什么。”

他一面说一面从橱里取出一瓶白兰地，倒些在酒杯里。

我苦劝他道：“不要吃了，欣德利，你要听警告呀。你若不想你自己，你也该可怜这个不幸的孩子呀！”

他答道：“无论什么人都能照应他，好过我照应他。”

我试从他手中夺那杯酒，说道：“你要可怜你自己的灵魂呀！”

他说道：“我不！我很喜欢把我的灵魂送入地狱，以惩罚造这个灵魂的人。我庆祝灵魂入地狱！”

他把酒吃下去，很不耐烦地叫我们走，吩咐之后，还说了许多破口骂人的话，实在是难听。我既不要记得，也不要再述这种话。

当关门的时候，希斯克利夫回答两句咒骂的话，说道：“可惜他不能醉死。他是尽力地要自杀，但是他的体气太好，还死不了。肯尼兹说他敢拿他的马同人赌，恩肖将来活得很长久的，他做了白头的罪人才死，除非有非常的意外事发生。”

我走入厨房，坐下，弄孩子睡觉。我以为希斯克利夫一直走出去到粮食仓。后来才晓得他不过走到高背长椅的那一边，那时候他倒在墙边的一张椅子上，不言不语。

我正在把哈里顿放在膝上，摇他，唱一首歌。凯瑟琳小姐从她屋里听见了这场吵闹，伸进头来，低声问道：

“奈莉，你是一个人在这里吗？”

我答道：“小姐，是的。”

她走进来，走向火炉。我猜她有话说，我抬起头来。她的神色看上去有些烦恼和着急。她的两唇半开着，好像要说话，吸了一口气，出口的却不是一句话，是一声叹气。我并未忘记她刚才的行为，我又唱歌。

她打断我的话头，说道："希斯克利夫在哪里？"

我答道："在马厩里做事。"

希斯克里夫并不说我说错了，也许他已经在打盹。又停了许久，那时候我看见有一两滴眼泪从凯瑟琳脸上滴落到石板上。我问我自己道："难道她追悔她的可耻的行为吗？这是一件新鲜事，但是她可以让自己感到懊悔——我不帮她！我不帮，无论什么事，她都不会放在心上，除非她自己的事。"

最后，她喊道："哎呀！我很不欢乐！"

我说道："可惜，你这个人，很难令你欢喜。你的朋友很多，你的忧虑很少，你还不能够使你自己满意！"

她跪在我身边，说道："奈莉，我告诉你一件秘密事，你能够不告诉人吗？"

她的两只好看的眼睛看着我的脸，她的眼那样一看，无论怎样生气的人，看见了也不会生气的。

我稍微和气一点，问道："你的秘密，值得严守着，不告诉人吗？"

"值得严守的，我不告诉你，我心里不安。我要晓得我应该怎样办。埃德加·林顿今天要我嫁给他，我已经给了他回话了。我先不告诉你我的回话是答应嫁他还是不答应嫁他，我却要你告诉我，我应该答应，还是不应该答应。"

我答道："凯瑟琳小姐，我怎样能晓得？论到你今日下午在他面前所做的事，我可以说你不如拒绝他。既然是在那件事情过去之后，他才问你的，他必定是一个愚蠢的人，不然就是个不顾后果的傻瓜！"

她站起来，很不高兴地说道："你若是这样说，我不再告诉你了，奈莉，我已经答应他了。你赶快说，我是不是做错了！"

"你已经答应了他！既是这样，还讨论什么？你既答应了，就不能追悔了。”

她擦着两手，皱着眉头，很不高兴地说道：“我要你说我是否应该答应他——你说呀！”

我说道：“我们要先考虑过好几件事情，才能准确回答你这一问。第一件，最要紧的，你爱不爱埃德加？”

她答道：“谁能不爱他呀？我自然爱他。”

我于是问她好些话，因为她已经二十二岁，我是应该问的。

“凯瑟琳小姐，你为什么爱他？”

“你问得很糊涂，我爱他——这就够了。”

“不够，你必要说为什么！”

“好吧，因为他好看，他是一个好同伴。”

我批评道：“不好。”

“又因为他年轻、开朗。”

“更不好。”

“又因为他爱我。”

“不相干。”

“他将来很有钱，我将来就是这里附近的最阔的女人，我得了这样的一个丈夫，我将来很得意。”

“这是最不好。请你说，你怎样地爱他？”

“奈莉，你为什么这样傻，人家怎样恋爱，我也是怎样恋爱。”

“哪里的话，你得回答我。”

“我告诉你吧，我爱他脚下的地，我爱他头上的空气，他摸什么我爱什么，他说什么我爱什么。他的所有神气，他的所有动作，我无一不爱，我只爱他，我全爱他。”

“为什么？”

这个少年女子满脸不高兴，掉过头向着火炉，说道：“你拿我的恋爱开玩笑，你这个人很不对！我却不当作开玩笑的。”

我答道：“小姐，我并不同你开玩笑。你爱埃德加，因为他是个美少年，开朗，有钱，并且爱你。但是他爱你，却不算什么，也许他不爱你，你也会爱他的，倘若他没有头三样动你之处，即使是他爱你，你也不会爱他的。”

“那是一定的，我只该可怜他——假使他是一个面丑的人，是一个粗野的人，也许我会讨厌他。”

“但是世界上还有很多其他有钱的美少年，也许比他还美，还有钱得多，有什么事阻拦你不爱他们？”

“倘若有的话，他们不同我接近。我向来未见过埃德加这样的人。”

“你可以看见几个，他不是总是美貌，总是少年的，又不能总是有钱的。”

“他现在是美，是少年，是有钱。我只顾眼前，我望你说合理的话。”

“好啦，这就可以解决这件事了。你若是只顾眼前，你就嫁给林顿吧。”

“我并不要你的准许——我必定嫁给他。你却并未告诉我，我办得对不对。”

“倘若嫁人是只应该顾眼前的，你办得很对。你现在要告诉我，你为什么事不欢乐。你的哥哥将来是喜欢的；我想那两老夫妇是不会反对的；你将脱离一个无规则而不安乐的家庭，走入一个有钱、体面的家庭，你爱埃德加，埃德加爱你，这件事情好像一帆风顺的，哪里有什么障碍呀？”

凯瑟琳一手拍额一手拍胸，答道：“障碍在这里！在这里！无论灵魂或在这里，或在那里，我的灵魂，我的心，都令我相信我做错了！”

“这却是很奇怪！我不懂。”

“这是我的秘密，但是你若不笑我，我解说给你听。我不能解说清楚，但是我告诉你我怎样的感觉。”她又坐在我身旁，她的神色变得更忧伤，更严肃，她合着的两只手发抖。

她反省了几分钟，忽然说道：“奈莉，你向来未做过梦吗？”

我答道：“我有时做梦。”

“我也做梦。我平生所做的一些梦终生难忘，改变我的观念。梦通过我，如同酒通过水，改变我的心的颜色。我要告诉你一场梦——你无论听到哪一部分，你却不许笑。”

我说道：“小姐，不要说梦了！即使你不去招出许多鬼来，我们就已经够凄惨了。来，来，露出你的本来面目，快乐快乐吧！你试看小哈里顿！他并不做噩梦。你看他睡着笑得多么可爱呀！”

“是呀，他的父亲孤单时咒骂得多么凶呀！我晓得你记得他父亲也是这样一个可爱的孩子时，差不多这样年纪，差不多也是这样天真幼稚的。虽是这样说，我要强逼你听我说，我的梦并不长，我今晚无快乐的力量。”

我赶快说道：“我不听，我不听！”

我从前对于梦，有点迷信，现在还是这样；凯瑟琳的神色异常的忧伤，使我害怕我可以把梦造成一种前知，预料一场可怖的祸害。她很不高兴，却并不说。过了一会子，她又开始说话，提出另外一个话题。

“奈莉，假使我在天堂，我也会极其愁苦的。”

我答道：“这是因为你不配上天堂，凡是罪人在天堂都是愁苦的。”

“并不是为了这个，我有一次梦见我在天堂。”

我又打断她的话头说道：“小姐，我告诉你我不肯听你说梦话，我去睡。”

她大笑，因为我要走，她把我按在椅子上，不让我走。

她说道：“并没有什么，我只是想说我看天上不像是我的家，我哭到心都破裂了，要回到人间。天使们很生气，把我扔出来，扔在呼啸山庄的草地中间，我醒了，欢喜到哭。我不该嫁埃德加·林顿，就如我不该在天上。假使在那里的那个恶人①不把希斯克利夫弄到这样下贱，我绝不会想到这件事的。我现在若嫁希斯克利夫，就把我的身份降低了，他永远不晓得我怎样地爱他。奈莉，我爱他并不是因为他美，其实因为他更像我。无论我们的灵魂是什么东西做成的，他的灵魂同我的灵魂是一样的；林顿的灵魂与我的灵魂不同，如月光与电光不同，或如霜与火不同。”

---

① 指欣德利·恩肖。

她还没有说完，我就看见希斯克利夫，我看见他略动一动，我掉转头，看见他从长椅上站起来，不响地偷走出去。他在那里听了许久，一直等到他听见凯瑟琳说她嫁他就是失身份，他不再往下听了。凯瑟琳却坐在地上，有长椅的高背隔开，她看不见他来，也看不见他去。但是我吓了一跳，叫她不要响！

她很胆怯地四围一望，问道："为什么？"

我刚好听见路上有车轮声响，我就乘机答道："约瑟夫在这里，希斯克利夫将同他进来，我不敢说这时候他不在门口。"

她说道："他在门口听不见我说话。当你去弄晚饭的时候，你把哈里顿交给我，晚饭预备好的时候，你找我同你吃晚饭。我要骗我自己的不安宁的良心，我要相信希斯克利夫不晓得这许多事。他是不是不晓得？他不晓得恋爱是什么？"

我答道："你既晓得恋爱，他为什么就不晓得恋爱？倘若他爱你，他就是世界上最不幸的人。你一旦变做林顿太太，他就失去朋友，爱情，无论什么都丢失了！你可曾考虑到你将来怎样忍受分离之苦，他一旦无人理他，他又怎样忍受？小姐，因为——"

她很生气地说道："无人理他！我们分离！我请问你，谁来分离我们？他们将遇米罗[①] 的命运！艾林，只要我活在世上，是不会的，无人做这件事。世界上所有的林顿只管化为乌有，我是不答应撇开希斯克利夫不管的。我不想抛弃他——我志在不抛弃他！假使要给这样的代价，我是不肯当林顿太太的！我以前怎样待他，我将来也是怎样待他，埃德加至少也要不厌恶希斯克利夫，优待他。他晓得我对待希斯克利夫的真感情，他会优待他的。奈莉，我现在明白你以为我是一个自私自利的坏人，但是难道你并未想到，假使希斯克利夫同我结婚，我们就是乞丐？倘若我嫁了林

① 米罗：公元前6世纪的一个希腊运动员，身体强壮有力，曾在奥林匹克运动会上吃掉一头四岁的母牛。晚年时试图将一棵橡树掰为两半，结果被裂开的树干夹住双手，最后被狼活活吃掉。此处喻为拆散他人者不得好报。

顿，那就不同了，我能够帮助希斯克利夫提高身份，使他出了我哥哥的势力范围之外。”

我问道：“小姐，你要拿你丈夫的钱帮希斯克利夫吗？你这样打算，你的丈夫未必听你的话。我虽然不是一个善批判的人，我看你所告诉我你为什么要嫁林顿的动机，当以这一条为最不好。”

她驳道：“不是最坏的，是最好的！其他诸多动机不过是为了满足我的忽然而来的幻想，也是为埃德加起见，使他也满意。在他的身上，既包括我对于埃德加和对于我自己的种种感情，我所以为此，就是为这个人起见。我不能表达我的意思，但是任何人都有一种想法，在你之外原有或应有另一个你存在。假使我整个都装在这里了，天生我还有什么用处？我在世上最重大的愁苦就是希斯克利夫的愁苦，我从一开始就察看和记得他的每种愁苦。我在世上最想念的就是他。假使世上无论什么都消灭了，只有他幸免独存，我仍然想活；假使他灭了，其余什么都存在，宇宙就变作一个巨大的虚空，与我全不相干。我所施于林顿的爱情，如同树林的树叶，是随时令能改变的，如冬天树木变化。我所施于希斯克利夫的爱情，好像永不改变的石头，眼见虽可以欢乐之处不多，却是必要的。奈莉，我就是希斯克利夫！他无时不在我的心里，我心里有他，并不当是一种快乐，亦如我自己看我自己，并不常是一种快乐，但是我当他就是我。所以你不必再说我们两个人分离，这是办不到的，况且——”

她停住不说，把脸藏在我的衣服褶里。我用力把她的脸推开，我实在不耐烦她的糊涂见解！

我说道：“小姐，你说了一番糊涂话，我只能晓得你所说的话表示你全不晓得你嫁了丈夫所应担任的诸多责任。不然，你就是一个恶女孩子，是一个无道德的女孩子。请你不必把秘密再告诉我了，我不答应守秘密。”

她很着急地问道：“我已经把秘密告诉你了，你守不守？”

我又说道：“我不答应守。”

她正要强逼我，刚好约瑟夫走进来，我们的谈话中止了。凯瑟琳把椅子挪到一个屋角，看着哈里顿，我做晚饭。煮好之后，我同约瑟夫争吵谁该送晚饭给欣德利，等到晚饭几乎冷了，我们才定规。我们说好了，等他要晚饭时，我们才送去。因为欣德利独自一个人在屋里太久时，我们尤其不敢进去。

约瑟夫四周看，找希斯克利夫，说道："到了这个时候，他为什么还不从田上回来呀？他干什么呢？"

我答道："我去喊，他必定在谷仓里。"

我走去喊他，无人答话。我走回来，附耳对凯瑟琳说，我相信他听了一大部分你所说的话；我又说，刚好她关于她哥哥对待希斯克利夫，说几句不满意的话的时候，我看见他从厨房走出来。她听了大吓一跳，把哈里顿扔在长椅上，自己跑去找她的朋友，她并不从容地考虑她为什么这样着急，她所说的话会对他造成怎样的影响。她走出去很久，约瑟夫提议我们不必再等她。他很诡地猜度他们两个人走开，为的是躲避他的拖长很久的祈福。这天晚上，他为他们起见，于往常饭前十五分钟的祷告之外，他加上一段特别祈祷文，他原想在后再加上一段的，不料小姐跑进来，匆匆地吩咐他赶快到大路上去找希斯克利夫，无论他在哪里闲逛，找他回来，叫他立刻再进来。

她说道："我要同他说话，我未上楼之前，必要同他说话。大门是开的，他听不见，我虽在羊圈顶上大声喊，他也不答。"

约瑟夫起初不肯去，但是她太认真，不许他不去。后来他戴上帽子，嘴里叨叨地往前走。凯瑟琳走来走去说道：

"他到底在哪里——他能够在哪里？奈莉，我说过什么？我忘记了。他看见我下午生气，难道他不高兴吗？你告诉我！我曾说什么话，令他难过？我很想他来！我很想他来！"

我自己觉得不安，我却喊道："没有事，你喊什么！一点小事就把你吓慌了！希斯克利夫要在月光之下在野地上散步，或躺在干草堆上生气，不同我们说话，犯不着恐慌起来呀！我敢说他是藏在哪里。你看我去找他出来！"

我走去再找，找不着，约瑟夫找了一会儿，也找不着。

约瑟夫再进来，说道："那个孩子愈来愈坏了！他把院门开得很大就走了，小姐的马走到田上去了。主人看见这样不小心的人，是不耐烦的。你们瞧着吧，他不是永远都是这样耐烦的，你不要因为这件事，令他发狂！"

凯瑟琳打断这话头说道："你这个蠢人，你找着希斯克利夫没有？你曾否听我的吩咐去找他？"

约瑟夫答道："我宁愿去找马，找马还近情理些。但是天这样黑，找马也找不着，人也找不着。希斯克利夫这个人，不是我喊他就会来的——也许你去喊他，他的耳朵就不至于那么聋！"

在夏天这样的晚上是太过黑啦，天上的黑云好像要打雷。我说我们不如都坐下，一落雨必定逼他回家。但是凯瑟琳不听我劝，还是很不安的。她还是走来走去，来回地从院门走到大门，神色扰乱，不能安静。后来她就坐在那里，我们劝她也不管，雷响她也不管，大滴的雨点子洒在她的周围。她有时候喊，喊过就留心听，随后放声大哭，比哈里顿或无论什么孩子都哭得厉害。

到了半夜，我们还是坐着，大风雨来了，风雷都是很凶的，屋角有一棵树不是被雷所击，就是被大风吹倒。有一大树枝落在房顶，打倒一部分的东边烟囱，打落一阵石头，掉入厨房的火炉，我们以为是雷打进来。约瑟夫跪下哀求上帝，只管打恶人，饶了善人。我也觉得必定是上帝降罚。我心里想约拿[1]就是恩肖。我摇他的房门把，想知道他是不是还活着。我们听见他答我的声音。我的同伴听了说得更响，说如他这样的圣人，如他的主人这样的罪人，其间很有分别。这场大雷雨只闹了二十分钟，就过去了，我们都无恙，只有凯瑟琳不肯躲避，不戴帽子，不披围巾，通身都湿透了。她进来躺在长椅上，她还把脸对着椅背，两手捂着脸。

我摸她的肩膀喊道："好啦！小姐，你是不是立意想死？你晓得这

① 这里指带来灾难的人。见《圣经·约拿书》。

后来她就坐在那里，我们劝她也不管，雷响她也不管，大滴的雨点子洒在她的周围。她有时候喊，喊过就留心听，随后放声大哭。

是什么时候了！十二点半啦。来，来，上床睡吧！用不着再等那个傻小子了，他大概是去吉姆顿了，现在他住在那里了。他猜我们不会等他等到这样晚的。他猜只有欣德利这时候还未睡，他不肯让主人替他开门。”

约瑟夫说道：“不是的，不是的，他不是在吉姆顿，这时候他掉进洼坑里也是不足为奇的。他到那里不是无故的，小姐，你要小心，要轮到你去啦。我谢上天，愿意学好的总得好处，不会在恶人堆里的。你们晓得《圣经》是怎样说的。”他开始引了几段《圣经》，告诉我们在哪一章哪一节里头。

我劝那个任性的女孩子起来脱去湿衣，她不听，我只好走去同哈里顿睡，屋里只有约瑟夫在那里讲经，凯瑟琳在那里发抖。那个孩子睡得很沉，好像四围的人都是睡着了的。后来有一会我还听见约瑟夫读《圣经》，随后我还辨得出他缓步登楼声，随后我睡着了。

我比往常下楼得迟，我看见日光射入百叶窗缝，凯瑟琳小姐还坐在火炉旁，房门半开，日光从未关的窗子进来。欣德利已经出来，站在厨房的火炉边，憔悴昏沉。

当我进来的时候，他正在说：“凯瑟琳，什么事使你难过？你好像一只淹水的小狗那样忧愁，孩子呀，你为什么这样湿，脸色这样发白？”

她很勉强地答道：“我不过身上湿，觉得冷。”

我看见主人带点清醒，我就说道：“她淘气！她让昨晚的大雨淋透了她，坐了通宵。我不能劝她动一动。”

恩肖很诧异地瞪着我们，他说道：“通宵，什么事使她坐了通宵？必不是怕雷？打过雷好几点钟了。”

我们尽量遮瞒，就不愿意说希斯克利夫不在家。所以我就答，我不晓得她为什么坐通宵。她也不说。早上又凉又清爽，我把格子窗推开，花园里的香气灌满屋子。但是凯瑟琳带点生气喊我：“艾林，把窗子关起来，我饿啦！”

她牙齿打战，更缩近几乎火灭了的余烬。

欣德利抓住她的手腕，说道：“她有病，我猜她是因为有病不肯上床睡，讨厌！我不愿意有更多的病人麻烦我，你为什么被雨淋？”

约瑟夫看见我们迟疑不敢说话，他借这个机会说几句坏话，说道：“还不是像以往一样，追男子。主人，假使我是你的话，我是老老实实地关住大门，不许这些男子们进来。只要你走开，那边的林顿，同猫一样，就偷走进来。奈莉是个好女孩子！她坐在厨房把风，只要你从这一个门口进来，我们的大小姐就从那一个门口出去，同男子调情。晚上十二点钟过后，还同那个坏种希斯克利夫在田上躲躲藏藏的！他们以为我是个瞎子，我却不是的！我看见小林顿来，我看见他去，我又看见你（指我）。你不是个好东西，你一听见大路上主人的马蹄声，你就溜到屋里报信。”

凯瑟琳喊道：“你这个偷听人说话的人，不许你出声，不许你在我面前无礼！欣德利，埃德加·林顿昨天是无意中来的，原是我叫他走的，因为我晓得你讨厌碰见他。”

她的哥哥答道：“凯瑟琳，你说谎，这是无疑的了，你是个糊涂东西。但是现在且不要管林顿，你告诉我，昨天晚上你不是同希斯克利夫在一起的吗？你要对我实说，你不必怕害了他，我虽然还是同向来一样的憎厌他，但是不久以前，他替我做过一件好事，所以我的良心不肯杀他。今天早上我将打发他走，免得我杀他。他走之后，我劝你们众人都要留神，我更将一心注意你。”

凯瑟琳答道：“昨晚我并未看见希斯克利夫。”她开始痛哭，“倘若你轰他走，我要跟他走。也许你永远无机会轰他，他恐怕已经走了。”说到这里她不能自制地放声痛哭，其余的话都说不出来。

欣德利大骂她一场，叫她立刻回去她的屋里，不该无故的哭！我劝她回去屋里。当她到了自己屋里的时候，她大闹，我见了害怕，我永远忘记不了这番情景。我以为她疯了，我求约瑟夫去请医生。果然是发热病了，肯尼兹一看见她就说她病得很重，她发热。他给她放血，吩咐我只给病人牛奶和粥吃，叫我小心看守，防着病人坠楼或从窗口跳下去。他随即走了。因为医生很忙，乡下人家都是相离很远的。

我虽然不能说我是一个温柔的看护，主人同约瑟夫更不是的。病人虽然是最会麻烦人，又最不听话，她病却好了。林顿老太太来过好几次，料理诸事，骂我们，吩咐我们做这个做那个。当凯瑟琳病好休养的时候，这位老太太一定要接她到山庄。我们很感谢她把小姐接了去住。但是这位老太太肯定对她的一番好意追悔莫及，因为他们老夫妇两个染了热病，相隔不多几天，老两口子都死了。

我们的小姐回家来，更好顶撞，更好发脾气，比从前更骄傲。自从那天晚上大雷雨之后，我们再也没有听到过希斯克利夫的消息。有一天我不幸，当她很激怒我的时候，我说希斯克利夫逃走原是她之过，她自己也晓得是她自己之过。从这个时候起，一直过了几个月，她不同我说话，即使说话，不过当我是仆人。她也不同约瑟夫说话，但是他却心里想什么就说什么，教训她，当她还是一个小女孩子。她却以为自己是长大的女子，是我们的女主人，以为她久病新愈，仆人们应该体谅她的。况且医生吩咐过她是不能多受反对的，她应该自由的，无论什么人，胆敢反对她的，她都当作杀人的凶手。

她不同恩肖与他的朋友们亲近，她哥哥听从了肯尼兹的劝告。她一发怒，往往好像要怒到晕倒，她的哥哥只好随她去，她要什么，就答应什么，大概都避免不使她的火气变作更烈。他太过纵容他的妹妹，却不是因为爱她，只是因为骄傲，他很想他的妹妹嫁林顿，光耀他们的门楣。只要她不去打扰他，她只管糟蹋我们，当我们是奴隶，他都可以不管！

埃德加·林顿陷入爱河不能自拔，在他之前的，在他之后的，有过许多人都这是样糊涂，我们不能怪他一个人。他父亲去世之后三年，有一天他领着凯瑟琳走进吉姆顿教堂行结婚礼，他以为自己是世界上最欢乐的人。

我被他们劝，离开呼啸山庄，陪她到这里，我是不甚愿意的。小哈里顿快到五岁了，我才开始教他认字，我们两个人是难舍难分的。但是凯瑟琳的眼泪的力量比我们两个人的眼泪的力量大得多。当我不肯去，她的苦劝也不能动我的时候，她走去对他的丈夫和她的哥哥哭诉。他的丈夫答应给我很多的工钱。她的哥哥吩咐我收拾我的东西，他说他现在没有太太，他不要女人在家里。至于他的儿子，再过几时，他交给牧师照应。我无法可想，只好听他们的吩咐。我告诉主人，他把好人都轰走了，他不过毁自己毁得更快。我吻哈里顿，同他辞行。从此以后，他就当我是个外人啦！我想起来，觉得奇怪，我很相信他完全忘记了艾林·迪安啦，他也忘记了从前他只晓得有我，我只晓得有他啦！

这个管家婆说到这里，偶然看看烛台上的钟，看见已经到了一点半钟，她很诧异，她不肯再逗留一秒钟啦。我自己也觉得不如以后再听她说下回分解。她走去歇息，我沉思了一两点钟，我也不管我的头和手足都累到发疼，我也鼓足勇气去歇息。

第十章

这是一种隐士生活的好开端！捱了四个星期的苦，睡也睡不安，又有病！刺骨的风，酷寒的北方天气，路是不能走的，乡下的医生是很懒慢的！许久看不见一个人！最不妙的就是肯尼兹的可怕示意，说我不到春天，不要想出门！

希斯克利夫方才来探我。七天前他送我一对松鸡——这是最后的野味，以后不能再打鸟了。这个坏蛋！我的病他有不可推卸的责任——我很想把这句话告诉他。可是，他在我的床边，同我一谈就是一点钟，所谈的并不是药水、药丸、药膏和水蛭[①]，所谈的是别的事，他既有这样的善意，我怎好得罪他？

这样的时光我过得很舒适。我体弱不能看书，我却觉得我能享受有意味的故事。我为什么不请迪安太太上来，把她的故事说完了？她所说过的，我还记得大概。是的，我记得她的男主角逃走了，有三年未听见他的消息；女主角嫁了。我摇铃。她看见我能够快活地说笑，必定欢喜。迪安太太来了。

她开口道："先生，还要等二十分钟，才是吃药时候。"

我答道："不要药，把药拿走，我想——"

"医生说，你必须吃下这些药粉。"

---

① 水蛭，即蚂蝗，乡村医生有时用它为病人吸血。

“我极不喜欢吃药粉！你不要打岔。你过来，坐在这里。你两只手不要摸那瓶苦药，从口袋里把你的针线活拿出来——好——请接着说希斯克利夫的历史，从你上次讲到的地方开始，一直说到现在。他是不是在大陆[①] 毕业，变了一个上等人，才回家的？他曾否在大学得过免费生的地位，还是逃往美国，在那里靠搜刮民脂民膏赢得体面，还是在本国的大路上，很快地就发了财。[②]”

“洛克伍德先生，也许他各种行业都干过，我却不清楚他曾干过哪行。我说过在先，我不晓得他怎样发了财的，我也不晓得他用什么方法得来的知识，从前他却是一个毫无知识的野蛮人。你若是允许，你若是觉得有趣，并不骚扰你的话，请你让我照我自己的思路往前说故事。你今早觉得好些吗？”

“我觉得好得多。”

“这是好消息。”

我同凯瑟琳小姐到了山庄。她的行为比我所敢期望的好得多，我却觉得又高兴又失望。她好像几乎过于爱林顿，她对他的妹妹也表示许多爱。他们兄妹两个诚然是很在意她是否过得快乐，并不是荆棘去攀附金银花，却是金银花拥抱荆棘。并不是互相让步，这一个站得直直的，那两个就让步。既遭不到反对，又遭不到冷淡，谁能够生气、发脾气呢？

我看见埃德加生怕忤了她的意思，但他深藏起这种惧怕，不让她窥见。她发出严厉的号令，他若听见我怒气地答她，或看见别的仆人露出不高兴的颜色，他就不快地皱起眉头表示难过，他为自己的事却无这样的表示。因为我唐突，他屡次对我说严厉的话，他说他看见他的太太不高兴，觉得很心痛，比刀刺伤还要痛得多。我为的是不使这样好心的主人愁苦，我就学会不那么好生气。所以有半年工夫，原摆了一堆火药在那里，然而

① 即英国人眼里的欧洲大陆。
② 指作强盗。

却如同摆了一堆沙那么的无害，因为无火走近，火药就不炸。凯瑟琳忧愁，一言不发的时候，她的丈夫体恤她，也不说话，他以为是她所犯过的危险病所引起的体质上的改变，因为未患病之前，她向来未有过这样的精神颓丧。她一恢复高兴，他也恢复高兴。我相信我可以说他们两夫妇实在有很深的与日俱增的欢乐。

可惜好景不长。人终究还是为了自己，和平与慷慨的人不过比霸道的人自私得稍微公平一点，当诸多情况使各人觉得自己的利益并不是那一个人思想中的最重要考虑，欢乐就完了。

有一天是九月的温和傍晚，我在园里摘了很重的一篮子苹果，正要进屋。天已黑了，月出墙头，照得园子影影绰绰。我把这个重篮子放在厨房门旁边的台阶上，在那里逗留歇息，吸几口温和的香空气，我的背向着门口，两眼看月，我听见背后有声音说道：

“奈莉，是你吗？”

声音是低沉的，是异地口音，他喊我的名字的样子，是我所听熟的。我带点害怕，掉过身子来，看是谁喊我，因为各门都关了，我并未看见有什么人走近台阶。有东西在廊下动。我走近些，我辨出是一个高高的人，穿了黑衣服，脸同头发都是黑的。他靠在一边，手指搁在门闩上，好像要自己开门。我想道：“这是谁呢？恩肖先生吗？不是的，不像他的声音。”

我接连地打量他，他又说道：“我在这里等了一点钟了，在这一点钟里头，四围都是很寂静的，同死一样。我不敢进来。你不认得我吗？你试看，我不是个生人！”

有一线光射在他脸上，他两颊发黄，有一半被黑胡子盖住，低额，奇怪的深眼。我记得这双眼。

我很惊诧地举起两手，我心里犹疑不定，是否当他是阳世的人，我喊道：“什么呀！你回来了吗？当真是你吗？是你吗？”

他从我身上看到上头的窗子，窗子反射出月光，却没有屋里的灯光射出来，他答道：“是的，是希斯克利夫，他们在家吗？她在哪里？奈莉，你看见我并不高兴啊！你不必这样担心。她在这里吗？你说！我要同她说一句话——同你的女主人说一句话，你去说有一个人从吉姆顿来的，要见她。”

我说道：“她见了你将怎么样？她将做什么？你这样出其不意的，令我为难——会令她发狂的！你确是希斯克利夫，你却改变了！真是想不到的。你去当军人了吗？”

他很不耐烦地插进说道：“你去报信，你不去，我如同在地狱！”

他举起门闩，我进去。等到走到林顿夫妇所在的客厅，我不肯进去。后来我打定主意借口问他们要不要点蜡烛，我就开门。

他们坐在窗口，格子窗被推开顶着墙，可以看见花园的树与绿色森林之外的吉姆顿的山谷。呼啸山庄高出这一片白雾之上，却看不见我们的旧房子，房子在那一边的凹处。这间屋子，屋子里的人，他们所看的景，都露出很安宁的样子。我退缩，很不愿报信，问了他们要不要点烛，我正在想不说就出来。我忽然觉得不对，不得不走回去，喃喃地说道：“太太，有一个从吉姆顿来的人想见你。”

林顿太太问道：“他要干什么？”

我答道：“我并未问他。”

她说道：“好吧，奈莉，关了窗帷，把茶点送上来。我立刻就回来。”

她走出屋子。埃德加随随便便地问我，那人是谁？

我答道：“是太太没想到的人。先生，你记得吗，就是那个希斯克利夫——曾经住在恩肖家里的。”

他喊道：“什么呀！那个吉卜赛人吗——那个种田的粗人吗？你为什么不对凯瑟琳说是他？”

我说道：“嘘，主人！你必不可用这种名字称他。她听到他逃走的时候，她几乎心痛欲裂。我猜他回来了将使她很高兴。”

林顿走到屋子那一边的窗子，那里是看院子的。他开了窗，身子向外倚。我猜他们两个人在底下，因为他很快地说道：“亲爱的！不要站在那里。倘若是什么朋友，带他进来。”

不久我听见门闩响，凯瑟琳飞快地跑上楼，喘不出气，她太过激动，不知如何表示高兴才好，看她的脸，你以为是表示可怕的大祸。

她气喘吁吁的，两只膀子搂住埃德加的脖子，说道："埃德加，埃德加！宝贝！希斯克利夫回来了——他回来了。"她把丈夫的脖子搂得很紧的。

她丈夫生气喊道："好啦，好啦，你不必因为他回来把我勒死了！我始终看不出他是这样的一个异宝，用不着发狂！"

她稍微压低她的快乐的烈度，答道："我晓得你从前不喜欢他，但是为我起见，你们两个人现在应该做好朋友。我喊他上来，好不好？"

他说道："来这里吗？进客厅来吗？"

她问道："那到哪里？"

他有点不愿意，提议厨房较为正当，他应该到厨房。林顿太太看他一眼——一半生气，一半笑他太苛。

过了一会，她说道："不好，我不能坐在厨房里。艾林，你在这屋里摆两张桌子，一张是给主人和伊莎贝拉小姐两位的，他们是上等人；那一张是给我同希斯克利夫的，我们是较为下等的人。宝贝，这样布置，你高兴吗？不然的话，我在别的地方生一个火！若是这样，请你吩咐在哪里生火。我要跑下楼找我的客人了。我恐怕这场欢乐太大了，不是真的！"

她正要再跑出去，埃德加却拦阻她。

他对我说道："你去喊他走上来。凯瑟琳，尽管欢喜，但你可以不必这样荒唐！我们全家人不必看你欢迎一个逃走的仆人，像欢迎一个兄弟。"

我下楼，看见希斯克利夫在廊下等，显然是等候请他进去。他一言不发跟着我走，我把他引到主人和太太的面前。他们两个人脸上很通红，显然是狠吵过一番。但是当她的朋友走到门口的时候，她的脸上出现另一种的感情。她上前，捉住他两只手，领他到林顿面前，随即抓住林顿的手，把它塞在希斯克利夫的手里。现在有火光和烛光照着希斯克利夫的脸，我很诧异地看见他改变了。他这时候长成一个颀长有力，身材很好的人了，我的主人站在他身边未免太过孱弱，太过像个小孩子啦。他站得挺直，就现出来他当过军人的意思。他的面貌比林顿较为老成、较为有决断，露出是有知识的脸，并无从前的卑劣痕迹。他的两眼充满黑色的火焰，眉头是凹下去的，仍然藏着一种半文明的凶恶，却是收敛的。他的态度是庄重的，全脱了粗俗气，但是还嫌太严厉，不文雅。我的主人的惊异同我的一样，还许比我更甚，他有一会子不晓得应该怎样同这个田夫说话。希斯克利夫放下他那只纤弱的手，站在那里冷眼看他，等他先说话。

他后来说道："先生，请坐。林顿太太追念从前，要我欢迎你，无论什么，凡是可以使她欢喜的，我都愿意。"

希斯克利夫答道："我也是这样，凡是与我有点关系的，我更是这样。我很愿意坐一两点钟。"

他坐在凯瑟琳对面的一把椅子上，她定睛看他，好像她一不看他就会跑了的。他却不常看她，不过有时快快地一看就算了，但是他每次一看，都反射出他所受于她的毫不遮掩的快乐。他们两个人都是过于沉浸在两情相悦中，并不受什么阻碍。埃德加却不然，他纯粹因为难受，变得脸无血色。当他的太太站起来，在地毯上走过去，又捉住希斯克利夫的两手狂笑时，埃德加的难为情到了极点。

她喊道："明天我将以为是梦！我将不能相信我又看见你，摸着你，同你说话。但是你这个狠心的希斯克利夫呀！你不配享受我这样的欢迎。你走开三年，一个字的书信也没有，始终不想我！"

他喃喃道："我想你，比你想我多一点。我不过前几时才听见说你嫁了人。当我在院子等候的时候，我想好这个计划——只要看一看你的脸，也许诧异地看一眼，假装很快乐。随后我同欣德利算帐，然后再一死了之，免得法律对我动手。你既欢迎我，我把这些想法都抛弃了。下次你用另外的面目见我时，你却要小心！你勿再轰我走开。你从前当真为我难过，是不是？你有难过的理由。我自从末后一次听过你的声音之后，我尝过一番痛苦生活，我只为你而奋斗，你必要饶恕我！"

林顿努力保留他平常说话的腔调，和正当的礼貌，插进说道："凯瑟琳，请你到桌边来，不然我们要吃冷茶了。”不到十分钟，就把茶点吃完了。凯瑟琳的茶碗并未倒过茶，她既不吃又不喝。埃德加的茶托上有些晃荡出来的茶水，他也几乎一口没吃。

他们的客人当天晚上只坐不足一点钟。当他走的时候，我问他是不是住在吉姆顿。

他答道：“不是的，我到呼啸山庄，我今早去拜访恩肖，他请我去。”

恩肖请他！他拜访恩肖！他走过之后，我心很痛地沉思这句话。他是不是变成了一个伪君子，遮掩着本来面目回来作祟？我沉思，我心里有一种预感，他不如走开为妙。

过了夜半，林顿太太溜进我的屋里来，惊醒我，坐在我的床边。

她说道：“艾林，我不能睡。我要人陪我欢乐。埃德加愁闷不乐，因为我喜欢的事，他却觉得无意味。他不肯开口，一开口就说闹脾气的话，说傻话。他说他心里难过，困倦想睡，我反因为这起见要同他说话，说我暴虐。他只要遇着一丁点儿不如意的事，他就难过！我只说了几句恭维希斯克利夫的话，他就开始哭，我不晓得是为头痛，还是为妒忌，我只好起来走开。”

我答道：“你对着他恭维希斯克利夫有什么用处？他们小的时候就互相憎厌，希斯克利夫若听见你恭维林顿，也是一样的恨你，这是人性。你不要对林顿说他，除非你想他们两个人打起来。”

她说道：“这样岂不表示太弱吗？我就不妒忌。我看见伊莎贝拉的黄头发的光彩，看见她的皮肤的雪白，她的苗条秀雅，全家的人个个喜欢她，我绝不觉得难过。奈莉，就说到你吧，倘若有时我同伊莎贝拉争辩，你立刻帮伊莎贝拉。我就同一个糊涂母亲一样，作出让步。我喊她小宝贝，恭维她到高兴。她哥哥看见我们和气，很喜欢，他喜欢我也喜欢。但是他们兄妹两个很相似，他们两个都是惯坏了的孩子，他们妄想世界是为迁就他们而设的。我虽然顺着他们，我却很想好好地惩戒他们一番，这样可以使他们变好些。”

我说道：“林顿太太，你错了，他们顺着你。我晓得，假使不是他们顺着你，会生出许多事来。只要他们迎合所有你想做的事，你就能容忍他们一时的忽然妄想。虽是这样说，最后你们遇着与两边同等重要的事情时，你们可以闹翻了的，那时候你所谓太弱的人也很可能同你一样的倔强。”

她大笑，答道：“奈莉，到了那个时候，我们将拼命地吵，是吗？我告诉你，你说得不对，我很相信林顿的爱情，我相信我可以杀了他，他也不愿报复的。”

我劝她应更看重他的爱情。

她答道：“我是看重他的爱情，不过他不必因为一点小事就拖长声气叫喊。这是孩子气，因为我说希斯克利夫现在值得任何人的看重，又因我说国内的第一个上等人同他做朋友，这是这个人的体面，他听了就流起泪来。他不该流泪的，他应该替我说这两句话，为我们有同感而快乐。他必须习惯希斯克利夫，甚至喜欢他。一想到希斯克利夫怎样有理由反对他，我很觉得希斯克利夫的行为是极好的了！”

我问道：“他往呼啸山庄去，你看怎么样？他各方面都有变化。他很像一个奉基督教的人，要同他所有的仇敌做朋友！”

她答道：“他曾解说过，我也同你一样的诧异。他说他到那里是要跟你探访关于我的消息，以为你还在那里。约瑟夫告诉欣德利，欣德利走出来，问他一向做什么，过得怎样，最后请他进去。屋里有几个人坐着打牌，希斯克利夫也坐下同他们打，我的哥哥输了些钱给他，看见他很有钱，请他晚上再来，他答应啦。欣德利这个人鲁莽不会审慎地择友。他曾经糟践过的一个人，他可以有种种原因不相信这个人，他却不管这些。希斯克利夫有几条理由，要同从前伤害过他的人再做朋友，其中的主要理由就是他想住在一个地方，可以步行到山庄的，而且他依恋我们从前同住过的房子；他也希望我将有较多的机会在这里同他见面，倘若他住在吉姆顿就不能了。他愿意多出租钱住在呼啸山庄，我的哥哥贪财，他会接受条件的。他常是贪得无厌，这只手得来的钱，却用那只手抛丢了。”

我说道：“一个年轻人定居在这样的好地方呀！林顿太太，你不害怕将来的后果吗？”

她答道：“我不怕我的朋友会有什么危险，因为他的头脑有力，不会遇险的，我略怕欣德利会有危险。但是在道德上，他也坏不到哪儿去了。有我在，我不会让他做出人身伤害的事情。今天晚上的事已使我同上帝和人类和解了！我曾经发怒地反叛天意。呀，奈莉，我受过极苦极苦的愁困，假使那人晓得我承受了怎样的苦，他就会为自己在无端的怒气中不辞而别而感到羞愧，他会惭愧的。我之所以独自一个人受苦，原为的是我要善待他。假使我表达出我所屡屡觉得的痛心，他会迫切渴望减轻痛苦，同我一样。但是现在是过去了，我恕了他的错过，不报复了。此后，无论什么苦，我都能受啦！无论什么卑下的人打我这边的脸，我不但掉过那边脸请他打，我还要因为我激怒他打我，求他恕罪。我立刻去同埃德加讲和，这就是凭据。我同你请晚安啦！我是一位天使！”

她就是这样自满地相信自己，走了，翌日果然表示她和解成功。林顿不但抛丢了怒气（他的精神却仍然被凯瑟琳的太过激动所抑制），他而且并不反对她带伊莎贝拉下午往呼啸山庄。她用许多温柔手段和爱情酬答他，使我们这个家里有几天像一个天堂，从前都是阴沉天，现在都是晴天，有利于主仆们。

希斯克利夫——我该说希斯克利夫先生，初时很审慎地来探山庄，他好像计算山庄的主人容他闯进到什么地步。凯瑟琳也审慎，当她招待他的时候，不太过多表示她与他相同的快乐。他逐渐建立他常到这里来的权利，他小时候是很不多说话的，他现在仍旧大多数时候是不好说话的，这就阻止他表示惊人的感情。我的主人的不安也就沉下去了，还有别的情况暂时转移了他的不安。

他不安的新来源发生于意料不到的伊莎贝拉的不幸，她对他所容忍的这位客人，表示出一种忽然发生而不可抵抗的爱情。她这个时候不过十八岁，虽然有锋利的聪明，锋利的感情，若是受了刺激的话，还有锋利的脾气，她的举止却还是一个小孩子。她的哥哥是很爱她的，看见她这样地狂爱那个人，自然是很担心的。希斯克利夫是个无名之辈，她若同他结婚岂不是屈辱了她自己，况且他若无儿子继后，他的财产会到了他的妹夫手上。姑且撇开这两层不计，他很晓得希斯克利夫的性情，他很晓得他的外貌虽然改变了，他的心是不能改变的，而且并未改变。他怕这个人的心，他是很不喜欢的。他极不愿意伊莎贝拉嫁这个人。假使林顿晓得她爱他并不因为他爱她，她只爱他，他却并不爱她，林顿更不愿意了。他一看出来她有这样的爱情，他就说这是希斯克利夫的不对，是他老谋深算的诡计。

我们已经注意到，林顿小姐有几时不知为了什么事，她变得厌倦，好发脾气，常时怒斥凯瑟琳，时常惹她动气，几乎使她受不了。我们以为她身体不好，多少原谅她，我们看见她日渐消瘦憔悴。有一天她特别地闹小脾气，不肯吃早饭，说仆人们不听她的话，说嫂子不当她是个人，哥哥也不理她，说我们开着门使她伤风，特意灭了客厅的火，惹她生气，还说百十种更不相干的怪责他人的话。林顿太太很严厉地强逼她上床歇息，狠狠责备她一番之后，拿要去请医生的话吓她。一说到请肯尼兹来，她立刻说她的身体是很好的，只是凯瑟琳的苛刻令她不欢。

凯瑟琳听见她这句不讲理的话，很诧异，喊道："你这个淘气东西，你怎么能够说我苛刻呀？你必定是失去了理性了。请你告诉我，我几时苛刻过你呀？"

伊莎贝拉哭泣说道："昨天同今天！"

他的嫂嫂说道："昨天什么时候苛刻你！"

"当我们在野地边走的时候，你告诉我爱在哪里散步就在哪里散步，而你却同希斯克利夫两个人继续走。"

凯瑟琳大笑说道："原来你所谓苛刻，就是这样吗？我并未示意，不要你同我们散步呀。我们并不管你同我们一道走，还是不同我们走，我不过想你不会觉得希斯克利夫的谈话有什么趣味。"

小姐哭道："不是的，因为你晓得我喜欢在那里，所以你想要我走开！"

林顿太太请断于我，问道："你看她糊涂不糊涂？伊莎贝拉，我把我们的谈话照直说出来，一字不改，请你指出你听见了，觉得有什么意思。”

她答道：“我不管你们的谈话，我只要同……”

凯瑟琳晓得她迟疑，不说完她那句话，说道：“同什么？”

她振起精神，接连说道：“我要同他在一起，我不愿意你常把我轰走。凯瑟琳，你是马槽里的狗①，你想人家只爱你一个人，不许他爱别人！”

林顿太太很诧异地喊道：“你真是个无礼的小猴子。我却不相信你这样傻。你绝不能贪得希斯克利夫的赞美——你绝不能当他是个可以相处得来的人。伊莎贝拉我希望我误会了你，是不是？”

这个执迷不悟的女孩子说道：“并不，你并不误会，我爱他比你爱我的哥哥厉害得多。倘若你让他爱我，他可以爱我！”

凯瑟琳很郑重地说道：“既是这样，你送我一个国，我也不肯成为你！”她说这句话，似乎是极诚恳的。她对我说道：“奈莉，请你帮着我，使她相信她是疯了。你告诉她希斯克利夫是何种的人，他是一个无礼貌无学问的，无人要的人，是一片满地荆棘和黑石的荒野。我若是劝你嫁这个人，不如把这只芙蓉鸟在严冬的时候放在花园里！孩子呀，不是别的，只是你很可悲地不晓得这个人的性格，所以你做这样的梦。我请你不要胡思乱想以为一个严厉的表面藏了善意和爱情！他不是一颗未雕琢的钻石——不是一个蚌里藏珠，他是一个凶狠、无情、狼性的人。我绝不对他说，你放过这个或那个仇敌吧，不要害他们吧，因为害人是狭隘或残忍事。我说，放过他们吧，因为我憎恶他们受冤枉。伊莎贝拉，你要晓得，倘若他见得你是个累赘，他会打碎你，如同打碎一个麻雀蛋一样。我晓得他不能够爱一个林顿，但是他却能够娶你，要你的财产与将来继承财产的希望，他的罪恶就是贪财。这就是我对他的描述。我是他的朋友——因此，假使他真的想抓住你，我也许不对你说这番

---

① 马槽里的狗：源自《伊索寓言》，说一条狗霸占住马槽，不准马走近吃草，它自己也不吃。比喻自己不能享用，却又不让别人享用的小人。

话，让你投入他的罗网。”

林顿小姐很生气地望着她的嫂嫂。

她很生气地说道：“你这个恶毒的朋友！你比二十个仇敌还要坏得多，你不要脸！你不要脸！”

凯瑟琳说道：“呀！你不相信我的话吗？你以为我是为己说这番话吗？”

伊莎贝拉驳道：“我很晓得你是为自己，我见着你就发抖！”

凯瑟琳说道：“好！倘若你是这个意思，你自己只管去试试，我说完了，你这样无礼，我不同你辩了。”

林顿太太走出去之后，小姐哭泣说道：“因为她自私，我必受痛苦！人人都反对我。她毁掉了我唯一的安慰。但是她说的全是谎，是不是？希斯克利夫并不是一个魔鬼，他的心是高贵的，是真诚的。不然的话，他怎样能记得她？”

我说道：“小姐，你不要想他了，他是一个不祥之鸟，不配做你的丈夫。林顿太太说话说得很重，我却不能反对她所说的话。她晓得他的心最清楚，比我，比无论什么人，都晓得更清楚，她绝不会把他说得比他本人更坏的。诚实人不遮掩他们的行为的。他一向过的是什么生活？他是怎样发财的？他为什么要住在呼啸山庄，房主人是他所深恨的？人家说，自从他来了之后，恩肖一天比一天坏。他们两个人接连通宵不睡，欣德利常拿田地作抵押，同他借钱，终日什么事都不做，只是赌钱吃酒。不过一星期之前，我听见说——是约瑟夫对我说的——我在吉姆顿碰见他，他说道：‘奈莉，验尸官很快就要来我们家啦，有个人差点儿连手指头都被砍掉了。那就是老爷，你晓得吧，他想上大法庭[1]呢。他才不怕保罗、彼得、约翰和马太[2]呢，他谁也不怕！他似乎还很想把

① 大法庭本来为英国的巡回法庭，但约瑟夫在这里显然是婉指最后审判日。

② 保罗、彼得、约翰和马太都为耶稣的使徒。耶稣被钉在十字架后，保罗和彼得曾往安提瓜、塞浦路斯、希腊和罗马等地传教。约翰和马太则留有《约翰福音》和《马太福音》，记载耶稣的事迹。

他那张厚脸往他们跟前呢！你晓得，那边那个好孩子希斯克利夫，他却是少有的。有人说魔鬼和他开玩笑，他一样地能大笑。当他去画眉山庄的时候，他绝口不说他在我们这里所过的生活。我告诉你吧——太阳下去，赌骰子，吃白兰地，关窗子，屋里点蜡烛，到第二天中午，这时候一群傻子们嘴里咒骂着，乱窜进他的屋里，好人见了觉得十分难为情，那个恶棍却没事似的数钱，吃饭，睡觉，跑到隔壁人家，去同人家的老婆谈话。他肯定告诉凯瑟琳太太她父亲的金钱怎样流入他的口袋，她父亲的儿子，怎样顺着大路往下跑，他一面怎样地跑在他前头去开门？’林顿小姐，你须晓得，约瑟夫虽是一个老无赖，却不是一个说谎的人。倘若他所说希斯克利夫的行为是真的，你绝不想要这样的一个人做丈夫，是不是？”

她答道：“艾林！你同他们串通的。我不听你所说的诬蔑人的话。你要使我相信世上无幸福，你这个人的心不晓得有多坏啦！”

我不确定，假使随她一个人去，她会不会抛弃这种胡思乱想，还是会永远保留。她没有多少时候去反省。再过一天，隔壁的市镇开裁判官开议，我的主人不能不赴会。希斯克利夫晓得他不在家，就到我们这里来，来得比往常早些。凯瑟琳同伊莎贝拉坐在书房里，两个人变成了仇敌，一言不发。伊莎贝拉想起她新近的不小心，有点不安，很后悔因为一时发脾气把她自己的秘密感情都说出来。凯瑟琳想通之后，实在觉得这位小姐得罪了她。倘若她再笑她的冒昧，意欲使她明白这种冒昧对于她不是一件好玩的事。当她看见希斯克利夫在窗前走过的时候，她果然又笑。我正在打扫炉子，我看见她两唇上有一种不怀好意的微笑。伊莎贝拉深思到入神，不然就是看书看到入神，等到开了门，她才晓得，只要做得到，她原想逃出去的，却来不及了。

凯瑟琳拉一张椅子，摆近炉边，很高兴地喊道：“好极了，进来呀！屋里有两个人闷得很，要有第三人来破闷；我们两个人若要挑选第三人，就选的是你。希斯克利夫，我很得意地要告诉你，除我之外，还有人欢喜你到了不得了。我望你觉得受了恭维。极其欢喜你的并不是奈莉，你不要看她！可怜我的小姑，只要一想到你的身体美和道德美，就会想得心都破裂了。你若有本事就可以当埃德加的妹夫！伊莎贝拉，你不要跑开。”伊莎贝拉很生气地站起来，她的嫂子装作开玩笑地拦住她，说道：“希斯克利夫，我们为你争吵，好像两只猫那样吵。在表达对你的崇拜和赞美上，我很被她打败。她还告诉我说，只要我肯走开，我的情敌（就是她）会一箭射中你的灵魂，从此以后，你永远是她的了，把我的影像永远消灭了！”

伊莎贝拉摆出庄重架子，说道：“凯瑟琳，即使你是说笑话，你也应该说真实话，不必诬蔑我！希斯克利夫，我请你叫你这位朋友放手。她忘记了你我并不是熟朋友，她觉得好玩，我却觉得说不出的痛苦。”

客人并不答，坐下来，露出冷淡神色，当她的情感是不足重轻的。她掉脸来，附耳对她嫂子说，求她放手。

林顿太太喊道：“我不放手。我不愿意人家再喊我是马槽中的狗。不许你走。希斯克利夫，你为什么听了我的好新闻不表示满意呀！伊莎贝拉发誓说，埃德加之爱我，远不如她之爱你。我晓得她说过这样的话，艾林，她是不是说过？自从前天出去散步之后，她一直未吃饭，因为她心里忧愁和发怒，怒我以为你不要她，把她推开了，不准她同你在一起。”

希斯克利夫拖转椅子对着她们，说道：“我想是你诬蔑她了。她现在不要同我在一起，要走开！”

他瞪眼看她，好像看一个奇异的令人讨厌的动物，例如看印度蜈蚣，这种东西，虽是令人讨厌，但是由于人的好奇性却不能不细看。可怜这位小姐忍受不住啦，她的脸红一阵，白一阵，两眼含着泪珠，尽力用她的小手指，要摆脱凯瑟琳的有力的搂抱，她拉松一只手指，另一只又抓住，她不能全松开，就开始用指甲，她的手指甲很尖利，凯瑟琳的手有几条红痕。

林顿太太放了她，喊道：“好你个母老虎，你走吧！藏起你的狐精脸！你当着他的面用手指甲，多么傻呀。难道你不会想到他会推出什么结论吗？希斯克利夫，你看看！她的利器是很厉害的——你很要留心你的两只眼。”

她走出去，关了门之后，希斯克利夫很野蛮地答道：“假使这样的指甲来惹我的话，我要从她的手指上拔出指甲来。凯瑟琳，你为什么这样惹怒她？你说的是实话吗？”

她答道：“我要你相信我说的是实话。这几个星期，她想你，想到快要死了。今天早上，她为何发狂啦，因为我要减轻她对你的崇拜，我老实对她说了你的短处，她就痛骂我一场。你不必理会她，我不过惩戒她的坏脾气罢了。我的宝贝希斯克利夫，我太喜欢她，我不能让你抢她，吃她。”

他说道：“我极不喜欢她，不想吃她，除非是跟饿鬼吃尸肉一样。假使我一个人同这样令人讨厌的蜡人脸同住，你会听见很奇怪的事情；最平常的事就是每一两日在白的皮肤上涂了各色，把蓝眼睛改作黑色。她的两只眼睛，像林顿的两眼一样令人可厌。”

凯瑟琳说道：“你该说她的两眼是可爱的。这两只眼是鸽子眼——是天使的眼！”

他过了一会子，问道：“她是她哥哥家产的继承人，是不是？”

凯瑟琳答道：“我不乐意想到这一层，有六七个侄子将消灭她的权利。你现在不要想到家产，你太过贪得你邻居的财产，你要记得这个邻居的财产是我的。”

希斯克利夫说道：“假使是我的，也还是你的，但是伊莎贝拉·林顿虽然是个傻子，她却不是个疯子。说句简单话，我们不如不谈这件事。”

他们两个人嘴里果然不谈这件事，凯瑟琳大约思想里也没有这件事了。我却敢肯定，希斯克利夫当天晚上屡次想起这件事。无论什么时候，林顿太太不在屋子里的时候，我看见他微笑——是冷笑——笑过之后，独自带着恶意的深思。

我打定主意侦察他的举动。我的心是坚定不移地卫护我主人的一方面，不甚偏向凯瑟琳的一方面；我有理由想象我的男主人是心慈的，诚实的，顾体面的。她——我不能说她是他的反面，但是她太过放任自己，我不甚相信她的宗旨，更不对她的感情表同情。我希望有一件事情发生，可以使呼啸山庄与画眉山庄两处很安静地都摆脱了希斯克利夫，使我们还是与他未光临之前一样。他屡次来我们这里，我都当作是噩梦，我疑心我的男主人也当作是噩梦。他住在呼啸山庄，是一种不能解说的令人难过的事。我觉得上帝已经抛弃那条迷途的羊不顾了，任从它走入邪路，有一只野兽在羊圈外等着，要跳进去吃羊了。

第十一章

有时我独自一人沉思这种事情，我忽然恐怖地跳起来，戴上帽子去看那山庄里的人们怎么样。我觉得良心告诉我应该去警告他，人们怎样谈论他的行为，随后我记得他的不可救药的恶习，不能希望我的警告有利于他，我又缩回来，不愿走进那间沉闷的房子，我疑心我的话根本不会被他理睬。

有一次我往吉姆顿，特地绕路在那老院门前走过。大约就是我所说到的时候：这是晴寒的下午，地上是光的，路干而硬。我走到一块表示岔路的石头前，表示岔路的是一条粗石柱，北边刻的是W.H.两个字，东边是一个G字，西南是T.G.两个字。这是指明往山庄，往呼啸山庄，往村子的路。黄色的日光，令我追忆着夏天。我说不出为什么我心里忽然来了一阵孩子的感觉。二十年前，欣德利和我最喜欢到这个地方。我看了许久这一块风吹雨打的石头，我弯着身子，看见近底的一个洞，还塞满了蜗壳和小石子，这是我们从前所喜欢藏的，还藏了更多易腐坏的东西。我仿佛看见我从前嬉戏的同伴坐在枯草上，他的黑而方的头往前俯，他的小手用一块小石板挖土。我不由自主地喊道："可怜的欣德利。"

我吓了一跳，我的眼前出现幻觉，竟然以为那个孩子抬头直盯我的眼！他转瞬间消失了，我立刻觉得不能不到呼啸山庄。迷信强逼我去：譬如他死了！我想——也许他不久就要死！——譬如这是死的预兆！

我愈走近那座房子，我愈心跳得厉害。我一看见那座房子，我四肢发抖，那个鬼影走得比我快，他站在那里，向院外看。我再一看，见一个卷发、棕色眼睛的小孩子，把他的红脸靠住院门。我初时以为是欣德利，我又回想一番觉得这一定是哈里顿。我的哈里顿，自从十个月前，我离开他之后，他并无十分大改变。

我立刻忘记我的愚蠢的恐惧，喊道："小宝贝，上帝保佑你，哈里顿，我是奈莉，是你的乳母。"

他退后两步，拾起一块大石头。

我由他的举动猜度，假使他还记得我，他却不认得我就是奈莉，我说道："哈里顿，我来看你的父亲。"

他举起石头要抛过来，我开始说抚慰他的话，还拦不住他的手。那块石头打着我的帽子，这个孩子随即说了一串咒骂的话。我不晓得他懂不懂他所骂的话，他却说得很惯的，把他的婴孩的面目变作令人可怕的恶脸。你可以相信这样的行为令我忧愁的多，令我发怒的少。我要哭了，我从衣袋取出一个橘子来，送给他，使他好说话些。他迟疑一会儿，随即把橘子抢过去，好像他猜我不过是引他，使他失望。我又拿出一个来，给他看，却不让他抢。

我问道："我的孩子，谁教你这些好字眼？是牧师教你的吗？"

他答道："去你妈的牧师，还有你！你给我那个橘子。"

我说道："你告诉我，你在哪里上学，我就给你橘子，谁是你的先生？"

他答道："鬼爹爹。"

我接连问道："你跟爹爹学什么？"

他对着橘子一跳，我举得更高。我问道："他教你什么？"

他说道："他不教我什么。我躲他。爹爹受不了我，因为我骂他。"

我说道："咳！原来是魔鬼教你骂爹爹吗？"

他拖长声说道："不是的。"

"是谁教的？"

"希斯克利夫。"

我问他喜欢不喜欢希斯克利夫。

他又答道："喜欢。"

我问他为什么喜欢他，我只听见他说道——"我不晓得，爹爹怎样对我，他就怎样对爹爹——他咒骂爹爹，因为爹爹咒骂我。他说我喜欢做什么就做什么。"

我问道："牧师并不教你读书写字吗？"

"不教，他告诉我，如果牧师走进门槛，他就要把他的牙齿拔下来，要他吞在肚里——希斯克利夫说过的！"

我把橘子放在他手里，叫他告诉他父亲有一个名叫奈莉·迪安的女人，在花园门口等着同他说话。他走入房子。欣德利并未出来，出来的却是希斯克利夫。我掉过头来就跑，尽我可能的力量跑，一直跑到指路的石牌才歇的，我害怕到和见了鬼一样。这件事同伊莎贝拉小姐的事无干，不过使我打定主意更要小心提防，尽我的能力阻止这样不良的影响播传到山庄，哪怕我使林顿太太不欢，唤起家庭的风潮，我也是要干的。

第二次希斯克利夫来的时候，我的小姐碰巧在院子喂鸽子。她有三天不同她的嫂嫂说话了，但是她也不说这样不好那样不好了，我们觉得很舒服。我晓得希斯克利夫对于林顿小姐绝不多表示一点用不着的礼貌。现在他一看见她，他的第一件审慎就是急忙察看房子的前面。我原站在厨房窗边，我却躲起来。他走过来，对她说话。她好像觉得不知怎样是好，想走开。他不让她走，抓住她的膀子。她掉过脸来，他好像问她一句话，她不想答复。他又匆匆地看一看房子，以为无人看见他，这个恶棍胆敢搂抱她。

我说道："犹大[①]，叛徒！原来你也是一个伪君子吗？你是一个阴险的骗子。"

凯瑟琳在我的肘后说道："奈莉，谁是骗子？"我全副精神看外边的两个人，没发觉她走进来。

---

① 犹大：耶稣门徒之一。后为了三十块银元将耶稣卖给祭司长和长老，并领兵亲往客西马尼园将耶稣抓获。后人以"犹大"喻指见利忘义之徒。

我很生气地答道：“你的一文不值的朋友，外边那个鬼鬼祟祟的恶棍呀！他看见我们了——他走进来了！他曾经告诉你他厌恶小姐，我却要看看他怎样能够找出调戏小姐的借口？”

林顿太太看见伊莎贝拉挣脱开，跑进花园。过了一分钟，希斯克利夫开门进来。我不能强制我自己不生气，但是凯瑟琳很愤怒地不许我开口，她还恐吓我，假使我胆敢插嘴，她就轰我出厨房。

她说道：“听你说话，人家以为你是女主人！你要站在你的正当地位！希斯克利夫，你为什么这样胡闹？”

我说道：“你不要惹伊莎贝拉！——我求你不要惹她，除非你厌倦了到这里来，想林顿关起大门来，拒绝你！”

这个黑脸恶棍答道：“上帝禁止他拒绝我！”此时我憎恶他。“上帝使他柔和耐烦。我愈来愈想要请他归天！”

凯瑟琳把里头的门关起来，说道：“不要吵，不要惹我生气，你为什么不听我的劝告？是她特意走来和你相遇的吗？”

他叫道：“这同你有什么相干？她若是愿意，我就有权利吻她，你却无权利反对。我不是你的丈夫，你不要吃醋！”

女主人答道：“我并不吃醋，我为你觉得可惜。你放开脸，不要对着我皱眉头！你若喜欢伊莎贝拉，你就娶她，但是你喜欢她吗？希斯克利夫，你要对我说实话！你不答我。我很晓得你不喜欢她！”

我问道：“林顿先生肯答应他的妹妹嫁给这个人吗？”

林顿太太很决绝地答道：“林顿先生应该答应的。”

希斯克利夫说道：“他可以不必这样费事，我可以不必他答应就娶她。凯瑟琳，现在我们既谈这件事，我要对你说几句话。我要你明白，我知道你待我非常的不好！你听见吗？倘若你以为我不明白，你就自鸣得意，那你就是一个傻子。倘若你以为用甜言蜜语就能够安慰我，那你就更是一个痴人。倘若你妄想我不报复，再过一会子，我就使你相信我是要报复的！此时我谢谢你把你的小姑子的秘密告诉我。我誓必要好好利用这个秘密，你站开。”

林顿太太很诧异地说道："这是他的性质的哪一个新面目？我待你不好——你要报复！忘恩负义的畜生，你怎样报复？我怎样待你不好？"

希斯克利夫不再那么激动，答道："我不在你身上报复，这不是我的计划。残忍的人折磨他的奴隶，他们不反抗他，而是压制在他们之下的人们。你只管挫折我到死以取乐，让我也用这种法子来取乐，不要羞辱我。你铲平我的宫殿，不要造一所小茅房给我住，还一相情愿地称赞你自己的一番慈善心。假使我知道你实在想让我娶伊莎贝拉，我要自刎！"

凯瑟琳喊道："呀！原来我的罪恶就是不吃醋，是吗？好吧，我就不再说送你一个太太，这同送一个迷失的灵魂给魔鬼一样的不好。你的幸福，同魔鬼的幸福一样，在乎令人愁苦，你证明你是这样。你一来，埃德加就生气，现在他不生气了，我开始觉得安稳，觉得平静了。你看见我们太平，你的心里反不安，一定要激动吵闹。希斯克利夫，你若是喜欢的话，你只管同埃德加闹，骗他的妹妹。你将找到最有效力的方法，在我身上报复。"

谈完了话，林顿太太在火炉旁坐下，脸红愁闷。她的情绪现在变得不能驾驭了，她既不能放下，又不能操纵。他站在炉前，交叉着两手，想坏事。我走开去找主人，他正在那里纳闷有什么事使凯瑟琳在楼下许久。

当我进屋的时候，他问道："艾林，你曾看见太太吗？"

我答道："我看见的，她在厨房，希斯克利夫的行为很令她难过。我想，现在是时候重新考虑他该不该来探望。太过好说话是有害的，现在闹到这个……"我对主人说在院子的情形，尽我的胆量，说些后来的情形。我以为不会十分有碍于太太的，除非她后来为她的客人辨护，那就难说了。林顿好不容易才听我说完了，他一开口的几句话，就表示他颇怪他的太太。

他说道："我受不了！她认他做朋友，还要强逼我招呼他，这就是不对了！艾林，你去喊两个人出来。我不许凯瑟琳再同这个下流恶棍辩论——我迁就她已够了。"

他下楼，吩咐仆人们在过道等候，我跟着他走入厨房。那两个人又开始很生气地辩驳了。林顿太太正在又重责他。希斯克利夫已经挪到窗子前，垂头，多少被她的激烈责骂所降伏了。他是首先看见主人的，急忙做一个动作要她别说了。她一看见是主人进来，忽然不说了。

林顿对她说道："这是怎么回事？那个坏种对你说过那番话之后，你怎么还能够在这里呀？我猜你以为这是他的平常话，你就不当作是一回事，你是习惯了他的卑劣，也许你妄想我也要习惯！"

太太问道："埃德加，你在门外偷听吗？"她说话的腔调是要特为激恼她的丈夫，表示既不在乎他生气，而且看不起他生气。希斯克利夫抬头看林顿说话，却耻笑凯瑟琳，有意使林顿注意他。林顿果然注意他，但是林顿并无意对他发怒。

他很安静地说道："先生，我一直很容忍你，这却并不是因为我不晓得你的鄙贱卑劣性格，而是我觉得这不全是你的责任。凯瑟琳要仍旧同你做朋友，我很糊涂地答应了。你是一种道德的毒，你来了就把最有道德的人也染污了。因为这个理由，我要免了最恶的后效，从此以后，我不许你进门，现在我就告诉你，我要你立刻走出去。你耽搁三分钟，我就要驱逐你，使你难堪。"

希斯克利夫很藐视地看看林顿。

他说道："凯瑟琳，你的羔羊如同一条公牛一样地恐吓我，这条公牛冒险，他的头颅碰着我的拳头是会碎裂的。林顿，你不配我的拳头打倒你！"

我的主人向过道使眼色，要我把仆人们带来，他无意亲身同希斯克利夫打架。我去找人。但是林顿太太有点疑心，跟着我，当我要喊人的时候，她拉我回头，用大力关门，锁了门。

她的丈夫很诧异地看她，她说道："这是不公道的办法！你若是无胆同他打，你就该对他说抱歉的话，不然，就让他把你打倒。你无胆，却装作有胆，我要改正你。我宁可把钥匙吞在肚里也不给你！我好意对待你们两个人，你们却这样报答我，这一个是柔性的，那一个是刚性的，我时常随你们去，我却得了你们两个盲目无睹的忘恩负义作报酬，我太糊涂了！埃德加，我是保护你同你的所有，你胆敢想我是坏人，我真想让希斯克利夫打你，打到你害病！”

用不着打，主人就好像挨打了。主人试抢钥匙，凯瑟琳为平安起见，把钥匙摔入炉里火最旺的地方。埃德加看见就浑身发抖，脸上变作死白色。他拼了命也阻不住他的太过伤心，心痛和羞辱完全打倒了他。他往椅背靠，两手盖住脸。

林顿太太说道："天啊！从前这样子你就可以得到武士的荣衔！我们打败了！我们打败了！希斯克利夫不肯举起一只小手指打你，如同一个国王不肯兴兵动众去打一群小老鼠。你提起精神来吧！没有人伤害你！你这种派头不是羔羊，简直是一个未满一岁还在吃奶的小兔子。”

她的朋友说道："凯瑟琳，你嫁着这样奶腥味十足的懦夫，我给你贺喜！我恭维你会选丈夫。你宁愿嫁这样奴隶性，浑身发抖的东西，不肯嫁我！我不肯用拳头打他，我只肯用脚踢他，我心里会觉得痛快。他是在那里哭泣，还是在那里害怕到发晕？”

希斯克利夫走近前，推林顿所坐的椅子，他应该离远些的。我的主人很快地跳起来，站得挺直，照着希斯克利夫的喉咙一巴掌打过去，若是一个稍微瘦小的人，受了这一巴掌是会倒地的。他有一会子喘不出气，这时候林顿从后门走入院子，从院子走到前门。

凯瑟琳喊道："你以后不能再来了！现在你走吧。他将拿两把手枪领着六七个帮手回来。倘若他果然听见我们说话，他自然永远不能恕你。希斯克利夫，你做了一件害我的事！你走吧，赶快走！我宁可看见林顿变成困兽，不愿意看见你这样。”

希斯克利夫吼道："你猜我喉咙被打得火辣辣地疼，就这样走了吗？不走！我未过门槛之前必要把他的肋骨打扁了，如同我打坏一个榛子！我若是现在不把他打倒，后来我总要杀他。你既然看得他很重，让我去打他！”

我说一句谎道："他不来了。那里有一个马夫和两个园丁。你必不愿在这里等他们把你摔在大路上！他们每人都拿了一根大棍子，老爷必定是在楼窗看着，看他们奉令行事。”

两个园丁和马夫是在那里，但是林顿也在那里，他们已进了院子。希斯克利夫再想一想，犯不着同三个仆人相打。当他们走进来的时候，他抓住一根铁通条，把内门的锁打破就逃走了。

林顿太太异常激动，叫我陪她上楼。她不晓得这场乱子我也有份，我很着急地不给她晓得。

她倒在榻上，说道：“奈莉，我几乎疯了！我的头脑里好像有一千个铁匠的锤子在那里敲打！你告诉伊莎贝拉躲着我，这一场吵闹是为她而起的，无论是她或是什么人现在再激怒我，我会发疯的。奈莉，今晚你要再看见主人，你就告诉他，我有害大病的危险。我很想我这句话可以成为事实。他吓我，又使我困苦！我要吓他。况且他可能进来，开始一串一串地说我不是的话，不然就对我诉苦。我晓得我听了必定会掉过来说他不好的，只有上帝晓得我们要闹什么地步才算了！我的好奈莉，你肯这样做吗？你是晓得的，这件事全不能怪我。他遇着什么鬼，跑来偷听？你离开我们之后，希斯克利夫的话是太过胡闹了，但是我不久就能够使他离开伊莎贝拉，领他走另一条路，其余的事就算不了什么了。现在是全闹翻了。有些人唯恐人家说他的坏话，必要偷听，他这个傻子就是这样误事的！假使埃德加不曾偷听我们两个人所说的话，他绝不会受什么损害的。我因为他，把希斯克利夫很结实地骂了一顿，骂到我的喉咙都哑了，他却全不讲理地对我说了许多不高兴的话。我其实几乎完全不管他们两个人怎样的吵闹，尤其是因为我觉得这场祸事无论怎样结束，我们都不能不因此分离，不晓得分离到什么时候！倘若我不能仍旧同希斯克利夫再做朋友——倘若埃德加一定要做卑劣人，要吃醋，我将尝试伤我自己的心以伤他们两个人的心。当我被逼到极端的时候，这是一了百了的最痛快方法！但是这要留到绝望时候才好用的，我不愿吓唬埃德加，运用这个方法。一向他却还有分寸，不敢激怒我到极点。你必要对他说，若不用这个策略，就会有危险，你要他记得我的脾气是很不好惹的，若是点着了，是会发狂的。你的神色很显然是不体恤我，我请你消除这样的神色，表示你为我很着急。”

我听了她这一番的吩咐，我的神色还是不动的，很令她不高兴，因为她所吩咐的一番话全是出乎至诚的。但是我相信，一个人能够事前想清自己脾气的变化，这个人当然可以用她的意志节制她自己，即使还是在勃然大怒之下，也是可以的。我不愿意如她所说的恐吓她的丈夫，增加他的烦恼，以利于她的自私。所以当主人走向客厅的时候，我并未说什么，我却转回去，听听他们两个人是不是再吵，他首先说话。

他说道："凯瑟琳，你不要动。"他的声音并无怒意，却带着很忧愁的绝望腔调。"我要走开了。我既不同你闹，也不同你调解，我不过想，经过今晚的事情之后，你是不是仍然要同……密切。"

我的女主人跺脚，打断他的话说道："你可怜我，现在不要再说这件事吧！你的冷血是不能发热的，你的血管里全是冰冷的水，我的血却是在沸腾，看见你这样的冰冷神色，会使我的血管发烫。"

林顿一点不让地说道："你要我走开，你得答我所问，你一定要答我，发怒不能吓住我的。我晓得，你若是喜欢的话，你也可以镇静，如同他人一样。从此以后，你是愿意抛弃希斯克利夫或抛弃我？你既是我的朋友，同时又是他的朋友，这却是不能的。我绝对要晓得你选择哪一个。"

凯瑟琳狂怒地喊道："我要你别骚扰我。你看不见我连站起来都不能吗？埃德加，你走吧！"

她摇铃摇到扑通一声铃绳都断了。我慢慢走进去。她这样不讲理地发恶怒，哪怕是圣人见了也要生气！她躺在那里用头撞榻，咬牙，你若看见了，以为她要把牙咬得粉碎！林顿站在那里看她，忽然觉得怜悯和害怕。他叫我去拿水来。她无力气说话。我拿一杯水来，她不肯吃水，我拿水洒她的脸。过了几秒钟她伸得直直，身体是硬的，两眼朝天，她脸无血色，同死人一样。林顿很害怕。

我附耳对他说道："不要紧的。"我不要他让步，我心里却也有点害怕。

他打战地说道："她唇上有血！"

我很刻薄地答道："不要紧。"我告诉他，当他未进来之先，她曾打定主意现出一阵的发狂。我不小心，说话说得太响，被她听见了，因为她跳起身——头发垂在两肩上，两眼发火，脖子和两臂的肌肉很不自然地凸出来。我断定这次至少我的骨头也要被她打断了，她却只四周瞪了几眼，跑出屋外。主人吩咐我跟着她。我跟到她的卧房门口，她关门不许我进去。

翌日早上她不肯下楼吃早饭。我去问她要不要把早饭送上楼，她很决绝地答道："不要。"吃正餐吃茶点的时候我又问，她都是说不要。林顿在书房看书，并不过问他的太太做什么。他们兄妹两人说了一点钟的话，他要她说拒绝希斯克利夫的话，她答的都是躲闪的话，他不晓得她是什么意思，不得要领。他却警告她，假使她发疯，鼓励这个一文不值的求婚人，他们兄妹就断绝关系。

第十二章

林顿小姐终日在园里愁闷不说话，时常滴泪。他的哥哥终日关在书房里，却并不看书——我猜他是在那里空想凯瑟琳会后悔，会自己走来求饶，求和解——她却还是很坚忍地绝食，也许她以为她丈夫不见她就愁闷欲死，不过是他的傲性使他不走来跪下哀求她。我是走来走去理着家务，我很相信这所山庄里头只有我是一个明白人。我不去费神安慰小姐，我也不去劝太太，我也不十分去理主人叹气，他因为听不见太太的声音，却很想要听见太太的名字。我打定主意不去理他们，等他们几时高兴，几时来找我。我虽然想这是很令人讨厌的漫长过程，我却开始见得有进步的破晓，我有点高兴，我初时原是这样想。

第三天林顿太太开了房门，她把水壶和水瓶的水都喝完了，要重新送水来，要一盘粥，因为她相信她自己饿到要死了。我听了她这句话，我明白她是要我转述给埃德加听。我不去说，我只藏在肚里，只送点烤面包同茶进去。她吃喝得很踊跃，又往后靠着枕头，握着两个拳头呻吟，她说道："哎，我快死了，因为没有一个人理我。我不该吃茶点的。"过了好一会子，我听见她喃喃道。"不，我不必死……他会喜欢的……他全不爱我了……他没有我绝不会难过的！"

我问道："太太，你要什么呀？"她的神色虽然可怕，她虽然装得太过火，我还是很镇静的。

她脸上瘦了，她把盖住脸的头发往后推，问道："那个无情的东西做什么？他还是昏昏沉沉的，还是死了呀？”

我答道：“你若是说林顿先生，他既不昏沉，又不曾死。我看他的体气还好，但是他太过用心读书。自从他没有人陪伴以来，他一直迷在书堆里呢。”

假使我晓得她的真正情形，我不应该说这句话，但是我总摆脱不开以为她是装病的。

她很惊愕地喊道：“迷在书堆里吗！我快要死了！我离坟墓不远啦！我的上帝呀！他晓得我变成什么样子了吗？”她照着对面墙上的镜子。她又说道：“这是凯瑟琳·林顿吗？他以为我是发脾气——也许以为我是闹着玩的。你不能告诉他我是真病吗？奈莉，倘若还不是太迟的话，我一晓得他怎样的感觉，我在两个办法之中择一，或是立刻绝食——假使他是个没心肝的人，这是不会惩罚他的——我病好了就到外国。奈莉，你要小心呀！你现在所说他的举动是真的吗？他真是这样完全不顾我的死活吗？”

我答道：“太太，主人不晓得你变了，他自然不怕你会让你自己饿死。”

她答道：“你以为他不怕吗？你不能告诉他我会让自己饿死吗？你去劝他！你说你自己的意思，你说你相信我会饿死我自己的！”

我提议道：“林顿太太，你却忘记了，你不会饿死的，今天晚上你吃东西吃得很有滋味，明天你就觉得吃东西的好处。”

她插进说道：“假使我实在晓得我一死他也会死的，我立刻就杀死我自己！这三天可怕的晚上，我未曾闭过眼——我受了多少痛苦！奈莉，我被鬼迷了。但是我开始怀疑你不喜欢我了。多么奇怪呀！我想，人人虽然互相仇视，互相蔑视，他们却不能不爱我，不过几点钟之间，他们全变作仇敌了。我很晓得他们全变了，这里的人全变了。四围都是他们的冷脸，死得是很寂寞的！伊莎贝拉害怕不敢进屋子，看着凯瑟琳死是很可怕的。埃德加很严肃地站在旁边看我死，我死过了他会念祈祷文谢上帝，恢复他的家庭的太平，走回去看书！我正在快死的时候，凡是有感觉的人还看书做什么？”

我把林顿的听天由命的哲学家的态度告诉她，她不能忍受。她在床上打滚，烦躁到发狂，用牙咬破枕头，随后因为通身发烧，坐起来，要我开窗。这时候正在仲冬，东北风刮得很厉害，我反对开窗。在她脸上忽然闪过的神气，和她的态度的改变，开始使我恐怖，我想起她从前的病和医生吩咐过不要逆她意思的话。一分钟前她是很暴烈的，现在她一只膀子靠着东西，不管我不肯听她的话，她从她所咬破的地方，拔枕头里的羽毛，拔得很有味道，把羽毛摆在褥单上，分类地摆好了。她的心想到别的事上去了。

她喃喃地对自己说道："这是火鸡毛，这是野鸭毛，这是鸽子毛。呀，原来他们把鸽子毛放在枕头里，怪不得我没死！[①]当我躺下的时候，我要记得扔在地下。这是松鸡毛，这是——在一千种毛里我都能认得——这是夏鸡毛，这是好鸟，在野地中间飞过我们的头上。它觉得云下来，快要落雨，要回巢去。这一片羽毛是从洼上拾来的，并未打中鸟。我们冬天看见鸟巢里头都是小骷髅。希斯克利夫在上头放了一个捕鸟的东西，老鸟们不敢来。我要他答应我从此以后不许打夏鸡，他果然不打。这里还有了！奈莉，他用枪打过我的夏鸡吗？有红的吗？让我看。”

她现在是一把一把地把羽毛拖出来。我把枕头拖过来，把咬破的那一边向下，我插嘴道："你不要做孩子的事，你躺下来，睁着眼，你的心乱了，弄得一团糟！鸟毛乱飞，同下雪一样。”

我拾羽毛。

她接连如同做梦似的说道："奈莉，我看见你是一个老婆子，你头发白了，两肩驼了。这张床就是皮尼斯顿崖下的仙洞，你拾了许多石镞[②]伤害我们的小犊。当我在旁的时候，你装作这些东西不过是一簇一簇的羊毛。我晓得你现在不是这样，五十年后你将变作这样。我并不是乱想：你

① 鸽子在基督教文化中，是圣洁、灵魂与和平的象征。
② 石镞：新石器时代的一种投射石器。相传小精灵出自恶意或报复时，用它投射人畜。

她从她所咬破的地方，拔枕头里的羽毛，拔得很有味道，把羽毛摆在褥单上。

错了，不然的话，我该相信你的确是年老的女人，我该想我是在皮尼斯顿崖下，但我晓得这是晚上，桌上有两支烛，令那个黑色衣橱发亮如同黑玉一样。”

我问道：“黑色衣橱吗？在哪里？你说梦话！”

她答道：“橱靠住墙，常是靠墙的。我也觉得奇怪，我看见一个脸！”

我挂起帐子，以便留心看她，我坐下，说道：“屋里并无衣橱，一向都是未有的。”

她很认真地看镜子，问道：“你看不见那个脸吗！”

我无论怎样同她说，总不能使她相信那个脸就是她自己的脸。我站起来，用披肩盖住镜子。

她还说道：“那个脸还在后面！那个脸动了！那个脸是谁呀？我盼望你走过之后，那个脸不出来！哎，奈莉呀，这间屋里有鬼！我害怕独自一个人在屋里！”

她一连发了好几阵抖，两眼总瞪着镜子。我的手执着她的手，劝她安心。

我说道：“屋里并无人！只有你自己，你刚才是晓得的。”

她喘气说道：“我自己！钟打十二点！原来是真的！这是很可怕的！”

她的手指抓衣服，拉住衣服盖眼睛。我尝试偷走到门口，意欲喊她的丈夫，我听见一声刺心的叫喊，跑回来——披肩从架子上丢下来。

我喊道：“为什么，什么事呀？现在谁是怯懦人呀？醒来！林顿太太，是玻璃，是镜子，你看见你自己在镜子里，我也在镜子里，站在你的身边。”

她糊涂了，她发抖，把我抱得很紧的，她脸上害怕的神情逐渐消失，刚才是死白色的脸，现在惭愧，脸发红了。

她叹气道：“我以为我在家里，我以为我在呼啸山庄，躺在我的卧室里。因为我身体衰弱，我的头脑糊涂了，我不知不觉地大喊，你什么也别说，你在这里陪我，我怕睡觉，我的梦惊吓我。”

我答道：“太太，你睡一次好觉，你就好了，我盼望你这样的受痛苦将阻止你再尝试绝食。”

她合着手，痛恨地说道：“哎！假使我是在旧宅里我自己的床上！听着格子窗外风吹松树的声音。让我吹吹风——一直从野地吹来的——你让我吸一口风！”

我要使她心安，我把窗扉打开一点，开几秒钟。一阵冷风刮进来。我关了窗，走回我的地方。现在她很安静地躺下，她的脸泡在泪里。她身体倦极，整个降伏了她的精神。我们的生气勃勃的凯瑟琳现在不过是一个哭泣的孩子了。

她忽然恢复精神，问道：“我关在这里有多久了？”

我答道：“从星期一晚上起，现在是星期四晚，其实是星期五早上了。”

她喊道：“什么！同是一个星期里头吗？不过是这样短的时间吗？”

我说道：“发脾气，不肯吃东西，只靠喝冷水过活，这几天是很长的了。”

她带点疑惑，喃喃道：“好呀！好像是过了很寂寞的许多点钟，必定还多些。我记得他们吵闹过之后，我在小客厅，埃德加很刻薄地激怒我，我拼命地跑入这间屋子。我一关了门之后，屋子里黑到了不得，把我吓倒，我跌在地上。倘若埃德加接连地激怒我，我没法告诉他我知道我必要晕过去，不然就是发狂！我的舌，我的脑都不听我调度，也许他不曾猜到我的痛苦。我只晓得要躲他，要躲他的声音。在我未十足恢复我的视听之先，奈莉，天已开始破晓了。我告诉你我想些什么，又发现的是什么，一直到我发疯。我躺在那里，头顶住桌脚，两眼不甚清楚地看见窗子的灰色四方格，我以为我自己关在我家里的镶橡木板的床上。我有一件大愁苦的事使我头痛，我才醒的时候，已经不记得了。我苦苦沉思，要想弄清楚那是什么。更奇怪的是，我最后这七年的生活，完全不记得了！我简直想不出来。我还是个孩子，我的父亲才埋葬了，我的愁苦是发生于欣德利不许我同希斯克利夫在一起。我是第一次一个人睡，我哭了一夜之后朦胧睡醒，举手推板，碰了桌顶！我顺着地毯推过去，才记忆起来。我近来的痛苦沉埋在一阵绝望里头。我说不清我为什么觉得这样难过：我必定是暂时神经错乱了，因为几乎并无原因。但是假定我十二岁就离开我自己的家，离开童年的伙伴，与我心目中的人（那时候我心目中只有希斯克利夫一个人）一旦抛离，忽然就变作林顿太太，变作山庄的女主人，变作一个陌生人的太太。从此以后，我变作一个被贬在外，一个见弃的人，离开我从前的世界。你就可以瞥见我受屈辱的深渊！奈莉，你只管摇头，使我到了这样无办法的地步你也有份儿！你应该告诉埃德加的，强逼他随我去，不激怒我！哎哟，我浑身发烧！我但愿我是在屋外！我但愿我这个时候还是一个女孩子，一半野蛮，能吃劳苦，能自由，受了损害，也只付之一笑，不会为受害而发狂！我为什么变成这样了？我为什么听了几句话就非常生气呀？我很相信只要我一在山上的草地中，我又是从前的我。请你再开大窗子，开大了，支起来！赶快！你为什么不动？"

我答道："因为我不肯叫你冷死。"

她不高兴地说道："你的意思是不给我可以活的机会，好在我现在还能动，我自己去开。"

在我未能拦阻她之先，她从床上溜下来，脚步很不稳地走过去，打开窗子，靠着窗子身子弯向外，也不管那如刀子那么利的寒气刺她的肩膀。我苦劝她，最后我尝试用力拖她回来，谁知她的狂力比我的大得多——她是发狂，我是根据她后来的举动和错乱晓得的。这天晚上无月，什么都是黑的，又无灯光从或远或近的房舍射过来——人家早已熄灯了，呼啸山庄的灯光在这儿是绝不能看见的——她却说她看见那里的灯光。

她很高兴地喊道："你看呀！那间就是我的屋子，里面还有烛光呢，前面有树摇摆，那个烛光就是约瑟夫的阁楼。约瑟夫夜深还未睡，是不是？他等我回家，才好关院门。好呀，他将再等一会子。所走的路是很难走的，走这条路，心里是觉得很惨的。我们走这条路必要经过吉姆顿教堂！我们常在一起，并不怕鬼，我们两个人比胆子，站在坟堆里请鬼出来。希斯克利夫，倘若我这个时候，同你比胆子，你敢吗？你若是有胆子的话，我就陪你。我不在那里一个人睡。他们可以埋葬我在十二尺深之下，把教堂推倒盖住我，但是你不来，我是不会安静的。我绝不会的！”

她停顿一会儿，她又现出怪异的微笑。“他在那里考虑呢——他宁愿我去找他！找条路呀！不穿过教堂坟地。你走得太慢！你向来是跟我的，你还是跟我吧！”

我晓得同疯子讲理是无益的，我正在想法子怎样能够拿点东西给她披在身上，我的手同时却还要抓住她，因为我不能让她一个人靠在窗口，我很惊愕地听见门把响，林顿走进来。他才从书房走来，他在过道走过的时候，听见她说话，他或是由于好奇，或是由于害怕，要看看这样夜深还说话，为的是什么事。

他一进来，看见她这样光景，卧室里又这样寒冷，正要开口叫喊，我先开口拦住他，说道：“太太病了，她能弄倒我，我却弄不动她，请你来，劝她上床睡。请你忘记了你的怒气，因为让她听话是很难的。”

他赶快走来，说道：“凯瑟琳病了吗？艾林，关窗子！凯瑟琳！为什么……”

他不说话了。他一看太太这样憔悴，便说不出话来，他只能很惊恐地从她看到我。

我接着说道：“她在这里闹脾气，几乎什么东西都不吃，不发牢骚。到了今天晚上她才让我进来，我们都不晓得她的光景，所以不能报告你，但是不算什么！”

我觉得我的解说不甚顺，主人听了皱眉。他很严厉地说道：“艾林·迪安，这样的光景还是不算什么吗？你为什么不让我知道，你要把理由说得更清楚！”他抱住他的太太，很心痛地看她。

初时她不认得他，她茫然地直瞪，看不见他。但是她的精神错乱却是不持久的，她的两眼不再看外面的一片黑暗，逐渐注意于他，晓得是谁抱住她。

她生气说道：“呀！埃德加·林顿，原来是你，你来了吗？有许多人，当我们要他的时候，是绝不会找得着的。我们绝不要他的时候，却偏偏会来的，你就是这样的一个人！我猜现在我们就有许多悲叹——我晓得会有的——但是悲叹也不能拦阻我到那里的小小家庭，那是我的休息之所，在春天未过去之先，我要去的地方，那里就是的。你要记得，不是在教堂里林顿家的墓地之中，是在旷野中竖起一块墓碑。你或者喜欢去找你的祖先，或者你来我这里，任凭你自己喜欢！”

林顿开口说道：“凯瑟琳，你这是怎么啦？你当我是一个路人吗？你爱那个可怜虫希斯……”

林顿太太说道：“闭嘴！马上闭嘴！你再说出这个人的名字，我从窗口往外跳，立刻就把这件事了结。你现在所触及的可以是你的，但是我的灵魂，当你未再抓住我之先，将到了那个山顶上。埃德加，我不要你，我过了要你的时候了。你回去看书吧。我很高兴你有一种安慰，因为所有你在我身上得到的都没有了。”

我插进说道：“先生，她的心乱了，她说了一夜的胡话，但是让她休息，好好地看护她，她的病会好的，从此以后我们必要小心，不要激怒她。”

林顿答道：“我不要你再劝我，你晓得你的女主人的性情，你却鼓励我激她，这三天里你绝口不告诉我一声！你这个人太无心肝！即使病几个月她也不能成这样呀！”

我认为我为他人恶意的任性而受过，未免太不公道，我就开始要为自己辩护。我说道：“我晓得太太的执拗霸道性情，我却不晓得你愿意养成她的凶暴脾气，我不晓得我迁就她就是纵容希斯克利夫，我告诉你，原是我要尽一个可靠的仆人之职，我却得到对一个可靠仆人这样的报答！好嘛，我知道下次怎样小心啦。下次你可以替你自己打听消息！”

他答道：“艾林·迪安，下次你来对我说谎，你就别在我这里做工。”

我说道：“既是这样，我猜你宁可什么消息都不听，林顿先生，是不是？你准许希斯克利夫来向小姐求婚，只要你一走开，他就可以来，专为蛊惑太太反对你？”

凯瑟琳虽然是神经错乱，她却很晓得我们的谈话。

她很生气地说道：“呀！奈莉当了反叛，奈莉是我的秘密仇敌，你这个妖精！原来你就是这样放暗箭害我们！放开我，我要使她后悔！我要使她收回她的话！”

她的两眼露出疯子的怒容，她拼命地要挣脱林顿紧抱住她的两手。我不想逗留，我计划去请医生，我就出了卧室。

当我走过花园去大路上的时候，那里墙上钉了一个挂缰的钩子，我看见有点白东西乱动，显然不是被风吹动的。我虽是忙，我站着细看是什么，不然的话，我以后永远会相信是阴间鬼魂。我用手一摸，很惊诧地发现是伊莎贝拉的小狗，名叫芬尼，用眼看还没有这样清楚——用手帕吊在那里，几乎喘到末后一口气了。我赶快放了这个小狗，举高它放在花园里。我曾见她的女主人上楼睡觉的时候，这条小狗也跟上楼，我很纳闷这条狗怎么会走到大路上，又是谁这样虐待它。当我一面在钩子上解结的时候，我好像听见几次远处有马蹄快跑的声音，但是这时候我思考许多事情，我就不甚注意这件事。但是在夜深的两点钟，那个地方会有马跑声音，却是怪事。

当我走到门口的时候，刚好肯尼兹医生从家里出来去看村子里的一个病人。我把凯瑟琳的病状告诉他，他立刻陪我一道回去。他是一个坦率直爽的人，他老实告诉我，恐怕她这第二次发病活不了，除非她更服从，听他的指导，胜过上一次。他说道：“奈莉·迪安，我不能不猜想她害这场病，其间必有他故。山庄发生了些什么事呀？我们听见很奇怪的传闻，一个如同凯瑟琳身体那样结实的少年女人，不能为点小事会害病的。如她这样的人也不应得病，他们这样的发热等等，是不容易治的。这病是怎样起的？”

我答道：“主人将告诉你，但是你很晓得恩肖家人的凶暴性情，林顿太太的性情又是最不好的。我可以说她的病是由吵闹起的，她发狂怒的时候得病的，这是她自己说的。因为她发怒发得最凶的时候，她跑回去自己的卧室，关在里头，后来她不肯吃，现在她一会子发疯，一会子半醒半睡的，她还认得左右的人，但是她心里装满了各式各样的怪念头和妄想。”

肯尼兹问道："林顿很忧愁吗？"

我答道："岂止忧愁，倘若有什么事发生，他的心会破裂的，请你不要过于恐吓他。"

医生说道："我曾告诉他要小心，他不听我的劝告，他必要负责！新近他不是同希斯克利夫很亲密吗？"

我答道："希斯克利夫常来山庄，更多却是因为当希斯克利夫是个小孩子的时候，她就认识他，并不是因为我的主人喜欢他。现在他已经被驱逐，不来山庄了，因为他胆敢向林顿小姐求婚，我看他不再上当了。"

肯尼兹问道："林顿小姐是不是不理他的！"

我不愿意接连谈这件事，答道："我不晓得小姐的秘密？"

他摇头说道："她是一个狡狯女子，有了心事是不肯对人说的！但是她的确是一个小傻子。我听见很靠得住的人对我说，昨天晚上（昨晚是冷的）她同希斯克利夫在你们房子后面的树林散步，有两点多钟，他苦劝她不必再进去，跳上他的马，两人逃走！告诉我的人说她答应下一次相会再同他逃走，决不食言，她才能够摆脱了他。却未听见几时逃走，但是你要逼着林顿先生小心提防着！"

这段新闻使我又害怕起来，我跑在肯尼兹的前头，一路几乎都是跑的。那条小狗还在花园里叫，我费了一分钟工夫开院门让它进去，它却不向大门走，反在那里走上走下，嗅嗅青草，想跑去大路上，却被我捉住，带进去。我上楼走到伊莎贝拉的卧房，我的疑心变作事实。房里是空的，假使我早几点钟晓得，林顿太太的病或者可以搁阻她这样的鲁莽举动。但是现在还能够做什么呢？倘若立刻去追赶，也不能赶上他们了。我却不能追赶他们，我又不敢惊动全家，闹成一团纷乱，更不能告诉主人，因为现在的祸事已经够劳他的神了，哪里还有心肠顾第二件伤心的事！我也无可奈何，只好不吭声，让事情自然进行。肯尼兹既到了，我勉强镇静神色去通报。

凯瑟琳躺着，睡得很不安宁，她的丈夫居然能够减轻她的过于疯狂。他现在低头看着她，细心看她的脸色，和她的痛苦面目的每一改变。

医生详察病状，带着有希望的意思对他说，我们若能使她的环境绝对和永恒的安静，可望有好结果。自我看来，他所怕的危险不甚在乎她死，而在乎恐怕她永远失了灵性。

这天晚上我并未闭眼，林顿也未闭眼。其实我们都未上床睡。所有的仆人也很迟才睡，轻手轻脚地走来走去，遇着的时候附耳说话。无人不是很活动的，唯有伊莎贝拉小姐一个人。他们开始说小姐睡得多么沉呀，她的哥哥也问她可曾起来，好像不看见她，很不耐烦，而且见她表示这样的不关切她的嫂子，觉得有点伤心。我怕他叫我去喊她，在那里发抖。幸而我不是第一个宣布她逃跑的，有一个没头脑的小女仆，一早跑去吉姆顿办事的，气喘喘跑上楼，张大嘴，闯入屋里，喊道：

"可了不得，可了不得！我们还要发生什么事？主人呀，主人呀，我们的小姐……"

我见她这样吵，大怒，忙喊道："你不要吵？"

林顿说道："玛丽，你低声说，什么事？小姐怎么样呢？"

她气喘喘地说道："她逃走了，她逃走了！希斯克利夫与她同逃的！"

林顿很不安地站起来说道："这不可能的！这不可能！你怎样会有这种想法？艾林，你去找她。我不相信，这是不可能的。"

他一面说一面把这个小女仆拖到门口，又问她有什么理由说这句话。

她口吃地说道："我在路上遇见送牛奶的孩子，他问我山庄里出了什么事没有。我以为他说的是太太的病，我就说有的。他随即说道：'你们派人追他们去了，是不是？'我呆呆地看着他。他看见我不晓得，就告诉我有一男一女怎样在一间铁匠店等着钉马蹄，那里离吉姆顿有二英里，正在过了夜半不久的时候！铁匠的女儿怎样起来看这一男一女是谁。她一看就认得他们，她认得那个男人的确是希斯克利夫，没有人会错认他的，况且他放一个金镑在她父亲手里，给钉马蹄的工料价；女子的脸上围着一件外衣，但是她要喝水，当她喝水的时候，外衣掉下来，铁匠的女儿很清楚地看见她的脸。当他们骑马往前跑的时候，希斯克利夫抓住两匹马的缰，他们背着村子跑，跑得很快。那女孩子不曾对父亲说，但是今天早上她已经告诉整个吉姆顿的人。

我装作不晓得的样子走去看看伊莎贝拉的卧房，我回来，证实屋里无人。林顿再坐在床边的椅子上，我再进屋，他抬头看，一见我的神色他就明白了，垂头，不发一句号令，不说一句话。

我问道："我们要不要设法追他们回来，我们应该怎样办？"

主人答道："她是自愿去的，倘若她欢喜去，她原有去的权利，不要为她再麻烦我。从此以后，她不过是名为我的妹妹，并不是因为我不承认她，是她不承认我。"

对于这件事他只说过这几句话，他既不再查问，也不提起她，只吩咐我把她屋里所有的东西，送到她的新居里，只要我一晓得在哪儿就送去。

第十三章

这两个逃走的人，失踪了两个月。在这两个月里头，林顿太太害了最厉害的脑热病，她居然好了。母亲看护独子也比不上埃德加那样地看护凯瑟琳。他日夜地看守着她，很耐烦地忍受凡是神经失常和不讲理的人所能施于的所有麻烦。肯尼兹虽然说过，埃德加虽然救了她的命，他的一番小心看护所得的报答，不过是将来的永远忧虑——总而言之他牺牲了健康和气力，不过保存她的性命的残余罢了——当医生宣布凯瑟琳脱离危险的时候，埃德加不知怎样地感激肯尼兹，不知怎样地快乐。他在她的身边一坐就是好几点钟，查找她的身体逐渐恢复健康的蛛丝马迹，他高兴到了不得，妄想她的灵性也逐渐可以复原，不久她就会变作同从前一样。

下年的三月她第一次出卧室门。早上林顿放了些金黄色的花在她的枕上。她的眼睛已经好久没有显露快乐的神情，她醒来看见花，很高兴地把花抓在手中。

她说道："这是呼啸山庄的最早的花，令我想起解冻的温风，和暖的阳光，几乎化了的雪。埃德加，吹的是不是南风，雪是不是几乎全化了？"

她丈夫答道："宝贝，我们这里的雪全都化了，我只看见洼上有两块白。天是蓝的，百灵鸟在唱歌，溪涧都满了。凯瑟琳，去年春天这个时候，我很想你在这房子里，现在我想你在那些山上，离平地一两英里，吹的是和风，我晓得这样的风能治你的病。"

病人说道："我只再到那里一次，随后你将离开我，我永远留在那里。到了明春，你又会想让我回到这房子里，你将追想从前，觉得今天你是欢乐的。"

林顿很温柔地爱抚她吻她，说顶亲爱的话使她高兴，她却毫不在意地看看花，不知不觉地泪珠滴下来。我们晓得她实在是好得多，所以我们断定，关在一个房间里日子太久就发生这样的愁闷，改换眼前的环境可以减轻些。主人吩咐我在小客厅里生个火，在窗边放一把椅子让她晒太阳享受温暖的阳光，随后他扶她下来。她坐在那里许久，振作起精神来。果不出我们所料，这里许多东西虽然是她所见惯的，却不使她联想到病房。到了晚上她好像很疲倦，但是我们无论怎样相劝，她不肯回房去。我只好把小客厅的榻改作床，等到收拾好别间屋子再请她去。你现在所坐的地方就是我们因为免得上楼下楼的劳顿而设的，与小客厅同在一层上。

不久她的精力足以扶着埃德加的手，从这间屋子走到那间。呀，我觉得她可以痊愈的，我们这样服侍她，我们望她好，有两层原因，因为另有一条生命倚赖她的生命。我们很希望，再过几时，林顿先生的心会欢乐，他的太太生下一个承继家产的儿子来，他的田产就不会落在生人的手上了。

我要说明伊莎贝拉逃走之后六个星期，曾给她的哥哥一封短信，宣布她已经与希斯克利夫结婚。信里的话是冷而无味的，但是信后用铅笔添了一句意思暗晦的抱歉话，说倘若她的行为得罪他，她要求他念兄妹情谊，同她和解。她说当时她不能不这样做，但做之后，现在她后悔晚矣。我相信林顿并不答复。再过两星期，我却接到一封长信，这是一个才过蜜月的新娘子写来的，我觉得奇怪。我还收着这封信，我将读给你听。活人若是有价值的，他们死后所遗留的东西也是可贵的。

她的信说道：

我昨晚到呼啸山庄，第一次听说凯瑟琳有病，至今未好，我猜我不能写信给她，我写过信给我的哥哥，他若不是太生气就是太难过而不回我的信，但是我总要写信给一个人，我只好写给你。

请你告诉埃德加，我只要能再见他的面，我连世界都不要——你告诉他我离开山庄之后二十四小时，我的心就回到山庄，这个时候也是。我对于凯瑟琳与他，满肚都是热烈的感情！我的心虽想回去，我却不能从我的心愿——他们不必盼望我回来，随他们喜欢推得什么结论。他们却要记住不要错怪我无情或是意志薄弱。

此后的话是只对你一个人说的。我要问你两句话：第一句——当你从前住在这里的时候，怎样设法保持人性的基本同情的？我却不能看见在我左右的人与我有什么共同的情感。

第二句是我所最注意的，我问你——希斯克利夫是不是人？倘若他是人，他是不是疯子？倘若他不是个疯子，他是不是一个魔鬼？我不必告诉你我为什么要问你这几句话，你若是能够解说，我请你能说我所嫁的是个什么东西。你几时来看我的时候，请你告诉我。艾林，你不久就得来看我，你不必写信，你自己来，带点埃德加的话来。

我现在要告诉你，我的新家庭怎样欢迎我。如果我在这里缺少的只是表面上的舒适，我对你说这许多事情，只是聊以自娱。除了我觉得不舒适的时候，我心里是绝不想这些的。倘若见得不舒适就是所有我的愁苦，我就该乐到大笑，乐到跳舞，其余只是荒唐的梦！

当我们转入野地的时候，太阳正在山庄之后，我猜是六点钟。我的同伴停留半点钟，细看果园和花园，也许还细细地看这个地方。当我们在山庄的砌石院子下马后，约瑟夫拿了蜡烛出来迎接我们，他是很尽礼地迎接我们，他的第一件举动就是举起他的蜡烛，同我的脸一样高，带着恶意地斜看我一眼，撇了撇下嘴唇，掉过头走了。随后他牵那两匹马入马房，又走出来关大门，好像我们是住在一座古堡里。

希斯克利夫落后，同他说话，我走入厨房——原来是一个黑暗不干净的狗窝。自从你走过之后，改变了许多了，你认不得了。有一个凶恶孩子站在火炉边，这个孩子的手脚都是结实的，衣服却很脏，他的眼同嘴都像凯瑟琳。

我反省道，这是埃德加的妻舅的儿子——也算是我的晚辈，我应该同他拉手——是的——我应该吻他。我们初次见面，必定先要打好了和气的底子。

我走向前，想抓他的胖手，我说道：

“我的宝贝，你好吗？”

他答我的话我不懂。

我引他说话的第二个问话就是：“哈里顿，我们两个要做好朋友。是不是？”

他回答我就是一句咒骂人的话，他还说我若是不走开，他就要叫特洛勒咬我。

这个恶小子低声说道：“特洛勒，好孩子！”那条凶恶的牛头狗听了，就从屋角的窝里动起来。他要驱逐我，说道：“你走不走？”

我爱性命，我只好走开。我踏过门槛，等他们走进，我才进去。我看不见希斯克利夫，我跟着约瑟夫到马厩，请他陪我同去。他瞪眼看我，他自己同自己喃喃地说话，缩着鼻子，答道：“明！明！明！[1]有哪个基督徒听见这样说话的声音呀？说得这样不清楚我怎样能够晓得你说些什么呀？”

我以为他是个聋子，却很讨厌他这样无礼，我喊道：“我说，我要你陪我进房子！”

他答道：“我要做别的事，我不陪你。”他接着做他的事，同时他抬起他的尖瘦脸，很藐视地打量我的衣服和我的面目（我的衣服是太过好看，我的面目却是很惨的）。

我绕过院子，穿过便门，走到另一道门，我就敲门，希望有一个较为有礼的仆人出来。等了一会儿，有一个瘦瘦的高个子男人开门，这个人没戴围巾，穿得极其不整齐，他一大堆蓬松头发拖在肩上，盖住他的脸，他的两眼像幽灵般的凯瑟琳的眼，并不好看。

他很不高兴地问道：“你是谁？你来干什么！”

① 约瑟夫学伊莎贝拉说话声。

我答道："我从前叫伊莎贝拉·林顿，先生，你从前见过我，新近我嫁了希斯克利夫，是他带我来的——我猜是你许我来的。"

他同饿狼一样的两眼冒火，问道："他回来了吗？"

我说道："回来了——我们才回来的。但是他领我到厨房门口，就离开我了。我正要进去的时候，你的小孩子把住门，喊牛头狗来想吓我，轰我走开。"

我的将来的主人喊道："这个该死的恶棍守信用，好啊！"他两眼看我背后的黑暗处找希斯克利夫。他随即自言自语地说了几句破口骂人的话，又说了几句恐吓话，说倘若这个恶鬼骗了他，他要怎样对付他。

我后悔尝试第二次要进去，他还未骂完之前，我很想溜走了，但是我还未实行，他就吩咐我进去，开了门重新上闩。在这间大屋子里头，生了一个大火炉，屋里只有火光，地板已经变作灰色了。从前原是一度发亮的点锡盘子，当我做女孩子的时候常令我注意的，现在也变得暗淡无光了。我问他，我可以不可以喊女仆领我到一间卧室里？恩肖不答，他两手插在口袋里走上走下，显然是忘记有我在屋里。他心神不定，全副面目是很愤恨的，我不敢再惊动他。

艾林，我那时候坐在那种极冷落的家庭中，比一个人独坐在那里还不如，你对我觉得尤其无兴致的感觉不会觉得奇怪吧。我又记得离这里不过四英里就是我从前的欢乐家庭，我所亲爱的几个人都在这个家里，两地相隔虽然不过四英里，那时候却觉得隔了一个大西洋，我就不能走过去！我问我自己道："我向哪里求安乐？我有种种愁苦，尤其愁苦的就是我找不着一个人或是能够或是愿意同我联盟反对希斯克利夫，你谨记不要把这句话告诉埃德加或是凯瑟琳。我得着呼啸山庄做个栖身之所，我几乎是喜欢的。因为这样一来，我可以不必只同他一个人住在一起。但是他晓得与我们同居的人们，他不怕他们干预。"

我坐下，我思想，过了好一会愁闷时间，钟打八点，打九点，我的同伴仍然走过来走过去，垂头垂至胸，一言不发，不过偶然哼一声，或吐出一种愤恨声。我留心听屋里有无女人声，当下我心里很追悔，有种种的凄惨预料，后来我禁不住叹气哭泣。我自己还不晓得我怎样地显露我的忧愁，直到恩肖站在我对面，很诧异地瞪着眼看我。我利用他重新注意我的机会，我说道：

“我路上太累了，我要睡觉！女仆在哪里？她既然不肯来，我请你告诉我她在哪里！”

他答道：“我们没有女仆，你得自己侍候自己！”

我哭道：“我在哪里睡呢？”我既疲倦又凄凉，也顾不得自重了。

他说道：“约瑟夫将领你到希斯克利夫的卧室，你推开这道门——约瑟夫就在那里。”

我正要推门，他忽然把我抓住，用极奇怪的腔调，又说道：

“你要锁上门，加上闩——不要忘记啦！”

我说道：“好呀！恩肖先生，为什么要我这样做？我不甚喜欢特意把我自己同希斯克利夫关在一起。”

他答道：“你看呀！”他一面从背心里掏出一个制造得很奇怪的手枪，枪膛附着一把两面锋利的弹簧刀。他说道：“一个绝望的人，是很想用这种利器的，你说是不是？我禁不住今天晚上拿着这个东西上楼，试试他的房门。只要我看见房门是开的，他的性命休矣！即使我在一分钟之前，我追想到一百件拦阻我下手的理由，我还是想动他的手。有一个魔鬼强逼我杀他以败我自己的计划。你只要一日可以做到，你原可以为爱情而与那个魔鬼对敌，但是时候一到，天上的所有天使也救不了他！”

我很好奇地细看这件杀人利器。我忽然发生一个可怕的想念：我有了这样的一件利器，我变作多么有力量呀！我从他的手上把有刀的手枪拿过来，我摸摸刀。他看见我脸上瞬间所发露的神色，他很诧异。我所发露的不是恐怖，是想得这把刀。他唯恐我拿走，把手枪抢回去，关了刀子，又藏在身畔。

他说：“你只管告诉他，我也不怕，你叫他提防，你替他侦察。我看得出来，你晓得我们两个人的情形，他的危险你并不在乎。”

我问道：“希斯克利夫对你做过什么事呀？他怎样对不起你，使你这样地痛恨他呀？你叫他搬出去，岂不更好吗？”

恩肖大喊道：“不！他若要搬出去，他就是一个死人。你若劝他尝试搬走，你就是一个杀人的女凶手！难道要我无挽回机会，就把无论什么全丢失了吗？要哈里顿变作一个乞丐吗？天谴他！我打定主意要收复回来，我还要他的金钱，随后要他的血，让他的灵魂进地狱！使他的罪恶比从前多加十倍！”

艾林，你曾告诉我你们老主人的习惯，他显然是快要疯了，至少昨天晚上他是这样。我走近他就发抖，仆人的无礼闷气比他还好些。现在他又走来走去了，我拔起门闩，跑进厨房。约瑟夫看着火上一个锅，旁边的长椅上摆着一个木头碗的油麦粉，锅里的东西煮开了，他的手向木头碗里伸去。我猜这是我们的晚饭，我觉得肚饿，我打定主意要这顿晚饭可以入口。我所以喊道：“我来煮麦粥！”我把碗挪开，不让他煮，我脱帽子，脱骑马衣。我接连说道：“恩肖叫我自己侍候自己，我愿侍候自己。我在你们这里不当少奶奶了，因为恐怕我会饿死。”

他坐下，用手从膝至踝摸他的破袜子，喃喃道：“好啊！我刚好侍候惯了两个男主人，若是还要受新人的号令，倘若又有一个女主人骑在我头上，我只好走了。我绝想不到有一天我一定要离开这个老窝——但是我相信时候快到了！”

我不去理他发牢骚，我手脚很快地做事，叹一口气回想起从前有过的欢乐时光，我却不得不赶快驱逐这样的怀念。想起从前的欢乐，我心里很痛，愈想起从前，觉得痛苦愈大，搅麦粉的棍子愈快，手上一把一把的麦粉倒在水里亦愈快。约瑟夫看我煮东西的派头，愈看愈生气。他喊道：“哈里顿，你看呀，你今晚没有麦粥吃了。现在煮的不是麦粥，而是一块一块如同我的鼻子那么大的团子。再看呀！假使我是你，我索性连碗都摔啦！瞧啊……刮下一层皮来，就算完事啦！砰、砰、砰，锅底没被捣碎，还算是好的！

我承认倒在碗里的时候很不好看。预备的是四个人的晚饭，从牛奶房拿了一加伦的新牛奶来。哈里顿一手抢过来，张开大嘴就喝起牛奶来，从他唇边流下许多来。我斥责他，叫他倒在牛奶杯里才吃，我说我不能吃这样脏的牛奶。那个老东西嫌我太好考究，说了好几次，“这个孩子的身份与你的身份一样高，同你一样好”，为什么我这样的骄贵。当下那个小孩子还是喝牛奶，怒目看我。

我说道：“我要在另外一间屋子吃晚饭，你们难道没有一个起居室吗？”

他耻笑我答道：“起居室！起居室！没有，我们没有起居室。你若是不喜欢同我们作伴，你去同主人作伴吧，你若是不喜欢同主人作伴，还有我们同你作伴。”

我答道：“既是这样，我上楼，你告诉我哪里有屋子。”

我把我的碗放在一个托盘上，自己拿些牛奶。他说了许多不高兴的话，站起来，走在前，上楼。我们到了阁楼，他推开一道门，探头看我们所走过的隔间。

最后他推开一块很不容易推开的一块板，说道：“这里有一间屋子，很适合在这儿吃麦粥，角上有一口袋粮食，也还干净。你若恐怕弄脏你的绸衣服，你可以铺一块手帕在口袋上头。”

这间屋子是一种木头堆成的一个洞，有很重的麦芽和杂粮的气味，四周堆了许多袋的粮食，中间留一个很宽的空地方。

我发怒，对他说道：“什么道理！这不是睡觉的地方呀！我想看我的卧室。”

他很挖苦我，说道：“卧室！你所见的都是卧室——那就是我的卧室。”

他指着第二阁楼，与第一个阁楼相同，不过四面的墙更没有东西，有一张大而矮的无帐的床，一头有一床蓝色被。

我驳他道：“我要你的屋子做什么？我猜希斯克利夫先生不至于住在房顶，是不是？”

他好像才明白过来似的，喊道：“呀！原来你要的是希斯克利夫的屋子吗？你为什么一开始不说出来？不必费了许多事，我就会告诉你。他常把他的屋子锁上的，什么人都不许进去，只许他自己进去。”

我禁不住说道：“约瑟夫，你们有一所好房子，房子里都是和气的

约瑟夫说道：“这里有一间屋子，很适合在这儿吃麦粥。”

人。那一天我把我的命运同这所房子里的人们的命运连缀起来的时候，我想是世界上所有的疯狂的念头，都到了我的头脑里了。但是这句话同眼前的事无干——总还有别的屋子。请你赶快领我去，让我有个地方安顿下来！”

他不答我，就下木头台阶，站在一个隔间前，我看见他站在那里的样子和屋里较好的家具，我就晓得这是最好的一间。里头还有地毯，是一块好的，但是铺满尘土，看不出花样。一个壁炉上面糊着花纸，已经掉得一块一块的。一张橡木床，大红帐子，材料是很贵的，又是新款式，但是很经一番粗手人用过了。帐帘带着下垂的结彩，是从帐钩扯下来的，支帐的铁条已弯曲了，帐幔拖在地板上。有几把椅子也坏了，其中有坏得很厉害的。护墙脚的板也不成样子了。我正在要打定主意走进去据为己有，约瑟夫说道：“这就是主人的屋子。”这时候我的晚饭也冷了，我的胃口也没了，我的耐性也消磨尽了，我逼他立刻给我一个栖身的地方，使我可以歇息。

约瑟夫说道：“哪里去找呀？上帝饶恕我们！你想到哪里去呀？是屋子我们都看过了，只剩下哈里顿的小屋子未看过，这所房子里没有可以睡觉的洞啦！”

我气极了，把托盘和托盘里的东西摔在地下，我坐在楼梯口，两手捧住脸，在那里哭。

约瑟夫说道：“呀！呀！凯瑟琳小姐①，你办的好事！凯瑟琳小姐，你办的好事！可是，主人将跌倒在破盘破罐堆里，我们将有好戏看了。你这个不中用的小疯子！你应该受苦的，从这个时候起受到圣诞，你把上帝的厚赐摔在脚下！但是我晓得你不能久发脾气。你以为希斯克利夫忍受你这样的举动吗？我很想让他看见你这样的闹。”

他一面骂一面拿蜡烛走到底下一层他的窝里，留我站在黑暗之中。我反省了一会子，逼我承认不能不收敛我的傲性和怒气。在我忙着挪开我

---

① 约瑟夫在这里称伊莎贝拉为“凯瑟琳小姐”，一方面是因为他还不知道伊莎贝拉的名字，另一方面伊莎贝拉的小姐脾气似当年的凯瑟琳，因此他脱口喊了出来。

所摔的东西时，意料不到的助力手来啦，我认得特洛勒是我们的老狗豹儿生的，小时原在山庄的，后来我父亲送给欣德利。我想这条狗认识我，它拿它的鼻子推我的鼻子，表示敬礼，随即跑去吃麦粥。我在黑暗中一步一步地走，把打碎的陶器拾起来，拿手帕擦干泼下的牛奶。我们还未曾做完事就听见过道上恩肖的脚步声。那条狗藏起尾巴，紧靠着墙；我悄悄走到最近的门口。那条狗原想躲他，却躲不成功，我听见那条狗喊得很可怜，喊得很长的，走下楼去，我猜是躲不成功。我的运气好些。他往前走，进了卧室，关了门。随后就是约瑟夫同哈里顿上楼，弄他睡觉。我在哈里顿的屋子里找安身之所，约瑟夫看见我说道：

“这个屋子够容你同你的骄傲啦。屋子是空的，你可以全据为己有，屋里的第三人就是上帝，陪着这样的恶同伴！”

我很愿意遵照他的示意，我一倒在火炉边的椅子上就睡着了。我睡得很甜很甜，可惜不久，希斯克利夫惊醒我。他刚进来，就问我在那里做什么。我告诉他我为什么等到很晚才睡的——因为我们卧室的钥匙在他的口袋里。我所说的“我们”两个字使他大为生气。他破口说，那屋子原先不是我的，以后也不是我的。他——我不愿述他所说的话，也不愿描写他所惯做的行为。他想方设法地要我厌恶他！我有时很诧异他的行为，就不觉得怕他。我却要告诉你，我若见了猛虎和毒蛇，还比不上我见了他那样害怕。他告诉我凯瑟琳患病，他说是我的哥哥令她发病的，他说等到他能够抓住埃德加才作罢，在未抓住之前，我要替我的哥哥受苦。

我恨极他——我很可怜——我当了一个傻子！你要记住，不可对山庄的人说，我天天盼望你来——不要令我失望。

伊莎贝拉

第十四章

我读完信就去见主人，告诉他说他的妹妹已经到了呼啸山庄，给我一封信，问候林顿太太，很想见他，希望他早日由我给她饶恕她的信号。

林顿说道："饶恕！艾林，我没得什么饶恕她的。你若是乐意的话，你今日下午就可以到呼啸山庄，说我并不生气，因为失去了她，我却很难过，尤其是因为我绝不能想到她会欢乐的。我却不能去见她，我们是永远分离了。她若是真想要我感谢她，请她劝她所嫁的恶棍离开英国。"

我哀求他道："你不肯写几个字给她吗？"

他答道："不，用不着写。我之同希斯克利夫家庭往来之少，如同他与我的家庭来往一样的少，就是无来往！"

埃德加的冷落使我极其难过。我从山庄一路往那边去的时候，我心里只想怎样可以转述他的话，使她可以觉得较为有情些，又怎样把他不肯写信的话说得温和些。我敢说她从早上起就等我来，当我从花园走上去的时候，我看见她在格子窗往外望，我同她点头，她却缩回去，好像怕人看见。我不敲门就进去。

这所房子从前是很热闹的，现在却很寂寞凄惨。我必要承认，假使我是她的话，我至少也要扫扫壁炉，把桌子抹干净。她周围的人都是懒洋洋的，她也沾染了他们的习气。她的美秀脸变作死白色，满脸倦容；头发不卷，有些头发丢下来，有些是随随便便绕在头上。也许她自从昨晚就未整理过她的衣服。欣德利不在那里，希斯克利夫坐在桌旁翻一本小册子。

当我进去的时候，他却站起来，同我问好，态度是很和蔼的，还请我坐下。屋里只有他一个是像样的，他的精神很好，我想他向来未有这样好过。环境很改变了他的地位，不晓得他的人一看，总以为他生来就是一个上等人，长大也是一个上等人，以为他的太太是一个透底的不整洁的女人！她很热心地走过来欢迎我，伸出一只手来接她所盼望的信。我摇头，她不明白我的示意，跟我走到一张小桌那儿，我要放我的帽子在这张桌上，她低声求我立刻把我带来的东西交给她。希斯克利夫猜着她的举动的意思，说道：

“倘若你有什么东西给伊莎贝拉，奈莉，你必定有，你就给她，不必当作是一件秘密事，我们两个人之间并无秘密。”

我想我不如立刻把实情说出来，我答道：“我，没有东西。我的主人吩咐我对他的妹妹说，此时她不必盼望他写信，也不必盼望他来访。夫人，他送他的问候给你，望你欢乐，你使他忧愁，他饶恕你，但是他想此后他家同你家应该停止互相往来，因为并没有要互相往来的事。”

希斯克利夫太太的嘴唇在抖，走回窗子前的座位。她的丈夫站在炉前，与我较近，开始问凯瑟琳的情形。我觉得应该对他说多少，就说多少。他用律师审问证人的方法，逼我说出与病因相关的诸多事实。我怪她自寻烦恼。最后我望他学林顿的榜样，无论为好为歹，避免将来干预他的家庭。

我说道：“林顿太太现在病愈，她永远不能同从前一样，性命却保住了。倘若你真是体恤她，你不应再见她。不单这样，你应该整个的离开英国。我为了是使你可以不后悔，我索性告诉你，凯瑟琳·林顿现在与从前你的老朋友凯瑟琳·恩肖不同，有如这位年轻太太与我不同。她的面貌大变了，她的性情变得更厉害。那个不得已必须做她的伴侣的人，此后只能记着从前的她，以维持他的感情，以人性和责任而论，都应该这样！”

希斯克利夫强作镇静，说道：“你的主人很可能只有人性和责任可倚靠，但是你以为我肯把凯瑟琳交给他的人性和责任？你能比较我们两个人对于凯瑟琳的感情吗？在你未走之前，我必要你答应我，你设法使我同凯瑟琳见面。你答应也罢，你不答应也罢，我必定见她！你有什么话说？”

我答道：“我说，希斯克利夫，你切勿同她见面，由我设法，你绝不能见她的面。你同我的主人碰头就会送了她的命。”

他接连说道：“有你帮助，可以免了这一层。倘若有这样的危险——倘若他是替她增加一层为难的原因——我想我就有理由趋极端！我要你老实告诉我，若是他死了，凯瑟琳会不会大受痛苦。害怕她会痛苦，我才克制住自己。你从这里就可以看见他的感情与我的感情不同的地方：假使他处我的地位，我处他的地位，我虽然恨他恨到把我的生活变作胆汁那么苦，我却绝不会动手打他的。你只管露出不相信的神气！只要她喜欢同他在一起，我绝不会驱逐他，不叫他同她在一起的；只要她一旦不理他，我却要抓他的心脏出来，饮他的血！你不相信我的话，你不晓得我的为人——若不到这个地步，我宁可自己一寸一寸地慢慢死，也不肯动他的头上一根头发！”

我插进说道：“你却毫不顾忌，全破坏她完全复原的所有希望，你现在一定要同她见面使她又想起你，这时候她已经几乎忘记你了，你这样一来又叫她再与丈夫不和，再受困难啦！”

他说道：“你猜她已经几乎忘记了我吗？奈莉！你是晓得的，她并未忘记我！你也晓得，同我一样地晓得，她想林顿一次，却想我一千次！当我生平最可怜的时候，我有过这样的念头，我去年夏间回来这里附近的地方，这个念头让我不得安宁，但是只有她亲口说出来，才能使我再接受这个可怕的念头。况且林顿不算什么，欣德利也不算什么，我向来所梦的所有的梦都不算什么。两个词就包括我的前程——死与地狱。失了她之后，生在世上不过是地狱。但是我有一阵子以为她更看重林顿的亲爱，过于我的亲爱，我原是一个傻子。倘若他用尽他的一个孱弱人的力量爱凯瑟琳，他八十年的爱，还不能及我一天的爱。凯瑟琳有一颗深沉的心，同我一样。他一个人就想专享她的整个爱情，就好比把大海的水都装在马槽里，呸！她爱他并不甚强过她爱她的狗或她的马。他与我不同，他没得她可以恋爱之处。他既没有，她怎样能够爱他？”

伊莎贝拉忽然很有精神地说道：“凯瑟琳与埃德加两人相爱，如同任何夫妻之能相爱。无人能如你这样说，我不能听人这样轻视我的哥哥，也不说一句话！”

希斯克利夫带着藐视的神气说道：“你的哥哥也非常地爱你，是不是？他令人诧异地轻轻松松就把你轰走了。”

她答道：“他不晓得我受苦，我并未把这层告诉他。”

“原来你已经多少告诉他了。你曾写信给他是不是？”

“我曾写信给他，说我嫁了——你看见那封信的。”

“此后你并未写过什么吗？”

“并未写过。”

我说道：“她嫁了之后神色憔悴。有人已经不再爱她，我可以猜着是谁，但是也许我不该说。”

希斯克利夫说道：“我猜是她自己不爱她自己了，她退化了，变作一个懒惰不整洁的女人！她非常之早就厌倦了尝试令我欢喜。我说出来你不甚肯相信，我们结婚那一天她就哭着要回家。她既然不喜欢打扮，她只配住这样的房子，我却要小心不许她出去，以免丢我的脸。”

我说道：“我望你考虑希斯克利夫太太是习惯于有人照应她，有人侍候她。她是一个独女，自小长大，哪个不伺侯她。你必要用一个女仆替她收拾，你必要好好地待她。无论你怎样看不起埃德加，你要深信她是很能够恋爱人的，不然的话，她不会抛弃她娘家的华丽、安乐、朋友，心甘情愿地同你住在这样的荒凉地方。”

他答道：“她是被妄想所欺，才抛弃那许多好处的，她以为我是一个小说里的一位英雄，盼望我是从前的一个崇拜女人的武士，我会无限地放纵她。她对于我的性格，很执拗地硬要成造一种幻想，就凭这样的虚假印象而行事，我几乎要当她是一个没头脑的人。但是后来我想她开始晓得我啦，她初时常用傻笑和鬼脸激怒我，现在我看不见了。当我告诉她，说她是执迷不悟，说她是个傻子，我原是说真话，她还不能明白。她后来居然看出来我并不爱她，真是让她费了不少劲才明白。有一个时期，我相信，我无论怎样虐待她，她始终不能明白！她现在勉强懂了，因为今早她说我居然办成功令她恨我，好聪明的一句话！我告诉你，她不知费了多少气力才悟过来！倘若办到了，我有理由答谢她。伊莎贝拉，我能够相信你这句话吗？你能说你当真恨我吗？倘若我有半天工夫，随你一个人去，你不会再来对我叹气，对我撒娇吗？我敢说，当你的面，她宁愿我全露出温柔来，我揭露真性情，会伤她的虚荣心。无论什么人都晓得这不过是单独一方面的恋爱，我也不在乎，我对她始终不说谎。她不能责备我，说我表示过一点欺人的温柔。当我们走出山庄的时候，她看见我所做的第一件事，就是要吊死她的小狗。当她替小狗求情的时候，我所说的第一句话就是凡是属于她的人我都想吊死，只除一个外。也许她以为这一个就是她自己。我无论怎么野蛮，她都不厌恶，我猜她有一种直觉的对野蛮行为的称赞，只要她自己的宝贵身体不受损害！你看，这样可怜的、奴性的、下贱的母狗，会梦想我能爱她，岂不是糊涂到极端，不讲理到极端吗？奈莉，你去告诉你的主人，说我生平未遇见过如她这样的卑贱东西，她玷辱林顿一姓。我想尽方法尝试她能忍受到什么地步，我很恼悔我没有新法子尝试了，她还是很不要脸地爬回来！你还要告诉他，他既是她的哥哥，又是这里的司法官，请他只管放心，我是绝不会越出法律范围之外的。截至这时候为止，我避免给她要求离婚的借口，况且她会不感谢分离我们的人。她若是想走，她可以走，她在我面前，令我讨厌，我只有折磨她，才觉得满意，但是讨厌还多过满意！”

我说道：“希斯克利夫，这是疯子说的话，也许你的太太相信你是疯子，因为这个理由，她忍受你。但是现在你说她可以走，她将利用你的允许，夫人，你不是迷惑不醒，自己甘愿还同他在一起？”

伊莎贝拉怒目发光地说道：“艾林，你要小心。”我看她的眼神就晓得她丈夫努力要使她恨他，办得很有成效。她说道：“他所说的话，你一个字都不要相信。他是一个说谎鬼！一个妖怪，不是人！他从前曾告诉过我说我可以走，我试过走，但是我不敢再试了！艾林，我要你答应我，我们今天的丢人谈话，你一个字也不告诉我的哥哥或凯瑟琳。无论他假装做什么，他只是想激怒埃德加做绝望的事。他说他娶我原为的是可以得到权柄操纵我哥哥。我宁愿先死也不让他得着这样权柄，我只是希望，我祈祷，要他可以忘记他的魔鬼式的盘算，杀了我！我能够想要的唯一的快乐，不是我死，就是我看他死！”

希斯克利夫说道：“好了——今天只说这些就够了！奈莉，若是要你到公堂，你要记得她所说的话！你细细看看她的脸色，她就快要配得上我了。伊莎贝拉，你现在不配是你自己的保护人，我是你的法律所许的保护人，必要看管着你，无论我怎样不喜欢，也只好看管着。你上楼去，我有几句私话同艾林说。不是这样走，我告诉你上楼！孩子，这才是上楼的路！”

他捉住她，推她出去，走回来，喃喃地说道：

“我无怜悯心！我无怜悯心！虫子越扭动，我越想打出虫子的肚肠来！这是一种道德的出牙，痛得越厉害，我也磨得越出力。”

我赶快戴上帽子，说道：“你懂得怜悯两个字怎样讲吗？你生平觉得动过一点怜悯心吗？”

他看见我要走，急忙说道：“放下帽子。你不能就走，奈莉，你来，我必要或劝你或逼你帮助我使我见凯瑟琳一面，还是不能耽延的。我对你发誓我无恶意，我既不愿发生扰乱，亦不愿意激怒或羞辱林顿，我只要听她亲口说她现在怎么样，为什么病倒的，我还要问她，我能够做什么有益于她的事。我昨天晚上在山庄的花园有六点钟之久，我今晚还会去那里，我每日每夜必到那里，等到我找着机会进去。倘若埃德加·林顿碰见我，我将毫不迟疑地打倒他，打到他切实答应我，当我在他的房子里头时，他不吵闹。倘若他的仆人们不许我进去，我拿手枪吓他们走开。你看，最妙莫如使林顿不碰见我，使仆人们躲开我，你看是不是？你是很容易办到的。我来到的时候，我提醒你，一等到她一个人在屋里时，你就可以让我进去，不给人看见，你把风，等到我走了。你很对得起你的良心，你免得惹祸。”

我反对这样在我主人的家里当奸细，我又苦劝他切勿为自己的满意而做这样残忍与自私的事，破坏林顿太太的安宁。我说道："顶平常的事都令她很心痛地惊跳。她的神经衰弱得很，我很晓得她不能受惊动。先生，你不要逼我！不然的话，我就不能不把你的计划告诉我的主人，他晓得了就会设法保护他的家，不让你来侵犯他的家，和他家里的人！"

希斯克利夫说道："既是这样，我将设法扣留你！明天早上才让你走，你说凯瑟琳受不住见我，这是一句傻话。你说我会惊动她，我却不想惊动她，你先要同她商量好——问她我可以来见她不能，你说她绝不提我的名字，也无人对她提我的名字，若是她家里不许人提我的名字，她对谁提呀？她认为你们都是替她的丈夫当侦探的。我很晓得她住在你们这一群人里头就是在地狱里头！我从她一言不发中就猜得她的感觉。你说她常是烦躁，神色焦急，这是安宁的证据吗？你说她的心不定，她这样可怕的孤立，能够心定吗？那个因为责任和人性而照料她，语言无味、行为猥亵的东西！因为怜悯与慈善！他用肤浅的照料就妄想能够恢复她的精力，倒不如在花盆上种橡树，望这棵树茂盛了！我们立刻商定，是你住在这里，让我去打倒了林顿和他的仆人，去见凯瑟琳？还是你作我的朋友，我们一向是朋友，照我所求的去办？你立刻决定！你倘若执拗，我毫无理由再耽搁一分钟！"

洛克伍德先生，我同他讲理，我说不满意的话，拒绝他有五十次，但是到底他强逼我答应。我担任送他的一封信给我的女主人，倘若她答应见他，我等到第二次林顿出门，答应他什么时候可以来，用他自己的法子走进来，我躲开，其余的仆人们也走开。我这样的办法对不对？我恐怕是不对。我以为我答应他，可以免得再炸裂，而且我想这样一来可以使凯瑟琳的神经病有望好的转机。我随后想到埃德加严厉责备我走漏消息，我心里觉得不安，不应该不忠于主人，我只好聊以解嘲，说这是末后一次，以后我再不做这样的事了。虽是这样，我回去比走来的时候觉得忧愁得多，我心里发生过许多疑惑，才能够把打定主意把信交给林顿太太的手上。

但是肯尼兹来了，我下去告诉他你好得多了，我所说的故事是很无味的，将可以消遣又一个上半天。

无味，凄凉！当迪安太太下楼去见医生的时候，我在那里反省，假使由我自己选择，我是不会选择这样的故事来解闷的。不相干！我将从迪安太太的苦药草里头提出有益的药材。第一层，我要提防，不要被凯瑟琳的闪光的眼所迷了，我的心若是投降了这个年轻女人，我一定会陷入烦恼，不能自拔，那个女儿就是她母亲的化身！

第十五章

再过一星期——春天来了，我的身体快好了！管家婆陆续抽空告诉我所有邻居们的故事了。我将用她自己的字句接述故事，不过我说得简括些。大概而论，她是一个很可以过得去的叙述家，我不能改良她的风格。

她说，我到呼啸山庄的那天晚上，我晓得，好像我已经亲眼看见希斯克利夫躲在我们这里。我却躲避不出去，因为那封信还在我身上，我不愿被他恐吓，或被他激怒。我打定主意要等主人去了什么地方，才把信交给她，因为我能够猜得着她一见着信是会感动的，所以一直等到过了三天她才见着这封信。第四天是星期日，全家的人都往教堂去了之后，我才把信带进屋里。还有一个男仆在家里与我同看家。当教堂讲经的时候，我们居多都是锁住大门的，但是这一天的天气很和暖，我打开大门，我晓得有谁来，我实行践约，我就告诉男仆说，太太很想吃橘子，他必得走到村子里买几个，明天给钱。他出去买橘子，我上楼。

林顿太太穿了一件宽松的白衣，披了轻薄的披肩，打开窗子坐着。她的长而丰的头发，当她初得病时已经剪了些，现在不过在两额上及颈后梳直了。她的面貌改变了，但是当她安静的时候还有一种超凡脱俗的美。她两眼的闪光已经被梦境的和愁闷的温和所取代，现在眼睛并不看四围的物件，好像常向极远处看——看世界之外。她病的时候脸上是很憔悴的，现在复原不憔悴了，她的无血色的脸和由她的心境所发生的奇特神态，虽然还表现所以然的诸多原因，却令人更加怜爱。我是很晓得的，凡是看见她的人也是晓得的，她的病并未大好，表示她离死期不远。

窗台上摊开一本书，和风时时吹动书页。我相信是林顿摆在那里的，因为她绝不尝试看书解闷，也绝不做别的事。他却费好几点钟工夫注意于她从前以为是趣味的事物。她晓得他的目的，当她心境较好的时候，她心平气和地忍受他的努力，不过有时发出一声厌烦的叹气，表示他的努力无效，最后就用最凄惨的微笑与吻拦阻他，有时她却发怒地走开，两手掩面，有时甚至于推开他，他很小心地随她去，因为他晓得干预也是无益。

吉姆顿的教堂钟还在那里响，山谷里的柔和溪流声，听了令人舒服。这声音替代夏日的树叶声，若是树叶长齐就听不了钟声了。在呼啸山庄，雪化之后或大雨之后，天气平静，总听见钟声的。凯瑟琳一面听钟声，一面想呼啸山庄。就是说她不听或不想便罢，不然总是想到那里的。但是如我所说的，她空泛地向极远处望，表示她的耳目并不认得有质的物件。

我轻轻地把信放在她摆在膝上的手里，说道："林顿太太，这是给你的一封信，你立刻要读信，因为要回信。我替你拆信好不好？"她并不转眼地答道："好呀。"我拆了信——是一封短信。我接连说道："你读呀。"她不接信，信丢在地下。我又把信放在她怀里，站着等她低头看信，我等了许久，她还不看，我只好说道：

"夫人，你要我读吗，这是希斯克利夫写给你的。"

她听了一跳，仿佛记起了什么，努力理清她的思绪。她拿起信来，好像是读信，读到署名时，她叹一口气。但是我看见她还不晓得信里有意思，因为我问她怎样答复，她不过指指写信人的名字，两眼瞪着我，带着悲哀与询问的神情。

我猜着她要我解说，我说道："他想见你，他这时候在花园，很着急地要晓得我给他什么回话。"

当我说话的时候，我看见一条大狗躺在有阳光的青草上，举起两耳像是要吠，后来两耳垂下，摆一摆尾巴，宣布有人来，来的却不是一个生人。林顿太太弯身子向前，屏息地细听。一分钟后，听见脚步走过堂屋声，房门原是大开的，希斯克利夫禁不住走进来，可能他猜我有意爽约，所以他只好倚赖他自己的大胆。凯瑟琳很着急地望着卧室门口。他不能立刻找着那一间屋子，她叫我去领他。我还未到门口，他已经先找着了，走了一两步就把她抱住了。

有五分钟之久他一言不发，也不放手，在这五分钟里头，他吻了她不知多少次，多过他以前所吻过的次数。不过是她先吻他的，我看得很清楚。他心痛到很厉害，简直不能看她的脸！他一见她，同我一样，就晓得她的病是不会好的了，她必定要病死。

他带着绝望腔调，说道："凯瑟琳，我的性命！我怎样能受得了？"这时候他很热烈地凝视着她，我以为他必定滴泪，他伤心到两眼冒出火焰，并未溶化成泪。

凯瑟琳向后靠，眉头很皱，看着他，说道："现在你要什么？希斯克利夫，你同埃德加两个人弄碎我的心了！你们做了这件事，都跑来对我哭，好像是你们应该受怜悯的！我不可怜你，你杀了我——我看，你杀了我，你更得意，你有多么壮健呀！我死之后，你打算要活多少年呀？"

希斯克利夫原本一膝跪下抱着她的，他想起来，她抓住他的头发，不许他起来。

她很痛恨地说道："我很想我能揪住你，一直等到我们两个人都死了！我不该管你受什么痛苦。无论你怎样受苦，我都不管。为什么你就不该受苦？我受苦呀！你将忘记我吗？当我埋在土里的时候，你会欢乐吗？二十年后你会说：'这就是凯瑟琳·恩肖的坟。许久以前我曾爱她，她死了我很难过，这却是已过之事。从她死过之后，我曾恋爱过他人。我宝贵我的儿女，多过宝贵她。我死的时候，我要到她那里，但我并不开心，而是因为我必要同我的儿女分离，让我很难过！'希斯克夫，你将来是不是这样说？"

他一扭，他的头就挣脱了，咬牙说道："你不要令我受酷刑，使我变作你一样的疯。"

一个冷眼旁观的人看过去，这两个人成为一幅很奇怪很可怕的图画。除非她把她的灵魂连同她的免不了一死的躯体一并抛弃，否则她以为即使到了天堂也不过是到了流放之地。她的脸是死白色，她的嘴唇毫无血色，她的眼发光，她的全副面目有一种凶悍的报复神色。她手上还握住一簇他的头发。希斯克利夫一面用一只手扶住她站起来，一面用一只手捉住她的一臂。她的情形原要他许多温柔待遇，他却不管，他一放手，她的臂上留有四条青痕。

他很野蛮地说道："你快要死的时候，还同我说这样的话，你被魔鬼迷了吗？你不想想看，你这些话将留印象在我的记忆里，你死之后，将永远更深入吗？你说是我杀你，你晓得你是说谎。凯瑟琳，你是晓得的，我之不能忘你，如我之不能忘我自己！当你无忧虑无痛苦的时候[①]，我还在世上如同在地狱里那么受苦，这还不够称你的自私之心吗？"

凯瑟琳感到自己的心脏乱跳得很凶，因为她过于激动，她的心脏乱跳到可以看见可以听见，她呻吟道："我不会不受痛苦的。"等到心跳好些，她才较为和气地说道：

"希斯克利夫，我并不想你受痛苦多过我所受的痛苦，我只想我们永远不分离。倘若我说了一句令你难过的话，你要知道我在九泉之下也觉得同样困苦，为我起见，你要饶恕我！你过来，再跪下！你生平从来未伤害过我。你若以后记起现在生气的样子，比记得我所说的苛刻话更难过啦！你不肯再走过来吗？你来呀！"

希斯克利夫走过去，站在她的椅子后，低过头来，却不够使她看见他的脸。她却要掉过脸来看他，他不让她看，他忽然掉过身子，走到火炉边站着，背向我们，一言不发。林顿太太的目光带点疑惑，追随着他，他的一举一动无不唤醒她的一种新情感了。歇了一会儿，看了他许久，她发出很生气的失望腔调，对我说道：

"奈莉，你看呀，他不肯怜恤我片刻，使我多活几时，这就是他爱我！也罢，这个不是我的希斯克利夫。我还爱我的那个希斯克利夫，我带

---

① 指死后。

他同我一路走，他是我的灵魂。”她沉思一会儿，又说道，“其实最令我厌烦的还是这个破烂的囚牢，我很憎厌被困在里头。我很想逃到那个灿烂的世界里，永远在那里。我要真实在那里，不是用朦胧的泪眼看着它，又不是用痛楚的心渴望它。奈莉，你以为你比我好，运气又比我好，身体健全、气力充足，你可怜我——不久就要变过来，成为我可怜你了。我不久就是无可与比地高过你。他为什么不走近我！我原想他喜欢凑近我的。希斯克利夫，宝贝！你现在不该生气了，希斯克利夫，你过来！”

她很着急地站起来，扶住椅子。他听见她这样着急，掉过脸来看她，带着完全绝望的神色。他的两眼睁得老大，含满泪水，最后怒目看她，胸口起伏得厉害。在俄顷之间他们是离开的，我几乎不晓他们是怎样在一起的，凯瑟琳向前一跳，他捉住她，两个人抱得紧紧的，我以为我的女主人被他紧抱到要死，放松也不会活的了。我的眼睛看过去，她其实是失了知觉了。他倒在最近的椅子上，当我急忙走过去看看她是不是晕倒了，他对着我龇牙咧嘴，嘴里喷白沫，好像一条疯狗，把她抱得更紧，好像怕我抢她。我觉得他不是人类。我对他说话，他好像不懂。我只好站得远远的，不说话，不知怎样是好。

我看见凯瑟琳动一动，我稍微放心。她伸手搂他的脖子，送她脸去靠他的脸。他一面如疯如狂地搂她，乱说道：

“你现在使我晓得你从前多么残忍——既残忍又欺骗我。你为什么看不起我？凯瑟琳，你为什么背叛你自己的心？我得不着你一句安慰我的话，你应该受这样痛苦的。你杀了自己。是呀，你可以吻我，你可以哭，引出我的吻，引出我的泪。我的吻和我的泪将使你枯萎——将使你受天谴。你既爱我——你还有什么权利抛弃我？你答我，你还有什么权利去爱林顿呀？无论什么，愁苦，屈辱，死，上帝或魔鬼所能降的灾祸，都不能使我们分离，你却情愿与我分离。不是我弄碎你的心——是你自己弄碎的；你弄碎你的心，却把我的心也弄碎了。因为我是个壮健的人，我的心破裂了，我更难过。我要活吗？你既是这样，我的生活将来是什么生活——上帝呀！你的灵魂既死，你还想活吗？”

凯瑟琳呜咽说道："你别管我！你别管我！倘若我做了不对的事，我因此就要死啦。这就够啦！你也抛弃我走了，我却不怪责你！我恕了你，你也恕了我吧。"

他答道："我看着你的双眼，摸着这两只消瘦的手，饶恕是件难事。你再亲亲我，不要让我看见你的两眼！你对于我所做的事，我饶恕了，我爱杀我的人，但是杀你的人！我怎样能饶恕呀？"

他们不说话，他们脸靠脸，以泪洗面。我猜他们两个人都哭了，因为遇着这样的大事，希斯克利夫是能哭的。

当时我觉得很不舒服，因为下午已经快完了，我打发出去的人回来了，我在夕照中，看见吉姆顿教堂的门廊下聚集了许多人。

我说道："礼拜的事完了，我的主人半点钟就要到家了。"

希斯克利夫哼了一声咒骂的话，把凯瑟琳搂得更紧。她动也不动。

不久我就看见一群仆人在路上走，走向厨房那一边。林顿在后，相离不远。他自己开院门，慢慢走上来，也许是在享受这样目前风和日丽的如同夏天的下午。

我喊道："他到家了，你赶快下楼吧！从前面的楼梯走，你不会碰见什么人的。你快走，躲在树里，等他走进来你再走。"

希斯克利夫要挣脱凯瑟琳的搂抱，说道："凯瑟琳，我必要走了，只要我活着，我在你未睡着之前，再来看你。我离你的窗子不过五码远。"

她用尽气力紧抱住他，答道："不许你走，我告诉你，不许你走。"

他着急哀求道："我只走开一点钟。"

她答道："连一分钟我都不许你走开。"

希斯克利夫恐怖起来，一定要走，说道："我一定要走——林顿立刻就到楼上来了。"

她紧抱住他，喘气，她的脸上现出疯狂的决断。

她喊道"不许走！不要走，不要走，这是最后的会面了！埃德加不会伤害我们的。希斯克利夫，我快死了！我快死了！"

希斯克利夫倒在椅子上，说道：

他们不说话，他们脸靠脸，以泪洗面。

“该死的白痴！他来了。我的小宝贝，不要吵，凯瑟琳，不要吵，不要吵！我不去就是了。倘若他就是这样开枪打死我，我死的时候，嘴里会说祝福他的话。”

他们两个人又紧搂作一团。我听见我的主人上楼声——我满额都是冷汗，我害怕到不得了。

我很着急地说道：“你听见她所说的疯话吗？她自己不晓得她自己所说的话。因为她失了意识，不能帮助自己，难道你就要毁了她吗？起来！你立刻能够挣脱开，你生平所做的事，以这次为最阴险。我们都毁了——男主人，女主人，仆人，都全毁了。”

我叫喊，林顿听见，赶快走来。我正在焦虑万分不知所措的时候，我看见凯瑟琳的两只手松了垂下来，头也垂下来，我却是极其真切地欢喜。

我想道：“她不是晕倒，就是死了。死了更好，与其拖延累人，不如死了为妙。”

埃德加扑向希斯克利夫，惊讶发怒到脸无血色。我说不清他想做什么。希斯克利夫把好像死了的人放在他手上，立刻止住所有的示威。

他说道：“你看呀！你若不是一个魔鬼，请你先救她——随后同我说话！”

他走入客厅，坐下。林顿喊我，我们用了许多法子，很为难的，居然恢复了她的感觉。但是她全糊涂了，她叹气，她呻吟，不认得人了。当埃德加为她而着急的时候，忘记了她那个可恨的朋友，我却并未忘记。我一有机会就去找他，劝他走，告诉他凯瑟琳好些了，她晚上过得怎么样，我明早可以告诉他。

他答道：“我肯走出门，但是我在花园里逗留。奈莉，你要记得明天告诉我，我将在那些落叶松树下。你要记得！不然的话，我要再来探望一次，我也不管林顿在家不在家。”

他向卧室的半打开的门一看，晓得我所说的话是真的，他就走了。

第十六章

当天晚上，十二点钟左右，小凯瑟琳出世，就是你在呼啸山庄所看见的凯瑟琳。她是一个弱小婴孩，是七个月生的婴孩。她生下来两点钟，她的母亲就死了，并未完全恢复意识，既不晓得希斯克利夫就在附近，也不认得林顿。林顿见太太死了十分伤心，我不必细说啦，后来所发生的影响就知道他忧伤到什么地步。据我看来，令他更伤心的是他无继承家产的儿子。我看着那个无母的孱弱婴孩，我也可怜他，我心里很怪责老林顿（不过是自然的偏爱）把家产传给他自己的女儿，不传给他儿子的女儿。可怜这个孩子，是一个无人欢迎的孩子！她初生下来的那几点钟，无人照应她，她原可以哭死的。后来我们虽然不忽略她，但是她的初生是无人理的，大约与她将来的结局一样的无人理。

翌日清晨——门外明媚的阳光——侵入这间寂静的屋子。埃德加头在枕上，闭着眼，他年轻而俊美的面貌变成了死色，同他身边的死人一样，而且是一样的不动。但是他的安静是由于极度悲伤，她的安静是由于完全的安息。她的眉头是光滑的，她的眼皮是闭着的，她的两唇带着笑容，天上的天使也不过她这样美。她躺在那里是很镇静的，我被她的镇静所感染。当我看着这样的神圣安宁的无忧无虑的形像，我的心向来未有过这样的虔敬。我自然而然地说出她数点钟前所说的话："无可与比地超越我们所有的人之上！无论她仍然在尘世，还是现时在天上，她的灵魂同上帝在一起！"

倘若无疯狂地或绝望地哀悼死者的人与我同看守死尸，我很少不是欢乐的，我不晓得这是不是我的特异之处。我看见一种安宁，非地狱所能打破的，我觉得我深信无穷与无影的后来——他们进了“永恒”——那里的生活是无限的长久，爱情是永恒的，欢乐是完满的。这一次我见得连林顿这样的爱情还是自私的，凯瑟琳现在享受这样幸福的解脱，他还这样的惋惜！她过了这若干年的任性和不耐烦的生活，我们原可以疑心她最后配不配享受这样的安宁。当我们平心静气反省的时候，原可以疑心这一层。但是当她的尸体还在眼前的时候，却不能疑心。她的尸体表示自己的安宁，也好像表示她这个人也享受同等的安宁。

“先生，你相信这样的人到了那个世界，是欢乐的吗？我很想晓得你的见解。”

我不答迪安太太的问话，我觉得她这句问话带点异端邪说的味道。她接着说道：

“我追述凯瑟琳·林顿的一生，我恐怕我们没权利认为她是欢乐的，但是她已死了，我们不必讨论这一层。”

主人困倦了，我于日出后不久就走出屋子，偷走出去呼吸清新空气。仆人们以为我守夜太久，走出去提提精神，其实我是要看希斯克利夫。假使他躲在树林里一整夜，他是不会听见山庄里的惊动，除了他可以看见送信人骑马往吉姆顿跑。假使他走近些，他也许可以晓得，从灯光闪来闪去，和或开或关的门，知道房子里头出了事。我想找着他，又怕找着他。我觉得必要告诉他这样可怕的新闻，我很想说完了就没有事了，但是我却不晓得怎样告诉他。我看见他在那里，在园子里几码远的地方，靠着一株老树，帽子不在头上，头发都是露水。他这样站着许久了，我看见两只鸟在他身边飞过来飞过去，离他不过三尺，忙着筑巢，当他是一块木头。我走近的时候，两只鸟飞跑了。他

我看见他在那里，在园子里几码远的地方，靠着一株老树，帽子不在头上，头发都是露水。

抬头说道：

“她死了！我不必等你来告诉我，我就知道了，拿开你的手帕——不要在我面前哭。天谴你们！她不要你们的眼泪！”

我不独是为她哭，而且是为他哭。有些人既不怜自己又不怜他人，我们有时却可怜他们。当我初看他的脸时，我晓得他已经得了不好的消息了。我忽然发生一种傻念头，以为他的心平静了，他在那里祈祷，因为他的嘴唇动，他眼看地下。

我答道：“是的，她是死了！我望她上了天堂。我们若是及时醒悟，弃恶从善，我们都可以同她一起在天堂里！”

希斯克利夫尝试耻笑我，问道：“她曾及时醒悟吗？她像一位圣贤那样死的吗？来，你把她死的情形告诉我。她怎样……”

他努力要说她的名字，却说不出来。他紧闭着嘴，无声地同他内心的哀痛奋斗，一面用不转睛的凶暴眼色瞪着我，蔑视我的怜悯，最后他说道：“她是怎样死的？”——他虽是坚强不挠，却很想背后找个地点倚靠，因为他博斗之后也不由自主地发抖，连指尖都擅动。

我想道：“你这个可怜虫，你也有心肝，也有感情，同他人一样！你为什么要遮掩起来？你的傲性不能瞒上帝呀！你引诱上帝拔去你的心肝和感情，等到他逼你喊一声你失败了。”

我大声答道：“她死得同羔羊那么安静！她叹一口气，伸得直直的，如同一个孩子醒来，又睡着了。五分钟之后，我摸她的心部，只觉得跳了一下，以后就不跳了！”

他迟疑地问道：“她曾说过我的名字吗？”他好像害怕他这问题所引出的详细情形是他听了受不住的。

我答道：“她始终未恢复意识。你走过之后，她就不认得人了。她躺在那里，面带笑容，她的最后的思绪回到了从前欢乐日子里。她是在一场温柔梦中死的——我愿她在那一个世界里醒来也是那样的温柔。”

他喊道：“我愿她在那一个世界里醒来受痛苦！”他一面说得令人

可怕，一面踱步，忽然一阵阵地发怒，在那里呻吟，“她到底还是一个说谎的人！她在哪里？不是在天上——她没有死——她在哪里？呀！你说你不管我受痛苦！我祈祷一件事——我祈祷了又祈祷，一直祈祷到我的舌头干了——凯瑟琳·恩肖，只要我活在世上一日，我愿你一日不能安宁！你说是我杀你的——既是这样，请你来缠我！我相信被杀的人的魂是缠杀人凶手的。我晓得有许多鬼在世界上游荡。请你常跟着我——无论你变什么样——逼我变疯了！不过我请你不要把我撇在这个地狱里，我在这里找不着你！上帝呀！我说不出我的痛苦！我的性命死了，我不能活！我的灵魂去了，我不能活！”

他的头向着有节疤的树身撞，抬起头来大喊，不像人喊，像一只野兽被刀矛所刺死似的喊。我看见树皮上有几块血迹，他的手与额都被血所染。大约我所看见的光景，晚上已经演过几次了。他这样的动作并不激发我的怜悯，只激发我的害怕。我却还不肯就是这样走开。但是他一明白过来，足以看见我留神看他，他大吼一声，叫我走，我就走。我无本事安慰他，或使他安静！

他们择定林顿太太死后的星期五出殡。未到那一天，棺材盖是开着的，停在大客厅里，堆了许多花与香叶。林顿日夜守灵，不睡地看守着；希斯克利夫也是不睡的，却在外面守着——这件事人人都被他瞒过，只不能瞒我。我与他并不通消息，我却晓得他若是能办到的话，他是要进来的。到了星期二天黑之后，我的主人因为过于疲倦不得不休息两点钟。我走进去打开一处的窗门，我为希斯克利夫的坚忍所动，给他一个机会，使他进来，与他的已经枯萎的意中人作最后的辞别。他很小心很匆促地借这个机会走进来，一点都不响，使人不晓得他进来。假使不是我看出遮盖死者的脸的东西有点弄乱了，又看见地上有一簇淡黄色卷头发，用一条银线捆住，我其实也不会晓得他曾进来过。我细看那簇头发，我才晓得是从凯瑟琳颈上所挂的小盒子里取出来的。希斯克利夫把盒子里的头发取出来，扔在地下，把他自己的一簇黑头发放在盒子里。我把这两簇头发团一起放在盒子里。

林顿自然请恩肖来送殡，恩肖没来，他也不说他有事不能来，所以送殡的人只有她的丈夫和佃户仆人们，未请伊莎贝拉。

乡下人们觉得很奇怪，凯瑟琳的坟既不在教堂林顿氏的有雕刻的墓碑坟地里，又不在她自己娘家的坟地附近，她的坟在教堂坟地一角的青草斜坡里。那里的墙很低，高野草从荒地爬过来，几乎全埋在泥灰中。现在她的丈夫也葬在这里。每个坟上有一个石碑，脚下有一块石头作标记。

第十七章

我们过了一个月的好天气，那星期五就是末后一天。当天晚上天气就变了，南风变作东北风，初时下雨，随后下霰下雪。到了第二天我们几乎不能想象有过三个星期的夏天。有许多花都被风刮来的雪盖住了，百灵鸟不唱了，初生的树叶都被冻黑了。那一天真是凄凉寂寞，我的主人躲在屋里；我一个人占住那间冷落的小客厅，改作一间带孩子的屋。我坐在那里，把呻吟的婴孩放在膝上，一面摇着她，一面看狂飞的雪片。忽然房门开了，有一个人走进来，气都喘不出，却大笑！有片刻工夫，我的怒气大过我的惊讶。我猜是一个女仆，我喊道：

“不要吵了！你怎敢在这里发疯？如果林顿先生听见了，会说什吗？”

有一个声音很熟的人说道：“请你莫怪！我晓得埃德加睡了，我禁不住大笑。”

她说完话，走到火炉前，喘气，一手叉住腰。

停了一会儿，她说道：“我从呼啸山庄一路跑到这里，除了跌跤时不算——我不晓得跌了多少跤——哎哟！我浑身都是痛的！你不要恐慌！我歇一会儿就解说给你听，我先请你走出去，吩咐马车送我到吉姆顿，告诉一个仆人在我的衣箱里找几件衣裳。”

跑进屋里来的人就是希斯克利夫太太。她的情景实在让人笑不出来，她的头发披在肩上，滴水滴雪；她穿的是她平常所穿的女孩衣服，一件短袖小褂子，论年纪是可以穿的，论地位却不该穿；头上与脖子上什么都没围戴。褂子是薄绸子制的，都湿了，粘在身上，两脚只穿了薄拖鞋。一只耳朵底下有一个很深的伤口，只因天冷止住流血。脸上发白，有好几处抓破了，擦损了。因为太过疲乏，身子几乎站不起来。当我缓过神来细看她的时候，我的恐慌又增加了不少。

我说道："我的姑奶奶，我要等到你把湿衣服脱下来，换上干的，我才动，我才听你的话。今晚你切勿去吉姆顿，不必吩咐备马车。"

她说道："我必定要去，走路也罢，坐车也罢，我却不反对穿得像样些。你看雪水从我的脖子往下流！"

她强逼我听她的吩咐，不然她不许我碰她。等到我吩咐过马夫预备马车，吩咐一个女仆收拾好了几件衣服，她才许我同她裹伤，帮她换衣服。

我同她换完了衣服，她坐在炉前一把舒服的椅子上，面前摆着一碗热茶，她说道："艾林，你坐在面前，把凯瑟琳的孩子抱开，我不喜欢看这个孩子！你不要以为我这样无道理，就认为我对凯瑟琳没感情，我也哭得伤心——是呀，我这样伤心地哭，比别人更有理由。你记得，我们分手之后未和解过，我不能饶恕我自己。我却并不能因这种原因，反而是去同情那个野兽！你把火钳交给我！我身边只有这件东西，这是最后一件他的东西。"

她从中指脱下金戒指摔在地上，她接着说道："我把这件东西砸了。"她同孩子发脾气一样，砸戒指，她又说道："砸过之后，我烧了这件东西！"她拾起来扔在煤火里。"烧了！倘若他弄我回去，他得再买一个。他会走来找我，使埃德加难过。我不敢在这里逗留，我怕他真会来找我！况且埃德加对我，并不怜爱，是不是？我不是来求助于他，我也不想使他更加为难，我是不得已走来这里躲避。但是假使我晓得他在家，我就在厨房歇歇，洗脸，烤火，叫你去拣出我所要的东西，离开这里，走到那个魔鬼所不能到的地方！他真是个凶横的东西！假使他捉住我，那可就不得了了！可惜恩肖不是他的敌手。假使欣德利能够打得过他，我不等到亲眼看见他被打个半死，我是不肯逃走的！"

我插进说道："小姐，请你不要说得太快！不然的话，你会把我裹在你脸上的手帕弄乱了，伤口又要流血。你喝一口茶，缓缓气，不要大笑。你处在这种情景，在这种地方，不应该大笑！"

她答道："你所说的倒是实话。你听听那个孩子！哭得不歇——你送出去一点钟，使我不听见哭声，我不在这里久逗留。"

我摇铃，把孩子交给一个仆人照应，我才问她为什么这样从呼啸山庄逃走，她既然不肯住在这里，那么打算往哪里去。

她答道："我应该，我很想，住在这里，振起埃德加的兴致，照应小孩子，况且山庄原是我真正的家庭。但是我要告诉你，他不许我住在这里！你试想看他能够受得住看见我长得又胖又快乐么——他能够受得住看见我们安乐，他禁得住不来破坏我们的安乐吗？我很高兴地晓得他憎厌我，憎厌我到听见我的声音看见我的面目他就难过。当我走到他面前的时候，我看见他的脸色不由自主地就变作怨恨，一部分由于他晓得我有理由怨恨他，一部分由于他本来同我不对。他怨恨我到这样地步，我深信假使我设法逃走，他断不会在英国境内到处寻我的，所以我要走得远远的。我初时原想随他把我杀了，我现在不这样想了，我想让他杀了他自己！他完全熄灭了我的爱情，我现在是很心安的。我还能追忆从前我怎样爱他，我现在还能够依稀想我还依然爱他，只要……不然！不然！假使他曾痴爱过我，他的魔鬼性质也会暴露的，凯瑟琳晓得他很深透，反那样地看重他，她的喜好，真是太过与人相反了。怪物！我望他死了，望他出了我记忆之外！"

我说道："别说了！别说了！他也是个人，你要宽厚些，世上还有不如他的人呢！"

她驳我道："他不是个人，他没有权利要我发慈悲。我把心交给他，他拿过去，把我的心弄死了，扔回来给我。艾林，人心是有感觉的。他既破坏了我的心，我无力替他作想。即使他从今天起呻吟到他死，为凯瑟琳而流血泪，我也不会可怜他的！我当真是不会的！"说到这里，伊莎贝拉开始哭，但是她立刻拭去眼泪，开始慢慢说了起来……

“你问我最后什么事逼我逃走？因为我激怒他到不能施展恶意的程度，我不能不尝试逃走。用烧红的钳子夹出人的筋比敲击脑袋，更需要镇静。我激怒他，使他忘记了他所夸口的魔鬼心计，进而用杀人的激烈手段。我居然能够激怒他，我觉得痛快。因为痛快感觉唤醒我保存自己的本能，所以我决定逃出来。倘若我再落在他手里，我就不得不任由他报复了。

“恩肖昨天原想来送殡的。他因为要送殡，没有喝酒——还算是清醒的，并不是如向来喝疯了后六点钟上床，十二点钟起来又喝得烂醉。结果他起来后，很无精神，不堪入教堂，亦不堪跳舞。他坐在火炉旁，一杯一杯地吃烧酒或白兰地。

“希斯克利夫——我一提他的名字就发抖！从上星期日到今天不知躲在哪里。我说不清是为什么，他不同我们吃饭几乎有一个星期了。天亮他才回家的，走上楼到他的卧室，把自己锁在里面——好像有人很喜欢要他作伴似的！他在那里祈祷，他所哀求的神圣不过是无知觉的尘土。当他求上帝的时候，他把上帝同他自己的黑种父亲混作一团！他祈祷到喉咙都变哑了，话都说不出来，他又出门，常是一直向山庄走！我却怪埃德加为什么不喊一个巡警来，把他拘管起来！我虽为凯瑟琳伤心，却不能不当这几天是免于受屈辱压制的一个假期。

“我打起精神，足够使自己听见约瑟夫的说教而不致于流泪，在屋里走上走下，不像从前那样用窃贼的脚步。你别以为我听见约瑟夫说什么我都会哭的，但是他与哈里顿都是可厌的同伴。我宁愿同欣德利坐在一起，听他的令人可怕的说话，不愿同‘那个小主人’与约瑟夫在一起！当希斯克利夫在家的时候，我往往不得不走入厨房与他们做同伴，不然的话，我就要在潮湿、无人居住的卧室里挨饿。当他不在家的时候，这一个星期就是这样，在火炉的一角摆一张桌子一把椅子，我就坐下，不去理会恩肖做什么，他也不干预我的布置。倘若无人激怒他，他比从前安静些：狂怒不如从前，却比从前更为愁闷颓丧。约瑟夫说他改变了，说是上帝感动了他的心，‘经过大火’得救了。我却看不出变好了的记号。这件事与我无干。

“昨天晚上我坐在我的那一角地方读旧书，读到十二点钟。我觉得上楼太过愁闷，外边是狂雪乱飞，我的思想接连地折回教堂的坟地与那座新坟！我几乎不敢举目离开眼前那一页书，只要一离开立刻就看见那种愁苦景象。欣德利坐在我的对面，头靠着手，也许是沉思同一事件。他喝酒不再喝到失去理智的地步，在两三点钟之内他既不动又不说话。屋里无声，只有呻吟的风时时摇动窗子，有煤的微微炸裂声，还有弄烛心的声。哈里顿与约瑟夫大约是在床上睡着了。这时候的景象是很凄惨的。我读书叹气，因为世界上的所有欢乐好像都完了，永不能恢复的了。

“后来厨房的门闩响，打破这时候的沉寂。希斯克利夫守夜完了，回来比往常早，我猜大约是因为大风雪。那里的门是关牢了，我们听见他走到另一道门要进来。我站起来，我禁不住说我嘴里所要说的话，令我的同伴掉过头来看我，他本来正在眼看着门。

“他说道：‘我要他在门外等五分钟，你不反对吗？’

“我答道：‘你可以替我使他在外等一整夜，请你使他在外等！把钥匙放在锁里，加上了闩。’

“希斯克利夫还未走到门口，恩肖就把这件事办好了，他随即走过来把他的椅子放在我的桌子那一边，靠着桌子，从我的双眼里找一种对他仇恨的怒火同情的神色。因为他的脸色与感觉都像一个杀人凶手，他不能找出什么同情来，但是他所看出的是足够的鼓励。

“他说道：‘你与我都要同门外那个人算账！假使我们都不是怯懦的人，我们合起来就可以收拾他。你是不是同你的哥哥那样懦弱无能呀？你是不是愿意忍受到底，不尝试要他还债呀？’

“我答道：‘现在我忍受到厌倦了。我很愿意一种不受牵连的报复，但是谋害与凶暴是两头尖的长刀，会伤自己的，比伤仇敌还要厉害得多。’

“欣德利说道：‘谋害与凶暴是报复谋害与凶暴的公道利器。希斯克利夫太太，我请你不做什么事，只要你坐得稳稳的，一言不发。你告诉我，你能够做得到吗？我相信你同我一样喜欢看这个魔鬼的性命告终，你若不先下手，他就要你死，他将来是要毁我的。天谴这个地狱里的恶棍！他敲门，好像他已经是这里的主人了！你答应我，钟未打之先（还有三分钟就要打了）别吭声——你就是一个自由的女人了！'

"我上一封信曾告诉过你，他有一样利器，他从胸口拿出来，正要把蜡烛弄灭。我即把蜡烛抢过来，捉住他的手。

"我说：'我要说话！你切勿碰他，还是关着门，你不要动！'

"那个绝望的东西喊道：'不！我打定主意了，看在上帝的份上，我要实行我的主意！你只管是这样，我将做一件好事给你，做一件公道事给哈里顿！你不必费事卫护我，凯瑟琳已经死了。活着的人没有一个可惜我的，也不会为我觉得惭愧的，即使我此刻自杀——时候到了，我也该完了！'

"我此时遇着这样的人，还不如与熊斗，或与疯子讲理。我只有一法，就是跑到格子窗那里警告他的目标人物，说他要害他。

"我带点得意之色喊道：'今天晚上你不如找个地方躲避！你若一定要进来，恩肖将要开枪打死你。'

"他用一个使我不好意思重述的字眼骂我道：'你这个……你不如开了门。'

"我又驳他道：'我不管了，你若是喜欢的话，你就进来受死！我尽了我的职责了。'

"我说完这两句话，就把窗子关了，我走回火炉边。我不怎么会伪装，不能装出我为他有危险而着急。恩肖很发怒地咒骂我，说我还是爱恋他，因为我表现卑劣精神，用种种恶名骂我。我内心（良心绝未责备过我）自想，倘若希斯克利夫把他弄死了，免得他受罪，这就是他的福，倘若他把希斯克利夫弄死了，这却是我的福！当我这样想的时候，我背后的窗扉被希斯克利夫一拳打倒在地板上，他那阴森林的脸往里看。几根栏杆太密，他的两肩不能过来。我微笑，我为我很安全而觉得高兴。他的头发与衣服落满了雪，他的尖利的獠牙露出来，在黑暗中发亮。

“他喊道：‘伊莎贝拉，你让我进来，不然的话，我使你后悔！’

“我答道：‘我不能犯杀人的罪，欣德利拿了刀同手枪把守着。’

“他说道：‘你开厨房门让我进来。’

“我答道：‘欣德利会比你先到那里。你一阵雪还受不了，还说什么爱情！只要夏夜的月亮照着，你让我们在床上平安睡觉，只要冬天的寒风一到，你就快跑，来找躲避的地方！希斯克利夫，假使我是你，我就伸得直直地躺在她的坟上，如同一只义犬死在那里。现在不值得活在世上了，你看是不是？你使我明白凯瑟琳是你的一生的整个欢乐。我不能想象，她已经死了，你怎样能够还活在世上。’

“我的同伴跑向空隙喊道：‘他在那里吗？只要我能伸出手来，我就能打他！’

“艾林，我恐怕你以为我是一个真正恶人，但是你不能全懂，你就不必判断我了。即使是有人要害‘他’的性命，我无论怎样既不肯帮助也不肯鼓励，我却必然愿意他死。我之所以很失望，又被吓得要发疯，是因为我这两句羞辱他的话所发生的效果，这时候他从恩肖手中把那件杀人的利器抢到手。

“手枪响了，那把刀子弹缩回去，插在枪主人的手腕上。希斯克利夫用蛮力拖出来，利刀把欣德利的肉拉开，他把滴血的刀子放在袋里，他随即拾起一块石头，把两窗之间的阻隔打倒了，就跳进来。他的对头跌倒了，不省人事，他痛倒了，一条大血管喷出许多血。希斯克利夫踢他，踩他，拿他的头向石板地上接连地撞，当下一手抓住我，阻止我去喊约瑟夫。他用超人的自制力，拦阻他自己不把他的对头完全结果了，他喘不出气的，到后来把这个好像已经断了气的身体拖在长椅上。他把恩肖的衣袖扯下来，很野蛮地把伤口裹起来，一面裹，一面唾，一面咒骂。我一旦能自由，我立刻去找那个老仆人。我匆匆把事情告诉他，等到他逐渐明白我所说的话，赶快跑下去，气喘吁吁地两级楼梯并作一步走。

“‘现在怎么办呢？现在怎么办呢？’

“希斯克利夫大声如雷地喊道：‘现在就是这么办，你的主人疯了，倘若他再活一个月，我要送他到疯人院。你这个老东西，你怎么把门都关了，不让我进来？你不要在这里叨叨。你过来，我不去看护他。你把血洗干净了，你小心不要将烛光凑近他——他的身上不全是血肉，有一半是白兰地！'

"约瑟夫很恐惧，吓得举起两手，瞪大两眼，喊道：'原来你杀死他。我一生未见过这样的事！我求上帝……'

"希斯克利夫推他，他两膝跪在血里，他抛一条手巾给他，他却不把血擦干，反合着两手开始祈祷。我听了他的古怪语句，禁不住大笑，我这时候的心境是什么都不怕。我其实如同一个罪犯到了绞刑架下那样什么都不顾。

"希斯克利夫说道：'我忘记了你，你得擦这个，你跪下来，你这条毒蛇，你同他两个人同谋反对我，是不是？擦吧，这是你所该办的！'

"他摇搌我，使我的牙相碰发响，推我到约瑟夫身边。约瑟夫祈祷完了，站起来，说立刻去山庄。林顿是一位地方官，即使他死了五十位夫人，他也该调查这件事的。他是很执拗地要去办这件事，使希斯克利夫想，不如逼我说明事情的经过。当我很违心愿地答他所问我的话时，他站在那里居高临下地看着我，他所喷出来的都是恶意。我费了许多事才能使老约瑟夫相信希斯克利夫不是祸首，尤其是他所逼我说出来的答话。幸而不久恩肖使约瑟夫相信他还未死，约瑟夫赶快去取酒来给他吃，他的主人不久就能动，复省人事。希斯克利夫晓得他的对头当不省人事的时候不知道他所受的待遇，说他是醉到发酒疯，又说他不再愿意看到他的凶恶行为，劝他到床上歇息。他劝过几句话之后，就走开了，这使我很高兴。欣德利躺在炉边。我往我自己的屋里，我竟得幸免，心里却以为奇怪。

"当我今天在中午前半点钟下来的时候，恩肖坐在炉边，难过到要死。他的对头也是一样的难过，靠住烟囱，两个人都不想吃饭。等到桌上的食物冷了，我独自一人开始吃东西。这时候并无什么事情阻挠我痛吃一饱，我还觉得有一种满足感与优越感，这是强过他们的地方，我时时看看他们两个人，觉得我自己的良心安泰。我吃过饭之后，我还敢做向来所不自由做的事走近火炉旁，绕过恩肖的椅子，离他不远，跪在一角里。

“希斯克利夫并不向我这方面看，我却抬头看他，注视他的面目，几乎很大胆地看他，好像他已经变了一个石头人。我从前有过一度以为他的额头很有丈夫气，现在我看是魔鬼气，我看这时候是愁闷不展的。他的两只野兽眼因为失眠几乎变得无光了，他的眼毛还是湿的，大约是哭过。他的两唇无凶恶气，闭口无言，表现说不出来的忧愁。假使是别人，我见着这样的愁痛早已掩面了。现在是他愁苦，我心里反觉得痛快。羞辱一个已倒的仇敌，虽然像是不光彩的事，我不能错过这个机会射他一箭：唯有当他脆弱的时候，我才能够尝尝以怨报怨的滋味。”

我插进说道：“小姐，不可如此！我听你这番话，好像你一生并未打开过一本《圣经》。倘若上帝降罚你的仇敌，你当然应该心满意足。在上帝降罚于他之外，你还要惩罚他，这不独是卑劣手段，而且是过于妄自尊大呢！”

她接着说道：“艾林，以常人而论，原是这样，但是以希斯克利夫而论，却不是这样，我若是不动手使他受痛苦，无论什么惩罚都不能使我满意。倘若我能使他受愁苦，倘若他能晓得是我使他受愁苦的，哪怕使他少受点愁苦，我也是愿意的。我要报复的地方太多了。能望我饶恕他，却有一个条件，这条件就是，倘若我可以以眼还眼，以牙还牙，他曾令我心痛多少次，我也要令他心痛多少次。把他拖下来，同我一样坠落。他既是首先伤害我，他应该首先求我饶恕。艾林，他若能够办到这样，我又何尝不可以大度宽恕他。但是我既绝不能有报仇雪恨的一天，所以我不能饶他。欣德利要点水，我送一杯水给他，问他觉得怎样。

“他答道：‘我愿意更难过，除了我的膀子，我浑身都是痛的，好像我同一队鬼卒打过仗！’

“我说道：‘是呀，怪不得，凯瑟琳常夸口说，你之所以不受身体的伤害，是因为有她护着你。她的意思是说人们所以不伤害你，原为的是恐怕得罪她，幸而已死的人不能从坟墓里跑出来，不然的话，昨天晚上她就可以看见令人不忍看的光景！你是挨了打，胸脯与肩膀都受了刀

伤吗？’

“他答道：‘我说不清到底是不是。但是你说什么？当我倒在地下的时候，他胆敢打我吗？’

“我低声对他说道：‘他踩你，踢你，把你摔在地下，他很想撕了你，因为他不过是半个人，还不够半个，其余就是魔鬼。’

“恩肖抬头，同我一样，看我们的公敌的脸。希斯克利夫的全副精神都在他的愁苦里，好像不知有其余事。他愈站得久，我愈明显地看出他阴险的神色流露出来。

“那个忍受不住的男人，扭动身子要起来，晓得气力不够，又绝望地倒下去，呻吟道：‘咳！只要上帝肯给我气力，当我最后痛心的时候，叉住他的喉咙把他弄死了，我就是往地狱也是欢乐的。’

“我大声说道：‘他已经杀死了你们家中的一个人，就够了。在山庄里谁不晓得如果不是希斯克利夫，你的妹妹现在还断不至于死，说到底，与其被他爱，倒不如被他恨。当我追忆我们从前多么快乐——他来之前凯瑟琳是怎样地欢乐——我应该要咒骂那一天的。’

“希斯克利夫也许更晓得我所说的话的真理，过于他晓得说话人的意思。这两句话提起他的注意，因为他泪如雨下，在那里叹气。我正眼瞪着他，很看不起他，我大笑。那两扇布满愁云的地狱之窗[①]一刹那间向我闪光，但是向来看上去像恶鬼的他是这样的暗晦与沉埋，我不怕冒险再说一句耻笑话。

“这个伤心的人说道：‘起来，走开，不要使我看见你。’

“他的声音虽然是不响，我至少猜着他是说这句话。

“‘我求你莫怪’，我答他道，‘但是我也爱凯瑟琳，她的哥哥要人照应，我为她起见，我要照应她的哥哥。现在她已死了，我当欣德利就是她。欣德利的两眼同她的一样，假使你不曾尝试挖出来，把这两眼弄成红与黑，她……’

---

① 指希斯克利夫的眼睛。

"'站起来，你这个可恶的傻瓜，不然，我要把你踩死了！'他这样喊，他的身子动，要向我这边来，我的身子也动。

"但是，我同时预备逃跑，接着说道：'假使那个可怜的凯瑟琳相信你，取得令人耻笑、令人看不起的、卑贱的希斯克利夫太太的称呼，她不久也会变成一幅相似的图画！她是绝不肯安静地甘受你可恨的行为，她的憎恶必定要发作的。'

"在他与我之间有长椅的椅背与恩肖的身子隔开，所以他不尝试走到我身边，却从桌子上拿了一把餐刀，向我的头上扔来。刀子打着我的耳下，把我所要说的话拦住了。我把刀拔出来，跳向房门，把刀子扔过去，我盼望我的一扔，插入他的肉。我最后瞥见他如疯如狂地冲过来，却被欣德利抱住，两个人抱作一团，跌倒在地。当我从厨房跑出来的时候，我吩咐约瑟夫赶快去帮他的主人。我把哈里顿撞倒了，他正在门口把一窝小狗挂在椅背。我这时候如同一个跳离火坑的人，我在陡路上如飞地往下跑，然后避开许多弯路，我越荒野，滚过高坡，涉过水坑，赶快向山庄走，我宁愿永远在地狱里受罪，也不愿再在呼啸山庄房子里再过一夜。"

伊莎贝拉说完了，喝茶，随后站起来，叫我同她戴帽子，同她披上我取来的围巾，我苦劝她再歇一点钟，她不听，走过去站在一把椅子上吻埃德加与凯瑟琳的画像，又同我吻一次，下楼上马车，小狗芬尼陪着她，它看见女主人回来了，欢喜到发狂。她坐马车走了，永远不再到这里了。等到事情较为平静的时候，她与我的主人常有书信往来。我相信她住在南边，离伦敦不远。她逃走之后几个月就在那里生下一个男孩子，取名林顿，这个孩子一下地她就报告说是一个多病好怒的孩子。

希斯克利夫有一天在村子里碰见我，问我她住在什么地方。我不肯告诉他。他说不告诉他也不要紧，不过她要小心，不可到她的哥哥家里来。她丈夫该要赡养她，她也不该同她哥哥住在一起。我虽不走漏消息，他却从其他仆人口中打听到她的住址与生下一个孩子的消息。他却仍然不骚扰她。我猜他之所以忍耐着，她还要谢谢他的憎厌。当他见我的时候，他屡屡问孩子的情形；他听见孩子的名字，微笑着说道：

“他们要我也厌恶这个孩子，是不是？”

我答道：“我不信他们愿意你晓得有这个孩子。”

他说道：“我几时要孩子，我就取来。他们可以计算到这一层！”

幸而那个孩子的母亲先死了，死在凯瑟琳死后十三年，那时候林顿十二岁，或十二岁零几个月。

伊莎贝拉回来探望的第二天，我无机会同主人说，他不愿意说话，不宜于讨论事情。当我能够使他听我说话的时候，我看见他很喜欢他的妹妹与丈夫脱离，他是恨极了他的妹夫，但是他为人太平和，不轻易露出来。他怨恨他很厉害，只要他晓得他会遇见或听见希斯克利夫说话的地方，他是绝不肯去的。他心里既忧愁又加上这一层，他自己就不出门，完全变作一个隐士了。他把地方官的差使辞了，连教堂也不去了，无论有什么事他都不肯到村子里，只是躲在他的花园与草地里过活，有时独自一人在洼地上走走，看看他太太的坟墓，居多在晚上，或早上，人家未出来之先。但是他这个人太好了，不会永远不欢乐的。他并不祈祷凯瑟琳的灵魂常来看他。日久就使人听天由命了，有一种愁闷却好过平常的欢乐。他想起她来都带着热烈与温柔的爱情，带着升入天国的期望，他相信她已经到了天国。

他还有这个世界的安慰与寄托。我说过他有几天好像是不理死者所遗下的孩子，但这样的冷淡溶化得很快，如同四月的雪，在这个小孩子未能说一句话与走一步之先，她的父亲已经是唯她的命是听的了。这个孩子也取名凯瑟琳，但是他永远不喊她的全名，如同他永不称他的夫人的简名，也许因为希斯克利夫习惯称她的简名。林顿常称这个小孩子作凯茜，以示与她的母亲有别，却与她母亲有关系。他之所亲爱这个孩子，为的是这孩子与她的关系，并不是因为与他自己的关系。

我常拿他与欣德利·恩肖比较，我说不清楚为什么这两个人处于相似的环境中，行为却大不相同。他们两个人都是爱得很深的丈夫，都是爱他们的儿女的，我却不能明白他们为善也罢，为恶也罢，为什么不同走一路。我心里想欣德利虽然强壮，可惜表现得更为懦弱。当他的船触礁时候，船主抛弃他的责任，水手们不但不尝试救船，反闹事闹到一团糟，使这条倒运的船无希望。林顿却不然，表现出一个忠诚与有信实的人的真胆量，他相信上帝，上帝也安慰他。一个是希望，一个是绝望。他们选择他们的命运，也各得其所。洛克伍德先生，你却不要听我在这里讲道理，你可以判断这许多事情，如同我一样，至少你会认为你可以判断，这是一样的。

恩肖的结局是我们所能预料的，他的妹妹死了不久，他跟着也死了。中间隔了不到六个月。我们住在山庄的人们绝不晓得他死前的大致情形。我所晓得的一切是我去帮忙处理丧事才听说的。肯尼兹医生走来把这件事告诉我的主人。

他有一天早上骑马去到院子，说道："奈莉，现在轮到你我穿素服了。你想想看现在是谁死了？"他特地来得早些，这样不好的消息吓了我一跳。

我很着急地问道："谁呀？"

他下了马把缰绳挂在门口旁边的钩子上，说道："你猜猜看！你把围裙的一角捏起来吧，我很晓得你要用得着了。"

我说道："一定不是希斯克利夫，是不是？"

医生说道："什么！你会为他滴泪吗？不是他，他是一个壮健少年，他今年很有精神，我才见过他。他自从死了太太之后，肌肉长得很快。"

我很不耐烦地又问道："究竟是谁死了？"

他答道："欣德利·恩肖，你的老朋友欣德利，我的喜欢说人坏话的朋友，这些年来，我觉得他太凶了。是不是？我说过了，我们要流泪的。但是你不必伤心！他死的时候，还不失本来面目，他喝得很醉。可怜的孩子，我心里也很难过。我们少了一个老同伴，是不能不伤心的。尽管他有顶不好的恶性，同我闹过好几次。他还未满二十七岁，与你同岁，谁会想到你们是同年生的？"

我承认欣德利死了使我更伤心，有过于林顿太太死，从前同在一起的情景还在我心里。我坐下哭，如同死了一个至亲一样，请医生另喊一个仆人领他去见主人。我不能禁止我自己沉思一个问题——“他是不是好好死的？”无论我做什么，这个念头总纠缠我，怎样也摆脱不开这个念头，我就打定主意告假往呼啸山庄帮忙殓葬诸事。林顿很不愿意给假，我说了一大堆，说死者无朋友，我的老主人是我的同奶兄弟，有权要我帮忙，如同他要他自己帮忙一样。我还请他回忆，那个孩子哈里顿是他太太的内侄，现在既无再亲的人，他应该做这个孩子的保护；他应该查问遗产是怎样分配的，而且必要过问，照料他舅爷身后诸事。他这时候还不宜照料这些事，他吩咐我对他的律师说。后来他许我告假，他的律师也到过恩肖的家里。我到村里去找他，请他陪我去，他摇摇头，劝我随希斯克利夫去，不要惹他。他还说，假使我们使真相大白于天下，哈里顿是一文也得不着，不过是一个乞丐。

他说道：“他的父亲死的时候，欠下许多债，整个产业都已经押出去了，这个自然承继产业的人，只有一个机会，就是让他在债主心中激起多少关切之心，使债主后来可以带点怜悯心对待他。”

当我到了呼啸山庄的时候，我解说道：“我来看诸事是不是都办得像样。”约瑟夫是很难过的，当我的面说他很满意我能来。希斯克利夫说他不晓得为什么要我来，但是我若是喜欢的话，也可以在这里吩咐怎么布置出殡。”

他说道：“论理，这个人应该葬在十字路口，不配用什么仪节。昨天下午，我碰巧离开他十分钟，在那个当儿，他关了屋里的两层门，不让我进来，他喝了一夜的酒故意喝死了！因为我们早上听见他叫喊，如马嘶一样，我们毁门进去，他躺在长椅上，既使打他，剥他的头皮，也不能弄醒他。我打发人请医生，医生来了，但是等到这畜生变成死尸他才到的，那时候他已经死了，冷了，硬了。你得承认，无论怎样设法也是无用的了！”

那个老仆也说是无用，但是他喃喃说道：“我却很想让他自己亲自去请医生！我照应我的主人好些——当我离开他的时候，他还未死——他并未死！”

我力争葬事要办得像样。希斯克利夫答应我这一层，让我作主，不

我有一次看见他脸上有得意之色。正在人们抬棺材出宅的时候，他还装作代表死者的至亲。

过他要我记住，所花的钱都是他解囊的。他的态度是冷漠的，既不表示欢乐，亦不表示哀戚，倘若他有所表示，就好像是一件为难的事已经办成功，表现出一种铁石心肠的得意。我有一次看见他脸上有得意之色。正在人们抬棺材出宅的时候，他还装作代表死者的至亲，当他跟着哈里顿还没走出去的时候，他把这个不幸的孩子举起来放在桌上，带点特别得意之色。喃喃地道："我的好孩子，你是我的了。我们将来看，同被一样的风所吹转，这一株树会不会同那一株树长得一样的弯曲！"那个并不怀疑的孩子听了这两句话，反高兴起来，他还玩希斯克利夫的胡子，摸他的脸。但是我却猜着他的意思，针锋相对地说道："先生，这个小孩子必要跟我回画眉山庄。他怎么能够算是你的！"

他问道："这是林顿说的吗？"

我答道："自然是的——他曾吩咐我带他回去。"

这个恶棍说道："也罢，我现在不谈论这件事，但是我却有个异想，试试我培养孩子的手段。我同你的主人是这样的亲密，倘若他尝试领走这个孩子，就把我自己的孩子送回来，我很清楚我能使那个来！你要记得把这番话告诉他。"

这样的示意足够束缚我们动不得。我回去的时候把他所说的话的大意再述一番，林顿打一开始就不太在意这件事，也就不再说干预的话。假使他愿意干预，我看他也不能办成。

希斯克利夫原是呼啸山庄的客人，现在变作主人了，他很牢固地把持这产业，他证明给律师看——律师证明给林顿看——恩肖狂赌要现钱，便把他的产业全押出去了，押入的就是希斯克利夫。哈里顿这时原应是本地的第一流乡绅，反变作完全要依赖他父亲的仇敌过活，住在自己的房子里头变作他人的仆役，连工薪都没有。他既无朋友，又不晓得他自己受骗，不能得回产业。

第十八章

迪安太太接着说，在这个凄惨时期之后十二年，是我一生的最欢乐时期。在这十二年间，我的最重大的烦难发生于我们小姐的许多小病痛，这是无论穷富的孩子都要经过的，她也在所难免。过了六个月之后，她却长得很快，不到一年她会走会说。她是个最惹人疼的孩子，这样的寂寞家庭，从来未有过这样令人见了高兴的孩子，她的脸很艳丽，有恩肖的好看黑眼睛，有林顿氏的雪白皮肤与小脸儿，黄色卷发。她的精神极其充足，却不粗野，内心太过灵敏与活泼。她的与人极亲密的性格，令人追忆她的母亲，她却不像母亲，因为她能够如同一只鸽子那样温柔，她的声音是很柔和的，她的神气是带着深思的，她发怒从不至于狂，她的恨从不至于激烈，她的爱是深而温柔的。但是我要承认她有她的短处，损害她的诸多好处。一样短处就是傲慢，另一样就是她有一种固执任性的坏毛病，无论脾气好坏的孩子，一旦被惯坏了，必定得着这样脾气。倘若有个仆人偶然令她难过，她必定说："我去告诉爸爸！"倘若他责备她，即使不过是脸色的表示，她就以为是一件伤心的事。我不相信他同她说过一句苛刻的话。他整个担任她的教育，作为一件其乐无穷的事。幸而她既聪明又好奇，学得很快，很热心，很对得起他的教导。

一直等十三岁，她未曾自己一个人越过花园的界外。林顿偶然自己带她走出去了两英里远，次数却不多，他不放心别人领她出去。在她的耳朵里头吉姆顿三个字是很虚幻的。除了她自己家里之外，她只到过附近教堂。她不晓得什么是呼啸山庄，也不晓得谁是希斯克利夫，她简直是一个闭门不出的人，她表现得很满足。有时她从窗子纵览乡间的时候，她说道：

“艾林，我还要再过几时才能够走上那些山头呀？我心里猜想山的那一边是什么东西——是海吗？”

我答道：“凯茜小姐，不是海，山外还有山，同这里的山一样的。”

有一次她问道：“当你站在那些金黄色的石头下面时，那些石头像什么？”

皮尼斯顿的峭壁尤其惹她注意，当夕阳照在石上与最高顶时，整片的野景都在黑影里，她最为注意。我解说给她听，说都是一大块一大块的无草木的石头，石缝里的土还不够滋养一株小树。

她又问道：“我们这里天黑了许久之后，为什么那里的石头还是亮的？”

我答道：“因为那些山石高过我们的房子许多。你不能爬那些石头，因为那些石头太高又太陡。到了冬天，山上常有霜雪，早过我们这里，到了夏深时候我曾看见东北边黑洞底下还有雪呢！”

她很高兴地喊道：“呀！原来你上过山！等到我长大时，我也能去了。艾林，爸爸上过那些山头吗？”

我赶快答道：“小姐，爸爸会告诉你，那些山头是不值得一看的，你同我所逛的野地好得多，画眉山庄是世界上最好看的地方。”

她自言自语地喃喃道：“我去过花园，我却未到过那些山头。我很想在最高点四周看看，几时我骑我的小马去看。”

有一个小女仆说起仙人洞，她听了就很想实行她的计划，关于这件事情，她总磨她的父亲。他答应她，等她长大些再去。但是凯瑟琳小姐是用月计年的，她常问道：“现在我长大了，可以去逛皮尼斯顿山崖了吧？”往那里去的路弯弯曲曲，挨着呼啸山庄。林顿不愿意打那里走过，所以她所得的答话常是：“宝宝，还不能去，还不能去。”

我说过希斯克利夫太太与她的丈夫分离之后，活了十二年多。她一家人都是身体孱弱的，她兄妹两人身体都不强壮，不如这里乡下的人，她最后得的什么病，我却不晓得清楚。我猜他们都是死于同样的病，是一种热病，初时来得很慢却是不能治的热病，到后来是死得很快的。她曾写信给哥哥说她害了四个月的病，她猜得着这场病的结局，哀求她哥哥，倘若能来的话，务必来看她，因为她有许多要了结的事，她很想同他永诀，把小林顿平安交给他。她的希望是要把林顿交给他，如同在她自己身边一样，她相信这个孩子的父亲不愿意负赡养或教育之责。我的主人平常是不肯离家的，一读这封信立刻答应。他把凯瑟琳交给我特别小心照料，再三嘱咐我，即使小姐在我的保护之下也不许越过花园一步，他却未算到她会独自一人走去的。

他去了三个星期。他去后第一二天，她坐在书房的一角，太过伤心，既不读书又不嬉戏。她既是这样安静，就不甚费我的事，但是安静之后继以好几时的不耐烦，是不安静的烦闷。我因为太忙，又因为年纪大了点，不能跑上跑下地同她解闷，我想出一个法子来，使她可以自己消遣。我常打发她在草地上四处走——有时步行，有时骑马，等她回来的时候，我很耐烦听她说所有她的想象的与实际的所遇诸事。

这时候正是盛夏，她很喜欢独自一人闲逛，她往往想方设法地在外面呆得久一些，从早饭后出去，到下午吃茶点时才回来，到了晚上，她把她的想象的故事告诉我。我不怕她越出界外，因为大门居多都是关锁的，我想即使院门大开，她也不会有胆子独自一个人走出去的。不幸我错信了她。

有一天早上八点钟，凯瑟琳走来说，她今天要做一个阿拉伯商人，带着驼群走沙漠，要我给她的骆驼许多食料。她所领的是一匹马和三只骆驼，三只骆驼就是指一只大猎狗和两只小狗。我找了许多好吃东西，装在一个篮子里，挂在鞍子的一边。她很高兴地跳上马，如同一个仙女一样，戴了一顶宽边帽同一块蒙面纱挡着七月天的太阳，大笑地走开，还笑我太过小心地劝她不要跑得太快，不要回家太迟。这个淘气孩子，到下午吃茶点的时候还不回来。这一群旅行者之中有一个就是猎狗，是一只老狗，最好舒服的，却先回来了。我无论往哪一方看过去，却都不见凯茜、马，或两只小狗子的影子。我打发许多人从这一条小路，那一条小路去找他们，后来我自己亲自去找。有一个工人在庄园边上做篱笆，我问他曾否看见我家小姐。

他答道："我早上看见过她，她要我斩一支榛树枝子给她，她随即从最低的篱笆跳过去，快马加鞭地走，就看不见了。"

你可以猜我听见这个新闻是怎样的感觉，我立刻想到她必定是往皮尼斯顿山崖走。我喊道："可怎样是好？"我一面从篱笆的空隙出去，一直向大路走。我好像是同人赛跑似的快走，走了一英里又一英里，等到一转弯就望见呼啸山庄，但是远处近处都不见有凯瑟琳。山崖还离希斯克利夫的住处有一英里半，离我们的山庄四英里，所以我开始害怕，等到我走到那里的时候天已黑了。我反省道："倘若她爬山跌下来，不幸跌死了或跌断了骨头，怎样是好？"我找不着她，心里实在难过。当我从田舍旁急行走过，看见查理，这是那两只小狗中最凶的一只，躺在窗下，头是肿的，一只耳朵流血，我很高兴地略为放了心。我推开小院门，走到大门，乱敲一阵，有一个我所认得的女人应门。自从恩肖死后她就在这里当女仆。

她说道："呀，你来找你的小姐！你不必害怕，她在这里很平安，好在不是男主人回来了。"

我跑了许多路，心里又恐慌，几乎喘不出气来，说道："你的主人不在家吗？"

她答道："不在家，他同约瑟夫都不在家，我想他们一时还不回来，请进来歇一会儿。"

我走进屋子，看见我家小姐坐在炉边，坐在一把小椅子上摇，这把小椅子还是她母亲小时的东西。她的帽子挂在墙上，她很像在自己家里一样快乐，同哈里顿有笑有说，高兴到了不得。哈里顿今年十八岁，是个身体强健的大孩子了。他很惊怪诧异地两眼望着她，不甚明白她嘴里层出不穷所问所说的话。

我面上发怒心里却很欢乐地说道："小姐，好啊，这是你的最后一次骑马，等到你的爸爸回来再说。我不敢再让你出门槛了，你这个淘气孩子。"

她跳起来跑到我身边，很快乐地喊道："哈呀，艾林！我今晚有很好的故事告诉你，你找着我了，你从前到过这里吗？"

我说道："快戴上帽子，立刻回家，凯茜小姐，我很为你担忧，你做了极错的事！噘嘴与流泪都是无用的了，这也不够赔补我到处找寻你的辛苦。你想看，林顿先生怎样吩咐我管着你，不许你外出，你却这样偷跑了！可见得你是一个狡猾的小狐狸，从此以后人家不能再相信你了。"

她哭着说道："我干了什么呀？爸爸不会说我的，艾林，他不会骂我的——他向来不生气，不像你！"

我说道："来，来！我替你绑带子。我们现在不要生气了，嗨，你不觉得难为情吗！你十三岁了，还同小孩子一样！"

我所以说这几句话，因为她把头上的帽子推开，跑到火炉边，离开我远远的。

女仆说道："迪安太太，不要难为这位好小姐，是我们叫她歇在这里的，她原想骑马往前去，恐怕你不放心。哈里顿愿意陪她去，我想他该陪她的，山上的路是很乱的。"

当我们说话时，哈里顿两手插在口袋里，觉得很不安，不说话，他脸上好像不愿意我闯进来。

我不管那个女仆的横加干预，我接着说道："你要我等多久呀？再过十分钟就天黑了，凯茜小姐，你的马在哪里？菲尼克斯在哪里？你若不赶快的话，我却要自己走了，请你自己随便吧。"

她答道："我的马在院子里，菲尼克斯关在那里头，他被咬了，查理也被咬了。我正要告诉你，但是你好发脾气，不配听我说。"

我拿了她的帽子，走过去同她戴。她晓得屋里的人都卫护她，她开头在屋里四围跳。我一追赶她，她同一个小老鼠一样，或跳过椅子，或躲在椅子底下或背后，使我的追赶变作一件令人发笑的事，哈里顿与女仆都大笑，她也大笑，更淘气了。后来我很不高兴，喊道：

“凯茜小姐，好吧，如果你晓得这是谁的房子，你就很愿意走出去。”

她掉过头对哈里顿说道：“这是你父亲的房子，是不是？”

他很害羞地满脸通红，低头，答道：“不是的。”

她的两眼虽然同他的一样，他却不能受她的两眼直瞪他。

她问道：“既不是你父亲的，是谁的——是你主人的房子吗？”

他脸上更发红，这却是发生于另一种感觉，说了一句咒骂的话，掉转脸。

这个惹人厌的女孩子接着问我道：“谁是他的主人，他说‘我们的房子’，又说‘我们家里的人’，我以为他是主人的儿子，他却并未称呼我一声小姐，倘若他是一个男仆，他应该称我一声小姐的，是不是？”

哈里顿一听这几句话，脸上发黑，如同一堆要打雷的黑云一样。我悄悄地推我的问话人，预备好了带她走。

她对他所不晓得的亲戚说话，如同对山庄的管马厩的小马夫说话一样，说道：“你把我的马牵来，你可以随我来，我要看那些捕捉妖怪的人藏在洼地的什么地方，我要听听你所说的仙女唱些什么歌，但是你得赶快！怎么回事呀？我说，牵我的马来。”

那个孩子咆哮道：“我要先看见你受天谴，才当你的仆人啦！”

凯瑟琳很诧异地问道：“你要先看见我什么呀？”

他答道：“你这个无礼的小巫婆——受天谴！”

我从中干预，说道：“凯茜小姐，你看呀，你找了个多好的同伴，对年轻小姐用这种好字眼！我请你不必同他争论。来呀，我们自己去找明尼吧，走吧。”

她瞪眼，很诧异地说道：“艾林，他怎敢这样对我说话？我叫他做什么，他不该听我说的去做什么吗？你这个坏东西，我把你所说的话告诉爸爸——走呀！”

哈里顿好像不在乎这样的恐吓。她很生气，两眼滴下泪来，她掉过脸对女仆说道："你牵我的马来，立刻把我的狗放出来！"

那女仆答道："小姐，说话和气些，你待人客气不会受损失的。这个哈里顿虽然不是主人的儿子，却是你的表哥。我是从未受过你的雇，不该侍候你的。"

凯茜带着看不起人的大笑，喊道："他是我的表哥！"

女仆答道："真是的。"

她很不安地说道："嗨，艾林，你不要让他们说这种话。爸爸从伦敦带我的表哥来，我的表哥是一位乡绅的儿子，我的……"她说到这里忽然停住不说，哭泣起来，想到同这样的一个粗野人做亲戚，觉得难受。

我低声说道："不要哭了，不要哭了，凯茜小姐，一个人能够有各种各样的表哥，并不见得丢脸。倘若表哥们不和气又是不好的人，原可以不必同他们作伴。"

她又说道："艾林，他不是——他不是我的表哥。"她一想起又难过起来，扑入我的怀里躲避这样的念头。

我因为她与女仆两个人所流露的话，很觉得烦恼。我很晓得她所说的她父亲快要回家的话，那女仆会告诉希斯克利夫的，我很相信凯瑟琳当她父亲一到家的时候，她必首先要她父亲解说她的粗野亲戚所说的话。哈里顿这时候讨厌她当他是个仆人的难受情形过去了，颇为她的难过所动，他把马牵过来，他因为要讨好于她，拿一只弯腿的小狗过来送在她手上，请她不要哭了！她止住哭，很害怕地上下打量他一番，重新又哭起来。

她这样不喜欢这个可怜的孩子，我几乎禁不住微笑。这个孩子是个身材很好、很有气力的少年，面貌长得好看，魁梧壮健，穿的衣服与他每日所做的耕种事情，在野地上打兔子打野味相称。我还想我从他的面貌上能够看出他比他的父亲较为有气质。好花木长在野草中，是会有损失的，是长不高的。但是只要有膏腴土壤，处于其他合宜的环境中，也还可以长出很茂盛的果实。我相信希斯克利夫于身体上并未虐待过他，这要谢谢他的无所畏惧的性情，他不会招来别人的压制，他不是个怯懦的人，不肯这样受虐待的。希斯克利夫不怀好意，好像立意要把哈里顿变作一个粗野人，向来不教他读书写字。哈里顿有许多恶习，只要是希斯克利夫所不厌恶的，就不责怪他，向来没人引领他与人为善，也没人教导他提防罪恶。

我还听说哈里顿所以变作这样，约瑟夫亦有份，因为当他少年的时候，他当他是个老世家的少主人，就纵容他，过于巴结他，过于当他是个宝贝。当凯瑟琳·恩肖与希斯克利夫还是孩子的时候，约瑟夫习惯于说他们两个人不好，说他们太过淘气，使主人不胜其烦，吃酒解闷。现在他却不是这样了，把哈里顿的诸多过错都推在希斯克利夫身上。哈里顿咒骂，他不肯改正他。无论哈里顿行为怎样不好，也随他去。约瑟夫看见他做很不好的事，好像反觉得满意。他相信这个孩子是毁了，相信他的灵魂是不可救药的了，但是约瑟夫却认为希斯克利夫不能逃其责，哈里顿的冤仇必报，一想到这里却得了很多的安慰。约瑟夫屡次告诉哈里顿，要他晓得他是个有名望的世家之裔，使他以门第傲人。假使约瑟夫有胆子，他会使哈里顿同希斯克利夫结不解之仇的，但是约瑟夫怕希斯克利夫简直是迷信的怕，他对于这个新主人的行为是很不满的，他所怀的恶感却不敢明说，只好指桑骂槐，或私下里诅咒。

我不敢说我深知那时候在呼啸山庄的日常生活，我所说的不过是听人说的，因为我亲见的甚少。乡下人都说希斯克利夫是很吝啬的，他当地主待住户是很刻薄的。但是住宅里有管家婆管理，恢复从前的舒服。从前欣德利在世时的乱吵乱闹现在却没有了。新主人是个愁闷人，向来不会找人作同伴的，无论是好人或是坏人，他现在还是这样。

但是这些都跟我的故事没什么关系。凯茜小姐不要哈里顿送给她的那条小狗，要自己的两只小狗，这两只狗垂头丧气跛着腿地走来。我们无精打采地回家。我设法要小姐告诉我她这一天是怎样消遣的，她不肯说，我只晓得她的目的地是皮尼斯顿山崖。她一路跑到呼啸山庄的院门是一路平安，并未遇着什么事故。那时候碰巧哈里顿走出来，带着几只狗，它们立刻就攻打凯茜的狗，主人们未分开他们之前，这群狗打得很凶。这就作了介绍，凯瑟琳告诉哈里顿她是什么人，她要往什么地方去，请他指示路径，最后说动他陪她去。他把神仙洞与二十处其他奇怪地方的故事告诉她。

但是这时候小姐不喜欢我，不肯把她所见的有趣的事物告诉我。我却能够推论而知她很喜欢哈里顿，等到她喊他作仆人伤了他的感情，与希斯克利夫的管家婆说他是她的表哥伤了她的感情，她才不喜欢他的。随后他所用的难听字句更伤她的心。她在家里谁不常称她是至爱，小宝贝，王后，天使，这时候却被一个陌生人这样羞辱！她不明白情形。我费了许多事才能够使她答应不在父亲面前诉苦。我解说给她听，她父亲怎样反对呼啸山庄全家的人，他若是晓得她到过那里他会怎样的难过。但是我所最看重的还是叫她不要告诉，倘若她告诉是我忽略了他的嘱咐，他会很生气的，会轰我走的。凯茜却受不了我被赶走，她答应我，为我起见，不告诉她的父亲。说到底，她还是一个可爱的小女孩儿。

第十九章

有一封黑边的信报告主人某天回来。伊莎贝拉死了，我的主人写信吩咐我为小姐制丧服，还要替他的外甥收拾好一间房子，预备好其他事物。凯瑟琳很欢迎她父亲回家，欢乐到发狂，还在那里预猜她的“真正”表哥的数不尽的好处。他们到家的那天晚上到了，从早上起她就开始忙她的诸多小事，现在穿起新制的黑褂子——可怜的东西！她的姑姑死了并无太多的悲哀深印在她的心里——她不停地麻烦我，要我陪她走过大草地下去迎接他们。

当我们在大树之下，在或高或低的草地上散步的时候，她说道：“林顿刚好比我小六个月，同他嬉戏多么快乐呀！姑姑曾把他的一簇很好看的头发送给爸爸，颜色比我的头发淡些——更淡黄，同我的一样细，我很小心地收在一个小玻璃盒子里，我屡次想到看见头发的主人是多么快乐呀。呀！我很欢乐——爸爸，亲爱的，亲爱的爸爸！艾林，来呀，我们跑，来呀，跑呀。”

她往前跑，回来，又往前跑，一连跑来跑去好几次，我才慢步走到院门。她在路边的青草坡上，尝试耐心等候，她是不会耐心的，她不能安静片刻。

她喊道：“他们这么晚还不到！呀！我看见路上有尘土——是他们来了！不是的！他们几时到？我们可不可以再往前走——再走半英里，只再走半英里嘛？我们往前再走吧，走到在转弯地方的那丛树下为止！”

我一定不肯。后来她不必悬望了，我们看见一辆马车来了。凯瑟琳小姐一看见他父亲从车窗望出来，就大喊，伸直两臂。他下马车，几乎同她一样地急于要相见。过了许久他们才想到还有别人，当他们相搂相抱的时候，我往车里张望，要看小林顿。他在车角睡着了，有一件暖和的皮里大衣裹着，好像是冬天一样。他是一个脸无血色、娇嫩、像女人的男孩子，他的相貌极像我的主人，可以误认是我主人的小兄弟。但是他是一种多病好发脾气的神色，这是我的主人所无的。主人看见我往里张望，他同我握过手之后，叫我关好车门，不要惊动那个小孩子，因为走远路他疲倦了。凯茜很想看看，但是她父亲叫她走过来，两个人一起走到花园里。我一面赶上前走，叫仆人们预备一切。

当他们父女两人走到前面台阶下立住脚的时候，林顿对女儿说道："我的小宝贝，你的表弟不像你那样结实，那样快乐。你须记得，他的母亲才死了不久，所以你不要盼望他立刻就同你跑，同你玩。你又不要对他说话太多，叫他劳倦。至少今天晚上你得让他休息，你肯吗？"

凯瑟琳答道："爸爸，我肯，我肯，但是我要看看他。他还未向外看呢。"

马车停住了。他的舅舅把他喊醒，抱到地下来。

他把两个小孩子的手放在一处，说道："林顿，这就是你的表姐，她已经很喜欢你了，你要记得你今晚不要哭，使她难过。你现在就该高兴些。旅行结束了，你现在没有事做，只好随你自己的高兴消遣吧。"

这个小孩子躲闪他表姐的欢迎，拿手指擦眼泪，答道："既是这样，放我在床上睡觉吧。"

我一面领他进来，一面低声说道："好孩子，来，来，你这样一来，将令她也滴泪——你看她为你多么难过呀！"

我不晓得她是否为他难过，但是他的表姐露出一副忧愁面孔，同他自己的一样，走回去她父亲身边。三个人都进来，上楼，进书房，茶点放在那里。我上前替林顿脱帽子，除外衣，放在桌边一把椅子上。谁知他才坐下又哭起来，我的主人问他为什么哭。

这孩子哭着说道："我不坐椅子。"

他的舅舅很耐心地说道："既是这样，你坐在沙发上吧。艾林，把茶点送给他。"

我很相信我的主人在路上很被这个有病的孩子麻烦够了。小林顿慢慢走开，躺在沙发上。凯茜拖了一张小矮凳和她的那杯茶到他身边。初时她坐在那里一言不发，这却不能久的，她打定主意要当她的小表弟作一个小宝贝，她要他作个小宝贝。她于是开始梳理他的卷头发，吻他的脸，把茶倒在小盘子里请他喝，当他是个婴孩。因为他不过比婴孩强些，他很喜欢这样的待遇。他眼泪干了，微微地笑。

我的主人留心看他们两个小人有一分钟，对我说道："他会好好地长大。艾林，只要我们能够留他在这里，他会长得很好的。有一个一样年岁的孩子同他作伴，不久就会获得新鲜活动力，他只要想得气力就能够得气力。"

我心里沉思道："是呀，只要我们能够留他在这里！"

我心里想恐怕只有很少的希望。随后我却想到这个孱弱孩子怎样在呼啸山庄过活呀？一个是他的父亲，一个是哈里顿，他有什么嬉戏的伴侣，有什么教养他的人呀？

我们的疑团却很快地变成了现实，快过我所预料的。吃过茶点之后，我才把两个孩子领上楼，看小林顿睡着了——他未睡着不许我走开——我下了楼，站在堂屋的桌边，替主人点睡房的蜡烛，这时候一个小女仆从厨房走出来，告诉我，希斯克利夫的仆人约瑟夫，要同主人说话。

我害怕到很发抖，说道："我先要问他要什么，这是什么时候，还来麻烦人，况且他们才从远路回家，我看，主人不能见他。"

当我说这两句话时候，约瑟夫已走过厨房，现在走到堂屋里。他穿的是星期日衣服，一脸庄严难惹的神色，一手拿帽子一手拿手杖，走上前，在垫子上蹭鞋底。

我冷冷地说道："约瑟夫，晚上好。你今晚有什么事到这里来？"

他很看不起我，摆手叫我走开，答道："我必要同林顿先生说话，不要同你说话。"

我接着说道："林顿先生正在上床睡觉，除非你有特别要紧的话对他说，不然的话，我深信他现在不要听，你不如坐在这里，我来代传你所要说的话。"

这个人看看一排关了的门，说道："哪间是他的屋子？"

我见他一定不肯我作中间人传话，我满肚子不高兴地走上楼，进书房，报告有一个来得不是时候的人要同他说话，我劝他此时不必见这个人，等到明天再见。谁知约瑟夫紧跟着我背后走进来，我的主人没有时候叫我去回报他。他站在桌子那一边，两只拳头放在他的手杖的头上，开始用高调说话，好像准备遭到反驳。

"希斯克利夫先生打发我来接那个孩子，我必要领他回去。"

林顿有一分钟之久不说话，他满脸露出极其忧愁的神色。他从这个孩子的自身起见本来就是很可怜他的了，况且他一追忆他妹妹的期望与恐惧，和她对儿子的殷切希望，她又曾托孤于他，现在他要把这个孩子交出去，他的心里是痛苦到了不得，心里苦想，怎样可以避免把这个孩子交出来，他想不出法子来。他一表现他想留养这孩子在自己家里，反使对方要孩子要得更厉害，只好把孩子交出来，此外别无良法。他却不肯惊醒孩子。

他很镇静地答道："你回去告诉希斯克利夫先生，他的儿子明早准到呼啸山庄。他现在睡着了，他太疲倦了，这个时候不适合走这样远的路。你还可以告诉他，这个孩子的母亲愿意这个孩子在我的保护之下，况且现在他的身体还有危险。"

约瑟夫把手杖往地板一敲，摆出奉了全权的态度，说道："不行，不行，希斯克利夫先生既不管孩子的母亲，也不管你，他要他的孩子，我必要带孩子走——你现在明白了！"

林顿很决绝地答道："我不许你今晚带孩子走！请你立刻下楼，回去对你的主人转述我的话。艾林，你领他下去，走！"

他举起这个老仆的膀子，推他出去，把房门关了。

约瑟夫慢慢走开，说道："很好！明天他自己来，你若是有胆子的话，你试试推不推得出去！"

第二十章

为免于希斯克利夫实行他的恐吓起见，林顿先生派我一早把孩子送回家，叫孩子骑凯瑟琳的马。他对我说道：

“我们既然无法把握他的命运，无论是好是坏，所以你切勿对我的女儿说他到了什么地方。从此以后，她不能与他同在一起，莫如使她不晓得他就住在附近地方，不然的话，她会放心不下，急于要往呼啸山庄探望他的。你只好告诉她，他的父亲忽然要他回去，他不能不离开我们。”

小林顿很不喜欢早上五点钟被人家吵醒了，我告诉他必要预备走路，他很诧异。但是我把这件事情说得好听些，对他说他去同他父亲过几时，他的父亲希斯克利夫很想见他，不愿意等他休息一会儿，就急着想见。

他异常疑惑地问道：“我的父亲！妈妈从未同我说过我有一个父亲。他住在哪里？我宁愿同舅舅住。”

我答道：“他住在离山庄不远的地方，在那几个山的那边，相离并不十分远。等到你的身体养好了的时候，你可以走来。你该喜欢回家看看他，你必要爱他，如你爱母亲一样，那么他也会爱你。”

小林顿问道：“为什么我一向未听说过他？为什么妈妈同他不住在一起，如别人一样？”

我答道：“他有事情留他在北方，你母亲的身体不好，宜于在南方居住。”

这孩子又问道："为什么妈妈不对我提起他？她常说舅舅，我早已学会爱舅舅。我怎样爱爸爸？我不认得他。"

我说道："凡是孩子们都爱他们的父母，你的母亲也许想到她倘若常对你说起他，你会要同他在一起的。我们赶快吧，天气这样好，多睡一会儿不如早上骑马去。"

他问道："她同我们一起去吗，我昨天看见的小女孩子同我们一起去吗？"

我答道："现在不去。"

他又问道："舅舅同我去吗？"

我说道："他不去，只有我陪你去。"

林顿又躺下，满肚子的不高兴。

后来他喊道："没有舅舅同我去，我不肯去，我不清楚你要把我送往哪里去。"

我尝试劝他，不愿意见父亲是一件不好的事。他抗拒我，不肯穿衣服，我还得请主人来帮我，才哄他起来。后来我劝这个可怜的孩子走了，我说了许多哄他的话，说他去了不久还要回来的，他的舅舅同凯茜会去探望他的，我还说了许多其他无根据的答应他的话，是我在路上造出来，屡次同他说的。过了一会子，新鲜空气，阳光，还有那匹马的慢走，化解了他的失望。他开始很有兴趣很活泼地问我他的新家，家里有些什么人。

他掉转头看看山谷，问道："呼啸山庄比画眉山庄好吗？"

我答道："你的新家不像画眉山庄那样周围有好多树，房子小些，能看见周围美丽的乡村景色，空气较宜于你的身体——较为新鲜较为干些。你刚开始看也许以为那所房子太旧太黑，却是一所好房子，附近以这所房子为第二所最好的了，在洼地上有许多很好的可以散步的地方。哈里顿·恩肖——这是凯茜小姐的那一位表哥，也可以算是你的表哥——将来领你去逛很好玩的地方。天气好的时候，你可带本书去看，当一个绿树的空处是一间书房，有时你的舅舅可以同你散步，他常在山上走。"

他问道："我的父亲是什么样？他是不是同舅舅一样年轻，一样俊美？”

我说道：“你的父亲同你舅舅一样年轻，不过头发同眼睛都是黑的，神色较为严肃些，身体却高过大过你的舅舅。你初时看他也许不甚和气不甚慈爱，因为他不是这样性格的人。但是你却要同他坦诚，同他和气。他自然更疼你，有过于舅舅之疼你，因为你是他的儿子。”

林顿想道：“黑头发，黑眼睛！我不能想象他。既是这样，我不像他，是不是？”

我答道：“你不甚像他。”我心里想，一点也不像，我细看这个小孩子，看他脸白身小，两只无精神的大眼——是他母亲的两眼，除了有时易于发怒，两眼有光之外，却无他母亲那双眼那样有精神有亮光。

小孩子喃喃道：“他始终未来看过妈妈与我一次，真是奇怪！他看见过我吗？他若看见过我，我那时候必定是个婴孩，我丝毫不记得他！”

我说道：“林顿，你须记得，三百英里是很远的路程。大人看十年是很长的时间，与你所看的不同。也许希斯克利夫年年都想去看你们，却无便利的机会，现在却太迟了。你切不要把这种话去为难他，他听了心里不会舒服的，问也无益。”

当我们走所余的路程的时候，他一路走一路思索，别的事都不理会。等到我们立在田庄大门外之前，我细心察看他脸上的表情，他很细心郑重地看屋上面的刻石与小树丛及弯曲的松树，看过了摇摇头。他完全不以他的新住房的外观为然，他却晓得此时不说不满意的话。他未下马之先我去开门。这时候正是六点半钟，全家才吃过早饭，约瑟夫站在主人的椅边，说一只跛马的故事。哈里顿正要弄干草地。

希斯克利夫看见我，喊道：“好呀，奈莉！我原怕我要自己去领我的物产回来，你送了来吗？我们来看看，能够造就他成个什么东西。”

他站起来，慢步走到门口，哈里顿同约瑟夫跟在后头，好奇地张大嘴，可怜的林顿看见这三个人很害怕。

约瑟夫很郑重地相了一会面，说道：“他一定不喜欢你，喜欢那边的小姐！”

“上帝呀！是个多么美貌的孩子呀！是个多么可爱、多么迷人的东西呀！奈莉，他们是不是用蜗牛与酸牛奶把他喂大的呀？”

希斯克利夫瞪他的儿子，瞪到他慌乱发抖，他很看不起地大笑，说道：

“上帝呀！是个多么美貌的孩子呀！是个多么可爱、多么迷人的东西呀！奈莉，他们是不是用蜗牛与酸牛奶把他喂大的呀？这是坏过我所期望的——魔鬼晓得我原不抱什么希望！”

我叫这个发抖与慌乱的孩子走下来，走进去。他不晓得父亲所说的话，也不晓得是不是对他说的，其实他还不晓得这个满脸不高兴，看不起人的陌生人，就是他的父亲。他更发抖地抓住我。希斯克利夫坐下，喊他过去，他把脸藏在我的肩膀上啼哭。

希斯克利夫说道：“嗨！嗨！”伸出一只手重重地拖他过来，夹在两膝间，托住他的下巴，举起他的头，“不要乱吵！我们并不要伤害你，林顿——这不是你的名字吗？你整个是你母亲的儿子！你这个吱吱叫的小鸡，我的一份儿在哪里？”

他脱了孩子的小帽，把孩子浓密的浅黄色头发往后拨，摸他的瘦弱膀子与他的小手指。这时候孩子止住哭，一双大蓝眼睛细看那个细看他的人。

希斯克利夫看明白他的手脚都是瘦弱的，问道：“你认得我吗？”

林顿答道：“不认得。”说着看看他，带点茫然的恐惧。

“我相信你总听说过我，听说过我吗？”

他又答道：“未听说过。”

“未听说过！这是你母亲的不是，绝不唤醒你孝父之道！我告诉你吧，你就是我的儿子。你的母亲不是个好东西，不使你晓得你有这样的一个父亲。你不要怯缩，还羞红了脸，提点精神！不过这倒让我看明白你的血不是白的。你要学做好孩子，我将好好地待你。奈莉，你若是疲倦，请你坐下，若是不疲倦，请你回去。我猜你将把你在这里所见的所闻的，报告画眉山庄里那个不算是个东西的人。当你还在这里盘桓的时候，这个小东西不会安顿下来的。”

我答道：“好呀，希斯克利夫先生，我望你疼爱这个小孩子，不然的话，你将留不住他。在这个茫茫大世界上，你只有这一点亲骨肉，你一生所晓得也只有他——你要记得。”

他大笑说道：“你不必害怕，我将很疼爱他，但是有一层，我却不许无论什么其他人疼爱他，我是很妒忌的，要享专利。我会第一次表示慈爱。约瑟夫，拿早饭来给孩子吃。哈里顿，你这个地狱里的小牛，你去做工。”

当他们走开了的时候，他又说道：“奈莉，是呀，我的儿子是将来承受你们那边产业的人，等到我晓得确实我是他继承人，未到其时，我不想他死。况且他是我的，我要一种胜利，要看见我的子孙公道地作了他们的产业的业主；还要我的儿子雇用他们的儿子，种他们父亲们的田地。我所以能忍受这个小杂种，只为的是这一层考虑。我为他自身而看不起他，因为他重新激发我旧时的记念，我讨厌他！但是有那一层考虑就够了。他在我这里很安稳的，我将小心照应他，如你的主人照应他自己的儿女一样。我楼上有一间房子，布置得是很好看，是给他住的。我又请了一个教读先生，每星期来三次，从二十英里那么远路来的，来教他所喜欢学的东西。我已经告诉哈里顿听他的吩咐。其实我已经布置一切，志在保留他所有的上等人的地位，使他高过他的同伴们，我却很遗憾，他不配我替他费这许多事。倘若我想享受世间的幸福，只在乎我看见他值得我骄傲，可是我看见他这副青灰色的脸，常时啼哭，我却失望到心痛。”

当他说话时候，约瑟夫走回来，拿了一盘牛奶粥，放在林顿面前。他一面搅粥一面露出不愿吃的神气，他实说他不能吃。我看见约瑟夫同他的主人都看不上这个孩子，约瑟夫却不敢明说出来，因为希斯克利夫把意思说得很明白的，要仆人们尊敬他的儿子。

约瑟夫看看林顿的脸，低声说（恐怕被人听见）道：“不吃牛奶粥吗？当哈里顿小的时候，他什么都不吃，只吃牛奶粥。据我看来，他可以吃的东西，你也可以吃！”

林顿很生气地说道：“我一定不吃，拿走。”

约瑟夫很不高兴地拿起来，送到我们这里。

他把托盘放在希斯克利夫鼻子下，问道："这食物有什么不对呀？"

他说道："为什么不好吃呀？"

约瑟夫答道："哈！那个嘴刁的孩子说他不能吃这样东西，我猜是对的，他的母亲也是这样嘴刁——我们太脏，不配种麦子制他所吃的面包。"

他的主人很生气，说道："你不要对我说他的母亲，你去弄点他能吃的东西来就完了，不许多说话。奈莉，他往常吃什么东西？"

我提议拿点煮开的牛奶或茶，管家婆奉命去预备。我暗想，他的父亲的自私，可以让他过得安乐。他晓得他的身体薄弱，必要容忍他。我将告诉埃德加，安慰他，说希斯克利夫的脾气已经改变了。我既无再逗留在这里的借口，我就溜出来。那时候林顿正在带点胆怯地推开一只表示友谊的羊狗同他嬉戏。但是他是很留神的，我骗不了他，当我掩门时候，我听见他狂喊道：

"不要撇开我走了！我不愿意住在这里！我不愿意住在这里！"

他们随即关门，上了闩不让他出来。我骑上马赶快走，我的保护责任就是这样结束了。

第二十一章

我们那一天为凯茜却费了大事，她本来非常地高兴，急于要同她的表弟在一起，一听见说他已经去了，尽情地大哭，她的父亲只好说他不久还要回来的，拿这句话来安慰她。他却加一句道："只要我能够接他回来。"这却是毫无希望的事。这样一句答应她的话不甚能安慰她，但是时间是较为有力量的，她虽仍然过了几时屡屡问她父亲林顿几时回来，只是日久不见，他的面貌改变了，她再看见他的时候认不得了。

当我有时去吉姆顿办事，偶然碰见呼啸山庄的管家婆的时候，我总问一声少主人怎样了，因为他也是深居简出的，同凯瑟琳差不多，永远不见人面的。她对我说他的身体仍然是弱的，是一个很难侍候的人。她又说希斯克利夫虽然不流露出来，却是愈不喜欢他。不高兴听他的声音，父子两人同在一间屋子里几分钟，父亲就受不了。父子同在一起说话的时候很少。林顿读书与消遣都在一间他们所谓的堂屋里，不然就是终天睡在床上，因为他常咳嗽，伤风，不是这里痛，就是那里痛。

管家婆又说道："我生平并未见过这样胆怯的孩子，也未见过这样小心保护身体的人。只要我晚上开一点窗子，他就要咳嗽，受一点夜间的冷气会要他的命的！当盛夏时候他还要生火；约瑟夫吸烟，就是他的毒药；他必定常要吃甜东西，吃极细嫩的东西，永远吃牛奶，也不管我们到了冬天缺少牛奶吃；他穿了皮衣坐在炉边取暖，摆着一块烤面包、一杯水或一杯汤，给他慢慢一口一口地喝。哈里顿为人虽然粗鄙，却不是个性情不好的人，看见这个孩子可怜，常来陪他玩——总是玩不久就要分开，结果总是一个粗口乱骂，一个啼哭，就散了。假使林顿不是主人的儿子，我相信主人心里很愿意恩肖打他，打到他不敢动。假使主人只要晓得一半他儿子对自己怎么个在乎法，他会把他轰出大门，不要他的。幸而他不会冒尝试之险的，他永远不进堂屋，只要他看见林顿露出那许多样子来，他立刻叫他上楼。”

我从这几件事，就猜着因为小希斯克利夫这个人缺少同情心，所以变得自私，又不能与人相处，这是指假使他本来不是这样而言，所以我逐渐也就不甚关切他了。我因为他的命运不好，哀怜他，仍想他还是在我们家里好。

我的主人鼓励我打听消息，我猜他很关切这个孩子，愿意冒险去看他。有一次他吩咐我问管家婆，他往村子里来不来？她说他来过两次，都是骑马陪他父亲来的，每次过后他都装作太受辛苦，后来都要休息三四天。倘若我记得清楚的话，那孩子来了两年之后，管家婆就走了，继她当管家婆的是另外一个我所不相识的人，她现在还住在那里。

画眉山庄还是同从前一样过快乐日子，过到凯瑟琳小姐十六岁。当她十六岁生日那一天，我们并无庆祝，因为这是她母亲的忌日。她的父亲每逢这一天总是独自一人在书房里，到了天快黑，他步行到吉姆顿教堂坟地，往往盘桓过了夜半才回来。所以凯瑟琳只好一个人想法子消遣。这一天的三月二十日天气很好，当她的父亲入了书房之后，小姐下楼，打扮好了要出门，说要我陪她在荒野边散步。她的父亲说只要来回不过一小时，只要走得不远，他就许她去。所以她就喊道：“艾林，快来呀！我晓得我喜欢到什么地方，我喜欢去有许多野鸟聚集的地方，我要看他们做好了窝没有。”

我答道：“做窝必定是在很高的地方，它们不会在荒野边的。”

她说道：“不是的，我同父亲曾去过，走得很近。”

我戴上帽子就出去，再也不想这件事。她跳着在我的前头走，走了又回到我身边，又往前跑，如同一只猎狗。初时我听远处与近处的百灵鸟唱，享受美好暖和的阳光，觉得很有趣，一面看她，我的宝贝，我的开心小人儿，黄色的卷头发散在脑后，她的光洁的脸，娇嫩纯洁如同初开的一朵野玫瑰，两眼露出无忧无虑的欢乐光芒。那时候她是一个快乐的人儿，是一个天使。可惜她不知足。

我说道："凯茜小姐，你的野鸟窝在哪里，我们应该走到了。我们离山庄大院的篱笆很远了。"

她永远答道："艾林，还要往前走一点，只要再走一点。爬上小山，走过那块荒地的堤岸，等你走到那一边，我就轰鸟。"

但是我们要爬的是好几个小山，要走过的是好几处的堤岸，后来我开始觉得疲倦，告诉她，我们必须止步，回头走。她已经在我的前头很远，我大声喊她，她也许不曾听见，也许听见却不理我，因为她还是往前跳，我只好跟着她。最后她走进去一个空野地方，等到我再看见她的时候，她已经是离呼啸山庄近，离家远，相差约有二英里。我看见两个人捉住她，其中一个我相信是希斯克利夫。

凯瑟琳所犯的是偷松鸡窝或是找松鸡的罪，这个地方是希斯克利夫的产业，他正在斥责犯事的人。

她说道："我既未见着又未拿什么东西，"一面张开两手证明她这句说话，"我并无意拿它们，但是爸爸曾告诉我，上头有许多，我想看看它们的蛋。"

希斯克利夫看我一眼，带着不怀好意的微笑，表明他认得我们，所以用恶意对待，问道："爸爸是谁？"

她答道："就是画眉山庄的林顿先生。我看你是不认得我，不然的话，你不会说那样的话。"

他很挖苦地说道："你以为爸爸是很受人敬重的人，是不是？"

凯瑟琳很奇怪地看着说话的人，问道："你是谁？那个人我从前见过的。他是你的儿子吗？"

她所指的那个人就是哈里顿，他现在又长两岁了，不过身躯大些，气力增加些，他还是同从前一样的粗蠢。

我接了说道："凯茜小姐，我们原只想出来一小时的，现在已经出来快三小时了，我们必得回去了。"

希斯克利夫把我推开，答道："不是的，这个人不是我的儿子。但是我有一个儿子，你从前也曾见过他。你的奶妈虽然很着急要回去，我看你们两个人不如歇歇的好。你们肯转过这个弯，走到我家里吗？你稍歇一会儿，回家走得更快些，你们将受热烈的欢迎。"

我附耳对小姐说，"无论怎样，必不可答应，我们无论怎样是绝不可以去的。"

她却大声问道："为什么？我跑乏了，地上有露水，我不能坐在这里，艾林，我们去吧。况且他说我见过他的儿子，我想他是错了。但是我猜得着他住在哪里，就住在我所去过的田舍里，你说是不是？"

希斯克利夫说道："我说是的。奈莉，来，来，你不要说话——她来探望我们，她是很喜欢的。哈里顿，你同小姑娘在前走。奈莉，你陪我走。"

他捉住我的膀子，我用力要挣脱，喊道："不能，她不能到任何这样的地方。"但是她几乎走到门口，她转弯转得很快。她的同伴并不护卫她，他在路边走开，看不见了。

我接着说道："希斯克利夫，这是很不对的，你晓得你是不怀好意。她到了那里就看见林顿，我们一回去就全晓得了，我将要挨怪责的。"

他答道："我要她见林顿，他这几天脸色好看得多，他并不是时常都中看的。我们不要许久就能劝她把这次的探望严守秘密，这件事有什么害处呀？"

我答道："这件事的害处，就是倘若她父亲晓得我让她走进你的宅门，他会恨我的。而且我深信你之所以鼓励她到你的家里，你是心怀不良的。"

他说道："我的心计是尽其可能的诚实，我不妨把我的全盘计划告诉你。他们表姐弟可以互相恋爱，结为夫妇。我是很慷慨地对待你家主人，他的小女儿是得不着产业的，只要她能赞成我的心愿，她立刻就同林顿变作联合的遗产继承人。”

我答道：“假使林顿死了，他的性命很难说呢，凯瑟琳就是遗产继承人。”

他说道：“不然，她不是承产者，遗嘱里并无这样的规定，他的产业将到我的手上，但是我要避免争论，我要他们两个人做夫妇，我打定主意要办成这件事。”

我答道：“我却打定主意，从此以后，我再也不带她走近你的住宅。”那时候凯瑟琳小姐在院门等我们，我们正走到那里。

希斯克利夫叫我不要说话，他往前走，去开门。我家的小姐看他好几眼，好像她不能打定主意当他是个怎样的人。现在他见她看他，却微笑，对她说话时，把声音变柔和些。我却糊涂了，以为他想起她的母亲来，可以使他不愿意伤害她。

林顿站在炉前，他刚从田上散步回来，因为他头上还戴着小帽，正在喊约瑟夫拿干鞋子来给他。他长得很高，这时候还差几个月才够十六岁，他的面貌还是秀美的，两眼与脸色比我所记得的较为有光彩，不过是从好空气与阳光得来的。

希斯克利夫脸对着凯茜，问道：“这是谁呀？你能够说出来吗？”

她怀疑地先看这个，后看那个，说道：“你的儿子，是不是？”

他答道：“是的，是的，这是你头一次看见他吗？你想想看！呀！你的记性太差了。林顿，你不记得你的表姐吗？你经常跟我们嚷嚷，要去看她。”

凯茜一听林顿两个字，立刻很高兴地喊道：“什么，林顿吗！这就是小林顿吗？他比我高！你就是林顿吗？”

这个少年走上前，承认自己就是林顿。她很热心地吻他，两人面面相看，都诧异几年不见都改变了。凯瑟琳的身材已经长足了，长得丰满而苗条，如钢丝一样有弹性，满脸都是健康活泼的光彩。林顿的表情与举动都是无精神的，身材很瘦弱，他的态度却很文雅，多少弥补他许多的短缺，尚不至于使人看见不欢。两人彼此交换过许多亲热的表示之后，凯瑟琳走到希斯克利夫身边。他在门口逗留，一面注意于门内的事，一面注意于门外的。他装作注意外头，其实只是注意于凯瑟琳。

她走上前，对他行礼，说道："原来你就是我的姑父，你刚开始虽然发脾气，我想我还是喜欢你的。你为什么不带林顿来山庄探望我们？我们做了这些年的近邻，你却始终不来探望我们，这是很奇怪的，你不来看我们，是为什么？"

他答道："你未出世之先，我到过你们那里，有一两次到得太多……你吻我做什么！你若是有多余的吻，你还是送给林顿吧！你吻我是白吻了。"

凯瑟琳随即跑过来乱吻我一阵，喊道："你这个不好的艾林！想阻止我进来。从此以后我每早必要散步到这里，有时我还要带爸爸来。你喜欢见我们吗？"

她的姑父答道："我自然喜欢见你们。"他却压不住他所做出来的鬼脸，因为他深恨这两个人，他掉过脸来对凯瑟琳说道："且慢，我现在想起来了，我不然先告诉你。林顿先生不喜欢我，有一次我们争吵过，吵得很凶，不像奉基督教的人。倘若你告诉他要到我这里来，他是不答应的。所以你切勿说出来，除非你以后不想同你的表弟相见，倘若你想来，你可以来，不过你不要说出来。"

凯瑟琳很失望地问道："你们为什么争吵？"

希斯克利夫答道："他以为我太穷，不配娶他的妹妹，我居然娶了她，他就很不高兴。我伤了他的傲性，他是永不能忘的。"

凯瑟琳说道："这是不对的！我将来有一天要告诉他。但是我与林顿，同你们的争吵无干。此后我不来这里，他却要来画眉山庄。"

她的表弟喃喃道："这条路太远，要我走四英里是会要我的命的。不是这样办，凯瑟琳小姐，你有时到我们这里来，我并不要你每早来，请你每星期来一两次。"他的父亲看了他一眼，露出很看不起他的意思。

他对我喃喃地说道："奈莉，恐怕我是白费事了。凯瑟琳小姐，就像这个傻瓜这样称呼她，将看出他的价值来，让他见鬼去的。假使是哈里顿的话！——你晓得吗，哈里顿虽然有种种的卑劣，我却每天羡慕他二十次。假使这个孩子是别人，我还是会爱他的。但是他得不到她的爱。我将拿他来对抗那个不中用的东西，除非他赶快地振作起来。我们计算，他几乎难活到十八岁。这个提不起精神的东西！他在那里全副精神擦干他的脚，永不看她一看——林顿！”

那孩子答道：“啊，爸爸。”

“你就不能领你的表姐去看看东西吗？领她去看兔子窝或黄鼠狼的窝吗？你未换鞋之先，带她往花园看看，带她到马厩里看看你的马。”

林顿对凯茜说道：“你不更愿意坐在这里吗？”他的腔调是表示不愿意再动。

她答道：“我不晓得。”一面说一面看看门口，很想出去，显然表示她想活动活动。

他还是坐在那里，更缩近火炉边。希斯克利夫站起来，走进厨房，从那里走出院子喊哈里顿，哈里顿答应了，不久两人再进来。这个少年原来刚在外头洗浴，看他满脸红光，头发都湿了，就看得出来。

凯茜小姐记起管家婆所说的话，问道：“姑父，我要问你，这个不是我的表哥，是不是？”

他答道：“他是你的表哥，是你母亲的内侄。你喜欢他吗？”

凯瑟琳露出怪异神色。

他接连说道：“你看他是不是一个美少年？”

这个无礼的小东西翘足附耳，对希斯克利夫说了一句话。他大笑，哈里顿脸色沉下来。我晓得他很容易觉得被人轻视，显然多少晓得他自己不如人的地方。但是他的主人或保护人说了几句话，把他的难看脸色赶走了。

“哈里顿，你将是我们所最喜欢的人！她说你是一个……是什么呀？她所说的话是很恭维你的。你来！你同她去田庄左右玩玩，你要记得，你要拿出上等人的样子来！不许说不好听的话，当这位小姑娘不看你的时候，你切勿盯着她看，当她看你的时候，你却不许把脸躲藏起来。你说话要说得慢，两只手不要插在口袋里。你走吧，你要尽你的能力把她招呼好了。”

他看着这两个人走过窗子。恩肖的脸完全不向他的同伴，他好像如同一个陌生人与一个画师一样，用全副精神看他所见惯的山景。凯瑟琳偷看他一眼，并没有表现出钦慕之情，她随即掉转她的注意于诸多事物之可以供她消遣的，很快乐地往前跳，因为无人同她说话，她一路走一路唱。

希斯克利夫说道：“我绑住他的舌头了，自始至终他一个字也不敢说！奈莉，你记得我这个年岁的时候——不是的，还要少几岁，我有过这样蠢笨吗？有过如约瑟夫所说这样‘不活泼’吗？”

我答道：“更不如，因为还带着更多的沉闷。”

他把他的想法大声说出来道：“我很喜欢他，他已经符合我的期望。假使他生下来就是个傻瓜，我却不会一半这样得意。但是他本来不是个傻瓜，我能理解他的所有感觉，因为我自己曾经有过这样的感觉，譬如说现在，我的确晓得他现在所受的痛苦。但是他此时所受的不过是他将来所受的痛苦的开端，他将永不能够摆脱他的粗野与无知无识。我把他束缚得更紧，紧过他的恶棍父亲的所为，我使他坠落到更低。因为他居然以自己的粗野为得意。我曾教他看不起所有不是兽性的东西，看作是糊涂与怯弱的事。假使欣德利能够看见他，你看他会不会夸耀他的儿子，如我之夸耀我自己的儿子？其中却有分别，一个是黄金拿来做铺街的石块用，一个是把铅块磨光了当银用。我的儿子是里里外外并无有价值的东西，我却使这种无价值的材料尽其可能之用，这却是我的本事。他的儿子里里外外都有头等的好材料，却全丢失了，变作比无用还不如。我并无可以懊悔之处，他却有更多可以懊悔之处，除了我之外是他人所不晓得的。最妙的是哈里顿非常喜欢我！你要承认，以这件事而论，欣德利比不过我，假使已死的恶棍能从坟墓里走出来责备我种种对不起他儿子的地方，我却要享受一件有趣的事，就是眼见他的儿子把他打回去，怒他胆敢责骂他在世界上的唯一朋友！”

希斯克利夫说到这个意思，如魔鬼一样的大笑。我晓得他不望我答话，我就不答他。这时我们的小伙伴，因为坐得太远，听不见我们说什么，开始露出不安的表现来，也许是因为追悔他恐怕疲倦而丢失了凯瑟琳做同伴。他的父亲看见他的两眼不停地看窗子，他的手打不定主意地伸向他的小帽。

希斯克利夫装作很高兴地喊道："你这个懒惰孩子，站起来，去赶他们！他们才转弯，刚到蜜蜂窝旁边。"

林顿果然振作精神，离开火炉。格子窗是打开的，当他走出去的时候，我听见凯茜问她的不善交际的伙伴，门头上刻的是什么字？哈里顿抬头看，像一个真村夫的行为，抓抓头。

他答道："是刻的几个字，我不认得。"

凯瑟琳喊道："你不认得吗？我却认得，刻的是英国字，我却要晓得为什么刻在那里。"

林顿听了笑，这是第一次表示快乐。

他对表姐说道："他不认得他的姓，你能够相信有这样的大蠢材吗？"

凯茜小姐很郑重地问道："他本来就是这样的吗？还是他无知识？不对吧？这时候我已经问过他两次，每次他都现出这样的傻。我看他不懂我说的话，我深信我也不懂他说的话！"

林顿又大笑，很耻笑地看看哈里顿，那时候他确是不甚能明白怎么回事。

他说道："恩肖，并无别的缘故，只是懒惰不肯学，是不是？我的表姐以为你是个傻子。你常看不起'读书'，这时候你可觉得不读书的后果。凯瑟琳，你听出他说话的令人可怕的约克郡[①]土腔吗？"

哈里顿对同他天天在一起的同伴喊道："为什么要读书，读书有什么屁用？"他正在还要往下说，谁知那两个少年人忽然大笑起来，我家的轻佻小姐发现可以把这个人所说的怪话当作笑话，高兴起来。

---

① 约克郡：英国最大的郡，位于东北部。

林顿笑着说道：“你说话时用坏字眼有什么用处？爸爸吩咐你不要用坏字眼，你一开口却不能不用坏字眼。我劝你说话举动学上等人模样，你从这时候学起吧！”

那个发怒的村夫反驳道：“假使你不是更像个小姑娘，我此刻就要一拳打倒你，你这个可怜的东西！”他又怒又难堪，脸涨得通红，因为他晓得被人羞辱了，却不甚晓得应该怎样报复。

希斯克利夫听见他们这番谈话，我也听见的，他看见他走开，微笑，但是立刻看那一对轻佻人一眼，露出极其厌恶的神色，这两个人还站在门口说话。那个男孩子当谈论哈里顿的诸多短缺处与行为的时候，却是很有精神的。那个女孩子听他说俏皮话与看人不起的话，觉得很有滋味，两个人都不考虑他们露出不善的性情来。我这时候开始讨厌林顿，多过我怜悯他，难怪他的父亲看不起他。

我们盘桓到下午，我实在没法更早把小姐拉走。幸而我的主人还在书房里未出来，不晓得我们出门这样久。当我们走回家的时候，我很想使小姐明白这家人的品性，可惜她以为我存了成见反对他们。

她喊道：“哈呀！艾林，你是袒护爸爸的，我晓得你有偏见，不然的话，你不会瞒我这些年，骗我说林顿住得很远。我实在是生气，不过我现在很高兴，我不能露出怒容来！但是你却不许说我姑父的坏话。你要记得他是我的姑父，我将怪责爸爸为什么要同他争吵。”

她就是这样说了许多话，我努力使她相信她是错的，也是无效，我只好不对她说了。当天晚上她未提起她这次的探望，因为她未见着她父亲。第二天她全说出来了，令我好难受。我却不甚懊悔，我想指挥与警告的责任不如归主人担负，较为有力量。但是他太过胆怯不肯说明充足理由为什么他要她躲开不同那家人来往，凯瑟琳每遇有人束缚她，却要人把充分的理由告诉她，才会听话的。

她同父亲请过早安之后，喊道：“爸爸！请你猜我昨天在野地上散步的时候碰见谁？呀！爸爸，你吃了一惊！你办得不对，是不是？我看见——你得听我说，你必要听我说我怎样晓得是你不对的。艾林，她同你是一党的，却装作这样可怜我。我天天盼望林顿回来却常常失望！”

她把昨天出游与出游的结果，如实告诉她父亲。我的主人，虽然看了我几眼，露出怪责我的意思，却一言不发。等她说完了，他随即拖她到身边，问她可晓得为什么他不让她晓得林顿住得很近？问她是不是以为不让她享受无忧无虑的快乐？

她说道：“因为你不喜欢希斯克利夫。”

他说道：“既是这样，难道你相信我为我自己的感情多过为你的吗？不是的，并不是因为我不喜欢希斯克利夫，却因为希斯克利夫不喜欢我，且因他是一个魔鬼。只要他所恨的人给他一点机会，他最喜欢害他们。我晓得你不能同你的表弟时常相见，因为一相见必要与希斯克利夫先生接近，我又晓得他因为我必定厌恶你，所以预先防备不要你再见林顿的面，我原是为你好，并无别意。我原本想要等到你长大些才解说给你听，我耽误了，我很后悔。”

凯瑟琳绝不相信她父亲的话，说道：“爸爸，希斯克利夫是很和气的，他并不反对我们两个人见面。他说我几时喜欢几时就来，不过要我切勿告诉你，因为你同他吵闹过，你绝不能饶恕他娶了姑姑。你不肯饶恕他，原是你的不是，他至少愿意同我们做朋友，愿意林顿与我做朋友，你是不愿意的。”

我的主人见她不相信他的话，不相信她的姑父是一个恶人，就把他怎样虐待她的姑姑的情形大概告诉她，又对她说呼啸山庄怎样变作他的产业。他受不了把这些事情说得太长，因为他虽然略略说了一遍，他还觉得恐惧和痛恨他的老仇敌，与自从他的夫人死后一样。他时常思索，痛恨地说道：“假使不是因为这个人，她现在应该还活着！”据他看来，希斯克利夫简直是一个杀人凶犯。

凯茜小姐——除了有时因为一时性急与不会替人想而犯下不听话、不讲理、发脾气的小过失（当天却晓得后悔），不晓得世上有恶事——看见黑心人能够把多年的阴谋隐藏着报复，毫无悔过心地实行他的毒计，觉得很诧异。人性这样的新面目留很深印象于她心中，令她震惊——这样的人性在她的所思所想之外的——她的父亲见得不必再同她讲这件事了，他只说道：

“我的小宝贝，以后你将晓得为什么我愿意你躲避他的住宅与他的家庭，现在你不如回去干你的事，去玩吧，不必再想这件事了。”

凯瑟琳吻她的父亲，安静坐下，照例读了两小时的书，随后她陪他在大草地上走，如向来一样地过了一整天。谁知到了晚上，她回到自己屋里的时候，我进去帮她换衣裳，我看见她跪在床边啼哭。

我说道：“咳！傻孩子！假使你有过真正伤心的事，你为这件小不如意事就掉眼泪，你该觉得惭愧的。凯瑟琳小姐，你一向未有过真正伤心的事，譬如说，主人与我都死了，只剩了你一个人在这个茫茫世界之内，你便觉得怎么样？你试把现在的情形同这样一宗悲痛事相比较，你就感谢你现在所有的朋友，不想再贪多了。”

她答道：“艾林，我并不是为我自己哭，我是为他哭，他盼望明天再见我，他将要大失所望了。他将在那里等我，我却不能去！”

我说道：“胡说！难道你以为他想你，如你想他吗？他没有哈里顿作同伴吗？一百个人里头没有一个人，会因为一个只在两个下午见过两面的亲戚，哭到这样的。林顿将猜得着你为什么不能来，再也不会为你烦心呢。”

她站起来，问道：“难道我不能写封信告诉他为什么我不能去吗？我答应送他几本书，我不能送去吗？他的书不如我的好，他很想看看。我一告诉他我的书怎样有趣，他就要看。艾林，我可以送去吗？”

我很决绝地答道：“不可以！真是不可以！你既写信给他，他自然也写信给你，这就无尽头了。凯茜小姐，不能的，必须完全不再相往来。这是爸爸的期望，我要你照办。”

她露出哀求我的神色，又说道：“一封短信怎样能够……”

我拦住她，说道：“你不要说了！我们不要再谈你的短信，上床睡吧。”

她看我一眼，带着很淘气的神色，使我不肯吻她道晚安了。我拿被把她盖好，很不高兴地给她关了门，我走到半路却很后悔，我轻轻走回去。哈！小姐站在桌旁，面前放着一张淡红色信纸，手上拿了一管笔，当我进来的时候她急忙藏起来。

我说道："凯瑟琳，即使你写了信也无人给你送去。现在我先灭了你的蜡烛。"

我把灭烛的东西放在烛上，她打我的手，骂了我一句"讨厌的东西！"我随即又走了，她很生气地关了门上了闩。她的信是写完了，交给一个来取牛奶的人送去的。这件事我是后来才晓得的。过了好几个星期凯茜才恢复她的脾气，她却变作很喜欢独自一人躲在一角里。当她读书时候，倘若我忽然走近她，她常会一惊，低头看书，意在盖住书，我看见有几张纸露在页外。她还玩一种把戏，一早就下楼，在厨房里转来转去，好像等什么东西来。在书房里头的一架橱内她有一个小抽屉，我不晓得她玩什么，一玩就是好几点钟，她走的时候很小心地把钥匙拿走。

有一天，当她看这个抽屉时候，我看见里头装了许多叠好了的纸，从前却是装玩具与小零碎的。我就疑心起来，我打定主意要偷看她的神秘宝物。所以到了晚上，我的主人同她都上了楼之后，我在一堆钥匙中找着一把是开那把锁的。我开了抽屉之后，把里头的东西全倒在我的围裙里，拿到我自己屋里慢慢细看。我虽然早有疑心，我却仍然很诧异地看见是一堆信——几乎是每天一封——都是林顿·希斯克利夫写来的，给她的回信。较早的信是写得不甚顺的，寥寥几句话，后来却逐渐变成很长的情书，这样年纪的人自然说许多傻话，偶然有一两句却是很能动人的，非有过阅历的人写不出。有几封信是热心话与平淡话很奇怪地混在一起的，一开头说的是很热烈的感情，结尾说的却是废话而且不真实，小学生写给一个虚无缥缈的情人的信，就是这样写法。这样的情书能否令凯茜满意，我却不晓得，我看是毫无价值的废话。我看过好几封之后，我用手帕捆作一包，摆在一旁，再把空无所有的抽屉锁好了。

我家的小姐照常一早下楼，跑到厨房。我察看她一见一个孩子来就到厨房门口。当挤奶工倒牛奶在孩子的桶里时候，小姐把一样东西放在孩子口袋里，从袋里掏出一件东西来。我从花园走出去，等候这个传书递柬的孩子。我抢他的信，他同我打。我把信抢来，我恐吓，叫他快回家。我躲在墙边，读小姐的情书。她写得比她的表弟较为简单，较为善于辞令，写得很好很傻。我摇头，一面走入房子里一面沉思。

今天落雨，她不能在花园里散步消遣，所以她读完了早上功课就去看抽屉取乐。她的父亲坐在桌边看书。我特地在窗帷上找点针线的事情做，我的眼却留心看她干些什么。她打开抽屉一看，只喊了一声“啊”！她的欢乐神色立刻全改变了。一只鸟飞回来，看见满巢的小鸟被抢了，乱喊乱飞，也比不上小姐这一声叫得痛苦。我的主人抬头看她。

他说道：“我的宝贝，什么事呀！你伤了自己吗？”

他说话的腔调与脸色，令她晓得并不是他找着她所藏的宝物。

她喘气说道：“爸爸！不是的。艾林！艾林！你上楼来，我觉得不舒服！”

我听她的吩咐陪她出去。

当我们到了屋子里头的时候，她就跪下，同我说道：“艾林！是你把信拿了去的，你还我，我永不，永不再这样做了！你切勿告诉爸爸。艾林，你未告诉爸爸吗？你说你并未告诉！我这几时很淘气，我再也不淘气了！”

我带着很严重的态度叫她站起来。

我说道：“凯瑟琳小姐，你做得太过火了。你这样做事，也原该觉得难为情的！你当有闲工夫的时候，就读这些垃圾啊。写得很好的，很配印刷出来！当我把这捆信放在主人面前的时候，你试猜他怎样想？我却还未曾给他看，但是你却不要妄想我将为你严守这样可笑的秘密！你们写这样无理的东西，必定是你开始的。我很晓得他想不起先写这种东西的。”

凯茜哭到心都要碎了，说道：“不是的，不是我开始的！我一次都没想要去爱他！等到……”

我露出尽我所能的轻视，说道：“爱！爱！向来没有人听过这样的说话！你既可以这样说爱，我也可以说我爱那个每年不过来一次买我们的粮食的磨面的人了。好一个爱字！你们在一起不过两次，你一生不过看见林顿四小时！这一捆就是幼推无用的东西。我拿着进书房，我们看看你的父亲对于这样的爱，说些什么。”

她跳过来要抢她的宝贝情书，但是我举起来不让她抢。她随即如疯如狂地苦苦哀求我把信烧了——无论怎样都好，只不要给她父亲看。其实我虽要责备她，同时我却很想笑她一场——因为我以为这不过是女孩子的虚荣心——后来我多少放松些，问道：

“倘若我答应你烧了这捆信，你愿诚实答应我永远再不寄信也再不收信，再也不寄不收书（我晓得你寄过几本书给他）、头发、戒指或任何玩具吗？”

凯瑟琳的傲性打倒她的惭愧，喊道：“我们不寄玩具的！”

我说道：“我的小姐，你以后再也不收不寄无论什么东西，你若不答应，我就去见你的父亲。”

她扯住我的衣服，说道：“艾林，我答应。你放在火里烧掉吧，你烧掉吧！”

但是当我用火钳拨开一块地方，要把这捆信摆在里头烧的时候，她却舍不得牺牲这许多宝贝，她苦苦地哀求我还她一两封不要烧。

“艾林，还我一两封，我为林顿起见，留作纪念！”

我打开手帕，开始一封一封开始放在火里，火苗往上卷。

她喊道：“你这个狠心的恶人！我一定要留一封。”她伸手入火里抢，她不管烧了手指，抢出几片烧了一半的信来。

我答道：“好吧——我还有几封给你的父亲看！”我把未烧的信抖回手帕里，又往门口走。

她把那几片熏黑了的信又放在火里，要我把信全烧了。我全烧了，把纸灰搅动，埋在好几块煤的底下。她一言不发，满肚子的不高兴，回到自己屋里。我下楼告诉主人说小姐忽然的不舒服已经几乎全好了，我劝她不如在床上歇息一会儿。

她不肯吃饭，但是吃茶点的时候她却露面的，脸无血色，眼边发红，毫无得意之色。

第二天早上，我接着一封信，我写了一个条子答道：“请希斯克利夫少爷不必再写信给林顿小姐，因为她不愿接信。”从此以后那个一向传书递柬的小孩子不再送信来了。

第二十二章

夏尽秋来，不觉又过了米迦勒节[1]。但是今年收获较迟，我们还有几片田未收割完。林顿父女两人常在收割人群中走，最后收获时候，他们在田上盘桓到天黑。有一天傍晚时候天气湿冷，我的主人受了凉，侵入肺部，许久不愈，几乎整个冬天都在屋里躲风。

可怜的凯茜，因为做了那件短暂的罗曼史吓怕了，自从抛弃不做以来，比从前更为愁闷。他的父亲一定要她少读书，多运动。她没有父亲作同伴了，我以为我该尽我的所能补他的缺，作她的同伴。我当她的同伴是不够的，因为我每日不过能抽两三点钟的空，去跟她走，况且我当同伴显然比不上她父亲。

十月底或十一月初的一天下午——又是多雨的下午，那时候草地上与小径上还有潮湿的枯叶子响声，冷而青的天有一半被云盖住——灰黑色的云从西边上来得很快，是大雨的预兆。我劝小姐不要散步了，因为我晓得必定有骤雨来。她不肯，我满肚子不愿意，披上大衣拿我的伞跟随她走到花园的尽头。她每逢提不起精神的时候，向来都喜欢这样走的——每逢她父亲病情加重的时候，她总是提不起精神的。他自己却不肯承认他病体不如往日，却是我与她两个人猜出来的。我们看他说话更少，脸色更愁闷，就猜着他的病更重。她愁容满面地只管向前走，现在却不跑不跳了，

---

① 迷迦勒节：英国节日之一，时间在每年的九月二十九日，大致相当于中国农历的秋分。

冷风虽然引诱她跑，她也不跑了，我还常看见她偶然擦脸上的泪。

我四周地看，看有什么东西可以解她的闷。大路的一旁有高坡，有几棵榛树与矮橡树，露出一半树根来。土壤太松，使这种树长得不牢固，大风几乎把几棵树身吹平了。在夏天时候，小姐喜欢爬这棵树，坐在树枝上，离地有二十尺高在那里摇摆。我虽喜欢她的活泼与无忧无虑的孩子心性，却仍认为我每次见她爬得这样高应该说她的，但是却使她晓得不必下来。从吃过饭到吃茶点时候，她就躺在树枝上随风摇摆，什么也不做，只唱我所教她的儿歌——对着自己唱，不然就看老鸟喂小鸟，或看老鸟教小鸟学飞，不然就是闭了眼，缩作一团，一半思想，一半做梦，乐到了不得，非笔墨所能述的。

我指着树根底下的一角说道："小姐，你看！冬天还未到这里，那里有一朵小花，七月里满地都是花，这是最后一朵的蓝钟花。你肯爬上去，摘来给爸爸看吗？"

凯茜两眼看着这朵孤零的花在那里抖动，看了许久，后来答道：

"我不摘这朵花，我不动它。艾林，这朵花好像很凄凉，你看是不是？"

我说道："是的，既灰心又憔悴，差不多同你一样，你脸上毫无血色。我们拉着手跑吧，你走得这样慢，我敢说我追得上你。"

她又说道："不。"她接连向前慢走，有时立住脚，看看一小块的青苔，或一簇失了色的青草，不然就是看橘黄色的蘑菇，有时掉过脸去，举手擦泪。

我走过去，把手放在她肩上，说道："我最亲爱的凯瑟琳，你为什么流泪？你切勿因为爸爸伤风就啼哭，他所得的并不是比伤风更重的病，你该感恩。"

她这时候放声大哭，呜咽到几乎喘不出气来。

她说道："他的病将变得更重，当爸爸与你离开我的时候，我独自一人，我怎样是好？艾林，我不能忘记你的话，你的话常在我耳朵里。当爸爸与你都死了的时候，生活怎样全改变了，世界怎样变得寂寞了。"

我答道："谁也不能说，是否你会死在我们之前的。猜想不祥之事是不对的，我们将盼望还要过许多许多年，我们无论哪一个才会死。主人还年轻，我的身体是很强壮的，况且还未到四十五岁。我的母亲活到八十岁，临死的时候还是一个活泼的老太太。譬如主人活到六十多岁，小姐，这还有许多年呢。在二十年之前就预先为不祥之事悲哀，岂不是傻吗？”

她说道：“但是姑姑比爸爸年少。”她抬头看我，带着胆怯的希望，再求安慰。

我答道：“你的姑姑不幸，没有我同你看护她。她不如主人那样欢乐，她活着也不像他那样有那么多的期盼。你现在只要好好地服侍爸爸，你做出高兴样子来，使他看见你高兴，他自己就觉得高兴。无论什么事，你切勿使你爸爸着急。凯茜！你切记我这几句话。我不瞒你说，假使你是胡来任性的，心里存着一种糊涂、妄想的爱情，恋爱一个人的儿子，而这个人是很愿意看见你父亲死的，你就可以依你的父亲死。你若是使爸爸看出来，他不许你们两个人见面使你不高兴，烦心，也会催他死的。”

她答道：“我无论什么事都不烦心，只烦心爸爸的病。我所顾虑的只有爸爸，别的事都比不上。我只要一日有知觉，我一日绝不做一件什么事，说一句什么话使父亲焦心。艾林，我爱父亲比爱我自己还厉害得多，我是从这件事晓得的，我每晚祈祷我可以活在他之后，因为我宁愿我自己愁苦，不愿意他愁苦。这就证明我爱他，比我爱自己厉害得多。”

我答道：“这两句话是说得很好的，但是做事也要与说话相符。他病好之后，你要记得切勿忘记在害怕时候所下定的决心。”

我们一面走一面说。就快走到开向大路的门时，我家的小姐又走到阳光之下，爬上去，坐在墙头，伸手摘野玫瑰树枝顶上的红果。在下头的果子已经没有了，在上头的果子，除了她现时所在的地位能够摸得着，不然只有鸟能够。她伸手去拉，她的帽子落下来。门是锁了的，她要爬下去拾帽子。我吩咐她要小心，不然的话，她会摔下去的，她很轻巧地爬下去了。下去容易，上来却有点为难。石头很滑，砌得又不见缝，那许多小树不能助她爬上来。我同傻子一样，记不起下去易上来难，等到她大笑大喊我才想起来。

她喊道："艾林！你要去取钥匙来开门，不然的话我要绕路跑到看园人的房子。我不能从这边爬过墙头来！"

我答道："你就站在那里等，我口袋里有一堆钥匙，也许我有开门的钥匙，若开不了，我去找来。"

我一面拿几把大钥匙尝试开门，她一面在那边的门外跳来跳去。我试过最后一把，还是开不了，我又请她等着。我正在要赶快跑回家取钥匙，忽然听见马蹄声响，凯茜听见也不跳了。

我低声说道："这是谁呢？"

她很着急地对我低声说道："艾林，我很想你能够开门。"

那个骑马的人声音很沉地喊道："林顿小姐，我遇着你很高兴。你不必赶快进去，因为我要问你一件事，你得解说给我听。"

凯瑟琳答道："希斯克利夫先生，我不同你说话。爸爸说你是一个坏人，你怨恨他同我。艾林也说这样的话。"

希斯克利夫说道："这是不相干的话。我猜你不怨恨我的儿子，我现在要你关心我的儿子。你有理由红了脸。两三个月之前，你不是常写信给林顿吗？你拿恋爱做游戏，是不是？因为这件事情，你们两个都应该挨一顿打！你年纪较长些，更应该挨打。后来一看，你较为无情些。你所写的信都在我手里，你若是对我闹脾气，我要把那些信送给你的父亲。我猜你是厌倦了这种消遣，所以不再玩了，是不是？你却把林顿抛在失望的深渊里。你是当玩耍，他却是很认真，当真地恋爱你，他将为你而死。因为你的恋爱无长性，他的心破裂了。我不是说譬喻话，是说实话。哈里顿虽然把他当作笑柄有六个星期，我虽曾用更为严厉的办法，尝试恐吓他，驱逐他的傻气，他的病却一天比一天重，除非你救他，不然的话，等不到夏天他就要入土了！"

我从里面喊道："你怎样能够对这个可怜孩子说这样明摆着的谎话呀？请你走吧！你怎样能够造出这样卑劣的假话呀？凯茜小姐，我拿石头打落这把锁。你不要相信那样的胡说。你自己能够晓得，一个人不会为恋爱一个不相识的人而死的。"

这个被我一语揭破的恶人喃喃道："我不晓得隔墙有人偷听我说话。"

他又大声说道："迪安太太我喜欢你，我却不喜欢你的两边挑拨。你怎样能够睁大眼说谎，说我怨恨那个'可怜孩子'，还造令人可怕的谣言恐吓她，叫她不走近我的门口？凯瑟琳·林顿——这个名字就令我心热——我的好小姑娘，这整个礼拜我将不在家，你试去看我是否说真话。小宝贝，你得去看！请你想象你父亲处我的地位，林顿处你的地位，随后你试想当你的父亲自己哀求你的粗心的爱人，倘若他不肯动一动来安慰你，你怎样定你的爱人的价值。我请你不要由于纯粹的无知无识犯了同样的错过。我对你发誓，他快要死了，唯有你一个人能救他！"

我打开园门的锁走出去。

希斯克利夫瞪眼看我，又说道："我发誓林顿快要死了，伤心与失望催他死。奈莉，你若不让她去，你可以自己走过去看看。但是我要过一个星期才回来，我想你的主人自己也不见得会反对她去探望她的表弟！"

我捉住凯茜的膀子，有一半强逼她再进来，我说道："进来吧。"因为她踌躇不肯进来，她那双愁苦的眼睛看着希斯克利夫的脸，他的神色太过严肃，表现不出他心里的奸诈。

他拍马走近些，低头说道：

"凯瑟琳小姐，我老实对你认了吧，我很不耐烦林顿，哈里顿与约瑟夫更不耐烦他。我承认与他相处的人都是狠心的人，他渴望有人善待他，爱他。只要你说一句好话，就是救他的最好的药。你不要理迪安太太的残忍的警告，你要慷慨大度，设法去看他。他日夜都梦想见你，无论怎样都不能劝他相信你不厌恶他，因为你既不写信给他，又不来探望他。"

我关上门，滚了一块石头来顶着那被砸坏锁的门。我打开一把伞，把小姐抓过来站在伞下。因为雨点从树枝滴下来，警告我们不要延迟。我们一路走得很匆忙，无暇讨论我们与希斯克利夫偶然相遇之事，但是我却猜着凯瑟琳的心被两层云雾遮盖住了。她的神色很凄惨，好像全不是她的本来面目。她显然当她所听到的一番话个个字都是真的。

在我们未进宅门之先，主人已经歇息了。凯茜偷偷进去问他觉得怎么样，他却睡着了。她走回来，要求我陪她在书房里坐坐。我们两人同吃茶点，后来躺在毯子上，叫我不要说话，因为她疲倦了。我拿一本书，装作看书。当她猜我全副精神正在看书，开始落泪，现在她最喜爱啼泣。我让她享受一会儿，随后我就责备她，挖苦希斯克利夫所说的话，好像我晓得她同意我的说法。唉！我无本事反抗他的一番话产发生的影响，他的用意就是要发生这种效果。

她答道："你也许是对的，不过我未到晓得实在情形的时候，我总不能放心。我必须告诉林顿，我不写信不是我之错，而且我要他相信我的心是不改变的。"

她这样糊涂地相信他人的话，我同她生气，同她争辩，有什么用处呢？我们晚上分手——相视如仇敌。但是第二天我们就向呼啸山庄走，我的执拗小姐骑马，我陪着走。我受不住看她愁苦，我受不住看她的无血色、无精神的脸与凄惨的眼。我只好让步，希望林顿自己可以来接见我们，证明希斯克利夫所说的话不是事实。

第二十三章

晚上下过雨，第二天早上多雾，一半是雨一半是雪——路上有溪水流过。我的脚全湿了。我提不起精神，满肚子不高兴，宜于做最觉得不如意的事。我们从厨房的过道进田舍，要打听希斯克利夫是否真不在家，因为我不甚相信他的话。

约瑟夫一个人坐在很旺的火炉旁边，好像身在极乐世界。身边一张桌子摆了一斤酒，还有几大块烤过的油麦饼，嘴里衔着黑而短的烟筒。凯瑟琳跑到火炉边取暖。我问主人在家吗？他许久不答我的话，我以为这个老头子耳朵聋了，我又大声问。

他用鼻音同狗吠一样地答道："不在家！不在家！你从哪里来，还回哪里去。"

屋里有很不高兴的声音喊道："约瑟夫！你要我喊你多少次呀？炉里现在只有几片红灰了。约瑟夫！立刻来。"

约瑟夫只管吸烟，喷烟，两眼盯着火炉，表示他无耳朵去理会这种喊声。我们看不见管家婆同哈里顿在哪里，也许是一个办事去了，一个作工去了。我们晓得林顿的声音，我们就进去。

这个小孩错认我们是那个不理事的老仆，说道："嗨！我望你将来死在阁楼里，挨饿而死。"

他一晓得猜错了，立刻不说了。他的表姐飞跑到他身边。

他原靠在一把大椅子上，抬头说道："林顿小姐，原来是你吗？请你不要吻我，我喘不上气。”凯瑟琳搂抱他之后，站在旁边满脸是很追悔的神气。他稍歇片刻，说道：“爸爸说过你会来看我。请你把门关上，你们进来忘了关门。那几个可恨的东西，不肯拿煤进来。冷得很呀！”

我通通火炉，自己拿煤进来。病人说被弄了一身煤灰。我因为他咳嗽得很凶，脸上露出发热有病神色，我不怪责他的脾气。

凯瑟琳等他眉头不皱的时候，喃喃道：“林顿，你不喜欢看见我吗？我能够替你作些什吗？”

他问道：“从前你为什么不来？你不应该写信，还是来看我的好。写很长的信使我很疲倦，我宁愿同你谈话。现在我既不能谈，无论什么事我都不能做了。吉拉不晓得在哪里！你（对我说）去厨房看看，好不好？”

我替他做别的事，既得不着他的感谢，我又不愿听他指挥走来走去。我答道：

“那里并无别人，只有约瑟夫。”

他掉过脸去，很不高兴地说道：“我要喝水。自从爸爸走了之后，吉拉常跑去吉姆顿。真是难过！我不能不下来——我在楼上，他们打定主意不听我说。”

我见凯瑟琳的好意遭受了挫折，我问道：“希斯克利夫少爷，你的父亲细心照护你吗？”

他说道：“细心照护吗？他至少叫他们更为细心些。[①]那几个坏东西！林顿小姐，你晓得吗？那只畜生哈里顿笑我！我恨极他！其实我恨他们全部，他们都是坏东西。”

凯茜开始找水。她在食物橱里找着一瓶水，倒了一杯，拿了来。他吩咐她从桌上的一瓶酒倒一勺入水里。他喝了一点，脸色安静些，说她是个好心人。

她见他有点微笑，又问道：“你喜欢见我吗？”

---

① 言外之意是说他的父亲并不照护他。

他答道："我喜欢见你，我听见你的声音，我觉得新鲜！但是因为你不肯来，我一向心里很不高兴。爸爸骂着说都是因为我不好，他说我是个可怜虫，胆小鬼，不中用的东西，说你看我不起，又说假使他是我，他到这个时候，比你的父亲更像是山庄的主人了。但是，小姐，你并不看我不起，是不是？"

我家小姐插进说道："我要你叫我凯瑟琳，或叫我凯茜。看你不起吗？我并不看你不起！我爱爸爸，我爱艾林，此外我爱你，多过爱其他任何人。我却不爱希斯克利夫，他回来我就不敢来，他出门好几天吗？"

林顿答道："他出门不几天就要回来的，但是打鸟的时候已经开始，他常常到野地上打鸟，当他不在家的时候，你可以来陪我一两点钟。我要你答应我，我想我不会同你发脾气的，你不会使我着急的，你常愿意帮我，是不是？"

凯瑟琳用手理他的长而柔软的头发，说道："我愿意帮你，只要我能够得父亲答应，我愿意把我一半的时间陪你。秀美的林顿呀！我愿你是我的兄弟。"

他较为高兴地说道："我若是你的兄弟，你会爱我如同爱你父亲一样，是不是？但是爸爸说过，假使你是我的夫人，你会爱我比爱他还厉害，比爱世上无论什么人都厉害，所以我很想你是我的夫人。"

她很郑重地答道："不是的，我绝不能爱别人比爱爸爸还厉害。有许多人有时怨恨他们的夫人，却不怨恨他们姊妹兄弟。假如你是我的兄弟，你就同我们住在一起，爸爸会喜欢你如同喜欢我一样。"

林顿不认为男人会怨恨他们的夫人的，凯茜却说有这样的事，还说他的父亲就怨恨她的姑姑。我竭力拦阻她不要她乱说话，我拦阻无效，她把她所晓得的都说出来了。林顿听了很不高兴，说她所说的话靠不住。

她带点不高兴，说道："是爸爸告诉我的，爸爸是不说谎的。"

林顿喊道："我的爸爸看不起你的爸爸！他说他是一个卑劣傻子。"

凯瑟琳反驳他，说道："你的爸爸是一个坏人，你胆敢述他所说的话，你是很不好的。他必定是个坏人，才使姑姑离开了他。"

这孩子说道："她并不是离开他，我不许你驳我。"

我的小姐喊道："她是。"

林顿说道："好吧，我来告诉你一件事！你的母亲怨恨你的父亲。"

凯瑟琳大发怒，不再说下去，只喊道："啊！"

他又说道："你的母亲爱我的父亲。"

她怒到满脸通红，气喘喘地说道："你这个说谎的小子！我现在恨极你了！"

林顿唱道："她曾爱我的父亲！她曾爱我的父亲！"他说过了，倒在椅子里，头靠椅背，仰头欣赏她激动的模样！这时候她正站在椅背后。

我说道："希斯克利夫少爷，你不要说了，我猜这又是你父亲的谎话。"

他答道："不是的，不许你说话。凯瑟琳，她曾爱过他，她曾爱过他！"

凯茜把椅子重重地一推，把他推倒在椅子的扶手上。他立刻一阵一阵的咳嗽，咳到气都喘不出来。他咳了许久，连我都害怕起来。他的表姐只是尽情地哭，她虽然未说什么，一看她惹出这一场小祸来，也很害怕。我扶住他，等到他咳完了，他随即把我推开，垂头不响。凯瑟琳也止住哭，坐在对面，很严肃地看炉火。

我等了十分钟，问道："希斯克利夫少爷，你现在觉得怎样了。"

他答道："她这个不怀好意、残忍的东西，我愿她有如我一样的感觉。哈里顿向来不敢碰我，他向来未打过我。我今天刚觉得好些，就……"他又哭起来，我听不见他说什么。

凯茜紧闭两唇，以免又哭，说道："我并未打你呀！"

他叹气呻吟，好像受很大的痛苦，足有一刻钟之久，显然是要令他的表姐难过，因为每次他听见她吞声呜咽，他的声音重新又变作悲痛。

后来她实在忍受不住了，说道："林顿，我一推，使你受痛，我是很懊悔的。但是我若受了这样小小的一推是不会痛的，我并不晓得你却会觉得痛的。林顿，你并不觉得很痛，是不是？不要让我回家总想着我伤害了你。你答呀！你对我说。"

他喃喃道："我不能对你说，你伤我到这样地步，我将一夜不能睡，咳到不能喘气。假使你得了这种咳嗽病，你就晓得了。当我终夜受苦，无人在我身边时候，你却睡得很安适的。我却想到若是你过这样的几夜，你怎样。”他因为自怜，又开始大哭。

我说道：“你既是习惯了过这样可怕的夜，破坏你的安宁的就不是小姐。她若是不来，你也是这样受苦的了。以后她再也不来惊动你了，我们走了，也许你安静些。”

凯瑟琳低头看着他，很愁苦地说道：“我必定得走吗？林顿，你要我走吗？”

他躲避她，很不高兴地说道：“你不能改变你所做过的事，除非你惹我生气到发热病。”

她说道：“既是这样，我必定得走吗？”

他说道：“你随我去吧，我受不了你说话。”

她还是徘徊不忍去，她很反对我劝她走。但是他既不抬头看又不说话，她最后只好向门口走，我跟在背后。他却大声一喊，把我们喊回来，林顿从椅子上溜下来，溜到炉前，躺在那里打滚，这不过是姑息惯坏了的孩子闹脾气，要极力地令人难过，令人为难。我看他这样的行为就猜着他的意图，我立刻看出，去迁就他就是大错。凯瑟琳却不是这样想！她害怕，跑回头，跪下，大哭，安慰他，哀求他，等到他闹到喘不出气来，才安静下来，并不是因为见她忍受不住，可怜她，才变安静的。

我说道：“我将把他抱起来，放在长椅上，随他喜欢怎样打滚就怎样打滚。我们不能住在这里看守他。凯茜小姐，你晓得你并不是可以救他的人，我希望你满意了，他的病情既不是因为爱你而得的，我也望你满意。我把他放好了！我们走吧！他只要晓得没得人理他的胡闹，他就很愿意睡下不动了。”

她放一个垫子在他头下，送水给他喝。他不喝水，头在垫子上乱动，可像是枕在一块石头或木头上。她试把垫子放舒服些。

他说道：“这样我不能枕，不够高。”

凯瑟琳又拿一个来放在上面。

这个讨厌东西喃喃道："这又太高了。"

她很绝望地问道："既是放得不好，我应该怎样放呀？"

她在长椅旁边，他靠在她身上，把她的身体当作一个架子。

我说道："不能这样，希斯克利夫少爷，你只要一个垫子就够了。小姐为你已经糟蹋了许多时候了，我们不能在这里再逗留五分钟了。"

凯茜答道："我们能逗留！他现在既听话又耐烦了。倘若我相信他因为我探望他，使他病体加重，我今晚会比他更难过呢，那么我不敢再来了。林顿，我实在对你说，倘若因为我伤害了你，我必不可以再来了。"

他答道："你必得来，治好我的病。因为你害了我，你就应该来。你晓得你很害了我！你进来的时候，我的病没有现在这么重，是不是？"

"这是因为你发脾气，啼哭，所以这样重。"

她说道："并不全是我之故，无论怎样，我们现在是好朋友呢。你需要我，你有时想见吗？是真的吗？"

他很不耐烦地答道："我对你说过我需要你。你坐在长椅上，让我靠住你的膝，妈妈居多都是这样，往往整个下午就是这样。你坐着不要动，不要说话。你若是会唱，唱歌给我听，不然，你可以说一段长而有趣的俚歌——你曾经答应过教我的，再不然，说一段故事。我还是喜欢听俚歌，开始吧。"

凯瑟琳唱了一曲她所能记得的最长的歌，两个人都很高兴。林顿听了一曲，又要她再唱一曲，一连唱了好几曲，我极力阻止，他也不依。于是这两个人一个唱一个听，到了十二点钟，我们听见哈里顿回来，要吃饭。

当她很依依不舍地站起来时，他拉住她的衣服，问道："凯瑟琳，你明天来不来？"

我答道："不来，后天也不来。"她却低头附耳同他说话，他眉头松放了，她显然给他一句不同的答话。

我们走出房子外之后，我说道："小姐，你要记得，明天你不可以去，你现在做梦要去，是不是？"

她在长椅旁边，他靠在她身上，把她的身体当作一个架子。

她微笑。

我接着说道："哦！我得很小心防范着，我要把那锁修理去了，除了走这道门，你无路可以逃出去。"

她大笑说道："我能够爬墙头过去。艾林，山庄不是一所监狱，你又不是我的狱卒。况且我快到十七岁了，我是一个长大的女人了。只要我去照护他，我相信林顿的病会好得快。你晓得的，我的年纪比他大些，较有知识些，不像他那样孩子气，是不是。我只要稍微哄着他，他不久就肯听我指挥。当他好的时候，他是一个秀美的小宝贝。假使他是我的，我当他是一个宝贝。我们彼此都相熟了之后，我们绝不会争吵的，是不是？艾林，你不喜欢他吗？"

我喊道："喜欢他！这是一个十几岁的脾气最不好的小痨病鬼。好在希斯克利夫先生猜他活不到二十岁。其实我不相信他能够过春天。无论他什么时候死了，他的家里并不当是什么重大损失。他的父亲把他领回去，这是我们之幸。人家待他愈好，他愈麻烦人，愈变得只顾自己。凯瑟琳，我很高兴你并无嫁给他的机会。"

她听了我这两句话，脸上很露出严肃神色。我这样毫不体恤她，说到他死，很伤她的感情。

她沉思了好一会儿，答道："他的年纪比我小，他应该活得最长久。他将活得长久的——他必定活到同我一样长久。他的身体，现在同他初到北边来的时候一样壮健，这是我很晓得的。他不过受了点寒，同爸爸一样。你说爸爸的病将会好些，为什么他就不会好些？"

我说道："好吧，好吧，说到底，我们不必去自找麻烦。小姐，你听我说，你要记着，我是说什么做什么的——你若尝试再去呼啸山庄，同我去也罢，不同我去也罢，我必定告诉你的爸爸。除非他许你去，不然的话，你不能再同你的表弟亲近了。"

凯茜满肚子不高兴，喃喃道："我们已经恢复了。"

我说道："虽然恢复，却必不能再继续了。"

她答道："我们走着瞧。"她说完快跑，剩下我一个人在后追她。

我们在吃中餐前到家。我的主人猜我们在花园散步，所以不用解释为什么不在家。我一进门，就赶快去换湿透的鞋袜。但是在呼啸山庄久坐产生了不良的效果，第二天早上我病了不能起床，一连有三个星期我都不能做事，以前我从来未得过这样的病，以后也幸而并未再犯。

我的小女主人的行为如同一位天使一样，她来伺候我，陪我。我卧病在床，很无精神。我向来是活动惯了的，现在不能动，是很厌闷的，我却无甚理由说不满意的话。因为凯瑟琳一离开她父亲，立刻就到我的病榻旁边。她把每天的时候分作两份，一份是伺候她父亲，一份就是伺候我，她不肯夺了我们的一刻工夫去自己消遣。她吃饭，读书，游戏都全抛弃了，她又是一个最疼病人的看护。她这样地爱她的父亲，又这样地费许多工夫伺候我，她必定是个很热心的人。

我说她每天分开看护我们两个病人。但是主人睡得很早，我于六点钟之后什么都不要了，所以整个晚上都是她自己的。可怜的东西！我绝未考虑到吃过茶点以后她干些什么。当她走进来跟我说晚安的时候，我虽往往看见她的脸色很有精神，她的手指带点淡红。我以为是由于书馆里的火炉太旺，谁知是因在野地冷天骑马来的。

第二十四章

过了三个星期，我可以出卧室，在家里走来走去了。当我第一次在晚上坐下来的时候，我请凯瑟琳读书给我听，因为我的两眼看得不甚清楚。我们坐在书房里，主人已经睡了，她虽答应，我却好像看出她有点不甚愿意。我猜想我所喜欢的书不合她的路数，我就请她挑选她所喜欢的。她拣了一本她所喜欢的书，读了约有一点钟，随后屡次问我道：

“艾林，你不困倦吗？现在你不愿躺下吗？艾林，你坐这许久，会病的。”

她每次问，我每次答道：“宝贝，我不困倦。”

她看见我听了这句话还不动，她用别的法子表示她不愿意做现在的事情，她打哈欠伸腰，说道：

“艾林，我倦了。”

我答道：“既是倦了就不必读了，我同你谈谈吧。”

她听了这个话觉得更不是味，她坐也不是站也不是，叹气，看她的表，到了八点钟，最后她回屋里。我是看她满脸的不高兴，精神疲倦，屡次擦两眼，看上去困倦极了。第二天晚上她更不耐烦，第三天晚上，她说头疼不陪我了。我觉得她的行为古怪，我独自一人坐了许久，立意去问她可觉得好些，请她来躺在榻上，不要上楼躲在黑屋里。我到了楼上找不着凯瑟琳，我到楼下又找不着她。仆人们都说并不曾看见她。我在主人的房门外细听，房里并无声响。我回到她的屋里，灭了我的蜡烛，坐在窗子边往外看。

月色很好，地上还有点雪，我想她可能想起来在花园里散步，吸收新鲜空气。我确看见一个人沿着花园的内篱笆慢慢走，却不是我家小姐的身材。这个人一走到亮处，我认得是几个马夫之一。他站在那里好一会儿，看马路，他忽然快跑，好像看见什么东西，不久又回来，领着小姐的马。原来小姐才下了马，在马旁边走。那个人偷偷地牵马在草地上走向马厩。凯茜从客厅的一个窗子进来，不响地溜到我正在等她的地方。她轻轻地关门，把沾了雪的鞋子脱下来，脱了帽子，大衣放在一边。那时候我忽然站起来，露出我自己来。她这一惊简直动不得，喊了一声，站着不动。

我因为她近来待我很好，不便立刻责备她，我开口说道："我的宝贝凯瑟琳小姐，你这个时候骑马往哪里去呀？你为什么说谎话欺骗我呀？你到哪里去呢？你说呀！"

她口吃地说道："我往花园的尽头处，我并未曾说谎。"

我问道："你并未在别的地方吗？"

她半吞半吐地答道："并未去别的地方。"

我很忧愁地喊道："嘿，凯瑟琳！你晓得你做了错事，不然，你不会对我说谎话的。这一层很令我忧心，我宁愿病三个月，不愿意听你很费事造谎言。"

她跳过来，大哭，两手搂住我的颈脖子。

她说道："艾林，我很怕你生气，你答应我不生气，我就把实情告诉你，我不喜欢隐瞒这件事。"

我们坐在窗子的长椅上。我答应她无论她的秘密是怎样一件事，我都不责她。我自然猜出是怎么一会事。她开始絮絮道来——

"艾林，我最近常去呼啸山庄，自从你得病以来，我没一天不去的，只有你未出房门之前三天与出了房门之后三天我不曾去。我每天晚上给迈克尔[①]书本与画片，叫他每天晚上替我预备好明尼，把它牵回马厩

① 即前面提到的那位马夫。

里。你要记得，切勿骂他。我到呼啸山庄是在六点半钟，大概总逗留到八点半，我骑马跑回家。我去那里，并不能消遣，我往往是很难过的。有几次我是欢乐的，大约每星期不过有一次。初时我预料难以劝你让我对于林顿践约，因为当我们走的时候我曾答应第二天再去看他，但因你第二天不下楼，我就免了这一层为难。当迈克尔下午再锁花园门的时候，我把钥匙拿来，我告诉他我的表弟怎样要我去看他，爸爸怎样不愿意我去，随后我同他商量用我的马。他喜欢看书，还想不久就要告辞去娶亲。所以他同我定条件，只要我把书房的书借给他看，我可以喜欢做什么就做什么。但是我情愿把我的借给他，他更满意。

“我第二次探望林顿，他好像很活泼的。他们的管家婆吉拉，替我们打扫好一间屋子，生了旺旺的火，还告诉我们说，约瑟夫出去赴祈祷会，哈里顿带了他的狗出去——后来我们才听说他在我们的树林里偷了许多山鸡——我们喜欢做什么就做什么。她送些暖酒同黄糕进来给我，脸上很和气。林顿坐在大椅子里，我坐在小摇椅里，我们很高兴地说说笑笑，两个人有许多话说，我们筹划我们往哪里去，到了夏天该做什么。我不必述给你听，因为你会说这些都是傻事。

“有一次我们几乎争吵起来，他说七月间的热天最好是从朝至晚躺在野地里的一堆野草上，听着蜜蜂在花里轰轰地响，百灵鸟在天上唱，空无片云，青天与白日照在地上，他以为这是尽善至美的天上之乐。我却不然，我喜欢在绿树里摇摆，受西风吹着，头上有白云乱飞，不独百灵鸟唱，还有各种的小鸟唱，远远地望见野地，有几处破裂，成为阴凉的小溪，附近却有大块的长得很高的青草，随风生浪，还有树林与潺潺流水，整个世界都是清醒的，欢乐到欲狂。他喜欢躺下来安静不动，我喜欢无论什么都是放光的，都在最欢乐的场中跳舞。我说他的世界不过是半死半活的，他说我的世界是酣醉世界。我说我在他的世界里头会睡着的，他说他在我的世界里头不能呼吸。他开始不高兴。最后我们商量好，等待正当天气到的时候，我们试试看，我们随即相吻，又言归于好了。

“我们安坐一小时后，我看了那间光滑而无地毯的大屋子，我心里想，倘若我们挪开那张桌子，在里头嬉戏，有多么好呀。我就请林顿叫吉拉进来帮我们，我们三个人玩捉迷藏，叫她捉我们。艾林，你晓得的，你常捉我。他却不肯玩，他说无趣，却答应同我玩球。有一个橱里头放了许多玩具，我们找着两个球。一个球上有一个C字，一个球上有一个H字。我要有C字的球，因为这个字母代表凯瑟琳，有H字的可以代表他的姓，希斯克利夫。但是H球的糅皮露出了，林顿不喜欢这个。我接二连三地赢他，他又不高兴了，又咳嗽了，回去坐他的大椅子。虽是这样，那天晚上他却是很容易地恢复他的和气。他听了两三曲好听的歌很高兴，艾林，却都是你的歌。当我不能不走的时候，他求我，苦劝我明天晚上再来，我答应他来。我骑马飞跑回去，如同空气那样轻快。我做了一夜呼啸山庄的梦，与我可爱的小宝贝表弟的梦，梦到天亮。

"到了早上，我很忧愁。有一部分因为你有病，有一部分因为我要我父亲知道，并赞同我这样的出门探望。但是吃过茶点之后，是顶美的月夜，当我一面骑马往前走，我的忧愁都解散了。我心里想，我又有一个欢乐的晚上了。但是我尤其高兴的是林顿又有一个欢乐晚上。我骑马慢慢走上他们的花园，正要转弯向后边去，恩肖走来迎我，拉住我的马缰，叫我打前门走进去。他拍拍我的马的颈脖子，说它是一匹好马，他看上去好像想同我说话。我只对他说不要惹我的马，不然，它会踢他的。他用很粗俗的腔调说道：'即使马踢我，它不会很伤我的。'他微笑细看马腿。我却很想叫我的马踢他，他却走去开门。当他抬起门闩的时候，他抬头看门上的刻字，很蠢笨地露出得意的神气，说道：

"'凯瑟琳小姐，我现在认得上头那几个字了。'

"我说道：'稀奇到了不得啦——请你读给我听——你变得聪明了！'

"他拼字音，逐个字母拖长声气说出上头所刻的姓名——'哈里顿·恩肖。'

"我看出他不能再往下念，我鼓励他，说道：'底下那几个数字是什么？'

"他答道：'我现在还不能告诉你。'

“我大笑，说道：‘你这个蠢材。’

“这个傻子瞪着眼，唇边带着笑意，眉头却露出不高兴的神气，好像不晓得是不是可以跟我笑，不晓得我不过是同熟人开玩笑，还是确实表示轻视。我忽然间重露严肃表情，叫他走开，因为我是来看林顿，不是看他。我这样一来，他明白过来不再怀疑了。他脸上通红——我在月光之下看得明白——他的手从门闩上放下来，他的傲气被我伤害了。我猜他妄想他自己同林顿一样有学问，因为他能够拼出他自己名姓的字母了，可是我不认为他有学问，他觉得非常难过。”

我插进说道：“凯瑟琳小姐，且慢往下说，我将不怪责你，不过我不喜欢你这次的行为。假使你记得哈里顿与希斯克利夫两个人同是你的表兄弟，你就会晓得你这样的行为怎样不正当了。哈里顿既想同林顿一样有学问，其志很可嘉，也许他学认字不全是为出风头。我相信你从前曾使他觉得不识字难为情，他想补救他的短缺要你喜欢。你耻笑他的不成功的尝试，是一件很无礼的事。假使你生长于他的环境里，你会不那样粗鲁吗？当他是个小孩子时候，他同你一样的聪明一样的灵敏。因为那个可恶的希斯克利夫这样不公道地待他，使他今日反被人看不起，我觉得伤心。”

她看见我说得这样认真，很诧异，说道：“艾林，也罢，你却不必为这件事大哭。但是你且等着，你快要听见他还拼不拼他的ABC使我欢喜，是否值得以礼对待这个粗人。后来我就进去，林顿躺在长椅上，抬起半个身子来欢迎我。

“他说道：‘凯瑟琳，亲爱的，我今天有病，只好全是你一个人说话，我听你说。过来，坐在我身边。我很相信你不会食言的，当你未走之前，我要你答应再来。’

“我现在晓得，因为他有病，我必不可以惹他生气，我就低声说话，不去问他话，无论怎样都不惹他生气。我带了几本最好的书来给他，他叫我略读一本给他听。我正在要开读，恩肖忽然闯进来。他想过之后，积蓄了许多怒气。他一直走到我们面前，抓住林顿的膀子，拽他离了他的坐处。

“他说道：‘你去你自己的屋里！’他发怒到几乎说话不成声，他的脸发怒到发肿，‘她若来看你，你领她到那里。我不许你占我这间屋子。你们两个滚吧！’

“他骂我们，不给林顿时间答复，几乎把他扔进了厨房。当我跟着走的时候，他握着拳头，好像要把我打倒。有一会子工夫我很害怕，我落了一本书在地下，他把书踢出来，把门关了。我听见火炉边有一种怀恶意的大笑，我掉过头来一看，原来是那个讨人厌的约瑟夫，站在那里搓手，乐得发抖。

“‘我很晓得他会报仇的！他是一个有气魄的孩子！他有了正当的气魄！他晓得了——他同我一样晓得，谁该在这里当主人——哈，哈，哈！他轰你们出来，是很正当的！哈哈哈！’

“我只好不管约瑟夫耻笑我们，我问我的表弟道：‘我们往哪里去呀？’

“林顿发抖，面无血色。艾林，这时候他却不秀美了，很不秀美了！他的面目令人可怕，他的薄面皮和大眼睛变作发狂无力的愤怒表情，他抓住门把只管摇，里面闩上了。

“‘你若不让我进去，我杀了你！——你若不让我进去，我杀了你！’林顿是喊叫，不是说话。‘魔鬼！魔鬼！——我要杀你——我要杀你！’

“约瑟夫又哈哈大笑。

“他说道：‘这才像他的父亲，这才像他的父亲。父母两方面他都有。哈里顿，你不要理他——你不必害怕——他不能到你的身边！’

“我捉住林顿的手，尝试把他拖开，但是他乱喊得很凶，我不敢进行。最后一阵咳嗽堵住他的喉咙，他不能喊，吐出一口血来，倒在地下。我跑到院子里，害怕到恶心，我尽力大声喊吉拉。她正在棚里挤牛乳，听见我喊，赶快走来，问我叫她做什么？我喘不出气来解说给她听，拉她进来，找林顿。恩肖已经走出来看看他所引发的祸害，正在抱这个可怜东西上楼。吉拉与我跟着上楼。我上了楼，他阻止我，说我不该进屋，说我必定得回家。我说他杀了林顿，我一定要进去。约瑟夫锁门，说我不该进去，问我是否也要同他一样发狂。我站在那里啼哭，等到管家婆重新出来。她说过一会子他会好些，但是切勿吵他。她拉住我，几乎把我抱进房子里。

“艾林，我那时候急到要扯掉我自己的头发！我哭到两眼几乎看不见。你所同情的恶棍站在我的对面，时时叫我不要哭，不肯承认是他的错。我说我要告诉爸爸，说他会被禁在监狱里受绞刑的。他害怕，开始哭，赶快跑出去，躲了，不要人看见他的困扰。虽是这样，他还是不肯放过我。等到后来他们逼我走，我走了，离田舍约有一百码的时候，他忽然从路旁的黑影里走出来，拦住我的马，抓住我。

“他开始说道：‘凯瑟琳小姐，我心里很忧愁，但是太过……’

“我也许以为他要杀我，我拿马鞭打他一下。他放手，大声咒骂我。我跑马回家，大半像个疯子一样。

“这天晚上我并未对你说晚安，第二天我并未到呼啸山庄，我却极想去的。但是我有一种莫名的激动，有时候怕听说林顿死了，有时候一想起会遇着哈里顿时，我就发抖。第三天我胆子大了，倘若不是胆子大，至少也是因为我再不能忍受不晓得他的消息，我又偷走一次。我是五点钟走路去的，妄想我可以设法溜进宅子，偷偷地走进林顿的屋子里，可以没有人看见的。谁知狗见了我就吠起来。管家婆出来迎我，说道：‘孩子的病好多了。’领我进去一间有地毯、收拾得很整齐的小屋子。

“我看见林顿躺在一张小榻上，读我的一本书，我见了，有说不出来的欢乐。但是有一点钟之内，他既不看我，又不同我说话。艾林，他有一种很不好的脾气，当他开口说话的时候，他说了两句谎话，说是我先吵闹的，不是哈里顿之错。我听了，很糊涂。我假使要答他这两句话，我是要生气的，我只好站起来，走出去。他没想到我会是这种反应，他微微地喊了一声‘凯瑟琳’。我却不回头。

“第二天我在家里不出门，我几乎打定主意从此以后不再去看他了。但是我上床睡，睡醒了下床，都惦记着他，我得不着他的消息，心里实在难过，我的主意并未打定就被破坏了。从前我一个人跑去，确实不对，现在我不去又觉得不对。迈克尔跑来问我要不要备马，我说‘要的’，我以为是尽我的本务。我不得不经前窗走过才能走到院子，我隐藏是没用的。

“当吉拉看见我往客厅去的时候，说道：‘少爷在家。’我进去，恩肖也在那里，但是他一看见我，立刻走出来。林顿躺在大椅子里半睡半醒。我向火炉走，开始用严肃的腔调说话，有一部分是说真话：

“‘林顿，既然你不喜欢我，既然你认为我有意伤害你，且认定我每次都这么做，那么这是我们最后一次见面了，让我们诀别吧！请你告诉希斯克利夫先生你不愿意见我，叫他关于这件事情不要再造谣言了。’

“他答道：‘凯瑟琳，请你坐下，脱了帽子。你比我欢乐得多，你该觉得比我强。爸爸说我许多短处，也说够了，他看我不起，我自然应该疑心我自己。我疑心我是不是如他所常说我那样的不中用，我随即觉得生气与怨恨，我无论什么人都憎恶！我是不中用，我的脾气是很坏，我几乎常不能振作。你若是喜欢的话，你可以同我话别。你将摆脱一个讨厌的人。凯瑟琳，你却要还我公道，请你相信我若可以如同你一样的温顺可爱，如同你一样好，我是会如同你一样的。我很愿意这样，比你还要欢乐，比你还要健壮。你要相信你对我的爱，使我爱你更深，倘若我配爱你的话。我从前虽然不能不对你显露我的本性，现在亦不能不对你显露我的本性，我却很追悔，我将永远追悔，一直到我死！’

“我晓得他说实话，觉得我必要宽恕他。也许他明天又同我闹，我必要再饶恕他。我们言归于好了，我们两个人都哭，我在那里逗留多久就哭了多久，并非全为的是愁苦。林顿有这样扭曲的性格，我感到很忧愁。他永远不会令他的朋友心安，他自己也是永远不能心安的！自从那晚起，我以后常到他的小客厅，因为他的父亲后天就回来了。

“我们有三次如同第一天晚上那样欢乐与充满希望的，其余我的探望都是寂寞的，烦恼的。有时候因为他的自私自利与麻烦，有时因为他的病痛。我却学会了怎样忍受他，不甚怪责他。希斯克利夫特意躲开我，我几乎见不着他的面。最后的星期日我来得比往常早，我听见他骂那个可怜的林顿，骂得很凶，骂他前天晚上的行为不对。我不能说出来他怎样会晓得的，除非他偷听了。林顿的行为确实令人生气，但是不能怪他，只能怪我。我走进去把情形告诉希斯克利夫，阻止他的教训。他大笑，走开，说他很喜欢我对于这件事情的见解。自从此次之后我告诉过林顿，劝他要低声说他的不愿意话。艾林，我说完了。你不能拦阻我去呼啸山庄，你若是拦阻我，就是使两个人痛苦。你只要不告诉我的父亲，我往那里去并不扰乱什么人的安宁。你不会告诉我父亲的，你会告诉吗？倘若告诉，你这个人太无良心了。”

我答道：“凯瑟琳小姐，我告诉不告诉，明天将打定主意，这一点要费些研究。我让你歇歇，我去想这件事。”

我决定当着我主人的面大声说出来。我从小姐屋里一直走到主人屋里，把整个故事都告诉他。只除了她与她的表弟谈话不告诉他，也不提起哈里顿。我的主人听了很恐慌很难过，他对我却隐藏痛苦。第二天早上凯瑟琳晓得我走漏了秘密，而且晓得从此以后她的秘密探望要告终了。她反对他父亲的禁令，大哭、吵闹也是无益，哀求她父亲哀怜林顿。他父亲答应她写信给她的表弟，无论什么时候，只要他高兴，允许他来山庄探望；而且告诉他，他从此以后不必再盼望凯瑟琳往呼啸山庄了。凯瑟琳所得的安慰不过这样，假使他晓得他外甥的性情与病情，他也许连这样的轻微安慰都不给他的女儿。

第二十五章

迪安太太说道："先生，这都是上一个冬天的事，还未过一年呢。上一个冬天我却未想到过了十二个月我会把这许多事情对一位素不相识的人说，来解他的闷！但是谁晓得你当多久的客人？你的年纪很轻，不会满足于单身生活的，我有点胡想，无人看见凯瑟琳·林顿不爱恋她的。你微笑了吧，当我谈她的时候，你为什么神色这样活泼，这样注意呀？你为什么叫我把她的相片挂在你的炉台上呀？你为什么……"

我喊道："我的好朋友，你且慢说。我会爱她，原是一件极其可能的事，但是她会爱我吗？我犯不着闯入诱惑的陷阱里，以危及我的安宁。况且我的家不在这里，我是忙碌世界里头的一个人，我必要回去的。请你往下说，凯瑟琳服从她父亲的命令吗？"

她服从命令，管家婆接着说道，她心里的最重要感情还是爱她父亲。她父亲说话并无怒意，他所说的话是表示他的最深慈爱，好像他快要把他的至宝流落到仇敌手上，到了那种地方，她只有他所嘱咐的话能给予唯一的帮助，他也只能遗传这几句话以指导她。过了几天之后，他对我说道："艾林，我很想我的外甥写信给我或来探望我。请你老实告诉我，你看他这个人怎么样。他正在长大成人，你看他变好些吗？不然，有进步的希望吗？"

我答道："他的身体很孱弱，我看他难以长大成人，但是我却能说，他不像他的父亲。假使不幸凯瑟琳小姐嫁了他，他不会不听她指挥的。除非她极端傻气地纵容他，那可就难说了。虽是这样说，主人，你很有时间研究他的性情，你就可以晓得他配不配娶她，他还要等四年多才到成年呢。”

我的主人叹口气，他走到窗口向吉姆顿教堂望。这个下午有雾，二月的太阳朦胧地照着，我们刚能够辨出坟地的两株松树，与不多的几块墓碑。

他一半自言自语道：“我常常祈祷，该来的就快来吧。现在我却畏缩了。我与其回忆从前我做新郎从那条小谷走下来时的欢乐，不如我预料不久，不过几个月，也许不过几个星期，我被人抬上去，埋在寂寞的坑里更为欢乐。艾林，我有我的小凯茜在身边，我觉得很欢乐，我们一起过了多少冬夜与夏日，她在我身边就是我的一个希望。但是我在那所老教堂之下的墓碑之间沉思也一样的欢乐。我躺在她母亲坟头的青草上，过了好几个六月间的长夜，渴望我可以睡在墓下的时候早些到来。我能为凯茜做些什么？我将要怎样与她分离？林顿是希斯克利夫的儿子，我却并无半点顾虑，假使他能够为她丧父而安慰她，他从我的身边把她夺了，我也不顾虑。希斯克利夫达到目的，把我的最后幸福抢了去，自鸣得意，我也不管！但是林顿若不配娶她——倘若林顿不过是他父亲的软弱工具——我却不能把她抛给他！摧毁了她的梦想虽然是残忍的事，我也绝不退让，哪怕我必须当我活在世上的时候努力不懈地使她愁苦，等到我死了，剩下她一个人做孤儿。我的小宝贝呀！我宁愿把她送还上帝，在我未死之前，埋在土里。”

我答道：“主人，就是这样把她送还给上帝，倘若天意要我们丧失了你——我们求上帝禁止——我将终生做她的朋友，做她的顾问。凯瑟琳小姐是一个好女孩子，我并不怕她有意走错路，凡是尽其责任的人后来常有好报的。”

春天来到了，我的主人虽然重新与他的女儿在草地上散步，体力却并无实在进步。她是并无阅历的人，以为这是病体好了的吉兆，况且他的脸上往往发红，两眼发光，她深信这是病体复原了。当她过十七岁生日的那一天，他并不去她母亲墓地。那天下雨，我说道：

“先生，你今晚必定不出去，是不是？”

他答道：“我不去，今年我略过数天才去。”

他又写信给林顿，表明他极愿意见他。我想假使这个有病的孩子可以见人，他的父亲必定让他来见的。他父亲教他写回信说希斯克利夫不许他来山庄，但是他舅舅这样记挂他，他很高兴，希望散步的时候碰见他，私下恳求不要使他的表姐与他这样长久的不相见。

这封信的这一部分是很简单的，大约是他自己写的。小希斯克利夫那时候晓得他能够为要求凯瑟琳的陪伴，而说得很动听的。

他说道：“我并不求她可以到这里来，但因我的父亲禁止我，不许我到她的家里，难道永远不许我见她，你也不许她到我这里来吗？我求你能几时同她骑马向我们这里来，让我们当着你的面说几句话！我们并未做过不对的事，令你不使我们相见。你又并不怒我，你自己承认你并无不喜欢我的理由。我的舅舅呀！请你明天写一封信给我，许我在你所愿意的地方与你相见，山庄却要除外。我相信我同你会面之后，就能使你相信我并无我父亲的性格，他说我确是你的外甥，成数多过我是他的儿子。我虽有许多短处使我配不上凯瑟琳，她却原谅我，为她起见，你也该原谅我。你问候我的病状，我的病已经好得多了，但是我现在仍然全无希望，仍然受寂寞无伴之苦，日与绝不喜欢我的人为伍，我怎样能够高兴，身体怎样能够会好呢？”

我的主人虽然对这个孩子表示同情，却不能答应他的要求，因为他不能陪伴凯瑟琳。他说到了夏天也许他们可以会面。当下他只想让他隔几天写一封信，在信内把他所能给的教训与慰藉给他，他很晓得他在家里所处的为难情形。林顿听他舅舅的话。假使没得人约束他，他也许在信内说许多不满意的话，把整件事情都弄坏了。但是他父亲很细心观察他，凡是他舅舅写来的信，他父亲都要看过。所以林顿不写他自己个人的特别痛苦与困难，尽管这是他最想写的，只写与他的朋友和他的所爱分离之苦，轻轻地示意求他的舅舅不久必要让他们相见，不然的话，他怕他的舅舅只是口头上答应，有意骗他。

凯瑟琳在家里却是他的一个很有力量的同盟，他们两个人说了许多话，后来居然劝好我的主人允许他们每星期同骑马或同散步一次，在我的保护之下，在与山庄最相近的野地同行。因为到了六月，他的身体还是日见衰弱。他虽然每年把他的收入的一部分存起来，作为他女儿的财产，他自然想她可以保留她祖先的房产——不然的话，至少不久也要回来住在老宅内。他考虑唯有她嫁与继承他产业的人，才能够办得到。他却不晓得这个产业继承人身体日坏，坏得很快，如同他自己一样。我相信，无论什么人也不晓得这个情形，并无医生去呼啸山庄看病，也无人看见希斯克利夫少爷把他的病状报告我们。我自己开始妄想我的预料也许不是真的，妄想他必定是日有起色，那时候他说到野地骑马或散步，好像很热心要做这种事。我不能想象一个做父亲的会虐待他的快要死的儿子，如我后来所晓得的，强逼他儿子装出这样外表的热心。他的贪婪无情的计划愈被死亡的失败所恐吓，他愈努力。

第二十六章

过了盛夏，我的主人很勉强地答应他们的要求，凯瑟琳与我第一次骑马出去会她的表弟。这是一个闷热天，并无太阳，天色昏暗，快要落雨。我们会面地方指定在十字路口的指示方向的石块。我们到了那里，却有一个牧童当信差，告诉我们道：

“林顿少爷正在呼啸山庄的这边，他请你们再往前走些。”

我说道：“既是这样，林顿少爷忘记了他舅舅的第一条禁令，他吩咐我们不许越出山庄的地界，这时候我们立刻要出界。”

我的同伴答道：“等到我们遇着他，我们掉转马的头，我们前方就是向着我们的家里走。”

但是当我们走到他的所在，这里离他的家门还不到四分之一英里，我们看见他并无马匹，我们只好下马，任我们的马吃草。他躺在野草上，等候我们走近他，我们走到离他几码远，他才起来。他走路走得很无力，脸上毫无血色，我见了立刻喊道：

“希斯克利夫少爷，你为什么呀，你的身体今早不宜散步呀。你的病容多么厉害呀！”

凯瑟琳细细看他，很忧愁很惊愕，她本来要喊出一句欢乐话的，却变惊叫了。他们久已不见面，正要说句庆幸话，却变成焦急的问候，问他是否身体还不如以前！

他气喘喘地说道：“不是更甚，比一向好些，好些！”一面发抖，一面抓住她的手，好像要她的手扶住他，他的两只大蓝眼睛很畏怯地看她，眼的四围都塌下去了，他本来就无神气，现在变作疲倦已极的昏乱了。

他的表姐说道："你的病比从前更重了，重过我最后见你的时候，你瘦得多了……"

他赶快拦住她，说道："我是疲倦了。天气太热，不好走路，我们就在这里歇歇吧。早上我往往觉得不好过——爸爸说我长得这样快。"

凯茜很不满意，坐下。他在她身边，斜靠着。

她努力做出高兴样子，说道："这却有点像你的极乐世界，你记得我们商议过在每人所以为最快乐的地方过两天吗？这里很像你的极乐世界，不过天上有云，好在是柔和的云，好过有太阳。下一个星期，你若能够骑马，我们将骑马到山庄的花园，试试我的极乐世界。"

林顿好像不记得她从前所谈过的话，而且他显然无气力，难以多说话。他不注意于她所提议的话，他自己又不能说什么替她解闷，她显然不能隐藏她的失望。他的整个人与态度有了一种说不清楚的改变。他从前好生气却还可以受爱抚，变得可爱，现在却成为无精打采的漠然。他不理会她，并不全是闹小孩子脾气要人来安慰他，多数是久病的人只想着自己的一种闷气，拒绝人安慰，容易把他人的好脾气的玩笑当作羞辱。凯瑟琳与我都看出来他认为忍受我们的陪伴是受罪不是欢乐，所以她不久就提议要走。谁知这一提议反警醒他，使他很奇怪地激动。他很害怕地看看呼啸山庄，求她至少再坐半点钟。

凯茜说道："我看你坐在家里比坐在这里舒服些。我知道今天我不能说故事，唱曲子，说闲话，替你解闷了。在这六个月里头，你变得比我聪明得多，现在你不甚喜欢我的解闷办法了，不然的话，假使我能同你解闷，我很愿意再坐一会儿。"

他答道："你坐下歇歇，凯瑟琳，你不要想，或不要说我病得很重，天气又闷又热使我没有精神。你未来之前，我走了许多路。请你告诉舅舅，我的身体还好，你肯告诉吗？”

小姐说道：“林顿，我将告诉他，你说你的身体还好，我不能实说你的身体好。”他一定要说不实在的话，很令她诧异。

她很疑惑地看他，他躲过脸去，接着说道：“下星期四请你再来，请你谢谢他允许你来探望我，请你好好地谢他。你如果遇着我的父亲，他若问你我怎么样，请你切勿使他猜我糊涂无话说。你切勿同你现在这样忧愁，垂头丧气——他见了会发怒的。”

凯茜误以为希斯克利夫会怒她，说道：“我不管他发怒。”

她的表弟发抖，说道：“我却怕他发怒。凯瑟琳，你切勿激恼他反对我，因为他是一个极狠心的人。”

我问道：“希斯克利夫少爷，他对待你很严厉吗？他一向很容纵你的，现在厌倦了吗，从消极的怨恨变成积极的怨恨吗？”

林顿看看我，却不答话。凯瑟琳再坐在他身边有十分钟，那时候他很无精神地垂头，垂至胸前，一句话也不说，只是呻吟，这是表示全无气力，不然就是受痛苦。凯茜开头找野果子聊以自娱，找着同我分，她并不分给他，因为她看出来再去理会他，不过使他厌烦。

最后她附耳同我说道：“艾林，现在到了半点钟吗？我搞不懂我们为什么要逗留在这里。他睡着了，爸爸要我们回去了。”

我答道：“好吧，我们却不可当他睡着就走，我们只好耐烦些，等他醒才走。你很着急地要离开，你一直渴望要见林顿的热情这么快就消灭了！”

凯瑟琳答道：“他为什么想见我？他从前的脾气很不好，我反更喜欢他，他现在的心境很奇怪，我却不喜欢他。他好像是被逼而为此的——他是被逼同我相见的——因为怕他父亲骂他。但是我却不愿令希斯克利夫喜欢而来，无论他有什么理由勒令林顿受这番罪，我也不愿为他而来。我看见他身体好些，虽然欢喜，他却不如从前那样和气，不如从前那样热情，我却难过。”

我说道：“你既说这样话，你认为他的病体好些吗？”

她答道："是的，因为他说他的病状，常是夸大的，这是你晓得的，但并不会好过有如他叫我告诉爸爸的，但他是好些了，也许是的。"

我说道："凯茜小姐，你所见的与我不同，我猜他的病比从前重得多。"

这时候林顿从睡梦中惊了一跳，很慌乱的恐怖，问我们有谁喊他的名字。

凯瑟琳说道："没人喊你，除非是梦里有人喊你。我不能想象你怎样早上能够在门外睡着了。"

他看看我们头上浓密的树枝，喘气说道："我以为我听见了我父亲的声音，你们真晓得无人说话吗？"

凯茜答道："我们很晓得，只有艾林同我两个人在这里讨论关于你的健康。林顿，你当真强健过我们在冬天分手的时候吗？倘若是这样，我相信有一件事情不如从前那样强固——你对待我却不如从前，你说呀，是不是？"

他答道："是的，是的，我比从前强健！"他一面说，眼泪一面冲出来。他还是被他所想象听见的声音所迷，他的眼上下地乱看，要找说话的人。凯茜站起来，说道："因为今日我们必须分手，我不瞒你说，我们今天相见，令我很失望，我只告诉你，却不告诉别人，我并不是怕希斯克利夫。"

林顿喃喃道："别说话，别说话，他来了。"他说完这个话，抓住凯瑟琳的膀子，要留她。但是她一听说他父亲来了，她匆匆地摆脱开，吹哨喊她的马，那匹马如狗一样听她的话。

她跳上鞍子，喊道："下星期四我再来，我同你暂别了。艾林，快走！"

我们就是这样走了，他的全副精神都在注意他父亲回来，他几乎不晓得我们离开这个地方。

我们未到家之前，凯瑟琳的不乐变作怜悯与恼悔，林顿的身体与处境使她怀疑，不能放心。我也是这样想，我却劝她不要多说话，因为我们再探望一次就晓得更清楚些。我的主人要我们报告情况，我把他外甥所说的感谢他的话报告了，凯茜小姐很柔和地说及其余的事。他所问的话，我答复不多几句，因为我不晓得应该隐瞒什么，应该照实说什么。

第二十七章

又过了七天，我主人林顿的情形每天都改变得很快。从前他的病体是一月不如一月，现在是一点钟不如一点钟。我们不想欺瞒凯瑟琳，她自己的灵敏也不肯欺瞒她。她秘密地猜着了，心里常念着可怕的事难免发现，逐渐晓得必定发现。到了星期四，她无心提骑马的话，我替她提，奉了她父亲允许，叫她出门。因为这时候那间书房——她父亲每日在这里坐一会，他只能坐一会——与他的卧室变作她的整个世界了，她是一刻都不愿意不坐在她父亲身边，或低头凑近她父亲的枕上。她伺候父亲的病与她的忧愁，使她脸上无精神无血色。我的主人想打发她去见林顿，让她换个环境和伙伴，让她开心起来，故此很喜欢叫她走开，他希望他死后她尚不至于整个孤独无聊，聊以此自慰。

他有一种固执的想法，以为他的外甥面目像他，他外甥的心也像他，他曾说过几句话，我从这几句话里头猜他有这种想法。因为林顿的信并不表现出他自己的缺点，即使有，亦不见多。我却不去改正我主人的妄想，这是我的错，却情有可原。即使我告诉他，他既无力量又无机会利用我所说的话，我自问何苦惊扰他最后的安宁。

我们推迟我们的出发，推到下午。这是八月间最好的一个下午，山上吹来的风，无一阵不是充满了生机的，即使是快要死的人吸了，也会复活的。凯瑟琳的神色如同这时候的山景，有阴影，有阳光，交替出现，但是云影停留较久，阳光却去得较快，她忘记忧愁的时候不过是俄顷之间，她还要责备自己不应有这片刻的忘忧。

我们望见小林顿还在那个老地方留心看我们来。凯茜下了马，告诉我，因为她打定主意只要逗留很短时间，让我不如仍在马上，勒住缰绳。我没有同意，我不肯冒一刻看不见她的危险，我们于是同上斜坡。希斯克利夫少爷这次欢迎我们，比上次较为有精神，既不是因为高兴，亦不是因为欢乐，故意提起精神，好像是因为害怕。

他很为难，气很短地，说道："你们来迟了！你的父亲不是病得很重吗？我想你不会来的。"

凯瑟琳不说欢迎话，只说道："你为什么不肯有话直说？你为什么不立即说你不需要我？林顿，这是第二次你特地叫我来，却又使我们两人都难过，又毫无理由，我觉得奇怪！"

林顿看看她，发抖，一半哀求，一半觉得惭愧，但是他表姐的忍耐力不足，受不了他这种令人不能捉摸的行为。

她说道："我的父亲病得很重，为什么把我从他的病榻之侧喊出来呀？当你要我不必践约的时候，你为什么不打发人来免我践约呀？来！我要你解说。我现在没心思嬉戏与玩耍，现在我不能伺候你的假模假样了！"

他喃喃道："我假模假样吗？假模假样是什么东西？凯瑟琳，我哀求你不要露出这样的怒容！你喜欢怎样轻视我就怎样轻视我。我是一个无价值、怯懦的可怜虫。你只管看我不起，我原是一个极其令人看不起的东西，我是个太过卑劣的东西，不值得你发怒。你只管看轻我，但不要怨恨我，请你怨恨我的父亲。"

凯瑟琳大怒，说道："胡说！你这个傻孩子！哪！他发抖了，好像我真是要碰他！林顿，你不必预先说看不起，无论什么人都自然而然地看你不起。你走开！我要回家。从炉座拖你出来是件傻事，装作——我们装什么？你放手，不要拉住我的褂子！倘若我因为你哭，因为你露出这样很害怕的神色就可怜你，你应该不受这样的可怜。艾林，你告诉他，这样的行为多么下贱呀。你起来，不要屈辱你自己，变作一条可鄙的爬虫，不要爬在地下！”

林顿满面流泪，露出痛苦神色，整个人倒在地下，他好像害怕到发抖。

他哭道：“咳！我受不了！凯瑟琳，凯瑟琳，我也是一个设阴谋害你的人，我不敢告诉你！但是你一离开我，我就要被杀！宝贝凯瑟琳，我的性命在你手上。你曾说过你爱我，你若曾爱过我，是不会伤害你的。你将不走了吗？亲爱，温柔的好凯瑟琳！也许你愿意答应——他要我死也要跟你在一起。”

我家小姐看见他剧烈的痛苦，弯腰拉他起来。往日的柔情把她的不欢打倒，她全被他所动，害怕起来。

她问道：“你要我答应什么？逗留在这里？你告诉我这两句怪话的意思，我就愿逗留。你说话自相矛盾，使我糊涂了！你镇静些，对我说实话，立刻把你所有的为难心事都告诉我。林顿，你不愿害我，是不是？你不愿让任何仇敌伤害我，只要你能够阻止，你是不愿的，是不是？我相信你对你自己是个懦夫，说到要伤害你最好的朋友，你却不是个懦夫。”

这个孩子握着拳头，喘气说道：“但是我父亲恐吓我，我怕他——我怕他！我不敢说！”

凯瑟琳带着看不起他的怜悯，说道：“既是这样，也罢，守着你的秘密吧，我却不是个怯懦人。你自己多保重，我是不怕的！”

她的宽宏大度惹他落泪，他乱哭，他两手扶住他，他吻她的两手，却无胆说出来。我正在沉思这件秘密是怎么一回事，打定主意永不使凯瑟琳受害，以利他或利任何他人，这时我听见在野草之间有窸窸窣窣的声响，我抬头看见希斯克利夫正从高处下来。他们两个人离得不远，林顿的哭声他原可以听见的，他却并不看他们一眼，他用热心的腔调说欢迎我的话，他对别人是绝不用这样腔调的，我却不能相信他这样的真诚，他说道：

“奈莉，我很少看见你离我家门这样近，山庄的人们都好吗？你说给我们听听。”他低声又说道，“谣传埃德加·林顿快要死了，也许人们把他的病情说得太重了，是不是？”

我答道：“并非说得太重，我的主人是快要死了，这是真实情形。他死了是我们所有人的不幸，却是他的福！”

他问道：“据你看，他还可以活多久？”

我说道：“我不晓得。”

他接着说道：“因为那边的小孩子好像立意要跟我过不去，多亏他的舅舅就要死了，死在他之前，哈！这个小畜生耍那样把戏，耍了许久吗？因为总爱哭，我曾教训过他。他对林顿小姐大概是很活泼的吧？”他一面说一面看那两个少年，他们被他看得一动不敢动——林顿好像不敢动，亦不敢抬头，凯瑟琳因为他，也不能动。

我答道：“活泼吗？并不——他表现出极大的痛苦。我看见他这个样子，我该说他不该同他的心上人在山上闲逛，他该睡在床上，在医生手上。”

希斯克利夫喃喃道：“再过一两天他就在医生手上，但是首先——林顿，起来！起来！不要爬在地下，立刻起来！”

我猜，林顿因为被他父亲看着他，害怕起来，这种恐惧使他又倒在地下，除了这个之外，没有什么会使他产生这样卑贱态度的。他几次努力想服从他父亲的命令，但是他所有的衰弱气力暂时却耗尽了，他哼了一声又倒在地下。希斯克利夫前行几步，扶他起来，靠着一大片青草。

他很凶恶地说道：“我发怒了，倘若你不提起精神来——你这该死的东西！立刻站起来！”

他喘气说道：“父亲，我愿站起来，不过你不要骂我，不然的话，我快要晕倒了。我深信我如你所愿都做了，凯瑟琳会告诉你我做到了——我——我——曾经很高兴的，呀！凯瑟琳，站在身边，你伸手过来。”

他父亲说道：“扶住我的手，站起来。那——她将伸手扶你，对了，你眼看她。林顿小姐，我把他吓成这样，你会想象我就是魔鬼吧！请你同他走回家，你肯吗？我只要一碰他，他就发抖。”

凯瑟琳低声对他说道：“林顿，亲爱的，我不能去呼啸山庄，爸爸不许我去。他不会伤害你的，你为什么这样害怕？”

他答道：“我再也不能进那所宅子了，没有你，他不许我进去！”

他父亲喊道：“住口！我们将尊重凯瑟琳服从父亲命令的一点孝心。奈莉，你扶他进去，我将听你的所劝，立刻去请医生。”

我答道：“你该请医生，但是我要同我家小姐一起，招呼你的儿子，并不是我的事。”

希斯克利夫说道：“你这个人太呆板了，我晓得不是你的事。但是你这样一来是强逼我拧这个婴孩一下，使他叫喊，那时候才能够动你的慈心。我的英雄，来吧，我扶着你，你肯回家吗？”

他又走近他的儿子，做出要捉住这个衰弱病体的样子，但是林顿往后一缩，抓住他的表姐，哀求她陪伴他，他这样如疯如狂地哀求，她不能不答应他。我无论怎样不同意，我也不能阻拦她，其实她自己也不能拒绝不陪他。他为什么这样害怕，我们简直无法看出来，他就是这样害怕到毫无气力，似乎再加一点恐吓，他会变作傻子的。我们走到门口，凯瑟琳走进去，我站着等她把病人领到一把大椅子上，我希望她立刻就出来。那时候希斯克利夫推我向前，说道：

“奈莉，我的房子并不是有了瘟病，我今天要尽我的地主之谊，坐下，让我关门。”

他关了门，加上锁，我吓了一跳。

他说道：“你吃了茶点再回家，家里只有我一个人。哈里顿带着牲口到利兹去了，吉拉与约瑟夫出去逛了。我虽然是寂寞惯了的，倘若我能够得着人陪我，我却很喜欢。林顿小姐，你坐在他身边。我把我所有的给你。这份礼物是几乎不值得收受的，我却没有别的东西送你。我说的就是林顿。她为什么这样瞪眼！凡是害怕我的人，我都以野蛮对待，这真是一件怪事！假使我生在一个国家，那里的法律较不谨严，人们的风尚较不文雅，我自己就要慢慢地生宰活割他们两个人，作为一种晚间的消遣。”

他吸一口气，拍桌子，骂道：“我真恨他们。”

凯瑟琳听不见他的较后部分的话，喊道：“我不怕你。”她走过去，走近他身边，她的两眼冒火，现出怒气与决绝。她说道："把房门的钥匙给我，我一定要钥匙。即使我挨饿，我也不肯在这里饮食。"

希斯克利夫把原放在桌上的钥匙拿在手里。他抬头看看，见她这样大胆，觉得诧异，不然的话，也许他追忆到了她母亲的声音与眼神。她抢钥匙，她几乎抢到手，因为他原是松松地拿在手上。她一来抢，使他回到现在，赶快把钥匙夺回来。

他说道："凯瑟琳·林顿，你站开，不然的话，我就把你打倒在地，这会使迪安太太发狂的。"

凯瑟琳不理他的警告，又抓住他的手与钥匙，再次说道："我们要走！"她用尽她的气力要弄松他如铁那样坚硬的筋肉，她用指甲弄不动他的手，只好用口咬。希斯克利夫瞪了我一眼，使我这片刻间不敢干预。凯瑟琳专注于他的手指，并不看他的脸。他忽然把手指都放开，不要钥匙，但是在她未拿着钥匙之先，他拿手捉住她，拖到膝上，用那一只手很用力乱掴她的头，每一掴都足以印证他的恐吓并非假话，假使她能倒在地下的话。

我看见他用这样魔鬼的凶恶手段，我发狂地冲过去，我喊道："你这个恶棍！你这个恶棍！"他一拳轻轻地打在我的胸前，我就说不出话来。我是很胖的，我就喘不出气来。我既发怒又受了打击，我晕了，向后倒，觉得快要气闷，不然，血管也快要炸裂。这样的情景不过两分钟就过去了。他放了凯瑟琳，她两手捧住太阳穴，好像不晓得她头上还有两耳没有。可怜这女孩子在那里发抖，如同一根芦苇一样，靠住桌边，完全不知所措了。

他刚才把钥匙跌在地下，又低头拾起来，很不高兴地说道："你看，我晓得怎样惩罚孩子们，现在你听我的话，跑到林顿身边，只管放声大哭！明天我就是你的父亲——再过几天，你只有我是你的父亲——你很有长远日子有我做你的父亲，你是能够久受折磨的，你不是个懦弱的人。倘若我再看见你的两眼露出这样魔鬼的脾气来，你每天都要尝我几巴掌！"

凯茜不跑到林顿身边，却跑到我的跟前来，跪下，把她的如火那么热的脸放在我怀里，大声啼哭。她的表弟缩在长椅的一角，同小老鼠那样安静，我敢说他在安慰自己，不是打他，是打别人。希斯克利夫看见我们都惊慌失措了，站起来，自己走过去快快地泡茶，杯碟是已经摆好了的。他倒一杯茶送给我。

他说道："吃一杯茶，洗净你的怒气。给你的淘气宝贝和我的淘气宝贝都倒上一杯。茶虽是我泡制的，其中却并未放毒。我去找你们的马匹。"

他一走开，我们第一个念头就是找个什么地方冲出去。我们试过厨房门，却是在外关锁了，我们看看窗子——可惜窗口太小，连凯瑟琳这样的小身材也钻不出去。

我看见我们简直被监禁了，我对林顿说道："林顿少爷，你晓得你的魔鬼父亲想做什么，你得告诉我们，你若不肯说，我也打你几巴掌，如同你父亲打你的表姐一样。"

凯瑟琳说道："是呀，林顿，你必得告诉我们。我原是为你来的，你若不肯告诉，你这个人就是极恶的忘恩负义人。"

他答道："我渴得很，你给我点茶喝喝，我就告诉你们。迪安太太，你走开，我不喜欢你站在我背后看着我。凯瑟琳，你让你的眼泪滴在我的茶杯里，我不喝这样的茶，另给我一杯。"

凯瑟琳把另一杯茶给他，擦自己的脸。我恨极了这个小可怜虫的安详态度，因为他自己不害怕了。他在野地上所露出的痛苦，等到一进了门就沉下去了。所以我猜着，假使他不能骗我们进宅，他必定要受打受骂的。他现在既然把我们骗进来，他眼前就无害怕了。

他吃了几口茶之后，说道："爸爸要我们结婚，他晓得你的爸爸不许我们现在结婚，他怕我们一耽搁，我会先死了的。所以他要我们明早结婚，要你在这里过夜。倘若你听他的话，第二天他就让你回家，带着我去。"

我喊道："你这个可怜东西，她带你同去吗？你娶亲？为什么呀，这个人是疯了，不然的话，他以为我们个个都是傻子了。你妄想这位美貌、体健热心的小姑娘同你这样一个弱小而快要死的猴子结婚吗？难道你想无论什么人，凯瑟琳小姐更不必说了，都愿意得你做丈夫吗？你这样毫无男子气地哭着喊着把我们骗进来，你就该挨一顿打——你不要露出这样傻相，我因你这样没出息地骗我们，又这样糊涂自大，我很想重重地摇动你。”

我果然轻轻地摇动他，他咳嗽起来，他哼哼唧唧，凯瑟琳责备我。

她慢慢四围一看，说道：“终夜住在这里吗？不能，艾林，我把门烧了，我也要出去。”

她立刻要放火烧门。林顿又为自己害怕起来，他两只无力的手抱住她，哭道：

“你不要我吗？你不救我吗？你不让我去画眉山庄吗？亲爱的凯瑟琳！你切勿走了，剩了我在这里。你必要服从我的父亲——你必得服从！”

她答道：“我必得服从我自己的父亲，免得他担惊受怕。住整夜！他心里怎样想呀？现在他心里已经难过了。我不是拆房子，就是烧出一条路来。你不要动！你并无危险！林顿，你若拦阻我——我爱爸爸比爱你厉害得多！”

林顿害怕他父亲发怒害怕到要死，他因为这种害怕又恢复他的懦夫的善于辞令。凯瑟琳几乎糊涂了，她却仍坚持一定要回家，这回轮到她尝试哀求他，劝他别那么自私。当他们正在这样相劝的时候，我们的狱卒进来了。

他说道：“你们的马匹已经走了，林顿！你又哭吗？她对你做过什么呀？来，来，不要哭——你上床睡吧。我的孩子，过一两个月，你就能够用你的有气力的手报复她现在的虐待。你渴望纯粹爱情，是不是？别的都不要，她必定得嫁你。你睡吧！吉拉今晚不在这里，你得自己脱衣服。不要喊！你只要到了你自己的屋里，我不会走近你的，你不必害怕。碰巧你已经办得很好了，其余让我来办吧。”

他说话的时候，把门开了让他的儿子走过。他的儿子钻出去，如同一只小狗疑心人有意要夹他一样。他又把门锁上了，希斯克利夫走近我们所站的火炉边，我们原站在那里，一言不发。凯瑟琳仰起头，不知不觉地举手摸脸，因为他走近前，又使她觉得脸上发疼。无论其他什么人都不会严厉对付这样孩子气的举动，他却不然，满面怒容看着她，说道："呀，你不怕我吗？你装得胆子挺大的，你现在很害怕了吧！"

她答道："我现在害怕了，因为我若住在这里，爸爸会很难过的。令他难过，我如何能受得了——当他——当他——希斯克利夫，让我回家吧！我答应嫁给林顿，爸爸会愿意我嫁他的。而且我爱他，这原是我愿意做的事，你为什么要强逼我？"

我喊道："让他试试强逼你，谢谢上帝，这是有法律规定的，有法律的，我们虽然在很僻的地方，也是有法律的。假使他是我自己的儿子，我也要去告的，这是一种特别的重罪！"

这个恶棍喊道："不许你说话！不许你吵！我不要你说话。林顿小姐，我想到你的父亲很愁苦难过，我是非常高兴，我高兴到睡不着。你告诉我，你住在这里你的父亲会很愁苦的，我晓得这一层，就更要你住在我这里二十四点钟。你说你答应嫁林顿，我却要你不食言，你履行这件事之后，才能够离开此地。"

凯瑟琳痛哭喊道："既是这样，你打发艾林回去告诉爸爸我平安！不然，现在就结婚。可怜的爸爸！艾林，他会以为我们出事了。我们该做什么？"

希斯克利夫答道："他才不这样想呢！他想你厌烦服侍他，逃走出来寻点消遣。你不能不承认原是你自己愿意进我的宅子的，你藐视他的禁令。你这样年纪的人想消遣，原是极其自然的事，你自然厌烦服侍一个病人，那个病人还是你的父亲。凯瑟琳，当你的生命开始之日，正是他的欢乐日子告终之时。我敢说，你一出世他就咒骂你——他若是不咒骂，我也咒骂你——当他撇离这个世界的时候，他正该也咒骂你。我同他一起咒骂你。我不爱你！我怎样就该爱你呀？你只管哭。据我看来，从此以后你最重要的消遣就是以泪洗面，除非林顿将功补过，你的会盘算的父亲还以为他可以补救。他的劝导信与安慰信，使我读了很发笑。他最后一封信劝我的宝贝关照他的宝贝，当他得她到手的时候，好好地待她，要照应，要好好地看待——这是为父的心。但是林顿无论什么事反要你照应，反要你好好地看待。林顿能够耍暴虐丈夫的架子，耍得很好的。倘若他要拔猫的牙齿，拔它们的利爪，他会虐待无论多少只猫。我老实告诉你，当你再回家的时候，你将能够把他的许多善待你的故事告诉你的父亲。”

我说道：“你却说对了，解说你儿子的性格给她听，把他像你的地方告诉她。随后我盼望凯茜小姐细想两次，才嫁给这个妖怪！”

他答道：“我现在却不妨把他的诸多好品格说一番，因为她只有两条路好走，若不肯嫁他，就要当一个囚犯，连你也要当囚犯，等到你的主人死了。我很容易把你们两个幽闭在这里。你若不相信，你试试鼓励她食言，你就有机会看看！”

凯瑟琳说道：“我不食言，只要其后我可以回山庄，此刻我就嫁他。希斯克利夫，你是一个残忍的人，但不是一个魔鬼，你不可以只因怀恨就破坏所有我的欢乐，永远不能恢复。假使爸爸想我是特地离开他的，假使我再回家时，他已经死了，我能够活在世上吗。我不哭了，但是我要跪在这里，跪在你的膝下，我要等到你的眼回看我，我才起来，我的眼一直看你！你的眼不要看别的地方！你要看我！你看我的脸，我的脸并无激怒你的地方，我并不恨你。你打了我，我并不怒。姑父呀！你生平从未爱过什么人吗？从未爱过吗？呀！你必得看一眼，我是可怜到极点了，你不能不觉得心里难过，可怜我。”

希斯克利夫很野蛮地推开她，说道：“拿开你的小蜥蜴的爪子，你走开，不然的话，我要踢你！我宁可被一条蛇缠住。你怎能梦想来乞怜我？我恨极你了！”

他耸耸两肩，抖抖自己，好像他恨凯瑟琳恨到发抖，他把他的椅子向后推。那时候我站起来，张嘴，开始要大骂他一番。他说只要我再说一个字，他立刻把我一个人关在一间屋里，我只说了半句话，就不敢再说了。这时候天黑了——我们听见花园门口有人说话的声音。希斯克利夫立刻赶快走开，他有他的机智，我们却没有。他在外面说了两三分钟的话，自己一个人回来。

我对凯瑟琳说道："我以为是你的表兄哈里顿，我很想他回到家，也许他会护卫我们，是不是？"

希斯克利夫听见我的话，说道："是山庄打发来找你们的三个仆人，你应该打开格子窗向外喊的。但是我敢发誓那个小丫头很喜欢你未打开窗子喊，我很相信她很高兴我强留她在这里。"

我们一晓得我们错过了机会，就无节制地痛哭。他随我们哭到九点钟，叫我们穿过厨房，上楼，到吉拉的卧室。我附耳劝凯茜服从，也许我们在那里可以想法子从窗子逃走，或者爬上阁楼，从天窗逃出去。窗子却是很窄的，同下头的一样，阁楼的门是关得很牢的，我们同从前一样监禁在里头。我们都不躺下，凯瑟琳坐近格子窗，很着急地等天亮，我屡次苦劝她应该试着歇歇，她只叹一口气答我。我坐在一把椅子上，摇来摇去，很严厉地批判我自己屡次失职，这时候我才想到我的主人们的诸多不幸都是因为我失职，发生出来的。我现在晓得其实并不是我之过，但是这一天愁苦的晚上，我却以为是的，我曾想到我的罪比希斯克利夫还大。

到了七点钟，他走来问林顿小姐起来没。她立刻跑到房门，答道："起来了。"他开了门，拖她出去，说道："到这里来。"我站起来要跟出去，他又把门锁上。我要出去。

他答道："你耐烦点，过一会儿我就把你的早饭送来。"

我敲墙板，很怒地摇动门闩。凯瑟琳问他为什么还要把我锁在屋里，他答我要尝试忍耐一点钟。他们走了。我足足忍了两三点钟，后来我听见脚步声，却不是希斯克利夫的。

有声音说道："你开门，我送东西来给你吃。"

我赶快开门，我看见哈里顿，送了许多食物进来，足够一天吃的。

他把盘子塞在我手上，说道："拿去！"

我说道："且等一等。"

他喊道："我不等。"

说了就走，不管我要说出哀求他的话。

我就是这样被禁在这里一整天，第二个整夜，过了一天又一天，共总被禁了四天五夜，谁也看不见，只每天早上见哈里顿一次。他是一个可以做模范的狱卒，满脸的不高兴，是个哑子，又是个聋子，无论怎样也动不了他的公道与怜悯。

第二十八章

到了第五天早上，其实是午后，有另一个人的脚步声走近——脚步轻些，短些，这次那人走进来。原来是吉拉，披着她的大红色的披肩，头上戴的是黑色绸帽，膀子上挂了一个柳条篮子。

她喊道："了不得，迪安太太，你好吗！吉姆顿的人们都谈到你。我绝想不到你们会陷在那黑马沼里，你同小姐两个人都陷在里头。主人告诉我有人找着你们，把你们送到他家里住，我才晓得！你们必定走到一个岛上，是不是？你陷在坑里有多久呀？迪安太太，是不是我的主人救你的？但是你却并不瘦——你未得病吗？"

我答道："你的主人是一个真恶棍！他要遭报应的。他不必造这样谣言，我要全盘揭破的！"

吉拉问道："你说的什么话？并不是他的谣言，村子里的人们都是这样说——说你陷在沼泽地里。我一回来对恩肖说：'自从我走过之后就出了怪事。那位小姑娘和奈莉·迪安真可怜。'他听了瞪眼看我，我想他未听见，我就把谣言告诉他。主人在那里听到，笑着说，吉拉，倘若他们陷在坑里，现在他们已经出来了。现在奈莉·迪安住在你的屋里。你上去的时候，可以叫她走了，钥匙在这里。沟水灌进她的头，她疯了，就想跑回家，是我把她弄到这里的，等她明白过来。她若能够回去，你可以叫她回山庄，替我送个口信说她家的小姐不久就回去给她父亲送葬。"

我喘气说道："埃德加死了吗？吉拉呀！吉拉呀！"

她答道："不是的，不是的，我的好太太，你请坐下，你的病还未好。他还未死，医生认为他还可以再活一天，我在路上碰见医生，我问过他。"

我并不坐下，我把出门的东西拿了赶快下楼，因为无人阻拦。我一进了房子就四下看，想找个人问凯瑟琳在哪里。房里全是阳光，门是开着的，左右无人。当我正在踌躇我该立刻走，还是回头找我的小姐时，我听见一声微咳，使我注意火炉。林顿躺在长椅上，房里只有他一个人，在那里吮棒棒糖，用毫不关心的眼看我的举动。我很严厉地问道："凯瑟琳小姐在哪里？"我认为这时候他只是独自一个人，我能够吓他告诉我消息。他还是吮他的棒棒糖，好像个傻子。

我说道："她走了吗？"

他答道："她不走了，她在楼上，她不能走，我们不许她走。"

我说道："你这个小呆子，是你不许她走！你立刻告诉我她在哪里，不然的话，我就叫你哭。"

他答道："你若尝试上楼找她，爸爸会使你哭。他说我不必用柔和手段对待凯瑟琳，她是我的夫人，她不该想离开我的。他说她恨我，要我死，我死了她就可以得我的钱，但是她得不着。也不许她回家！她永不能回家！——她只管哭，只管有病！"

他说完又吮糖，闭眼，好像要睡觉。

我说道："希斯克利夫少爷，难道你忘记了去年冬天凯瑟琳待你的好处吗？那时候你说你爱她，那时候她送书给你看，唱曲子给你听，屡次冒风冒雪来看你，你忘记了吗？有一天晚上因为令你失望，她哭了，那时候你觉得她待你百倍的好。现在你反相信你父亲所告诉你的谎话，你很晓得他恨极你们两个人，你反同他联手反对她，这是以怨报德，是不是？"

林顿的口角垂下来，把棒棒糖从嘴里拿出来。

我接着说道："她来呼啸山庄，是因为她恨你吗？你自己想想看！说到你的钱，她不晓得你将来有钱。你说她有病，你却离开她，让她一个人在陌生人屋里的楼上！这样无人照应的苦，你自己曾亲身受过的！你能够怜你自己的痛苦，她也怜过你的痛苦，你却不怜她的痛苦！希斯克利夫，我是个上了年纪的女人，我不过是个女仆，我还流泪——你嘴说过爱她之后，还找出许多理由崇拜她的，你却把眼泪为你自身保留，不流一滴，很安心地躺在那里。唉！你是一个没有良心、自私的孩子！”

他很不高兴地答道：“我不能同她住在一起，我不愿自己一个人住那里。她哭得很厉害，我受不了。我虽然说我要喊父亲来，她还是哭。我有一次喊他来，他恐吓她，说要叉住她的喉咙弄死她。他一出房门，她又哭起来。我虽难受到叫喊说我不能睡，她还是终夜地哼，终夜地叫苦。”

我见得这个可怜虫无力同情他表姐的痛苦，我就问道：“希斯克利夫先生出去了吗？”

他答道：“他在院子里，同医生说话。医生说我的舅舅真是快要死了。我听了很高兴，因为他死后我就是山庄的主人了。凯瑟琳常说那是她的房子。不是她的房子！是我的房子。爸爸说，凡是她所有的东西都是我的，所有她的好书都是我的。她答应倘若我把我们屋子的钥匙交给她，放她出去，她把她的书，她的好看的鸟，她所骑的马都给了我。但是我告诉她，凡是她的东西都是我的。她没有东西给我。她听了大哭，从她的脖子取下一幅小画来，她说我该得这幅画，是两幅画装在一个金盒子里，一边是她母亲，一边是她父亲，都是他们少年时的画像。这是昨天的事——我说这两幅画像也是我的，我试从她手上拿过来。她不让我拿，把我推开，伤了我。我大喊——她害怕——她听见爸爸来，她把盒子的钉绞弄破了，把盒子分作两个半，把她母亲的画像给我，她尝试藏那半个。爸爸问是什么事，我解说给他听。他把我的拿去，叫她把她的给我。她不肯，他把她打倒在地，从链子上扯下来，放在地下，用脚踏碎了。”

我问道：“你看见她挨打，你高兴吗？”我的意思是要鼓励他说话。

他答道：“我看见我父亲打马或打狗，打得很凶的。我恨她推我，她该受惩罚的，我初时高兴。但是爸爸一走过之后，她使我走到窗口，把她的伤口给我看。爸爸掌她的嘴，牙齿伤了嘴里的肉，她满口都是血。后来她把扯碎的图像一片一片拾起来，走过去面墙坐下，从此以后，她始终未同我说过一句话。有时我想她是嘴痛不能说话，我却不愿意这样想。但是她接连地哭，她是一个不好的孩子，她脸无血色，表情有很吓人，我怕她。”

我说道：“你若是愿意的话，你能够取钥匙，是不是？”

他答道：“我在楼上的时候，我能够取，但是现在我不能走上楼。”

我问道：“钥匙放在哪一间屋子里？”

他喊道：“呀！我不告诉你！这是我们的秘密，没有人晓得，哈里顿，吉拉，都不晓得。你使我劳倦了，你走开吧，你走开吧！”他脸靠膀子，又闭了眼。

我以为最好不必见希斯克利夫就走回去，从山庄找人来救我家小姐。我一到家，我的同事们看见我诧异得不得了，惊喜得不得了。当他们听我说小姐平安，有两三个正要快跑到主人的门口报信。但是我先说由我报信。

不过几天，他变得多么厉害呀！他躺在床上，只知愁苦，听天由命地等死。他的面貌很年轻，他现在三十九岁了，我们看他至多不过二十九岁。他在那里想凯瑟琳，因为他嘴里喃喃地，说她的名字。我摸摸他的手，同他说话。

我低声说道：“主人，凯瑟琳快来了，她活得好好的，我望她今晚就回来了。”

我告诉他这个消息之后，我就发抖。他半抬身子，很着急地四周一看，晕倒在床。他醒过来之后，我告诉他我们被逼去呼啸山庄，又被扣留在那里。我说希斯克利夫逼我进去，这句话却不十分属实。我极少说林顿不好的话，我也未全说他父亲的野蛮行为——我并不想火上加油而增加他的愁苦。

他猜着他仇敌的诸多用意之一，就是要夺他的钱财与他的房产给他的儿子，其实就是给他自己。但是我的主人猜不出来为什么不等他死后才动手，因为他不晓得他同他的外甥是几乎要同时死的。他却觉得他不如修改他的遗嘱，他不把产业交给凯瑟琳任从她自己处置。他打定主意把产业交与委托人之手，当她在世时，归她用，假使她有儿女，她死后归她的儿女用。这样一来，林顿死后，产业就不能落在希斯克利夫手里。

我奉了他的命令，打发人去请律师，又打发四个人带齐可用的器械，去找狱卒释放我家的小姐。两拨人都耽搁许久才回来。第一个先回来的人，说格林律师出了门，等了两点钟他才回来，格林说村里有点小事，必要先办，但是在早上以前他必到山庄。那四个人回来却没有我家小姐。他们回来说凯瑟琳有病，病得太重，不好出房门，希斯克利夫不许他们见她。我狠骂这几个傻子一番，骂他居然听他的谎话，我没有告诉我的主人。我决定天亮就带齐人马前去，要他好好地把我们的小姐放出来，不然我们就要攻打他的家。我很郑重地发誓了又发誓，倘若那个魔鬼尝试阻止，哪怕把他打死在他自己的家门口，我也要她的父亲见她的面！

幸而我不必走这一趟，省了我好些事。我三点钟下楼去取水，我拿着水瓶从堂屋走过，听见有人敲大门敲得很响，吓了我一跳。我追想起来，说道："哦！是格林律师——就是格林律师。"我往前走，想另外打发人去开门，但是门外的人又敲，声音很响，持续不断。我把水瓶放在扶手上，赶快去开门让他进来。外面月色很清，却不是律师。我的宝贝可爱小姐跳过来搂住我的头脖子，呜咽道：

"艾林！艾林！我的爸爸还活着吗？"

我说道："活着，是的，我的天使，他活着。你又平安同我们在一起了，我谢谢上帝！"

她已经跑到喘不出气了，她还要跑上楼到她父亲的屋里，我却逼她坐在椅子上，使她喝一口水，洗洗她的无血色的脸，用我的围裙擦她的脸，擦到脸上微微发红。随后我说我必得先去，报告她回来了，我哀求她对父亲说，她同少年希斯克利夫应该可以欢乐。她瞪眼看我，不久她却明白我为什么劝她说谎，她答应我不说不满意的话。

我受不了眼见他们父女相见。我站在房门口有一刻钟，后来还是不敢走近病榻，他们却是很镇静的。凯瑟琳是因为绝望而不出声，她的父亲因为欢乐也不说话。她扶住他，好像是很镇静的，他举目注视她的面目，他的两眼好像因为狂喜而睁得老大。

洛克伍德先生，他死得很安乐的，他死的时候是这样的，他吻她的脸，喃喃道：

“我到她那里去了，宝贝孩子，你将来也到我们那里来！”说完他不再说了，不再动了，但是他的有光彩的双眼还是注视她，等到他的脉搏不知不觉地停了，他的灵魂才走开的。无人能晓得他死的准确时刻，因为他毫无挣扎就死了。

我不晓得凯瑟琳的眼泪是不是哭完了，还是她的悲哀太重哭不出眼泪来，她坐在那里不哭，坐到日出，坐到日中，若不是我逼她走开去歇息，她会仍然坐在那里守住死尸不走的。好在我劝她，她就走开了，因为吃大餐的时候，律师来了，他先到呼啸山庄请示过怎样办，才到我们这里来的。他把自己卖给希斯克利夫了，这就是他不听我主人的话不立即来的原因。好在我的主人自从他女儿回来之后并未想到钱财的事，这种事并未扰乱他的心。

格林来了，就自己做主吩咐做什么事，支使这个，支使那个。他把所有的仆人都辞退了，只留了我一个。他会滥用他的委托权到强逼埃德加·林顿不该葬在他夫人坟旁，只能葬在教堂里林顿氏的坟地。好在有遗嘱反对这一层，还有我大声抗议反对违背遗嘱。葬事匆匆办过，凯瑟琳——现在变了希斯克利夫太太（少奶奶）了——住在山庄数日，等到她父亲出殡后为止。

她告诉我，她的痛苦最后居然刺激了林顿（她的丈夫）冒险放她出来。她听见我派去接她的人在门口争论，她听见希斯克利夫的答话，晓得他是什么意思，他的话让她绝望至极。我走过之后不久，他们把林顿送上那间小客厅，他很害怕，赶快在他父亲未再上楼之前，把钥匙取来。他却很狡猾，开了锁，重新又上锁，却不关门。当他该上床睡的时候，他哀求同哈里顿睡，这一次却答应他的。凯瑟琳是在天未亮的时候偷走出来的。她不敢从大门出来，恐怕惊动了狗。她一间一间地看看空的屋子，细看各窗子。幸而她进入她母亲的卧室，很容易从格子窗出来，爬上旁边的一株松树就到了地下。与她同谋的人，因为她逃走了，受了很重的惩罚。

第二十九章

出殡后的晚上，我同凯瑟琳坐在书房，有时很愁苦地沉思我们所受的损失——我们两个人之中有一个是绝望的沉思——有时放胆揣测黑暗的将来。

我们商量后认为凯瑟琳将来的最好命运，就是她公公允许她继续住在画眉山庄，至少林顿活在世上时可以这样办。让他来与她同住，让我仍然替他们管家。这个办法太好了，我们恐怕不能希望办到。我却是这样希望，我妄想到以后还以山庄为家，还当管家婆，尤其是仍然照应我的可爱的少年女主人，我开始高兴起来。谁知这时候有一个已经被辞退而尚未走的仆人匆匆地跑进来说道："那个魔鬼希斯克利夫正在经过院子走来，我该当着他的面关上大门，不许他进来吗？"

假使我们是疯了，果然吩咐他关门，也来不及了。他毫不客气，既不敲门，又不通报名姓。他是主人，利用主人的权利，一声不发，一直走进来。仆人的声音引他来书房。他走进来，摆摆手把仆人轰出去，关了门。

十八年前，他来做客的时候，也是进这间房子的。从窗子透进来的，还是同样的月光，窗外还是同样秋天的风景。我们还未点蜡，但是整间屋都可以看得清，连墙上挂的画像都可以看见——林顿夫人的很好看的头像，与她丈夫的很文雅的头像。希斯克利夫走到火炉前。过了十八年他的面貌并未十分改变，他还是同一个人，他的黑脸比从前略为黄些，略为冷静些，他的身躯比从前也许重十多磅，此外与从前无异。凯瑟琳一看见他，站起来，想跑出去。

他用手拉住她，说道："站住，不许再逃走！你想往哪里跑？我来带你回家。我希望你将来是个孝顺媳妇，不要鼓励我的儿子再不服从我。我查出他助你逃走，我却不晓得怎样惩罚他是好。他薄弱同蜘蛛网一样，一拧就会把他毁灭了，但是你看他的面目，就晓得他受过他应受的惩罚了。前天晚上，我把他弄下楼来，放他在一把椅子上，以后永不碰他。我打发哈里顿出去，屋子里只有我同他两个人。过了两点钟，我喊约瑟夫又弄他上楼。从此以后，他的胆子更小了，我在他面前如同一个鬼在他面前一样。我猜我虽然不在他的身边，他往往还觉得我在他的身边。哈里顿说他晚上惊醒，一喊就是几点钟，喊你去保护他，阻止我伤害他。现在无论你喜欢你的宝贝丈夫与否，你必得回来，现在你要关心他，我对他的所有兴趣都让给你了。"

我恳求道："为什么不让凯瑟琳继续在这里，把林顿少爷送来给她呢？你既怨恨他们两个人，他们住在这里，你不会想念的。他们住在你那里，只能每天令你那颗不近人情的心难过。"

他答道："我正在找人租住山庄，他们既是我的儿女，我要他们在我身边。况且这个小姑娘既然吃我的饭，她要做事还我，林顿死后，我不许她过奢华与无所事事的日子。赶快预备好，不要逼我逼你走。"

凯瑟琳说道："我就预备走。茫茫世界，只有林顿一个人是我要爱的，你虽然尽力做了许多事使他变得恨我，又使我变得恨他，你却不能使我们互相怨恨。当我在他身边的时候，我不怕你伤害他，我也不怕你恐吓我！"

希斯克利夫答道："你是一个太过自夸的勇士。我虽不喜欢你，我不喜欢你的程度却还不够使我伤害他。只要他能麻烦你一天，我让你尽情享受他的麻烦。将来并不是我使他为你所怨恨——是他自己的可爱脾气使你怨恨。你抛弃他与抛弃他所发生的诸多后果令他痛恨你。你虽这样的为他，你却不必希望有什么酬谢。我听见他对吉拉说，假使他同我一样有气力，他想怎样对待你。他既有了这种志向，他的衰弱会磨砺他的机灵，找出替代气力的利器。”

凯瑟琳说道：“我晓得他的性情不好，他是你的儿子。但是幸而我有较好的性情，我能饶恕他的不好性情。我晓得他爱我，因此我爱他。希斯克利夫先生，你却没有人爱你，无论你怎样使我们愁苦，一想到你的刻薄残忍原是发生于你比我们更厉害的愁苦，你就得了报复了。你是悲惨的，是不是？你孤独寂寞，如同魔鬼，你妒忌他人，也同魔鬼一样，是不是的？无人爱你——你死的时候无人哭你！我不愿意像你一样！”

凯瑟琳说话带着一种悲凉的得胜腔调，她好像决意要同她的将来家庭走一条路，取乐于她的仇敌的愁困。

她的公公说道：“你若再站在那里一分钟，你就要使你自己愁苦。妖妇，走呀！去拿你的东西！”

她很藐视他地走了。当她不在面前的时候，我开始恳求他让我在呼啸山庄当管家婆，求他让我与吉拉对调。他不肯，他叫我闭嘴，随即第一次四周看看，还看看墙上挂的画像。他细看了林顿夫人的像好一会儿，说道：

“我将要把这幅画带回去，我并不用着它，但是……”他忽然掉过脸去对着火炉，带着微笑（并不是微笑，我找不着更好的字眼说出来）说道：“我告诉你我昨天干什么了。教堂的管事人正在挖穴，要葬林顿，我叫他把她的棺材盖上的土挖去了，我打开她的棺。我有一次想过，我想停留在这里。这时候我又看见她的脸——还是她的脸，尚未改变！——他很费了许多事才把我推开。他说，倘若被空气一吹，她的脸就会改变。所以我把棺材一边的板打松，又用土盖起来，却不是对着林顿的一边，他那该死的家伙！我想原先该用铅把他封起来。我贿赂教堂管事，当把我葬在这里的时候，把那棺材板拖出来，把我的也拖出来。我要他这样做，就是为了等到林顿来的时候，他将不晓得那一个是谁！”

我说道：“希斯克利夫，你的行为太恶毒了！你惊动死人，难道不难为情吗？”

他答道："奈莉，我并未惊动什么人，我自己觉得心安些。现在我觉得心安得多了，而且将来我葬在那里的时候，你也就有了更好的机会使我在地下安息了。我惊动她吗？我不惊动她！这十八年来却是她日夜打扰我——不停地打扰我——毫不怜悯地打扰我——到了昨天晚上才停止的，昨天晚上我的心安静了，不受打扰了。我梦见我末后一次睡，是睡在她身边的，我的心脏停止不动了，我的冰冷的脸靠着她的脸。"

我说道："假使她已经化作土，或甚过化作土，你昨晚会做什么梦呢？"

他答道："我会梦到与她同化为土，我更欢乐了！你以为我怕这样的改变吗？我揭开棺盖的时候，原望有这样改变的。现在要等到我与她同化的时候才开始变化，我却更喜欢。况且，假使不是她那冷若冰霜的面目给我留下一种清晰印象，是难以消灭那样怪异感觉的。起初是很奇怪的。你晓得她死了之后，我疯了，我一直每天早上祈祷她的灵魂回来同我在一起！我极相信灵魂，我深信能够有灵魂，有灵魂在我们人丛中！葬她的那一天下雪。晚上我走到坟地。那时候刮冷风，如冬天一样——四周都是很寂寞的。我并不怕她的傻子丈夫会这么晚还走来的，别人也不会到这里来，只我一个人在那里。我晓得我与她相隔不过五六英尺的浮土。我对自己说道：'我将再搂抱她在我的怀里！倘若她是冷的，我将想，不过是北风使我觉得冷，倘若她不动，我当她是睡着了。'

"我从器械房里拿了一把铲子，开始尽力地刨泥——泥刨完了，铲子刮到棺材。我抛开铲子，开始用手。靠近螺丝钉的木头开始有裂声，我正要达到目的，那时候我好像听见头上有人叹气，站在穴旁，弯腰向下看。我喃喃道：'只要我能够把棺材盖拿开，我愿他们把土堆下来，盖在我们两个人身上！'我更发狂地用力拉开棺材盖。在我耳朵边又有一声叹气声，刚才吹来的原是一阵一阵雨和雪的冷风，现在我觉得来了一阵人的和暖呼吸。我晓得并无有血肉的活东西在我左右，我的确觉得凯茜[1]在这

① 指已死的凯瑟琳。

我从器械房里拿了一把铲子，开始尽力地刨泥——泥刨完了，铲子刮到棺材。我抛开铲子，开始用手。靠近螺丝钉的木头开始有裂声，我正要达到目的，那时候我好像听见头上有人叹气。

里，如同你的确觉得黑暗中有身躯走近你，不过不能够看见罢了。不是在我之下，是在地面上。有一阵忽然解放的感觉从我的心漫向四肢。我放弃我的痛苦的劳动，立刻感到安慰了，说不出那样的安慰。她同我在一起。当我把穴再填起来的时候，还是同我在一起，领我回家。你想笑，只管笑，我却很相信我肯定在那里看见她了。我深信她同我在一起，我禁不住同她说话。

“我回到呼啸山庄，很着急地跑到门口，门是紧闭的。我记得那次恩肖同我的太太反对我进屋，我记得我站住踢他，踢到他喘不出气。我赶快上楼，进入我与她的屋子 。我很着急地四面一看——我觉得她在我的身边——我几乎能看见她，我却不能看见她！这时候我想她想到心痛，我该满身流出血汗来——因为我哀求只要见她一面！可是我一面也见不着。她如活在世上时一样，她对待我如同魔鬼对待我一样！从此以后，我被这种令人受不了的酷刑所玩弄，不过有时厉害些，有时放松些！我简直是在地狱！把我的神经扯得很紧，假使不是像琴弦一样，我的神经早已变松，如同林顿那样的衰弱了。

“当我同哈里顿坐在房里的时候，好像我一出去就会遇着她的；当我在荒野上走的时候，好像我会碰见她的。当我离家的时候，我赶快回来。我的确相信她必定在我的住宅左右！当我睡在她的卧室的时候——我的心总是怦怦直跳，我在那里睡不着，因为只要我一闭目，她不是在窗外，就是把护板拉开，不然就是走进屋子，不然就甚至于把她的头放在同一个枕头上，如她当孩子的时候所为。我必要睁开眼看，所以我一夜工夫开眼闭眼一百次——却总是失望的！把我收拾苦了！我屡次大声地哼，以至那个老恶棍约瑟夫相信，我的良心在我的体内要恶鬼的把戏。

“自从我见过她之后，我安心了——不过稍微安心。这样的杀人方法是很奇怪的，不是逐寸地杀，而是像头发丝那样一丝一丝地杀，拿希望的幻影骗我，骗了我十八年！”

希斯克利夫停下来，擦额上的汗，他的汗把头发都湿透了，头发粘在额上。他两眼瞪着火炉的红炭块，眉头不是收缩的，是撑近额角，减少了他面目的凶恶，却表示心里难过的神色，因为专注于一件极耗心思的事而露出的一种痛苦神色。他不过是一半对我说话，我始终不开口，我并不喜欢听他说话！过了一会子，他对着画像沉思，拿下来，靠住榻背，以便更好地对这个画像沉思。当他这样沉思的时候，凯瑟琳走进来，说她已预备好，该备马了。

希斯克利夫对我说道："明天把画像送过来。"他随即掉过脸来，对着她说道："你可以不必骑马，今天晚上天气很好，你在我家里用不着马，因为你无论要走什么路，你自己的两只脚会走，来吧。"

我宝贝的小女主人低声对我说道："艾林，暂别了！"她吻我，她的两唇冰冷。"艾林，来看我，不要忘记了。"

她的公公说道："迪安太太，你要小心，不要来看她。我想同你说话的时候，我会到这里来找你。我不要你到我家来窥探！"

他做了手势，要她在前走。她回头对我一看，令我伤心，然后她就在前走。我从窗子看他们从花园走下去。希斯克利夫捉牢她的膀子，放在自己膀子之下，她初时显然不肯。他脚步很急地催她走入小路，消失在树林里。

第三十章

我去呼啸山庄探望过一次，但是自从她离家之后，我未见过她一面。当我去问候她的时候，约瑟夫手抓住门，不让我进去。他说林顿夫人很忙，主人不在家。吉拉多少告诉我他们是怎样过的，不然我几乎不晓得他们家里谁死谁活。我从她的说话就能猜着她不喜欢凯瑟琳，嫌她骄傲。当凯瑟琳初来的时候，曾叫她帮忙，希斯克利夫却叫她只管自己的事，随少奶奶自己管自己的事。吉拉自然是很喜欢服从这种命令，因为她本来是一个狭猛自私的人。凯瑟琳因为她不理她，表示一种孩子气的不高兴，拿藐视她作报复，所以使这个管家婆也变作她的仇敌，如同做过一件很对不起她的事一样。大约在六个星期之前，我同吉拉谈了许久，在你来此之前不多几天，有一天我们在野地上相聚。以下就是她所告诉我的故事。

她说道："林顿少奶奶一到这里，第一件事就是跑上楼，连晚安的话都不对我与约瑟夫说一声。她把自己关在林顿的屋里，一直到第二天。主人与恩肖吃早饭的时候，她走进去，浑身发抖地问可不可以请医生？因为她的表弟病得很重。

"希斯克利夫答道：'我们晓得！他的性命却不值一文钱，我不肯在他身上花一文钱。'

"她说道：'我不晓得怎样办，倘若无人帮我，他就要死了！'

"主人喊道：'你出去，不要让我再听见你为他而说的话！我们这里无人管他变作什么，你若是要管他，你只好当他的看护，你若不肯管

他，把他锁在屋里，随他去。’

“她随即开始麻烦我，我说我忙得很，没有闲工夫去理那个讨厌东西。我们各人有各人应办的事，她的事就是伺候林顿，希斯克利夫吩咐我把这事交给她做的。

“他们两个人相处，我说不出来。我猜他很爱发脾气，日夜地哼，她几乎毫无歇息的时候。我们看见她的无血气的脸与无精神的眼，就晓得了。她有时走进厨房来，整个人都糊涂了，好像要哀求人帮忙。但是我不去违背主人的命令，迪安太太，我向来不敢违背他。我虽然想，不请医生来看病是不对的，但是我向来不干预，无论相劝，或是说不满意的话，都不是我的事。在我们睡觉之后，有一两次，我碰巧再打开我的房门，我看见她在楼梯口上啼哭，我一见赶快关了我的房门，恐怕我为她所动，反去干预。我很晓得我可怜她，你是晓得的，我不愿意打破我的饭碗。

“最后，有一天晚上，她大胆走进我屋里，她说了几句话，把我吓糊涂了。她说道：‘——你去告诉希斯克利夫先生，他的儿子快死了——我相信这次他真快死了。你起来，立刻去告诉他。’

“她说完这几句话就走了。我躺在床上细听一刻钟，一面在床上发抖。没有人动——这所房子里很安静。

“我对自己说道：‘她弄错了，他又抗过去了，我不必惊动他们。’

“我又开始睡。忽然一声铃响把我惊醒了——我们家里只有这一个铃，特为林顿安设的。主人喊我，要我去看是什么事，且去告诉他们不许再拉铃。

“我把凯瑟琳的口信告诉他。他对自己说一句咒骂的话，过了几分钟，手上拿了点着的蜡烛走出来，向他们的屋子走，我跟在后头。少奶奶坐在床边，两手抱住膝。她的公公走上前，拿烛照着，看看病人的脸，摸他。后来掉过脸来，对她说道：

“‘凯瑟琳，你现在感觉怎么样？’

“她不响，他又问道：‘凯瑟琳，你感觉怎样？’

“她答道：‘他是平安了，我也自由了。我该觉得快乐，但

是——’

“她遮掩不住她的痛恨，接着说道：‘你让我一个人独自与死奋斗了许久，我感觉到的和看到的只有死，我觉得我跟死了一样！’

“她真像死了！我给她一点酒吃。哈里顿与约瑟夫，被铃声与我们说话的声音所惊醒，这时候走进来。我相信约瑟夫愿意这个孩子死了，哈里顿觉得有点不自在，不过他瞪眼看凯瑟琳的时候多，想到林顿的时候少。主人叫他走开，再去睡觉，我们不要他帮忙。他后来叫约瑟夫把死尸挪到他的卧室，告诉我回我自己的屋里，只剩了少奶奶一个人在那里。

“早上他打发我去告诉她，必得下来吃早饭。她已经脱了衣服，好像要睡，她还说她有病，我听了并不以为奇。我告诉希斯克利夫，他答道：

“‘随她去，等到出过殡之后再说。你上下跑几次，她要什么，你就给她什么，等她觉得好些，你来告诉我。’”

据吉拉说，凯瑟琳在楼上待了两星期。吉拉每天上楼看她两次，她本想同她亲善些的，不料她的尝试却被她的骄傲很快地拒绝了。

希斯克利夫曾上楼一次，把林顿的遗嘱给她看。林顿把他的整个动产与本来是她的动产，都遗交给他父亲。他舅舅死的时候，她回家的那一星期内，他父亲恐吓他或哄骗他立这张遗嘱的。田产他却不能干预，因为他还未成年。希斯克利夫却说是他的夫人与他所应有的，自己霸占住，我猜是合法律的。无论怎样，凯瑟琳既无现钱又无朋友，不能动他所有的产业。

吉拉说道：“除了我之外，没得别人走近她的房门，只有她的公公到过这一次，又无人问及她。她第一次下楼走进客厅，是在一个星期日的下午。当我送饭上楼给她的时候，她喊说再受不了在屋子里受冷。我告诉她主人正要去山庄，恩肖与我并不阻拦她下楼。所以她一听见希斯克利夫的马蹄响，她就出现，穿的是黑衣服，她的黄卷发垂在耳后，她不能把头发理顺了。”

迪安太太解说道：“你晓得的，大教堂现在无牧师，约瑟夫与我每逢星期日大概都是往小教堂。他们把吉姆顿的浸礼会的房子称作小教堂。”

吉拉接着说，“约瑟夫已经去了，我想我该在家。有年纪大些的人在家看着，比年纪轻的人好些。哈里顿虽然是极羞怯的，却是好行为的模范。我让他晓得他的表妹大约愿意与我们同坐，她是习惯尊重星期日礼仪的，所以他不如丢开他的猎枪与屋内工作。他一听这个消息，脸上就发红，看看他的两手，看看他的衣服。他立刻把鲸鱼油与火药收起来。我看出他的意思要陪他的表妹，我由他的举动猜着他要打扮好些，可以见得人。当主人在左右的时候我不敢大笑，这时候我却大笑，倘若他愿意我帮忙，我肯帮他的忙，我还笑他慌乱。他变作不高兴，开始骂人。”

吉拉看见我不喜欢她的态度，说道：“迪安太太，你曾以为你家的小姐太过娇嫩，粗野的哈里顿配不上她，你也许想对了。但是我要承认我很想把她的傲性拖下来一点。现在她就是有了学问有了雅尚，又怎么样？她同我同你一样的贫穷。我敢说，她还不及你与我。你向来是省俭的，我也是走这条路。”

哈里顿同意让吉拉帮忙。她恭维他一番，叫他高兴。所以当凯瑟琳出来的时候，他多半忘记了他从前所受过她的羞辱，尝试对她友好。

她说道：“少奶奶走进来，同冰柱那样冷，同公主那样骄傲。我站起来，把我的交椅让给她。她昂头不理我，不要我的椅子。恩肖也站起来，叫她来长椅上坐，靠近火炉。他说她挨了饿了。

“她答道：‘我捱了一个多月的饿。’她说话的腔调，很看不起这个‘饿’字。

“她拖了一把椅子给自己坐，放在离我们颇远的地方。等到她觉得暖的时候，她才开始四周看看，看见有几本书在书橱里，她立刻站起来，伸手去取书，但是书摆得太高。她的表兄看她尝试取书一会子之后，壮着胆子帮她。她摊开她的褂子接书，他把第一本放在褂子里。

“这是这个孩子的大进步。她并不谢他，他因为她居然接受他的帮助却很满意。当她查看这本书的时候，他居然放胆站在她背后，还敢低头提出他所爱看的图画，她不高兴地把他所指的那一页翻过去不看，他还是不怕。他往后稍退，只看她，不看书，他也就满意了。她继续看书，不然就是找她所要看的东西。他逐渐注意于研究她的如丝那样细的浓密头发。他看不见她的脸，她也看不见他的脸。也许是他不甚晓得他自己在干什么，就同小孩子好看烛光一样，后来他从两眼专看她的头发，一步步上前摸她的头发。他伸出一只手，捋一串卷发，轻轻地捋，好像当这串头发是一只鸟。她一跳，掉过脸来，觉得好像他在她的脖子上戮了一刀。

“她很讨厌地说道：‘你立刻走开！你怎敢碰我？你为什么停留在这里？我不能忍受你！你若走近我身边，我就上楼。’

“哈里顿退缩，一脸的傻样。他很安静地坐在长椅上，她接着一页一页地翻那几本书，又翻了半点钟。后来恩肖走过来，低声对我说道：

“‘吉拉你肯请她读书给我们听吗？我没有事做闷得很，我喜欢——我会喜欢听她读！你不必说是我要她读，你说是你要她读。’

“我立刻说道：‘夫人，哈里顿想你读书给我们听，他当是一件很好的事——他会很感谢你的。’

“她皱眉头，抬头看，答道：

“‘哈里顿，还有你们这一群人，你们要晓得，你们假装要同我要好，我都不要！我看不起你们，同你们无话可说！当我愿意拿我的性命来换一句慈爱话的时候，当我愿意拿我的性命来换见你们一面的时候，你们都远远地离开我。但是我不对你们说不满意的话！我是被寒气所逼，才走下楼来的，我下来既不是替你们解闷，也不是要享受你们的陪伴。’

“恩肖说道：‘我以前做过什么呀？你为什么怪我呀？’

“希斯克利夫少奶奶答道：‘哦，你却是除外的，我以前绝用不着如你这样的人。’

“他看见她生气，他也有点恼了，说道：‘我要帮你，不止一次了，我问过希斯克利夫，请他让我为你守夜……’

“凯瑟琳说道：‘住嘴，不然的话，我就走出门外，或走到别的地方，也不要听见你们难听的声音！’

“哈里顿说她可以到地狱去！他把枪取下来，还是做他星期日的事。他现在很自由地说话了。她不久想退回去，独自一人在屋里。但是冷得厉害，她虽骄傲，也不能不屈尊，更要同我们坐在一起。我却小心不让她再看不起我的好脾气，从此以后我同她一样的古板。我们之中没有人喜欢她，爱她，她也不配我们爱她。因为只要有人对她说一句话，她谁也不管，必要说话反对的。她对主人也说反对话，胆敢激怒他打她，她愈受伤害，愈变得阴毒。”

我听见吉拉所告诉我的这番话，我开始决定告辞了，租一间乡下小房子，接凯瑟琳来同我住。但是希斯克利夫之不愿意让她同我住，如同他之不愿意让哈里顿自由居住在另一所房子里。除非她能够再嫁人，我此时不能想出什么方法，筹划她再嫁却不是我的事。

迪安太太的故事说到这里为止。医生虽有言在先，我的精力却恢复到很快。这时候虽然是一月的第二个星期，我打算一两天之后，骑马出去，跑到呼啸山庄告诉我的房东我将在伦敦住六个月，他若是喜欢的话，可以另找房客在十月之后来住，我不甚愿意在这里再过冬天。

第三十一章

昨天晴朗而宁静，却是很冷。我果然如我所打算的，到了呼啸山庄。我的管家婆求我带一封小信给她家的小姐，我答应她，因为她并不觉得她的要求是有点奇怪的。

大门是开着的，院门却是关着的，一如我最后来这个地方的时候。我敲门，惊动了恩肖，他从花园的花畦中走出来。他开了院门，我走进去。这个村夫却很好看，这次我很留神看他，他却尽力不想让别人注意到这一点。

我问希斯克利夫在家吗？他答不在家，但是吃午餐时候他会回来。这时候是十一点钟，我说我想进去等他。他立刻把手上收拾花园的器具放下来，陪我进去，他当自己是看门的狗，并不是当主人的角色。

我们一同进去。凯瑟琳在那里，正在弄菜蔬预备中饭，她的神气更不高兴，更不精神，不如我初次见她的时候。她几乎不瞧我，继续弄菜蔬，同从前一样地毫无礼貌，我同她请早安，同她鞠躬，她都不理。

我想道："她未必如迪安太太所要我相信的那样可爱。她诚然是个美人，但她却不是个天使。"

恩肖很生气地叫她把她的东西挂到厨房去。她说道："你自己拿去。"她一弄完就把东西推开，她躲在窗子旁边的一张矮凳子上，她从怀里把萝卜皮掏出来，开始在上面刻鸟兽形。我装作要看花园，走近她的身边，我妄想我很巧妙地把迪安太太的信丢在她的膝上，哈里顿并不看见——谁知她反大声问道："这是什么？"把信摔开。

我答道："这是山庄里你的老朋友给你的信。"我很恼她揭露出我的一番好意，又怕人家以为是我的信。她一听这句话原想很高兴地把信拾起来，不料哈里顿比她手快，他抢了那封信放在背心里，说先要希斯克利夫看过。凯瑟琳于是一声不响，掉过脸去，偷偷地取出手帕来擦眼泪。她的表兄经过一番挣扎，心肠软了下来，把信拿出来，很不高兴地扔在她身边。凯瑟琳夺在手上，着急读信。随后她问我几句话，都是关于山庄里的人们和鸟兽们，她定睛看看山，自言自语道：

"我很想骑我的马去那里！我很想爬上山！哎！我倦了——哈里顿，我被圈在马厩里。"她的好看的头向后靠住窗槛，一半打哈欠，一半叹气，变作很愁闷的样子。我们注意她与否，她既不知亦不管。

我默默坐下很久之后，我说道："希斯克利夫少奶奶，你不晓得我同你见过面的，是不是？我同你很熟的，你不来同我说话，我觉得诧异。我的管家婆不绝口地说你好。倘若我回去没有你的回信，她必定大失所望的，除非你收了她的信一句话也没有说。"

她听了我这两句话有点奇怪，问道：

"艾林喜欢你吗？"

我迟疑地答道："是的，很喜欢我。"

她接着说道："你必得告诉她，我本想复她的信，但是我无写信的东西。我想从书本上扯下一页来，也无书可扯。"

我喊道："无书吗？你没有书，我却要大胆问你怎样在这里设法过活？我住在山庄，虽然有很多书可看，我还往往觉得很闷，若把我的书拿走，我会拼命的。"

凯瑟琳说道："当我有书的时候，我是常看书的，希斯克利夫向来不看书，所以他毁了我的书，我有好几个星期看不见一本书。只有一次我在约瑟夫的神学书堆中找书，使他很不高兴。哈里顿，有一次我在你的屋里看见一堆秘密收藏的书——有拉丁文的，有希腊文的，还有故事与诗歌，全是老朋友。我把诗歌拿到这里来——你收了去，如喜鹊积聚银勺，只因喜欢偷！你用不着书，不然的话，你之所以偷藏起来，不过因为你不能享读书之乐，也不愿意他人分享。也许因为你妒忌，所以劝希斯克利夫抢了我的宝贝，是不是？但是我已经将其中几本书写在我的脑里，印在我的心里，这是你所不能夺的。”

当凯瑟琳揭破恩肖私自藏书的时候，他脸上发红，半吞半吐地不承认。

我来救护他，说道：“哈里顿想增加他的知识，他不是妒忌你的学问，是要同你比赛，再过几年他就是一个聪明学者。”

凯瑟琳答道：“现在他要我堕落，变成一个毫无知识的人。是的，我听见他尝试拼音，读书，错得很厉害，我很想再听你读《狩猎谣》，如同你昨日那样读法，你昨日读得很好笑的。我听见你读，我听见你翻字典找几个难懂的字，因为你不懂得字典里的解说，你咒骂了一番。”

之前笑他无知无识，现在他尝试学点知识，又被她笑，他觉得她这个人太坏了。我也同他一样想，我想起迪安太太所说他最初尝试从黑暗变作光明的故事，我说道：

“希斯克利夫少奶奶，但是我们各人都有个开始，各人都要在门槛上跌倒，都要在门槛上坎坷地走过。假使我们的先生耻笑我们，不教我们，我们到了现在，还是要跌倒，还是要磕磕碰碰的。”

她答道：“哦！我并不想限制他的学问，他却不该夺我的东西，有许多是离奇的错，有许多字音读错了，使我听见好笑。那些诗文，由于其他诸多联想，我当作神圣不可侵犯的，我讨厌这些诗文在他口中受了屈辱与亵渎，况且他所选择的都是我所最爱念诵的，好像他出于有心的恶意。”

哈里顿有一分钟工夫，胸脯起伏一言不发，他是怒极了，不容易把怒气压下去。我站起来，我存了君子的观念，要解放他的难堪，我就走到门口，看外面的风景。他学我的榜样，走出房来，不久他又来，两手拿着六七本书，抛在凯瑟琳怀里，说道：

“你拿去，我再也不要听，或不要读，或不要想这些书。”

她答道："现在我不要这几本书，我会因为这几本书已与你有关系，而憎恶这几本书。"

她打开一本，显然是屡次翻过的，用初学读书人拖长声音的腔调读了几句，随即大笑，抛开这本书。她接着用激恼人的语调，开始读一篇古歌的几句，说道："你听着。"

他的自尊再不能忍受她再往下激恼他，我听见他打她，阻止她的讽刺，不许她再说，我却有点赞成他这样的举动。她极尽所能地伤她表兄的敏感而粗野的感情，他只好用蛮力抵制她。他随后把书都拾起来抛在火里。我从他的脸色看出他因为发怒而毁了这几本书，心里是很痛的。我心里猜，当这几本书被火烧的时候，他追忆他读书所得的欢乐，与他所期盼的来自读书的胜利，与永远增加的欢乐；我又想我猜着他秘密读书的动力。他一向很满意于每天的劳力与粗俗的动物般的享受，等到他遇着凯瑟琳才觉得不满意。她看不起他，他觉得惭愧，原望她赞成他读书，他才开始求学的，不料他的努力求学以自振拔，原望她不轻视他而赞成他，反发生这样相反的效果。

凯瑟琳喊道："是呀，如你这样粗野的人，只能从书本中得这样的好处。"她一面吮她的受伤的嘴唇，一面怒目看着炉火烧书。

他很凶地答道："你这时候不如闭嘴不说话。"

他的怒气不令他再说话，他赶快向门口走，我让他走过去。他还未踏脚出门，希斯克利夫已经走上来，碰见他，抓住他的肩膀，问道：

"我的孩子，你现在要做什么？"

他说道："我不做什么。"他跑走了，独自一人品味他的忧愁与怒气。

希斯克利夫看看他，叹了一口气。

他喃喃道："倘若我跟自己过不去，这才是怪事了。但是当我想在他的脸上找他父亲的面目时，我却愈能看到她的面目。他为什么这样像她？我几乎不敢看他。"他说话的时候，不晓得我在他背后。

他低头，两眼看地，无精打采地走进去。他脸上有一种不安的、着急的神气，是我一向所未见过的，而且他的身躯变瘦了些。他的儿媳妇从窗子看见他，立刻逃入厨房，只剩我一个人在这里。

我招呼他，他回答我的招呼，说道："洛克伍德，我很高兴又看见你出来，有一部分是由于自私的动机。我想你走之后，我不会那么容易就找到人来住那里的寂寞房子。我屡次诧异，有什么事使你跑到这里来。"

我答道："先生，我恐怕是一种不相干的怪脾气使我到这里来，不然就是一种怪脾气使我走开。下星期我要去伦敦。我必得先通知你，十二个月期满之后，我不租山庄了。我相信我不住那里了。"

他说道："是吗？你讨厌与世界隔绝了，是不是？但是你走来，若想你租了不住，就不给房钱，你是白跑来见我。是我所该得的，我是绝不放松的。"

我很有点不高兴，说道："我来并不是要不给房租，你若是喜欢的话，我现在就同你算账。"我从袋里掏出我的小本子来。

他冷冷地答道："不是的，不是的，倘若你不回来，请你留下足够付房租的款子，我并不这样着急。请你坐下，同我们吃饭。一位不再来的客人，是很能受人欢迎的。凯瑟琳，把东西送进来，你在哪里呀？"

凯瑟琳就露面，送一托盘的刀叉进来。

希斯克利夫走开对她说道："你可以同约瑟夫在一处吃，你就在厨房里，等客人走了，你才可出来。"

她立刻听他的吩咐，也许她不想违背他。她同村夫们、恨世派们同住，大约她遇着比他们好得多的人们，也不能领略。我坐在那里吃饭，这一边是面目凶恶的希斯克利夫，那一边是绝对哑口无言的哈里顿，我吃了一顿毫无兴致的饭，我吃完就快走。我原想从后门走的，要最后看凯瑟琳一面，且叫老约瑟夫生气，但是哈里顿奉命把我的马牵上来，我的房东自己陪我走出门口，我不能实行我的想法。

当我骑马下山的时候，我想道：在这所房子里，日子过得多么寂寞呀！假使凯瑟琳与我发生爱情，一如她的乳母所盼望的，我们去伦敦热闹地方住，对于林顿·希斯克利夫少奶奶，将是比童话故事更为浪漫的生活！

第三十二章

1802年，——这年九月，有人请我去北边的荒野地打猎。当我去他的住宅的时候，我出乎意料之外地走到一个地方，离吉姆顿相离十五英里。路旁的一所酒店的马夫拿一桶水来给我的马饮，有一辆装满新割下的很青的油麦的马车走过，马夫说道：

“你们是从吉姆顿来的吧！他们那里的收获，总要比他处迟三星期。”

我说道：“吉姆顿吗？”我从前在那里住过，现在追忆起来，很不清楚了，好像梦境了。“呀！我晓得。吉姆顿离这里还有多少路？”

他答道：“翻山过去，大约有十四英里，路是很难走的。”

我忽然想起去看看山庄。这时候还未到中午，我想住在客店里不如住在我自己家里，况且我可以很容易地腾出一天工夫同我的房东商量事情，免得我费事再来附近的地方。我歇了一会儿，叫我的仆人问往村子的路径。我们的牲口辛苦了三点钟，我们就走到了。

我留仆人在这里，我独自一人走下山谷。那所灰色教堂显得更灰，那片寂寞坟地显得更寂寞。我看见一只野绵羊在坟堆上吃草。那是很晴朗而和暖的天——旅行却觉得太暖些，但是天气只管热，却禁不住我享受山上山下的美景。假使我是在较近于八月看见这样的美景，我很相信我会在这种寂寞地方逗留一个月。这样深藏的山谷，与这样的大片野草地，在夏天是最可爱的，在冬天是最寂寞的。

我在日落之前走到画眉山庄，敲门要进去。我一看厨房的烟囱喷出一丝弯曲的青烟，我晓得这所房子的人都在后屋里。我敲门，他们却听不见。我骑马入了院子。门廊下坐了一个九岁或十岁的女孩子在那里织东西，还有一个老婆子斜靠着台阶吸烟。

我问那个老婆子道："迪安太太在里面吗？"

她答道："迪安太太吗？她不在里面！她不住在这里，她住在呼啸山庄。"

我接着问道："她既然走了，你是这里的管家婆吗？"

她答道："是呀，我管这所房子。"

我说道："好呀，我就是主人洛克伍德。里头有屋子给我住吗？我想住一夜。"

她很惊讶地喊道："你就是主人！谁晓得你来呀？你该先通知我们一声。家里什么东西都没有！"

她把烟斗扔下，匆匆跑进去，女孩子跟她进去，我也走进去。我不久就看见她所说的是真话，况且我突然走来，把她搅糊涂了。我叫她不必忙，我要出去散步。当我出去的时候，她必要把起居的屋子的一角收拾好了，给我吃饭，收拾好一间卧室给我睡觉。不必打扫，只要生一炉旺火，拿出几条干的被单褥单。她好像尽力去办，她却把炉帚捅在炉里误当是火钳，还误用了几样其他的东西。我却走开，随她尽力布置，只要我回来有一个歇息的地方。我出门散步，志在往呼啸山庄。当我已经走出院子的时候，我忽然想起什么又走回来。

我问那个老婆子道："呼啸山庄的人们都好吗？"

她答道："我们听说都好！"她一面答一面把一盘的热煤屑赶快拿走。

我原想问她迪安太太为什么离开这个地方，但是这时候她很忙，我不能耽误她，所以我掉过头来走出去，缓缓地散步。落日的光在我背后，面前是月亮上升的淡光——日光渐渐消失，月光渐渐发亮——我走出花园外，走上小石径，向希斯克利夫的住处走。在我未看见这所住宅之先，西边只余下一片暗淡的云彩。但是我在月光之下能看见小径上的每枚石子，每片青草。我既不必爬院门进去，也不用敲门——一推就开。我想这是改良的办法。我鼻子一闻，又晓得此外另有一种改良，我闻见一阵阵的花香从果树中出来。

大门与格子窗都是开着的。红光的炉火照着壁炉，这是在产煤地方所常见的。眼见着火就觉得舒服，即使过热一点也能忍受。呼啸山庄的房子是很宽大的，人们很有余地躲避火气，所以房里的人们都坐在离窗子不远的地方。我未进去之前就能够看见他们，听见他们说话，所以我就这样看看他们，听他们说些什么。我之所以要看要听，是由于我为好奇与羡慕所动。

一种如银钟那样好听的声音说道："相反！你这个傻子，这是第三次了！我不再告诉你了，你要谨记，不然的话，我要扯你的头发！"

另一个人用深而温柔的腔调答道："相反。[①]我这样留心，你该吻我了。"

"不，你先把字音读正了，一次也不许错。"

那个说话的男子开始读书。他是个年轻人，穿得还好，坐在桌旁，面前放着一本书。他俊美的脸庞，因为带着欢乐，很有精神，他的两眼很不安分地从书页上看那放在他肩上的一只小而白的手，那个女人只要看见他不注意读书，就打他一巴掌。女人站在他背后，当她低头指点他读书的时候，她熠熠发光的卷发有时同他的棕色头发混在一起。幸而他看不见她的脸，不然的话，他绝不会这样用心读书的。他虽看不见她的脸，我却看得见，我妒忌他，我咬我的嘴唇，我原可以有机会不单可以饱看这样动人的美貌，而且还可以做别的事，我悔恨我丢了这个机会。

书是读完了，却还免不了有几处读错的地方。那个学生求赏，至少得了五吻，他又还她好几吻。随后他们走到门口，我从他们的谈话晓得他们要出来去野地上散步。我猜，假使这个时候现出我这不幸的身影，

---

① 前后两个"相反"是指读字音。

哈里顿·恩肖的嘴虽然不贬斥我到地狱最深处，他的心至少也要这样贬斥我的。我觉得我自己很下贱很怀恶意，我只好躲在一边，走入厨房求藏身之地。

那一边门开着，畅通无阻，我的老朋友迪安太太坐在门口，手做针线，口里唱歌，厨房里有很难听的、看不起她与不能容忍她的声音，屡屡打岔。

约瑟夫回答奈莉所说的一句我未听见的话，说道："我宁愿我的耳朵日夜听咒骂，也不愿听你唱歌。你对着魔鬼唱颂歌，唱世界上最恶的歌，使我不能读《圣经》，这是一件大恶的事！你真不是东西，她也不是东西，那个孩子被你们两个人教坏了。"他哼了一声，又说道："可怜的孩子！他中了邪术了，我深信他被你们迷住了。上帝呀！批评他们，我们这个世界既无法律又无公道！"

那个唱歌的人驳他道："不是的，不然的话，我们该坐在柴堆中被火烧了。老头，你不要吵，请你如同一个奉基督教的人一样，只管读你的《圣经》，不要来干预我唱歌。我唱的是《安妮仙子的婚礼》——很好听的——是配一种舞唱的。"

迪安太太正要再说话，我走上前。她立刻认得是我，跳起来，喊道："洛克伍德先生，原来是你！你怎样能够想起这样走回来？画眉山庄的东西全收起来了。你该预先通知我们呀！"

我答道："我已经布置好在那里住，我明天就要走。迪安太太，你先告诉我，你怎样会搬到这里来的？"

她答道："吉拉走了，希斯克利夫要我到这里来，你去伦敦之后，我不久就来了，一直住到你现在回来。请你进来！你今晚是从吉姆顿走到这里的吗？"

我答道："我是从山庄走来的，他们在山庄预备我的卧室时，我过来要同你的主人交割我的事，因为我在匆忙之中不会想到另有机会。"

奈莉领我进去，说道："先生，你要交割什么事？他现在出去了，许久才回来。"

我答道："我要同他结算房租。"

她说道："既是这样，你必要同希斯克利夫少奶奶算账，其实就是同我算。她还未学会办理她自己的事，我替她办，此外没有别人办。"

我很诧异地看看她。

她接着说道："哈！我看出来，你并未听说希斯克利夫已经死了。"

我很惊愕地喊道："希斯克利夫死了！是前几时死的？"

"是三个月前死的。你且坐下，让我拿了你的帽子，我把这件事全告诉你。且慢，你还没有吃东西，是不是？"

"我不要吃东西，我已经在家吩咐预备晚饭。请你也坐下，我绝没想到他会死！我要听听他是怎样会死的。你说他们两个少年一会儿回不来，是不是？"

"不会回来的——我每天晚上都责备他们闲逛得很迟，他们却不理我。你既未吃东西，何妨喝我们的陈酒。你好像是倦了，吃点酒会觉得舒服些。"

她走去拿酒，我来不及阻止她，我听见约瑟夫问她："这样大年纪，还有人追她，丑不丑？还要在主人的藏酒地窖里取酒给他们吃，真不害臊。"

她并不同他辩驳，去了一分钟工夫又进来，拿着一瓶酒，我喝了，称赞这酒好。后来她把希斯克利夫最后的历史告诉我，她说他死得很怪。

你走过之后两星期，希斯克利夫喊我来，我因为凯瑟琳很高兴来。我初次见她的面，我很难过，吓了我一跳。自从我们分手之后，她改变了许多。希斯克利夫并不解说为什么喊我回来，他只告诉我他要我来，他厌倦了见凯瑟琳。要我把小客厅改为我的起居室，把她放在我屋里。他每天见她一两面都嫌烦。她好像喜欢这个安排，我逐渐从山庄偷偷地弄了许多书和其他物件过来，都是她从前在家时拿来消遣的，我很高兴我们可以过安乐日子。我的妄想却不久就告终了。

凯瑟琳初时还满意，不久却变得不高兴，不安静。第一个因为希斯克利夫不许她到花园，快到春天的时候，她觉得被禁在一个小地方里很难过。第二个原因是我不能不时常离开她，她就嫌寂寞。她宁愿在厨房里头同约瑟夫争吵，不愿意独自一人安静地坐在屋里。我不甚管他们争吵。但是哈里顿也时常要到厨房来，因为那时候主人要独自一人在屋里。初时她虽然当他走进来的时候，或走开或安静地走来同我做一样的事，不肯同他说话——他虽然常是不高兴，不说话——过了几时，她改变了她的行为，变得不能不理他。有时对他说话，说他傻，说他懒惰，说他怎样能够过他所过的日子——怎样能够终夜坐在那里瞪着两眼看火，打盹。

她有一次说道："他活像一只狗，艾林，你看是不是？不然，就像一只拉车的马？他做他的事，吃他的食物，永远睡觉！他的内心必定是空虚、无聊的！哈里顿，你做过梦吗？你若是作过梦，你所梦的是什么？但是你不能同我说话。"

她随即看看他，他却既不开口亦不再看。

她接着说道："也许他现在正在那里做梦，他像朱诺那样扭他的肩膀。艾林，你问问他。"

我说道："你若不好好的，哈里顿将请主人送你到楼上！"他不单扭他的肩膀，还握着拳头，好像是要挥拳了。

又有一次她说道："我晓得为什么当我在厨房的时候，哈里顿绝不开口，他怕我笑他。艾林，你晓得吗？他有一次开始自学读书，因为我笑他，他把那书烧了，不学读书了。他不是一个傻子吗？"

我说道："你不是淘气吗？你答我这一问。"

她说道："也许是的，但我并未料到他这样傻。哈里顿，倘若我给你一本书，你现在拿不拿？我来试试！"

她把她正在读的书放在他手里。他把书扔了，喃喃道："倘若她还要戏弄我，我要扭折她的脖子。"

她说道："也罢，我把书放在这里，放在桌屉里，我要去睡了。"

她随即附耳对我说要我观察他碰不碰这本书，说完她走了。他却不走近这本书。我第二天早上把情形告诉她，她大失所望。我看得出来，她因为他还是一样的不高兴，一样的懒惰，觉得难过。她的良心责备她不该恐吓他不去学好，她确实让他不敢再读书了。

不过她要运用她的机智，去补救这样的伤害。当我熨衣服或是做其他不便在小客厅里做的事情时，她就拿有趣味的书来，大声读给我听。当哈里顿在这里的时候，她常常读到有趣味的部分就停止不读，随便把书放下就不管了。她屡次做这样的事，他却同骡子一样的执拗，并不吞饵上钩。当下雨的时候，他同约瑟夫吸烟，两个人坐在那里如同机器人，各据火炉的一边，幸而约瑟夫耳朵太聋，不懂得她的诡计，哈里顿尽力装作不理会。晚上天气好的时候哈里顿出去打猎，凯瑟琳打哈欠叹气，逗我同她说话，我刚开始说，她却跑开了走入院子或花园。最后她只好哭，说她厌倦了活在人世，她的生活是无用的。

希斯克利夫愈不喜欢同人在一起，几乎不许恩肖在他屋里。三月初间他遇着意外事，有好几天他变得好像厨房里的一件摆设。有一天他独自一人在山里，他的枪走火，有一块弹片割伤他的膀子，他流了许多血才走到家。他只好躲在家里，在火炉边歇息，安静不动，一直等到养好了。有他在那里，凯瑟琳倒觉得满意。无论怎样，使她更讨厌楼上的屋子。她还逼我去楼下找事做，以便她可以陪我。

复活节的星期一，约瑟夫带牲口去吉姆顿赶集。下午我在厨房忙着清理餐巾等等。恩肖同向来一样，坐在炉边阴着脸。凯瑟琳在窗子边往玻璃上画东西消遣，有时忽然唱两句歌，有时低声说两句话，有时向着她的表兄看两眼，带着不高兴与不耐烦的神气。那时候他坐在那里吸烟，两眼看着火炉。我说她挡住我的光，她就挪到炉边。我不甚注意她的动作，不久我却听见她开始说道：

“哈里顿，我才晓得我要——我才晓得我喜欢——我现在愿意你是我的表兄，这是说假使你不变得同我生气，不变得这样粗俗。”

哈里顿不答。

她接着说道：“哈里顿，哈里顿，哈里顿！你听见吗？”

他毫不通融，还是一样地厉声说道："你走开。"

她很小心地伸手过去，拿了他的烟斗，说道："让我拿开这根烟斗。"

他想把烟斗夺回来，却来不及，被她把烟斗折断抛在火后。他骂她，又拿另一根烟斗。

她喊道："且慢，你必得先听我说，烟罩住我的脸，我不能说话。"

他很凶地大声喊道："你见鬼去吧！不要来惹我！"

她说道："不，我不干。我不知道我该做什么才能够使你同我说话，而你却立意不理会。当我说你是个傻子的时候，我的意思并无所指，我并无轻视你的意思。哈里顿，你来，你必得理我。你是我的表兄，你得认我作表妹。"

他答道："我不惹你，我不惹你的傲气，我不惹你的耻笑人的把戏！我宁可灵魂与躯体同入地狱，再也不瞟你一眼。你立刻滚出去！"

凯瑟琳皱眉，退到窗子的坐处，咬嘴唇，尝试哼两句怪调以遮掩她欲哭的趋势。

我插进说道："哈里顿，她既然追悔她自己的不好脾气，你就该同她做朋友。这件事与你大有益处，你有了她做同伴，使你变作另外一个人。"

他喊道："做同伴！她憎恶我，以为我不配同她刷鞋！不，假使我同她讲和，我就做了国王，我也不来，我再也不因为求她善待我而被她藐视。"

凯瑟琳这时候不遮掩她的难过，哭道："并不是我憎厌你，其实是你憎厌我！你憎厌我如同希斯克利夫一样的，你还要比他更厉害。"

恩肖开始说道："你是一个该死的说谎人。我为什么有一百次因为帮你使他发怒？当我帮你的时候，正是你耻笑我看不起我的时候。你只管激恼我，我走到那边去，说你激恼我，逼我离开厨房！"

她擦干眼泪，答道："我不晓得你帮我，我对于每个人都是痛恨的。我现在谢谢你，求你饶恕我，此外我还能做什么呢？"

她走回火炉边，很真诚地伸出手来。他的脸色阴沉，满面怒容，很像快要打雷的一团黑云，两手握着拳头，定睛看地。凯瑟琳由她的本能，猜着他这样的行为是出于倔犟，不是出于憎恶，因为她迟疑一会子之后，低下头去，轻轻地吻他。这个小淘气以为我并未看见，她缩回去老地方，很安闲地坐在窗子旁。我摇头，表示不以为然。她脸红了，低声对我说道：

“艾林，我除了吻他之外，还有什么别的办法呢？他既不肯同我拉手，又不肯看我，我必要有个方法表示我喜欢他——表示我要同他做朋友。”

我不能晓得这一吻曾否使哈里顿相信。在几分钟里头，他却很小心地不令人看见他的脸，等到后来他抬头，他却很迷惑，不晓得他的两眼应该转向哪里看。

凯瑟琳却忙着用白纸包一本很好看的书，包得整整齐齐，用绳子绑好之后，上面写“送交哈里顿·恩肖”，请我做女大使，送这件礼物给哈里顿。

她还说道：“你告诉他，他若收了这件礼物，我就来教他读这本书，教他把字音读对了，他若不受，我就上楼，从此以后绝不再理他。”

我把礼物送去，把口信也传了。凯瑟琳很着急地在旁察看。哈里顿不肯接，我只好放在他的膝上，他却也不把礼物摔开。我走回去做我的事。凯瑟琳把头同两臂都靠在桌上，等到她听见轻轻解开纸包的声音，她随即偷偷地走过去，很安静地坐在她的表兄身边。他浑身发抖，满面通红，所有的无礼，所有的暴戾的严厉，都抛弃了，变得无影无踪了。起初他还壮不起胆，对她的询问神色与她嘴里喃喃的恳求，一个字也说不出来。

凯瑟琳说道：“哈里顿，你说你原谅了我，只要你这样说，你只要说这句话，你就能使我欢乐。”

他喃喃地说了两个听不见的字。

凯瑟琳又问道：“你愿意做我的朋友吗？”

他答道：“不能，你毕生将无日不以与我做朋友为耻，你愈了解我，你愈以为耻，我却不能忍受。”

她说道：“你不愿意同我做朋友吗？”她一面说一面极可爱地微笑，更与他凑近。

我不再听见可以听得清楚的说话，不料我再回头一看，看见这两个欢乐到发光的脸，都向着书的其中一页，我就深信这份和约已经两方面批准了，从此以后这两个仇敌变成盟友了。

他们两个人所研读的著作里有许多宝贵的图画，这许多图画与他们两个所处的地位，足以迷住他们，使他们不动，一直等到约瑟夫回来。他一看见凯瑟琳与哈里顿·恩肖同坐在一张椅子上，凯瑟琳的膀子放在哈里顿的肩上，吃了一惊。看见他所最喜欢的哈里顿忍受她的陪伴，就糊涂了。他受了很深的刺激，当天晚上对于这件事情，一句话也不说不出来。他只叹了不知多少气，流露出他的情绪来。那时候他很郑重地在桌上打开他的大本《圣经》，从他的袖珍本子里取出几张很脏的钞票放在桌子上，这些钞票是当日做买卖的结果。后来他喊哈里顿走过来。

他说道：“你把这些钞票送进去给主人，你就在那里不必来了。我上楼，到我自己的屋里。这间屋子太不像样了，我们不能在这里了，只好走出去，另找一个地方。”

我说道：“凯瑟琳，来呀，我们也必要走出去！我熨完衣服了，你预备走吗？”

她很不愿意地站起来，答道：“这时候还未到八点钟！哈里顿，我把这本书放在炉台上，明天我再带几本来。”

约瑟夫说道：“无论你的什么书放在这里，我都要送进房子里，我送进去之后，你却难以再找得着。你喜欢怎样办就怎样办吧！”

凯瑟琳威胁他，说她的书若是丢了，要拿他的书来抵。她一面走出来，走过哈里顿身边的时候，她微笑，一面上楼一面唱。我敢说她的心比以前住在这里的任何时候都放松，只除了她最初探望林顿的时期。

这样起头的亲密发展得很快，有时却碰着暂时的隔膜。她要恩肖从粗野变得文明，却不是一想到就能够办到的，况且我们的小姐既不是一位哲学家，又不是善能忍耐的。但是他两个人的心却是趋向于同一个目标——这一个爱对方，愿意重视对方；那一个也爱对方，愿意被对方所重视——他们努力，到底要达到这个共同点。

洛克伍德先生，你现在明白了，要赢得希斯克利夫少奶奶的心，原不是难事。但是现在我却很高兴你从前并未尝试。我最大的愿望是将来这两个人结婚。他们结婚的那一天，我将不羡慕任何人。那天在英国境内，没有再比我更幸福的女人了！

第三十三章

那天星期二的早上，恩肖仍不能做他日常所做的事，所以仍在家里不出门。我很快地看出我不便同从前一样陪伴凯瑟琳。她在我下楼之先，走进花园，她曾在那里看见她的表兄做轻松的工作。当我请他们来吃早饭的时候，我看见她劝他把种覆盆子等的一大片地开辟好了，两个人忙着种从山庄搬来的树木。

我看他们不过半点钟工夫就割锄了许多小树，我有点害怕。黑覆盆子树是约瑟夫所最爱的，她却在这堆小树中间指定一块种花的地方。

我喊道："约瑟夫看见一定立刻去告诉主人。你们在花园里这样胡来，有什么理由好说？我们不久就会有一场好戏，我们试试看！哈里顿，我却怪你为什么不比凯瑟琳明白些，为什么听她的话，弄到这样一场糊涂！"

恩肖听了，有点疑惑，答道："我忘记了这是约瑟夫的树，我去告诉他是我干的。"

我们常同希斯克利夫一桌吃饭。我坐女主人的位，倒茶和切肉，饭桌是少我不得。凯瑟琳一向都是坐我身边的，今天她却偷偷走开，坐近哈里顿，我不久就看见她表示友情，是毫无分寸，与她表示仇视一样。

当我们进饭厅时候，我低声教她，说道："你要记得不可同你的表兄说话太多，也不可太过注意他。不然的话，希斯克利夫必定要生气，会对你们两个人发怒的。"

她答道："我不同他说话。"

过了一分钟之后，她凑近他，在他的粥碗上插小黄花。

他在这里不敢同她说话，他几乎不敢看她，她却还是一样地逗他，逗到他有两次要笑出来。我皱眉，她看看主人，主人的心想着别的事情，不注意席上的人，一看他的脸就晓得他是这样。她有一会子工夫变做很严肃，很庄重地察看他。后来她掉过脸去，又开始胡闹。最后哈里顿禁不住大笑一声。希斯克利夫惊了一跳，他的眼很快地看看我们的脸。凯瑟琳看看他，带着习惯表现的虽畏怯而敢于与他挑战的神色，这是他所最不喜欢的。

他喊道："幸而我伸手打不着你。你中什么邪了，使你老用这两个凶眼看我？我把你的眼睛挖下来！不许你再使我记得你在这里。我以为我已经治好你的笑病了。"

哈里顿喃喃道："原是我做的。"

主人问道："你说什么？"

哈里顿看看碗，不再坦白。希斯克利夫看看他，随后默默地再吃早饭，再想心事。我们差不多吃完了，这两个少年男女很谨慎地离得远些，我预料这次不会再惹祸的了。谁知约瑟夫走到门口，我看见他两唇发抖、两眼含怒，就晓得他看出他的一堆宝贝小果树被人糟蹋了。当他未察看这块地之先，他必曾看见凯瑟琳与她的表兄在这里，因为当他颚骨上下动得如同母牛嚼草一样的时候，说话很令人难懂，他说道：

"我要支工钱，我要走了！我本想死在这个我卖命卖了六十年的地方的。我以为我把我的书本和零碎东西放在阁楼，就能图个清静，他们把厨房据为己有。我把自己的火炉让给他们，我已经觉得够为难的了，我却觉得我还能忍受！不料他们还要毁了我的花园，主人，我实在忍受不了！你若是愿意的话，你可以忍受——我却受不惯，老年人不惯受新的环境，我宁可在路上拿锤子打石头混饭吃！"

希斯克利夫插进说道："傻东西，不要说这许多话，说短些。你所诉的是什么苦？你同奈莉争吵，我是不管的，她把你扔在煤洞里我也不管。”

约瑟夫答道：“不是奈莉。她虽然也是很不好，我不会同她闹的。谢谢上帝，她勾不走人的魂魄！她长得并不好看，人家看见她不会同她眉来眼去的。是你的儿媳妇把我们的孩子迷住了，她的大胆眼睛同她的放荡状态迷住他了。我的心快破裂了！我替他做过多少事，他全忘了，把我顶好的覆盆子树都挖出来了！”说到这话他大哭，他因为恩肖忘恩负义，因为他所处的危险情形，又因为自己受了伤害，禁不住大哭。

希斯克利夫问道：“这个老东西吃醉了吗？哈里顿，他是不是怪责你？”

那少年答道：“我曾挖起两三株小树，但是我就要再种起来。”

主人说道：“你为什么要挖起来？”

凯瑟琳很聪明地插嘴说话。

她说道：“我们要在那里种花。只要怪我一个人，是我要他挖的。”

她的公公很诧异地问道：“是谁允许你动这里的树木的？”他掉过脸去，对哈里顿说道，“又是谁吩咐你听她指挥的？”

哈里顿无言可对。凯瑟琳却答道：

“你已经把我的田地全拿了去，你就不该吝惜几码的地，不让我种花！”

希斯克利夫说道：“你的田地，你这个无礼的懒惰女人！你向来没有什么田地。”

她接着说道：“你把我的钱财也拿去了。”她怒目回看他一眼，当时她的嘴里咬着一块面包皮。

他喊道：“不许你开口！你滚，滚！”

这个毫无忌惮的凯瑟琳又说道：“你把哈里顿的钱财与田地也拿去了。我同哈里顿现在是朋友了，我要把你的事情都告诉他！”

希斯克利夫愣了一会儿，他变得脸无血色，站起来，看看我们，露出恨极的神色。

她说道：“你若打我，哈里顿就打你，你不如还是坐下的好。”

希斯克利夫大声喊道："哈里顿若不把你轰出屋外，我就打他，送他到地狱。你这个该死的妖妇！你敢策动他反对我吗？轰她出去！你听见吗？把她扔到厨房里！艾林·迪安，你若让她被我看见，我就杀她！"

哈里顿听他的吩咐，尝试劝她走出去。

他很凶悍地喊道："拖她出去！你还站在这里说话吗？"他自己走上前，要实行自己的号令。

凯瑟琳说道："你这个恶人，他不服从你了，他不久就痛恨你如同我痛恨你一样。"

这个少年责备她，说道："不可！不可！我不愿意你这样对他说话。你不要说了。"

她喊道："你不会让他打我吧？"

他很着急地低声说道："你走吧！"

这时候却来不及了！希斯克利夫已经抓住她了。

他对恩肖说道："你去！这个该死的妖妇！这次把我惹火了，我将使她永远追悔！"

他的手抓住她的头发。哈里顿尝试把她的头发放松，哀求他这一次不要伤她。希斯克利夫的一双黑眼睛冒火，他好像就要把她撕成几块。我正在振起精神冒险去救她，不料他的手指忽然放松了，他不抓她的头发，只抓她的膀子，定睛看她的脸。他随后拿手遮住他的两眼，站住一会子工夫，好像要镇定他自己。过一会儿他重新掉过脸来，对着凯瑟琳，装作镇静，说道："你必要学会不使我生气，不然的话，以后总有一天我当真要杀你！你同迪安太太出去，同她在一起，把你无礼的话只说给她听。至于哈里顿·恩肖，我若晓得他听你的话，我就打发他出外自寻生计！你爱他却使他变成一个无家可归的人，变成一个乞丐。奈莉，你领她出去。你们都走开！你们都出去！"

我领她出去。她解脱了感到很幸运，哪里还想到抗拒他。那一个也跟着我们出来了，希斯克利夫自己一个人在屋里，一直到吃正餐时候。我劝凯瑟琳在楼上吃饭，但是他一看见她的座位空了，打发人请她来。

他不同我们说话，吃得很少，一吃完饭就走出去，告诉我们他在天黑之前回来。

他走了之后，这两个新朋友在这所房子里头很自由。她要揭露她公公对于她父亲的种种行为，我听见哈里顿拦阻她。他说他不许人说他一句坏话，假使他是个魔鬼，也无所谓，他要袒护他。他宁愿她如她一向那样作践他，也不愿她说希斯克利夫不好。凯瑟琳听了不高兴，但是他却想出法子来使她不开口，他问她若听见他说她父亲不好，她觉得怎么样？她才晓得恩肖要保护他主人的名誉，他们两个人的关系是很坚固的，不是理性所能打断的——他们的关系是习惯所打成的链子，尝试弄松这种关系，却未免过于残忍。自此以后她表现出她的一副好心肠，避免诉说与发表怨恨希斯克利夫的话，还对我承认她很恼悔她尝试使哈里顿与希斯克利夫不和。我晓得从此以后，当他面前，她绝未说过希斯克利夫一句坏话。

这件小事说开了之后，他们又是好朋友，又忙着一个当先生一个当学生。我做完我的事之后，我进去同他们坐在一起，我看着他们，我心里很舒服，感觉不到光阴流逝。你是晓得的，我当他们两个人好像都是我的儿女。我早就以凯瑟琳为傲，现在又加上以哈里顿为傲了。他原是一个诚实、热心、聪明的孩子，因为他受了不良教育，所以变得卑劣与无知识，现在很快地全摆脱开了。凯瑟琳一番诚意地赞美他，很鼓励他努力，他心里既已光明，脸上也变得光明，还要加上气派与高贵，我几乎不能相信此时的他与我第一次所看见的他是一个人。

当我羡慕他们，而他们在做事的时候，天色渐黑，主人回来了。他出其不意地走进来，他是从前面走来的，一眼就全看见我们三个人，那时候我们还来不及抬头看他。我觉得这是最好或最纯洁的情景，实在不必责备他们。炉火的红光照着他们两个好看的头，现出孩子们专注而活泼的脸。因为虽然一个是二十三岁，一个是十八岁，他们所要知道的新鲜事情还多着呢，彼此既都未阅历过，亦未表现出冷静成熟的感情。

他们同时举目看希斯克利夫，也许你绝未注意过，他们两个人的眼是相同的，都是凯瑟琳·恩肖的眼。现在这个凯瑟琳的其他面貌都不像她，除了宽宽的额与翘翘的鼻子，使她不由自主地露出傲气。哈里顿的相似之处更多，平常已经是很奇怪的了，到了这个时候，尤为奇怪，因为现在他的感官灵敏，他的诸多心灵的本能既被唤醒之后，异常地活泼。我猜这样的相似使希斯克利夫赶走了他的凶暴。他显然是很激动地走到火炉，但是他一看这个少年，就很快地不激动了。其实我该说他还是激动的，不过性质不同，因为他的激动还在那里。他从他手中把书拿过来，看看打开的一页，随即一言不发把书还他，他只摆手叫凯瑟琳走开。她的同伴落后一点，也走了。我也正要走开，他却叫我不要走。

他看见刚才的情景，略想一会子，说道："这是一个很无意义的结局，是不是？我费了许多力，只得着这样荒唐的结局，是不是无意义？我用了许多起重杆、锹子、锄头，要毁掉这两家，我使我自己能如赫拉克勒斯[①]那样努力做事，等到诸多都齐备了，都在我掌握中了，我却发现自己连掀起一块瓦的意志都消灭了！我的旧仇敌们并未打胜我，现在正是时候要在他们的代表们身上报仇。我能够办到，没有人能够拦阻我。但是有什么用处呀？我不想下手，我不愿费事去举手！这两句话好像说我费尽一生的精力不过要表示一种慷慨大度。全不是的，我原有欣赏他们毁灭的能力，现在却丢失了，而且我现在变得很懒惰，不愿做无谓的毁坏。

"奈莉，有一种奇怪的变化快要发生了！我现在正在改变的影子里。我对每日的生活不感兴趣，几乎忘饮忘食，只有刚才走出去的两个人，是我唯一还能保持分明印象的东西，这个印象使我非常痛苦。我不愿谈她，我不愿思想，我却很想她别在我面前，她在我面前只激怒我发狂的感觉。他激怒我却有不同，但是假使我不想变得疯狂，我永远不愿再见他的面！"他努力要微笑，又说道："倘若我尝试描述他所唤醒的一千样已往的回忆，你也许心里想我快变疯了。但是你不必给别人讲我所告诉你的话，我的心永远是密密隐藏着，最后我却很想告诉别人。

"五分钟之前，哈里顿好像是我少年时的一个本相，不是一个人，

---

① 赫拉克勒斯：希腊神话中最著名的英雄之一。

我见着他就有种种感觉，以至于我不能理性对待他。第一件，他非常像凯瑟琳，他与她有令人可怕的关系。你可能以为这就是使我的想象力最有力量的事，其实是有最小的力量。因为哪一件事不与她有关系？哪一件事不令我追忆她？我只要向地下一看，就看见石片上有她的面目！在每片云中，在每株树中，在晚上，充满了空气，到了白天在各物中，都瞥见她的形影包围我！男人与女人的极平常的脸、我自己的脸，都带着她的面目。整个世界都令我记得她曾活在世上，令我记得我已经丢失了她！哈里顿的面目就是我的永远不朽的爱情的影子，就是我要保持我的权利而发狂努力的影子，我的堕落、我的骄傲、我的欢乐，与我的悲痛的影子。

"我把这许多想法对你说，不过是发狂。不过我要你晓得，我虽不愿意时常一个人独坐，他陪伴我却并无好处，他陪伴我反加重我所受的痛苦。这件事有一部分使我不管他同他的表妹怎样相处。我再不能注意他们了。"

我看他这样的情形很恐怖，说道："希斯克利夫先生，你说的一种变化，是什么意思？"据我看过去，他虽然并无丧失理智的危险，也无快要死的危险。他的身体是很壮健的，说到他的理智，他从孩提时代起，一向都是喜欢说黑暗事情，喜欢奇怪的妄想。对于他那已死的他所崇拜的女人，他可以得了偏狂病，但是对于其他诸事，他的性灵还是稳固的，同我的一样。

他说道："我要等到变化来到时，我才晓得是什么，我现在只晓得一半。"

我问道："你觉得有病吗？"

他答道："奈莉，我不觉得有病。"

我又问道："既是这样，你是不怕死的，是不是？"

他答道："怕死吗？我并不怕死。我既不怕死，又不预料我死，且不希望死。我为什么怕，为什么预料，为什么希望死呢？我的身体是结实的，我的生活是很平淡的，我的职业是无危险的，我该活得很老的，大约我将能活到很老。但是我不能继续于这样情形之下！我要使我自己记得我要呼吸——几乎要使我自己记得叫我的心脏跳动！这件事好像要用力把一条已经变硬的弹簧弯转过来。举凡不是这个思想所要我做的极小的事，我都是被逼才肯做的；举凡不是与这个无时不在的念头相关连的，我是被逼才看见任何一件东西的存在。我只有一个想法，我的整个精神与我的所有能力都渴望达到这一个梦想。我的精神与能力渴望这样已久，又是毫不摇动地渴望，我深信将来会达到的——不久就要达到——因为这个梦想已吞噬了我，我是在对它的期待中被吞噬的。我的忏悔并不曾解放我，但是我的忏悔可以表达我平时无法表达的感受。上帝呀！这一场奋斗为时太久了，我很想与奋斗告终了！”

他开始在屋里走来走去，对自己喃喃地说可怕的事，后来我有点相信，就像他说约瑟夫也相信一样，良心使他的心变成了地狱。我纳闷将来如何了结。他从前虽然很少流露他的心境，脸色上也不露出的，我相信这是他习惯了的心境，这是他自己说出来的。但是从他的外表看来，无人曾猜着这件事实。洛克伍德先生，当你见他的时候，你就未猜着，那时候，同我现在所说到的时候，他前后都是一样的，不过他后来更喜欢独居，也许在人前更少说话。

第三十四章

过了这天晚上之后，有好几天希斯克利夫吃饭的时候都避免同我们相见，他却不肯正式地承认他不想见哈里顿与凯茜。他不肯这样完全地让步于他的感情，宁可自己不出来；每天只吃一次，好像就够养他的生命了。

有一天晚上，全家人都睡了之后，我听见他下楼，从前门出去。我未听见他进来，到了早上他还未回来。这时候正是四月，天气和暖，草是很青的，近南墙的两株矮苹果树开满了花。吃过早饭之后，凯瑟琳逼我搬把椅子，坐在房子尽头的松树下做活。哈里顿现在全好了，她哄他替她挖地做一个小花园，因为约瑟夫诉说过之后，她把她的小花改种在这一角落。我正在饱享春天的花香与头上的温和蓝天，凯瑟琳走去挖花，只采得半数回来，告诉我们说希斯克利夫正走进来。她又说道："他同我说话。"她有点疑惑神色。

哈里顿问道："他说些什么？"

她答道："他叫我赶快走开，但是他的神色与向来不同，我站住一会子，瞪眼看他。"

他问道："怎样的不同？"

她答道："脸上几乎有光彩，几乎有高兴的神色。不是的，几乎什么都没有——很兴奋，很欢喜！"

我装出一种漫不经心的态度，说道："夜里散步让他开心吧。"其实我同凯瑟琳是一样的诧异，急于要证实她所说的话是否真实。因为看见这位主人高兴，并不是每天所能看见的事。我找出两句借口走进去。希斯克利夫站在门口，他脸无血色，发抖。他的两眼确有一种奇怪的喜色，改变了他的全副面目。

我说道："你散步了一夜，必然觉得饿，你要吃早饭吗？"我要打听他到哪里去，却不愿意直接问他。

他答道："不，我并不饿。"他掉过头去，说话带点看不起我的腔调，好像猜着我试探他高兴的缘由。

我疑惑，我不晓得这是不是一个好机会劝他一番。

我说道："我看你还是睡在床上的好，不宜出门散步，无论怎样，潮湿天是不相宜的。我敢说你会受凉的，不然就会害热病，现在你有点不舒服了！"

他答道："就是有，也是我所能受的，我很高兴受着，只要你走开，你进去，不要麻烦我。"

我只好进去，我在他面前走过，听见他呼吸如同一只猫那样快。

我暗想："是的！将要有一场大病了。我想不出他出去干的什么？"

这天中午他坐下同我们一起吃饭，从我手中拿了一个堆满食物的盘子，好像他要补足之前的挨饿。

他回答我早上所问的话，说道："奈莉，我既不受寒又无热病，你给我的这一满盘食物，我要吃光了。"

他拿了刀叉，正要开始吃，他的胃口忽然消失了。他把刀叉放在桌上，很着急地向窗子看，随即站起来，走出去。我们吃饭的时候，看见他在花园里走来走去，恩肖说他要出去问他为什么不吃饭，他觉得我们有什么地方得罪了他。

她的表兄回来的时候，凯瑟琳说道："他来吃饭吗？"

他答道："他不来，他却不是生气，他表现出罕见的高兴，不过我问他两次使他不耐烦。随后他叫我回来陪你，他很诧异我怎么能够要其他人作陪。"

我把他的一盘菜放在炉边暖着。过了一两点钟之久，他又走进来，那时候屋里无人，他没有平静多少。他的两道黑眉之下现出不自然的欢乐，脸上还是无血色，有时微笑露出牙齿。他的身子发抖，不是受冷或是身体无力发抖，像绷紧的弦似的发抖——是一种很有力的刺骨打战，不是平常的发抖。

我想我要问他为什么，若不是我问，又该谁问呀？我说道：

“希斯克利夫先生，你曾听见什么好新闻吗？你的神气是异常高兴。”

他说道：“从哪里有好新闻到我这里来呀？我是饿得高兴，好像又吃不下。”

我答道：“你的饭在这里，你为什么不取来吃？”

他赶快说道：“我现在不要吃，我要等到晚饭时候。奈莉，我求你警告哈里顿同别人远离我。我这次告诉过你之后，你就要记得常时警告他们。我不愿意有人麻烦我，我要独自一人在这里，不许他们来。”

我问道：“你驱逐他们，有了新理由吗？希斯克利夫先生，请你告诉我你为什么这样奇怪呀？你昨晚在哪里？我问你这句话是由于好奇，但……”

他大笑，插嘴说道：“你问这句话由于十分好奇，但是我愿意答你这一问。昨晚我在地狱的门槛，今天我望见我的天堂，我两眼望着天堂，离我还不到三尺远！现在你不如走出去。你若不偷看，你不会看见或听见令你害怕的事。”

我把火炉扫扫，把桌子擦擦。我走出去，我觉得更疑惑。

这天下午，他不再出门了，也没有人进屋里去骚扰他。到了八点钟，我想，他虽不喊我，我却应该拿蜡烛与晚饭送进去。他靠着打开的格子窗的窗台，却不是向外望，他的脸掉过来朝着屋里的黑暗处。炉火已变成灰了，满屋都是晚上的湿气。晚上很静，不独吉姆顿的小溪的流水声可以听得清楚，连流过小石大石的潺潺之声也听得见。我看见炉火灭了，这样凉，喊了一声，表示不满意，开始关窗，要关他所靠着的窗子。

他不动，我问一声，惊动他，我说道："我要关这一个窗子吗？"

当我说话的时候，烛光照着他的脸。洛克伍德先生，我不能描述出来我这一瞬间被他的面目所吓的一跳！那双深而黑的眼！那样微笑，同死鬼一样的无血色！我所看见的好像不是希斯克利夫，是一个鬼。当我害怕的时候，我把蜡烛倒向墙，使我处在黑暗处。

他答道："是的，关了窗子吧，这简直是太蠢笨了！你为什么横着拿蜡烛？赶快再拿一支来。"

我害怕到糊涂了，赶快跑出去，对约瑟夫说道：

"主人要你拿支蜡烛，再生炉火。"因为这时候我不敢再进去。

约瑟夫把几块烧着的煤放在铲上，走进去，他却立刻又拿出来，另一只手拿住放晚饭的盘子，说主人要上床睡觉，不要吃东西，等到明早再说。我们听见他一直往楼上走，并没有走进他平常的卧室，他转弯走入放着有护板床的卧室。我从前说过，这卧室有大窗，无论什么人都能从窗子进出的，我就想到他打算再出去走一夜，他不甚愿意我们疑心到这一层。

我沉思，他到底是一个食死尸的鬼，还是吸活人血的鬼？我曾读过这样可怕的有肉体的鬼。我随后想到当他的婴孩时代，我曾照料过他，眼看着他长成少年，自始至终我几乎都跟着他，我为什么这样糊涂，害怕到疑心他是食人的鬼。当我打盹到无知无觉的时候，迷信就喃喃地说道："他是从哪里来的？这个小的黑东西，一个善人庇护他，反害了自己。"我半醒半睡地开始使我自己烦心，替他想象合于他身份的父母，我又想起我醒时的思想，再追踪他的一生，带着许多凶恶的变化，最后我想象他的死与他的殡葬。我只记得我觉得很麻烦，要在他的墓碑上刻姓名，同管理教堂的人商量，他既无姓氏，我们又说不出他的年纪，我们只好在碑上刻"希斯克利夫"几个字。这个梦却变成事实，我们不得不这样办。你若走进教堂的坟地，你在碑上只见他的名字和他死的日子。

天一破晓，我恢复了知觉。我起来，走入花园，一到天亮能辨物的时候，我去看他的窗子之下有无脚印。却并无脚印。我想道："他住在家里，今天可以无事。"我预备他们三个人的早饭，因为他睡得晚起来得迟，我叫哈里顿和凯瑟琳两个人先吃。他们却喜欢在外面树下吃，我在树下摆了一张小桌子。

我进去，却看见希斯克利夫在楼下。他同约瑟夫谈耕种事情，关于这件事他给约瑟夫很清楚详细的号令，但是说话说得很快，接着把头掉过一边，脸上还有扰乱不宁的神色，比从前更甚。约瑟夫出去了，他坐在向来所喜欢坐的地方，我放一杯咖啡在他面前。他把咖啡拿近些，两只膀子靠在桌上，向对面的墙上看，我猜他只看一个特别部分，两只发亮不安宁的眼上下地看，很聚精会神地看，甚至有半分钟工夫，他停止呼吸。

我推点面包碰他的手，说道："来，东西还是热的，你吃点喝点吧，摆在这里等你有半点钟了。"

他并不理会我，他却微笑。我宁愿看他咬牙切齿，不愿看他这样微笑。

我喊道："希斯克利夫先生！主人！请你不要瞪眼看我，好像见了鬼一样。"

他答道："请你不要这样大声喊，掉过脸来，告诉我，这里是不是只有我们两个人？"

我答道："自然只有我们两个人。"

我虽是这样说，我却不由自主地服从他，好像我并不十分相信似的。他一摆手把面前的早餐与餐具都推开，面前的地方空出一块，他倚向前，更从容地看。

现在我才晓得他不是看墙，因为当我只顾他的时候，他好像确是看面前两码内的东西。无论他所看的是什么东西，这个东西使他觉得极端的快乐与极端的痛苦。他脸上痛苦而狂喜的神色，至少使我猜他是这样。他所见的幻影，并不是定而不动的，他的眼睛不惮疲劳地追着这个幻影看，即使他同我说话，还是追着看。我说他久已不吃东西了，我说了也无效，倘若他听我劝，动手拿东西，倘若他伸手取一片面包，他的手指还未碰着之前就先握成了拳头，放在桌上，忘记了目的。

我很耐烦地坐下，尝试引开他的注意，不这样聚精会神地幻想。后来他生气，站起来，问我为什么不许他按照他自己的时间吃东西？他还说下次我不必伺候他，我把东西放在桌子上就可以走。他说过这两句话之后，就走出去，慢慢从花园的小径走下去，出了院门，就看不见了。

日子过得很慢，令我很着急，又到一个晚上了。我很迟才睡觉，我上了床又睡不着。他是半夜后才回来的，他不去睡，走入楼下的屋子，把门关了。我细听，我翻来覆去，后来我穿衣裳下楼。躺在床上，心里想到一百样不相干的疑虑，是很难过的。

我听见希斯克利夫脚步不停地在地板上走，屡屡叹气，好像是在那里哼。他喃喃地说单个的字，我只能听见他说凯瑟琳，有时在名字上加一个痛苦字眼或表示狂爱的字眼，好像是对面前的人说的。声音说得低，说得热烈，是从他的灵魂的最深处硬拖出来的。我不敢一直走进去，我却想引他出了他的半梦半醒的情景，所以我故意弄厨房的火，开始扫灰。这一来很快地惊动他，出乎我意料之外。他立刻开房门，说道：

“奈莉，你进来，天亮了吗？你带着蜡烛进来。”

我答道：“正在打四点。你要蜡烛上楼，你可以在这个火上点着一支。”

他说道：“不是的，我不想上楼。你进来，替我生火，收拾屋子。”

我答道：“我得先把煤块吹红了，才能够取煤。”我一面拿把椅子同风箱。

当下他在屋里走来走去，他快要疯了的样子，他一口接一口地叹气，几乎无呼吸余地了。

他说道：“天一破晓我就请格林来。当我还能够想这种事情的时候，当我还能够镇静办事的时候，我想问他几句关于法律的事。我还未写我的遗嘱，我还不能打定主意怎样遗交我的财产，我很想我能够毁灭了这些财产。”

我插嘴说道：“希斯克利夫先生，若是我的话，我不这样说。你不如暂时不管你的遗嘱，你还要活几年，以便你追悔你所做的种种不公道的事！我从未想到你的神经会失序的。现在你的神经是乱了，乱得很奇怪，几乎全是你之过。在最后这三天里头，你所过的日子连巨人也熬不住。你吃点东西吧，你歇歇吧。你只要照照镜子就晓得你要饮食要歇息了。你的面颊是凹塌的，你的两眼是通红的，如同一个挨饿的人，如同一个失眠瞎了眼的人。”

他答道：“我不能吃，我不能睡，都不是我之过。我劝你相信这不是出乎有意的。只要我能够，我就吃就睡。你这样劝我，好比劝在水里挣命的人，离岸三四尺，就停住不挣扎！我必要先到了岸然后歇息。也罢，且不必请格林。你说我做了许多不公道事，我并未做过什么不公道事，我无可追悔的。我是太过欢乐了，但是还不够欢乐。我的灵魂的欢乐杀我的身体，灵魂自身却还不能满意。”

我喊道：“主人，你欢乐吗？奇怪的欢乐！倘若你肯听我说而不发怒，我可以劝你几句，使你更欢乐。”

他问道：“你劝我什么？你说出来。”

我说道：“你晓得，自从你十三岁以来，你所过的是自私的生活，不奉基督教的生活，在这个时期里头，你几乎未拿过《圣经》在手，你必定忘记了《圣经》的内容，你现在无从在心里找这本书了。你何不请一位牧师来——无论哪一教派都可以——解说给你听，告诉你，你的所做所为离《圣经》的格言甚远，你未死之前必要改变，不然，你是不配上天堂的，你请这样的一个人来，是无害的，是不是？”

他说道：“你使我想到我愿意怎样埋葬，我并不发怒，我反感谢你。晚上把我运到教堂的坟地，你同哈里顿如果愿意的话，可以送我到坟地。你却要特别提醒管理教堂的人照着我所吩咐关于两个棺材的办法！不必请牧师来，也不必对我的尸体说什么话。——我告诉你我几乎到了我的天堂，别人的天堂却是我所看不起，是我所不想的。”

我很憎恶他的无视上帝的不知重轻，说道：“譬如你绝食到底，因挨饿而死，他们不肯葬你在教堂坟地里，你愿意吗？”

他答道：“他们不会这样办的，他们如果这样办，你必得偷偷地把我迁移。你若不照这样办，你就会发现，人是死了，灵魂并没有散！”

他一听见家里的人们走动，他就缩入他的窝里，我也就感到呼吸较为自由些。但是到了下午，当约瑟夫与哈里顿作工的时候，他又走入厨房，带着迷乱的神色，叫我进去坐在房里，他要人陪他。我不肯去，我坦白告诉他，说他的奇怪说话与状态使我害怕，我既无胆子又无意志独自一人陪他。

他惨然笑说道："我晓得你以为我是一个魔鬼，太过可怕，不同我在一起。"凯瑟琳在这里，一见他来就躲在背后。他随即掉过脸来，一半带着藐视意思，对她说道："小宝贝，你肯来吗？我不会伤害你的。你不来！我因为你把我自己弄成不如魔鬼。也罢，有一个不会躲我的！上帝呀！她是很残忍的。有血肉的简直受不了——即使是我的血肉也受不了。"

他再不求别人陪他了。天黑时候他走进他的卧室。我们听见他终夜在那里哼，在那里喃喃地对自己说话，天亮了许久，他还是这样。哈里顿急于要进去，我叫他去找医生，他该进去看他。当医生到来的时候，我要进去，我试推门，门是锁了的，希斯克利夫咒骂我们。他说他已经好些了，不愿人进来，医生只好走了。

这天晚上下雨下到天亮。我早上在宅子的四周散步，我看见主人的窗子开了，雨进屋子。我想道："他不可能在床上，这样大雨把他淋透了。他必定已经起床，不然是出去了。我且不管，我大胆走去看了。"

我找着另一把钥匙，开了门，我跑去推开护床板，因为室里无人，我赶快把护床板推在一边，往里看。希斯克利夫在床上——脸朝天。他的两眼很利很凶地看我的眼，我吓了一跳，随后他好像对我微笑。我不敢想他是死了，他的脸与颈项被雨所刷，被褥都湿透了，滴水，他躺在那里不动。格子窗摆来摆去，刮伤了放在窗台的一只手，擦破的皮并不流血，当我把手指放在伤口上的时候，我不能再疑了，他当真是死了，硬了。

我钩住窗门，我理他的黑长头发，我试着闭上他的两眼。要灭了那种可怕的得意洋洋的如活人般的目光，不要让他人看见。他的两眼不肯闭，好像耻笑我的尝试，他的分开的上下唇与他的尖利而白的牙齿，也在那里耻笑我！我胆怯，喊约瑟夫。约瑟夫走上来，吵了一阵，坚决不肯理他的事。

约瑟夫说道："魔鬼已经抓走他的灵魂，魔鬼也可以连尸体都抓去，与我无干哎！他死了还是笑，真是一个恶人！"约瑟夫学他笑。我以为他想在床的四周跳，谁知他忽然镇定自己，双膝跪下，高举两手致谢，因为合法律的主人与这个老世家，又恢复他们的权利了。

我被这件可怕的事弄糊涂了，我的记性免不了追忆从前，觉得凄惨。但是那个可怜的哈里顿，他受害最深，却只有他觉得实在很伤心。他终夜坐在尸旁，痛哭。他抓住死尸的手，死者含着讥诮的凶脸，人人都不敢看，哈里顿却吻这个可怕的脸。他的心虽然同炼过的铜那样硬，却是宽宏大度的，还在那里哀悼他。

医生很疑惑，说不出他是害什么病死的。我瞒着不说他四天无物入口，恐怕惹出麻烦来，随后我相信他不是有意饿死的。他挨饿是他的怪病的果，却不是因。

我们如他所愿，埋葬了他，附近的人都不以为然。送殡的只有我与恩肖，此外还有教堂管事的，六个抬棺材的人。这六个人把棺材放在穴里就走了，我们在那里等盖土。哈里顿满脸眼泪，掘青草铺在棕色泥上，现在坟面很平很绿，同别的坟一样——我希望睡在棺里的人睡得很酣。

你若问乡下人，他们指《圣经》发誓说他在地上走，还有人说他们曾在教堂附近碰见过他，有人说在野地上见着他，还有人说在这所房子里也遇见他。你将说这都是谎话，我也说是谎话。但是坐在厨房火炉边的老头子说他曾看见两个人，在他的卧室窗子往外望，自从他死后每遇下雨的晚上都看见—— 一个月前我曾遇着一件怪事。有一天晚上我正在往山庄——那天晚上很黑，快要打雷——我正在呼啸山庄转弯地方，我碰见一个小孩子，他的面前有两只小羊，他哭得很厉害。我猜是两只小羊乱跳不听他的领导。

我问道："小孩子，你为什么哭呀？"

他哭着说道："那边山峰下站着希斯克利夫和一个女人，我不敢过去。"

我没看见什么，可是那两只小羊同他都不敢过去，我叫他走较低的路。当他一个人在野地上走的时候，也许他想起他的父母与同伴们所说的谣言造出这样的幻像。虽是这样说，我现在到了天黑不喜欢出去，我又不愿意独自一个人在这所凶宅里，我没有办法。我很喜欢他们离开这个地方，搬到山庄去。

我说道："据你这样说，他们快要搬到山庄去了，是不是？"

迪安太太说道："是的，他们一结婚之后就搬，他们结婚日期是新年初一。"

我问道："谁将住这里？"

她答道："约瑟夫将看管这所房子，也许有个少年陪伴他。他们将住在厨房，其余的地方都要锁起来。"

我说道："让给喜欢住在这所新房子的鬼住。"

奈莉摇头说道："洛克伍德先生，不是的，我相信死者是很平静的，我们却不该带着轻佻的意思说鬼。"

这时候花园院门开了，散步的人回来了。

我从窗子看他们走进来，我带点不高兴，说道："他们是什么都不怕的，他们两个人在一起，敢同魔鬼与所有魔兵魔将挑战。"

当他们踏上门口的石头台阶，站着对月亮看最后一眼的时候——其实是他们借着月光彼此相看——我觉得不能不再躲他们。我把一个纪念品压在迪安太太手上，我不管她责我无礼，当他们开门进来的时候，我从厨房溜走了。假使约瑟夫不是听见他脚下有一个金币的好听声音，认得我是一个体面人，他一定会疑心他的女同事有风流韵事。

我走回去的时候，绕路去看看教堂。当我站在墙下的时候，我看见，不过七个月工夫，已经有许多地方朽坏了，有几个窗子没有玻璃；房顶的石板有好几处突出来，秋风一起就要刮下来。

我碰见一个小孩子，他的面前有两只小羊，他哭着说道："那边山峰下站着希斯克利夫和一个女人，我不敢过去。"

我去找附近野地的斜坡上的三块墓碑，不久就找着了。中间的是灰色的，有一半埋在田草堆里；埃德加的有草有苔；希斯克利夫的还是光的无青草。

晴天之下，我在那里逗留了一会儿，看蛾子在野草与钟头花之间乱飞，听和风在青草之间呼吸着穿过，我在那里诧异，怎么还会有人能够想到，睡在这块安静地方的人，会睡得不安宁的。